U0485049

ZHONGGUO WANGLUO
WENXUE YANJIU NIANBIAN · 2020

中国网络文学研究年编·2020

梁鸿鹰　何　弘◎主编

时代出版传媒股份有限公司
安徽文艺出版社

图书在版编目（ＣＩＰ）数据

中国网络文学研究年编.2020/梁鸿鹰,何弘主编.--合肥:安徽文艺出版社,2022.4
ISBN 978-7-5396-7340-0

Ⅰ．①中… Ⅱ．①梁… ②何… Ⅲ．①网络文学－文学研究－中国 Ⅳ．①I207.999

中国版本图书馆CIP数据核字(2021)第 233751 号

出 版 人：姚 巍　　　　　策 划：朱寒冬　姚 巍
责任编辑：宋潇婧　曾柱柱　装帧设计：张诚鑫
....
出版发行：时代出版传媒股份有限公司　www.press-mart.com
　　　　　安徽文艺出版社　www.awpub.com
地　　　址：合肥市翡翠路 1118 号　邮政编码：230071
营 销 部：(0551)63533889
印　　制：安徽新华印刷股份有限公司　　(0551)65859551
....
开本：710×1010　1/16　印张：27　字数：350 千字
版次：2022 年 4 月第 1 版
印次：2022 年 4 月第 1 次印刷
定价：98.00 元
....

(如发现印装质量问题，影响阅读，请与出版社联系调换)
版权所有，侵权必究

目 录 Contents

第三辑　创作与编谈

附录：中国网络文学发展盘点与综述·2019

2020中国网络文学蓝皮书

中国作协网络文学中心

2020年是极不寻常的一年。新冠肺炎疫情突如其来,百年未有之大变局加速演变,中国网络文学进入转型升级发展的新阶段。网络文学界以习近平新时代中国特色社会主义思想为指导,积极服务统筹推进防疫和经济社会发展工作大局,贯彻落实党的十九届五中全会精神,坚决抵制"三俗"、传播正能量、弘扬社会主义核心价值观,网络文学主流化、精品化趋势更加明确,在社会主义文化事业和文化产业发展中的作用更加突出。

2020年,网络文学现实题材作品的数量和质量进一步提升,题材结构更趋优化;作家队伍迭代加快,组织建设明显加强;理论评论研究稳步推进,精品推介方式不断创新;全IP(Intellectual Property)运营生态初步形成,网络文学进入转型升级发展新阶段;网络文学国际传播成为新的增长点,出海形式更趋多样化。

一、网络文学创作主流化、精品化趋势更加明确

2020年,网络文学全年新增签约作品约200万部,全网作品累计约2800万部,全国文学网站日均更新字数超1.5亿,全年累计新增字数超过500亿。

随着引导力度的进一步加强,网络文学传播的大流量日益转化为正能量,创作的主流化、精品化趋势更加明确。题材结构更加优化,现实题

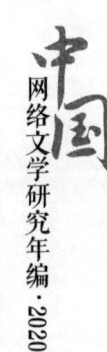

材作品占比进一步提高,质量显著提升,社会影响进一步扩大;幻想类作品注重向文化经典汲取养分,更加注重弘扬中华优秀文化,科技创新和科幻元素得到重视;正面书写历史的作品不断增多;类型融合创新的趋势更加明显。

1. 正面引导力度进一步加强

2020 年,中宣部、中央网信办、国家新闻出版署、中国作协及有关单位采取多种措施,引导网络文学健康发展。

中国作协组织各种研讨、评论、培训等,始终突出创作导向,引导现实题材精品创作,在南京、上海组织知名网络作家和网络作协负责人培训班,组织 136 位知名网络作家发出《提升网络文学创作质量倡议书》,呼吁全国网络作家坚持正确创作导向,传承中华文脉,承担时代责任,抵制低俗、庸俗、媚俗,反对抄袭跟风,加大现实题材创作力度,推进网络文学精品化,社会反响热烈。

2020 年中国作协共扶持 40 部重点网络文学作品,其中"庆祝中国共产党成立 100 周年""一带一路""决胜全面小康、决战脱贫攻坚""同舟共济,全民战'疫'"等主题专项 10 余部,有效发挥了引导示范作用。国家新闻出版署出台《关于进一步加强网络文学出版管理的通知》,启动"优秀现实题材和历史题材网络文学出版工程",每年扶持推广 10 部优秀作品。

2. 现实题材创作大幅增长

2020 年,网络文学的题材结构进一步优化,现实题材占比进一步提高。作品聚焦时代变革和社会生活,描写党的百年奋斗历程、脱贫攻坚、战疫抗疫、创新创业等,艺术品质不断提升,社会影响力日趋扩大。

在各大网站平台发布的年度新作品中,现实题材作品占 60% 以上。在各类网络文学排行榜中,现实题材作品成为榜单亮点,《浩荡》《星辉落进风沙里》《天下网安:缚苍龙》《朝阳警事》等,荣登 2019 年度中国网络文学排行榜。抗疫与医疗、脱贫致富、工业与服务业等创业题材,成为 2020 年现实题材的突破点。

脱贫攻坚是 2020 年网络文学现实题材创作的一大热点。《特别的归乡者》《故园的呼唤》等作品,正面描摹新乡村的创业史,倾力塑造了归乡者的时代新人形象。

抗疫与医疗题材涌现出《共和国天使》《酥扎小姐姐的非常朋友圈》等一大批现实题材力作。医生职业文成为今年网文写作的新潮流。

反映新时代各行各业发展变化的行业文依然热度不减。《神工》以制造业高精尖技术为情节推动,彰显工业强国梦想。《扫描你的心》切入家电行业,通过客服角度反映民生热点问题。

革命历史题材创作内容更加丰富,表现手法更为生动,开始注意以真实革命英雄为原型,书写英雄的辉煌事迹,弘扬红色文化,推出了《冲吧,丹娘》等优秀作品。

3. 作品质量明显提升

2020 年,网络文学创作以提升创作质量为核心,从以量取胜向"降速、减量、提质"转变,原创内容持续发力,精品化成为创作共识。

现实题材创作更加注重质量提升,"叫好不叫座"的现象一定程度得以扭转。统计显示,中文在线爱国题材作品阅读时长明显上升;咪咕文学的作者对民生题材更加关注;掌阅文学、逐浪网、红薯网的现实题材培育

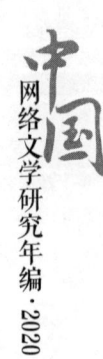

成果显著。

幻想类作品注重向文化经典汲取养分，在世界观和作品架构上更加重视对中华优秀传统文化的弘扬。《大道朝天》《人皇纪》等从不同层面彰显中华文化精神。

历史小说《燕云台》《大清首富》等以现实主义态度正面描写历史的网络小说数量增长，质量提升。

4. 类型融合创新趋势愈加明显

2020年，都市、玄幻、现代言情、古代言情、科幻、二次元、历史、悬疑等题材类型仍然受网络文学读者喜爱，热血成长的男频题材和婚恋育娃的女频题材持续升温，科幻元素得到重视，逻辑性、专业性更强的"硬核写作"成为网络作家的自觉追求。多元化、小众化题材垂直细分成为创新趋势，网络小说类型融合更加明显。

男频创作将科技、科幻元素融入传统题材，在融合中创造新的网文类型。《第一序列》在都市异能的传统框架中植入"后启示录"的科幻背景；《手术直播间》书写未来科技，开创都市专业医学文先河；《泰坦无人声》将科幻与悬疑结合，为读者提供了一部克苏鲁风格佳作。

女频创作频频"破圈"，向轻科幻、商战等领域大胆开拓。《半星》通过职场新人与捉妖师的爱情故事，探索轻科幻与言情相融合的可能；《花娇》在穿越元素与商业角斗中，体现出精耕细作和大开大合的艺术手法。

5. 同质化、"三俗"等问题依然存在

随着免费阅读模式和新媒体文的兴起，阅读市场进一步下沉，"赘婿文""一胎多宝"等题材泛滥一时，同质化现象仍然严重。内容审核依然

是网络文学的薄弱环节,文学网站编辑的把关意识和编审能力相对不足,新媒体平台监管机制不够完善,"三俗"问题依然存在,带有"腐文化"等不良亚文化倾向的作品时有出现,甚至受到少数人的追捧。融梗、洗稿、抄袭、剽窃等现象时有发生。能引起广泛社会关注、受到读者一致好评的网络文学精品依然太少,特别是网络文学的现实题材创作在质量和数量上仍需提升。网络文学创作中的这些问题迫切需要加强引导,在选题推荐、项目扶持、作品研讨、理论批评、榜单推介等方面加大力度。

二、网络作家队伍建设进一步加强

2020 年,网络作家人才队伍建设进一步加强,广大网络作家责任意识、担当精神明显增强;人才队伍规模扩大、迭代加快,"95 后"作者成为创作主力,"00 后"作者日趋成熟;分级分类培训体系逐步完善,各地网络文学组织相继成立,网络作家队伍组织建设水平不断提高。

1. 作家责任担当意识明显增强

中国作协等有关单位加强对网络作家的团结引导,全国重点文学网站联席会议引导各网站强化社会责任意识,组织网络文学界认真学习贯彻习近平新时代中国特色社会主义思想,各类文学活动始终坚持正确的政治方向和创作导向,网络作家使命感和责任感普遍增强。

新冠疫情发生后,中国作协及时发出《致全国网络作家和网络文学工作者的公开信》,网络文学界迅速行动,不但捐钱捐物,而且不断推出"战疫"主题作品。2 月 21 日,启动"同舟共济,战'疫'有我"征文活动,各省市作协以及全国 40 余家重点文学网站参加活动,共征集到作品14043 部(篇)。2 月 23 日,举办知名网络作家"同舟共济,传递文学正能

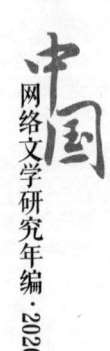

量"行动,组织 100 名网络作家以视频接力的形式集体发声。

2."95 后"作者渐成创作主力

近来,多家机构发布网络文学发展报告,因统计口径和来源不同,数据存在很大悬殊。到 2020 年,500 余家网站聚集了超千万网络文学作者,其中绝大多数为一般注册用户,大多缺乏系统化创作,签约作者 100 多万人,活跃的签约作者 60 多万人。

2020 年,网络作家中笔龄在 3 年以下的作者占 53.7%。"95 后"正在成为创作主力,2018 年以来实名认证的新作者中,"95 后"占 74%。新签约作者中,"00 后"占比 50% 以上。另外,作者学历水平和创作时长均有所提高,专、本科学历占比约 60%。

"90 后""95 后"作者的创作表现突出。"会说话的肘子"等跻身白金作家行列;"言归正传"打破阅文平台 2020 年仙侠品类均订纪录,开创"稳健流"先河;"老鹰吃小鸡"打破男频小说月票纪录;1996 年出生的"云中殿"进入阅文集团网络文学"十二天王"榜单。

3.分级分类培训体系逐步建立

2020 年,网络作家分级分类培训体系逐步完善。中国作协创立"线上""线下"相结合、分级分类的培训方式。线下培训方面,中国作协网络文学中心与鲁迅文学院合作举办第 17、18 期网络作家培训班等,约 400 名网络作家参加培训及采风活动。2020 年中国作协创建网络作家线上培训平台,约 5000 人参加培训。

4.组织建设水平不断提升

2020 年,中国作协召开全国网络文学工作会议,组织各省作协相关负责人交流网络文学组织建设经验,探索加强网络文学作家服务和管理引导的有效机制、办法。在上海召开省级网络作协负责人组织建设研讨班,促使网协负责人提高团结引导意识、增强组织协调能力,更好地谋划未来发展。

目前,全国有 17 个省、自治区、直辖市成立了网络作家协会,各级网络文学组织达 140 余家,除西藏外,各省、直辖市、自治区均已成立网络作家组织或工作机构。浙江率先实现了市级网络作家组织全覆盖。西部地区网络作家数量增长较快,网络作家组织纷纷成立,除原有网络作协的四川、重庆外,甘肃、内蒙古、新疆、贵州等地也都成立了网络作家组织。

5. 网络作家队伍建设还需加强

网络作家聚集和组织建设区域不平衡的问题仍然存在。有的地区网络作协的建设还相对滞后,全国性网络作家协会的筹备还需加快推进。优秀网络文学人才培养、成长机制尚未健全,扶持引导力度有待进一步加强。协调、服务网络作家的机制不顺,办法不多,团结、引导的面还不够宽,需要进一步延伸手臂、扩大覆盖。

三、网络文学理论评论研究更加全面深入

2020 年,网络文学界贯彻落实习近平总书记关于文艺工作的重要论述,进一步加强网络文学评论研究。构建适应网络文学特点的评论体系和评价标准,推进网络文学的主流化、精品化,成为网络文学评论工作的重要目标。

1. 网络文学评论研究更受重视

2020 年,文艺评论工作得到各方面的高度重视,网络文学评论研究

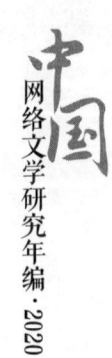

不断加强。

中国作协在杭州召开全国网络文学理论研讨会,加快推动建构适应网络文学特点的网络文学理论评论体系;扶持出版《中国网络文学年鉴》《中国网络文学理论评论选》,组织《文艺报》开设《网络文学》专刊等,全面梳理总结中国网络文学在创作、评论研究、队伍及引导、产业发展及海外传播等方面的发展现状和未来趋势。中国作协网络文学杭州研究院、山东大学、中南大学、上海大学基地发挥各自优势,进行评论人才培训、选题资助、扶持理论评论著作出版等,推动网络文学评论研究。

国家社科基金重大项目《我国网络文学评价体系的理论与实践研究》等不断推出新的研究成果,"新中国网络文学史料与研究"被列入国家出版基金项目,海峡文艺出版社出版了"网络文学前沿探索丛书",作家出版社持续出版"网络文学名家名作导读"丛书等。截至2020年,中国知网收录网络文学相关博士论文14篇,硕士论文372篇,期刊论文接近4000篇。

2. 理论评论体系建设步伐加快

2020年,网络文学研究从一般的现象观察和作家作品评论,深入到网络文学本体研究、与世界大众文化的关系研究、文化传承研究等,更加注重对史料的总结和挖掘,数字人文与新文科概念开始应用于研究之中,为网络文学理论建设注入了新的活力。媒介革命视野下的中国网络文学研究、后疫情时代网络文学的海外传播等问题成为研究热点,对网络文学评价体系、评论标准的研究进一步深化。

在网络文学本体特征研究方面,白烨提出以"人民性"作为网络文学的立足点与出发点。作家作品研究方面,欧阳友权以《网络英雄传Ⅱ:引力场》为例探讨如何写好现实题材,并提出需要走出网络文学现实题材创作的三个误区。产业研究方面,《创始者说》汇集数十名网络文学重要网站创始人的访谈,对研究中国网络文学发展动因、产业变革有重要价值。自贸港网络文学与电影发展论坛深入探讨网络文学与影视产业融合发展、后疫情时代网络文学的海外传播等热点问题。李强的《作为数字人文思维的"网文算法"》、高寒凝的《网络文学研究中的数字人文视野》等,引入新的方法论视角,为相关研究工具的开发与运用提供了启示。

3. 评价推介方式不断创新

建立适应网络文学特点的评价标准是网络文学界和相关行业共同关心的重要问题。中国作协网络文学中心组织研讨、扶持选题,创新中国网络文学排行榜等推介活动评审方法,安徽大学组织网络文学评论体系和评价标准专题研究等,有效推动了网络文学评价标准的建立,加快了网络文学精品经典化的步伐。

2020 年发布的中国网络文学排行榜在原有网络小说排行榜基础上,增设网络文学 IP 影响排行榜和网络文学海外传播排行榜,全方位展示网络文学创作成就。同时增设读者投票环节,创新评审方式,体现网络小说的受众属性。江苏网络文学"金键盘"奖、上海网络文学"天马"奖等对推介优秀作品、引导创作质量的提升,都发挥了积极作用。

4. 网络文学评论研究仍然薄弱

网络文学评论研究虽然受到各方重视,但总体基础仍很薄弱,存在的问题还有很多:从业人员相对较少,队伍亟须扩充;研究者建立网络文学评论评价体系的自觉性越来越高,但体系的建成依然任重道远;缺乏权

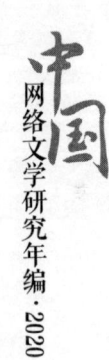
威、公正、有影响力的评论阵地,研究手段有待进一步丰富;符合网络文学传播和受众特点的评论方式尚未形成;缺乏全国性官方网络文学奖项,难以有效引导创作,影响网络文学作品的经典化进程。

四、网络文学行业进入转型升级发展新阶段

2020 年,网络文学继续发挥龙头和核心作用,拉动下游文化产业总产值超过 1 万亿元。据统计,2020 年中国数字阅读行业产值达 372 亿元。网络文学版权由独立运营向合作、联动开发发展,逐渐形成全 IP 运营生态,网络文学对文创产业的贡献进一步提升。与此同时,流量下降、用户规模饱和、付费与免费阅读之争、音视频行业的冲击等因素,使行业原有发展模式受到冲击,新兴商业模式快速发展,产业进入转型升级发展新阶段。

1. 影视、动漫、游戏改编热度不减

2020 年,网络文学优质 IP 影视改编持续升温,爆款作品层出不穷,悬疑和现实主义题材改编成绩突出。据不完全统计,全年网络小说改编的影视剧目在 140 部左右,热度最高的网剧中,网络文学改编的比例达 60%。

《庆余年》屡上热搜,阅读话题多达 1234 亿;《大江大河 2》等现实题材改编作品引发观看热潮。动漫改编持续走热,《斗罗大陆》稳居全网播放量第一。游戏改编方面,《第一序列》等科幻类 IP、《天下第九》等修真类 IP 得到游戏厂商的青睐。

2. 全 IP 运营生态初步形成

2020 年,深化 IP 版权合作、加大 IP 联动开发助推网络文学产业转型

升级。2020年10月，阅文集团宣布与腾讯影业、新丽传媒、阅文影视联手，将阅文故事库、新丽制作力和腾讯流量平台三者有机整合。米读与快手达成战略合作协议，共同开发IP微短剧。"书影漫音游"不同渠道之间的IP联动更加频繁，IP产业开始在多方联动、跨界开发上发力。

随着音频以及短视频行业快速发展，网络文学成为音频、短视频重要内容源头。2020年，音频付费增长显著，有声书行业增速接近50%。音频平台以及音乐流媒体平台开始与网络文学IP方合作，进一步开拓网文有声书市场。短剧成为网络文学改编的另一热门，短视频广告等新形式涌现，各类微短剧创作者扶持计划不断推出。

5G、VR（Virtual Reality）、AR（Auqmented Reality）等技术革新，推动网络文学相关IP产业创新发展，IP衍生形态更加多样。网络文学对文创、文旅以及影视、游戏、动漫等文娱产业的影响日益深刻，贡献日益提升。网络文学内容"破圈"成为常态，正在引领下游文化产业稳步向国民经济支柱性产业进发。

3. 付费与免费竞争共存、新兴商业模式快速发展

2020年中国网络文学用户规模达4.67亿人。全年人均接触阅读15部作品，每周阅读3次及以上的用户占比88%。网络文学读者中"95后"与"00后"读者占比约60%。2020年1月到6月增加文学网民1166万，虽仍保持递增趋势，但增速下降。

奠定网络文学发展基础的付费阅读模式所提供的发展动能越来越小。随着人口红利的消退，靠读者人数的大幅增长来维持网络文学产业发展的增长模式遇到瓶颈。免费阅读模式兴起后，用户付费意愿不断下降。据统计，截至2020年12月，免费网文App行业用户规模1.44亿，较

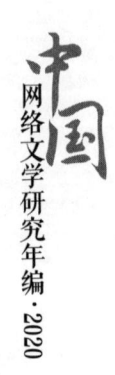

上年同期的 1.18 亿,增长了 22%。付费网文 App 行业用户规模 2.19 亿,较上年同期减少 13.7%。阅文等大型网络文学平台力图通过业务创新,打通文化娱乐产业板块,建立以网络文学作品为内容源头和底层支撑的跨业态发展模式,通过降低订阅收益占比、开发优质 IP 潜能,努力实现转型发展。

通过广告获取收益的"免费阅读"模式快速发展,仅两年时间即带来高达 60% 的用户增长量。付费阅读与免费阅读正在实现共生发展,倒逼行业转型升级。两种模式的竞争共存稳固了网络文学的受众群体。

新媒体文作为业内新兴商业模式得到快速发展。新媒体文通过微信、浏览器等渠道进行推广,内容通俗。新媒体文结合免费阅读模式,激活了下沉市场,成为刺激数字阅读市场快速发展的新兴力量。免费阅读开启商业模式转型,鼓励用户通过购买会员权益享受免广告等增值服务。平台在"免费模式"基础上开启"付费拓展",变现手段得到丰富。

4. 新发展模式带来的新问题

网络文学全 IP 运营生态协同性不足,对文化产业的整体拉动作用仍然不够,体现时代精神的精品力作依然欠缺。构建全 IP 运营生态虽然受到重视,但如何建立符合中华文化特点的"IP 宇宙"仍无实质性突破。乱改、融梗等 IP 改编侵权现象屡见不鲜,游戏改编同质化严重,影视改编放大不良亚文化等,需要引起高度重视。

随着免费模式的兴起,一些问题也同时产生。一是"三俗"的自媒体文严重冲击网络文学的行业秩序,也影响了网络文学的声誉。二是免费模式目前仍处于烧钱阶段,前景仍未确定,且对已经形成的付费模式形成冲击。三是免费阅读和新媒体文内容趋于同质化、孵化 IP 能力不强、收入模式单一等问题也逐渐显现。同时,行业垄断使作者权益难以得到有效保障,盗版问题难以有效解决等,都是制约行业发展的重要因素。

五、网络文学海外传播持续扩大

2020年,网络文学界更加注重国际传播的方式和质量,海外实体出版合作进一步深化,在线阅读覆盖用户持续扩大,产品布局初具规模,海外投资外延扩大,网文出海从内容传播走向形成翻译和原创机制。目前,中国网络文学海外传播作品1万余部,其中,实体书授权超4000部,上线翻译作品3000余部。网站订阅和阅读APP用户1亿多,覆盖世界大部分国家和地区。

1.海外实体出版合作进一步深化

网络文学实体书版权输出地区从东南亚与欧美不断向外拓展,进一步覆盖40多个"一带一路"沿线国家和地区。截至2020年12月,晋江文学城作品版权输出总量已达2400余部,海外出版册数超1000万册,进驻东南亚、东北亚、北美、欧洲等多个地区的图书市场,与泰国、越南、韩国、日本、美国等十几个国家建立了实体图书出版合作关系,签约作品数量和金额均保持了稳步上升的趋势,读者覆盖全球100多个国家和地区。阅文集团已向日韩地区及泰国、越南等东南亚多国,以及美国、英国、法国等欧美多地授权数字出版和实体图书出版,授权作品700余部。

2.在线阅读覆盖用户持续增加

在线阅读方面,起点国际全球累计访问用户达5400万,已上线约1300部翻译作品,其中860部为英文作品,其余为西班牙语、印尼语、印

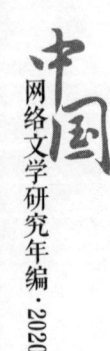

地语、马来语等翻译作品。中文在线海外阅读用户累计达 3000 万,2020年增长 1200 万。掌阅海外阅读平台用户累计已超 3000 万,日均阅读时长超 60 分钟。

海外阅读产品开发方面,Chapters、iReader、TapRead 等阅读产品受到海外受众欢迎。其中,中文在线的 Chapters 成为全球 TOP1 的互动式视觉阅读平台,注册用户超 2000 万,月活跃度用户 500 万。掌阅截至 2020年年底已有 8 款海外产品布局完成,英语市场 4 款主要付费产品占据TOP15 榜单。

3. 海外合作规模扩大

截至 2020 年,阅文集团完成对韩国原创网络文学平台 Munpia 和泰国的头部网文平台 OokbeeU 的投资,起点国际收购了 Gravity Tales,中文在线入资 Wuxiaworld,掌阅、晋江、博易创为等网络文学平台海外版权内容运营取得良好效果。网络文学企业的投资外延持续扩大,海外市场进一步拓宽。

网络文学在海外已经由原来的一般意义上的文学阅读和消遣,转变为文化消费的一种新样式,并形成了一种新的商业模式。与此同时,由原来的中国作者写作、海外读者阅读,转变为海外本土作者创作、本土受众阅读、本土读写互动,形成了国际化写作的新现象。这充分体现了各国文学的相互交融、彼此借鉴,与作为网络文学载体的互联网的基本精神是相一致的。

4. 网文出海仍面临诸多问题

2020 年,国际形势复杂多变,海外网文翻译网站和原创网站的访问流量都有所下降。盗版严重,维权困难。翻译是制约网文出海的重要因素,从搭建渠道、版权售出到翻译作品过程漫长,翻译成本居高不下。海外粉丝的自发翻译收入没有保障,机器翻译的质量尚不能令人满意,特别是对所在国读者阅读趣味和特点研究不够,一流、热门、最能体现中华文化特色的网文力作传播受限。各平台间尚未建立有效的协调机制,共同推进网络文学海外传播。海外网络文学翻译研究严重滞后。

网络文学正处于转型升级发展的关键阶段,主流化、精品化趋势更加清晰。网络文学未来的发展,需要进一步加强引导,以提升质量为重点,贯彻新发展理念,构建新发展格局,真正成为文化强国建设不可或缺的重要力量。

第一辑

现象与趋势

在调整中优化，向主流化发展

何弘

在庆祝新中国成立 70 周年的喜庆氛围里，2019 年，网络作家的团结引导工作得到进一步强化，网络文学界自觉以习近平新时代中国特色社会主义思想为指导，进一步加强现实题材创作，"三俗""官场亚文化""历史虚无主义"等不良创作倾向得到全面遏制，传播正能量、弘扬社会主义核心价值观，网络文学创作向主流化方向发展的趋势更加明确，网络文学意识形态主动权牢牢掌握在了党的手中。

团结引导工作取得明显成效，主流化成为网络作家的自觉追求

2019 年，中国作协网络文学中心及各级作协等单位和部门，组织网络文学界认真学习贯彻习近平新时代中国特色社会主义思想和党的十九大及十九届二中、三中、四中全会精神，中国网络文学周、中国网络文学论坛及各种研讨、评论、培训等活动和工作，始终突出意识形态导向，重点作品扶持、当代网络文学创作工程及网络文学原创优秀作品推介、中国网络小说排行榜评审等注意推出传播正能量的优秀现实题材作品，发挥导向作用，进一步树牢"四个意识"、坚定"四个自信"、做到"两个维护"，努力推动网络文学自觉传播正能量，弘扬社会主义核心价值观。

网络文学中心定期召开重点文学网站联席会议，及时传达有关会议精神及发现的问题，强调意识形态导向。一年来，网络文学中心认真落实王沪宁、黄坤明同志就网络文学引导工作做出的重要批示，组织对"官场

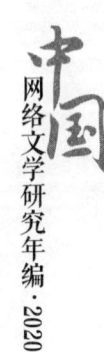

亚文化"小说清理整改情况"回头看",研究部署抵制"历史虚无主义"等不良创作倾向问题,组织学习贯彻习近平总书记致中国文联、中国作协成立70周年的贺信、党的十九届四中全会精神等,进一步提高了网络文学界的思想认识。

上半年"净网 2019"专项行动中,网络文学中心通过联席会议,通报有关精神,部署各网站认真自查,举一反三,并及时报告摸排整改及建立长效机制情况。就实际运转情况看,以联席会议为着力点强化意识形态责任的工作机制运转良好。

今年各地作协对网络文学工作的认识普遍提高。目前全国共有各级网络文学组织 115 个,其中 2019 年成立 26 个,海南、湖北、甘肃等省成立了网络作家协会,全国各省市区除新疆、西藏外,都有了省级网络文学组织。网络文学中心通过组织召开全国网络文学工作会议,举办网络文学组织建设座谈会等,不断探索网络文学引导工作的新模式,带动全国网络文学工作的开展。

为更好团结引导网络作家,网络中心进一步完善培训服务体系,分级分类开展培训,做到普遍培训和重点培训相结合。2019 年网络文学中心组织了 6 个培训班,共培训网络作家 486 人次;指导各级作协培训网络作家 1372 人次,联席会议成员单位培训网络作家 667 人次。

一系列团结引导措施的实施使网络作家改变了以往单纯为娱乐、为挣钱而写作的观点,使命感和责任感普遍增强,开始把网络文学创作看作繁荣社会主义文化的重要内容,自觉传播正能量,弘扬社会主义核心价值观。

以庆祝新中国成立 70 周年为主题,现实题材创作增长强劲

庆祝新中国成立 70 周年,是全国网络文学界工作和创作的重要主题。

中国作协网络文学中心举办了"歌唱祖国——全国网络文学优秀作品联展",共有38家知名文学网站参与,346部作品参展,进行了全国重点网络文学网站线上联展和线下展出活动。网络文学中心还组织了"我的祖国——网络作家庆祝新中国成立70周年采风活动"5次,组织约600名网络作家参加,亲身感受新中国取得的巨大成就。

作为网络文学界"庆祝新中国成立70周年"的一项重要内容,中国作协与国家新闻出版署合作开展了网络文学优秀原创作品推介活动,所有申报作品中,现实题材网络文学原创作品占了大多数,而且大多基调积极、底色明亮、风格明快。最终,有25部优秀现实题材网络文学作品受到表彰。从参评作品看,网络作家表现出了与时代同步伐的高度自觉,努力记录中华民族砥砺前行的历程,揭示新中国沧桑巨变的内在原因,如《浩荡》《深圳故事》等都是反映改革开放的佳作。讴歌党、讴歌祖国、讴歌人民、讴歌英雄,成为网络作家的价值取向与自觉追求,如《消防英雄》《青春绽放在军营》《太行血》等。不少作家把人民作为表现主体,表现小人物的现实生活和奋斗精神,努力发掘他们身上的真善美,集聚向上向善的正能量,如《朝阳警事》《运河人家》《商途》等。一些作品在创作手法上积极探索,努力在保持文本网络性的同时,很好地反映社会生活,如《全科医生》《传国功匠》《一脉承腔》等。

在多种措施的激励下,2019年,网络文学现实题材创作势头强劲。全年各级各类现实题材征文大赛参与作者过万人,参赛作品超过万部。很多知名网络作家也转向现实题材创作。现实题材内容主要着眼于讴歌祖国、讴歌人民和英雄、传承优秀传统文化、颂扬当代美好生活等。

比较而言,以往反响较大的玄幻类题材影响力开始下降,现实题材作

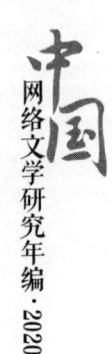
品增加显著,成为网络文学主流化、多元化的具体体现。

"网文出海"成为网络文学新的增长点和中华文化走出去的新亮点

中国网络文学的海外传播,今年来受关注程度显著提高。输出方式从出版授权到建立线上互动阅读平台,再到开启海外原创,中国网络文学对外传播不仅实现了规模化,而且完成了从文本输出到模式输出、文化输出的转变。传播区域也从东南亚、北美等核心地区向欧洲、日韩、非洲等全球各地扩展。

中国网络文学的海外传播包括对外授权出版、自办外文网站发表翻译作品、发表原创外文作品、通过阅读APP发布作品、网络文学IP授权输出等多种形式。目前,仅阅文、掌阅、中文在线、纵横、咪咕、晋江等几家主要文学网站,对外授权作品已有3000多部,上线翻译作品近千部,发表英文原创作品7万多部,网站订阅和阅读APP用户上亿人,覆盖世界大部分国家和地区。

网络文学传承了中华优秀传统文化,成为中华文化走出去的一张名片。在网络文学走出去的过程中,国际交流与对话不断加强,优秀作家和优秀作品的海外品牌推广不断强化。随着中国网络文学海外传播版图不断扩大,越来越多的国家兴起了中国网络文学热潮。

中国网络文学的海外传播也进一步带动了国内网络文学的发展,多数头部作者,都已开始从海外传播中获得收益,有些已达到年数百万元的海外收益规模。随着海外传播规模的扩大,将有更多作者从中受益,使中国网络文学的发展生态更加良好。

适应中国网络文学海外传播的新形势,2020年,中国网络文学周将升格为"中国国际网络文学周",以更好地发挥国际影响。2019年10月乌镇世界互联网大会期间,中国作协与浙江省人民政府共同举办了新闻发布会,并以"中国网络文学的海外传播"为主题举行了圆桌会议。11月,"自贸港背景下的网络文学出海论坛"在海南举行,并成为首届海南国际图书博览会的一大亮点。论坛上,网络文学中心与中国外文局、海南省版权局、海南省作家协会共同签署了战略合作协议,共同推动中国网络文学的海外传播。

网络文学评论研究更受关注,建立网络文学评论评价体系和设立全国性网络文学官方奖项的呼声更加强烈

近年来,网络文学评论研究在学术界不受重视甚至遭受鄙视的局面开始改变,尤其是 2019 年,网络文学研究开始成为热点,北京大学、安徽大学等高校纷纷成立网络文学研究中心,国家社会科学研究基金、教育部等开始将重点课题给予网络文学研究项目,许多硕士、博士研究生开始将网络文学作为自己的研究方向。

网络作家、网站等对加强网络文学评论研究的呼声也更加强烈,希望尽快建立适应网络文学文本特征、审美特征的评论评价体系。为此,网络文学中心组织实施了网络文学理论评论支持计划,引导网络文学研究评论。与《文艺报》合作,开办了《网络文学》专刊,每月一期,每期 4 版,旨在强化现实题材创作,引导网络文学自觉传播正能量,弘扬社会主义核心价值观,高质量健康发展。

网络文学界普遍希望设立网络文学的国家级官方奖项,以更好地发挥引导作用。目前,一些地市已开始探索网络文学评奖工作,如浙江的"网络文学双年奖",江苏的网络文学"金键盘奖",上海的网络文学"天马奖"等,都受到了广泛关注。

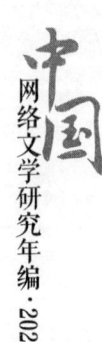

网络文学在调整中得到优化，但治理体系和治理能力现代化依然需要大力推进

今年，网络文学的监管力度进一步加大，上半年的"净网2019"专项行动，对一些重点网站进行了处罚。网络文学中心积极引导各网站行业自查自纠，积极配合整改，各文学网站反对"三俗"、抵制"历史虚无主义"的意识明显提高。同时，由于前两年网络文学IP过热和影视行业整顿工作，使网络文学IP转化处于低谷，网站和网络作家的收益下降明显。一些网站和网络作家甚至认为网络文学遇到了"寒冬"。但这样的整顿其实也是一种很好的调整和优化，使不良的创作倾向得到遏制，而正能量的优秀的作家作品能够在清朗的环境中健康发展，网络文学的整体生态得以优化。

当然，网络文学的行业管理目前也存在不少问题，显示出有关管理部门的治理能力有待提高，治理体系有待完善。比如目前从管理部门到网站，对内容的把关主要依赖"关键词"检索屏蔽。随着监管和处罚力度的加大，审核标准层层提高，甚至变得极度严苛，过多的"关键词"设置，使许多正常语句不能使用。一些网络作家反映，他们一个小时的写作时间中，可能用于创作的时间只有20分钟，40分钟都花在了如何"过审"上。这种简单的内容审核办法使很多网络作家无所适从，有些人甚至由此对党的文艺政策产生了误解。

同时，恶意举报的恶性风气严重影响网络文学的健康发展。而对盗版、抄袭等侵权的处罚不力，也使很多网络作家深为不满。

提高治理能力，完善治理体系，是网络文学健康发展的重要保证，需要引起高度重视。这也是贯彻落实党的十九届四中全会精神的基本要求。

网络文学的人民性特质

白烨

当今文坛在近 20 年间已发生了翻天覆地的巨变,并极大地改变了原有形态的基本构成。我曾在 2009 年就新世纪文坛的结构性变化做过一个传统文学(以文学期刊为阵地的主流文学)、大众文学(以商业出版为依托的市场化文学)、新媒体文学(以网络传媒为平台的网络文学)"三分天下"的基本判断。现在看来,这种文学的泛化愈演愈烈,文学的分化有增无减。当下的文坛从群体到写法、从现象到观念,都在或显或隐地持续分化,这种分化的结果既使文学的样态空前繁荣了,又使文学的看法空前丰盛了。这也意味着在文学观念的层面,必然会众说纷纭,一定是不一而足。在这样一个共识不断破裂的状态之下,谈论文学的本质已很不容易,再来谈网络文学的本质就难上加难。

我们当下的文学是社会主义革命和建设时期的文学,是以人民为活动主体的社会生活为基石,以传统的古典文学、现代的白话文学和进步的革命文学的有机融合为基础,不断吸纳古今中外各种新的文学元素发展壮大起来的。我们所置身和从事的当代文学更为郑重的说法应该是"社会主义文学"。关于社会主义文学,习近平总书记《在文艺工作座谈会上的讲话》中有一个重要的论述,那就是"社会主义文艺,从本质上讲,就是人民的文艺"。我们的网络文学,是社会主义文艺的重要构成部分,从本质上讲,当然也是人民的文艺。从这样一个角度去思考问题、去看网络文学,我们可以追寻到问题的根本所在,并抓住网络文学的本质性特征。

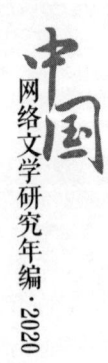
　　网络文学的飞速崛起与长足发展超出了人们的原有预想,也丰富了文学的主要构成。据中国互联网信息中心发布的第44次《中国互联网发展状况统计报告》有关数据,到2019年,中国网络文学的用户数量已达4.55亿,网民使用率达53.2%。另中国音像与数字出版协会发布的《2018年中国网络文学报告》显示,目前中国网络文学的创作者已达1755万。据中国社会科学院发布的《2019年度网络文学发展报告》提供的数据,至2018年,在网络领域流传与累积的文学作品已达2442万部。在内容生产不断丰富与持续增长的同时,网络文学在海外的传播也与日俱增,网络文学还以IP为核心,不断扩大与多种文艺形式的联姻,形成了新的文化增长点和巨大的发展潜能。从这些切实的数据来看,无论是作者群体的广大性、读者受众的普泛性,还是文学品味的通俗性、服务读者的全面性,乃至文化产业的延展性、辐射社会的广阔性,网络文学都是极具大众性的,因而也是卓具人民性的文学。

　　我这20多年来一直从事当代文学年度发展状况的观察、分析与梳理,从中深深感到自网络文学出现以来,文学在泛化与分化中不断放大,这既对整体文学不断产生着改变与影响,同时也以一种网络链接、读写互动的新异方式,实现了文学与最广大人民群众的密切结合。这种"草根"的普遍介入、"亲民"的文学取向,其实是十分重要的。当年毛泽东《在延安文艺座谈会上的讲话》中,谈到了文艺"要和人民打成一片","要和人民发生联系","要和新的群众的时代相结合"。而且还提出了"阳春白雪"与"下里巴人"统一的问题,"提高和普及统一的问题"。但在当代文学不同时期的发展演进中,这始终是一个有待解决的问题。可以说,毛泽东在78年前对于文学的这一殷切期望与热切呼吁,到了网络文学飞速发展和不断延展的今天,才比较好地得到了具体的实现。

如果说网络文学是卓具人民性的文学,是以"人民写,写人民"的自主方式丰富和延伸着文学的既有特性,那么我们就需要从这样一个角度来检省网络文学的现状与发展,要求网络文学的创作与生产。网络文学的人民性特质,除去表现在从业者、参与者、接受者的广大与普遍这些方面之外,还有一些内在的指标也很重要,也需要做到。总括起来说,就是"为人民抒写,为人民抒情,为人民抒怀"。就是在文学的创作与生产中,"不能以自己的个人感受代替人民的感受,而是要虚心向人民学习、向生活学习,从人民的伟大实践和丰富多彩的生活中汲取营养,不断进行生活和艺术的积累,不断进行美的发现和美的创造。要始终把人民的冷暖、人民的幸福放在心中,把人民的喜怒哀乐倾注在自己的笔端,讴歌奋斗人生,刻画最美人物,坚定人们对美好生活的憧憬和信心"。一句话:"欢乐着人民的欢乐,忧患着人民的忧患。"在习近平总书记关于文艺工作的这些重要论述里,涉及个人生活与人民生活、个人感受与人民感受的联系与区别,要求文学、文艺工作者要超越个人的小天地,走出个人的小悲欢,从人民生活中汲取营养,提炼素材,寻找故事,营构人物,并力求表达"时代的情绪"与"人民的情感"。与这些内在的人民性要求比照起来,我们的网络文学委实还有不少短板,存在着较大的差距。比如,文学写作、文学活动中,常常会出现沉浸于个人小天地,执念于个人小追求,玩味于个人小情趣,甚至只去面对情趣相投的小众读者,或对读者作一种偏于低端乃至低俗的想象,使自己的写作一直滞留于通俗文学的底层与末端的情形。如许种种现象,都是与"人民性"的要求格格不入,甚至相去甚远的,显然需要加以切实改变。在这里,写作的问题、技术的问题都是表面的现象,根本问题在于观念,也就是说,对于网络文学的认识,不能只盯住"网络",或者只盯住"文学",还要想到无论是"网络"还是"文学",其立足点

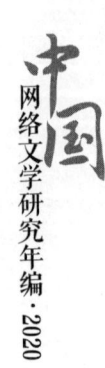

与出发点都在于"人民"这个根本。

从网络文学的发展来看,20多年经由类型化的不断演进,使网络文学在通俗品类的创作、生产与传播方面,得到了接近于全面性与专业化的极大发展,既使当代文学在整体结构上更完整、更合理,也极大地满足了广大普通爱好者的文学理想与文学需求。如果说过去一段时期的网络文学在通俗文学、类型文学方面,主要解决了"有没有"的问题的话,那么,今后网络文学的要务显然就要进一步解决通俗文学、类型文学"好不好"的问题。在这一方面,依然要以"为人民"为基本的坐标来衡量自我和要求自己,这就是"要把满足人民精神文化需求作为文艺和文艺工作的出发点和落脚点,把人民作为文艺表现的主体,把人民作为文艺审美的鉴赏家和评判者,把为人民服务作为文艺工作者的天职"。只有这样,才能真正称得上是卓具人民性的文学,并且不负这个时代,也不负我们自己。

网络文学现实题材创作的思考

欧阳友权

经政府倡导、文学赛事推介和公共舆论的积极引导,我国现实题材网络创作增长迅速,出现了一批主题格调健康、艺术质量上乘、社会效益凸显的现实题材佳作。《浩荡》《大国重工》《网络英雄传》《朝阳警事》《明月度关山》《天下网安:缚苍龙》……这类取材现实、承接市井地气和时代精神的作品受到广泛好评。在网文 IP 改编的现实题材影视剧方面,涌现出《大江大河》《都挺好》《亲爱的,热爱的》《隐秘的角落》等多部现象级作品。从"文"到"艺"、从"艺"到"娱"、从"娱"到"产",由网络小说创作引发的现实题材热,已经跨界引爆了网络文化和大众娱乐的现实题材回归。

现实题材升温,对于改变长期以来幻想小说一家独大,网络创作远离现实的状况,促进网络文学关注时代、关注社会、关注普通人的生活,补上"宅""玄""空"造成的网络文学短板,无疑有着矫治积弊的作用,它让网络文学多了一些人间烟火气与时代亲和力。但从实际效果看,现实题材的网文作品在读者中占据的喜好指数与市场份额还十分有限,有的甚至处于"主流叫好"而"读者不叫座"的"落地尴尬"中。究其原因当然不在"现实题材"本身,而在"怎样书写"现实题材上。一些现实题材网络作品虽然写的是现实生活,却仅仅把现实作为文学的"打卡地"和"留言板",停留在书写生活皮相、"为现实赶场"阶段,其内在精神与真正的现实是隔膜的、游离的,造成了艺术感召力缺失,这样的现实题材作品与现实主

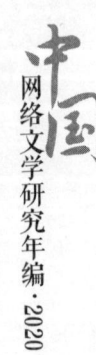

义精神其实是"脱榫"的。

要打开现实题材高调入场与"精神合榫"的迷局,以现实题材创作彰显网络文学的现实主义精神,需要确立起几个基本的文学观念。

一是从题材选择走向"价值及物"。现实题材不等于现实主义精神,网络作家选择现实题材不只是找到了生活素材,有了可写的对象,而是选择一种价值立场,一种评判生活的责任和干预生活的"及物冲动"。真正的现实主义文学是由正确的价值观统摄的良知与悲悯、关爱与真诚,体现的是创作者的情怀与信仰,而不是一种外在于生命的技能活动、一种谋生的"赶场"。网络创作回归现实需要以正确的立场评价现实以"赋能"生活,发现日常生活中的真善美,为社会的进步承担文学应有的责任。

二是从"在场秀"站位走向体验式书写。创作现实题材仅有作者的在场站位是不够的,还需要有对于书写对象的"过命性"体验,即如高晓声当年所说的"半生生活活生生,动笔未免先动情",或者像张贤亮在《绿化树》的"序"中所言,让自己"在清水里泡三次,在血水里浴三次,在碱水里煮三次"。没有迈过生活体验这道"铁门槛",没有承受过生命的沉重与苦痛,没有与生活真相相匹配的伦理与审美,笔下的所谓"现实题材"终归会隔着一层。那些"在场"却不"在地"的现实题材作品其实是一种"伪现实主义"写作。例如,有的网络小说描述的生活状貌能让我们窥见当下社会元素和个人生活的"圈层",却无法感受到生活背后的时代传响和历史脉动,只能给人以"站在桥上看风景"之感;有的作品迎合市场热点,有职场奋斗、无私奉献等"正能量"外衣包裹,但由于缺少对真实生活的感受和洞察,那些现实的故事和空洞的激情沦为"踏空"的现实叙事,实质仍是空洞苍白的快餐式消费品;还有的网络作品聚焦现代都市或青春校园,却侧重展现"小时代"的奢华、"丛林法则"的争斗或"霸道总裁式"的爱情生活,陷入了消费青春的拜金主义等等。这些作品虽为现实题材,却偏离了现实主义精神,或许写出了生活的"剖面",却难以让人感受到嵌入生命体察、浸染灵魂底色、"咬出个人牙印"的那种刺痛心扉,或"深文隐蔚"、启人深思的更绵远的东西,在精神力度上似乎总缺点什么。

三是从生活镜像走向艺术审美。现实题材创作不是写生活日志,而是"创作"文学,而文学是离不开艺术、离不开审美的。作家要写出的是"人与现实之间的审美关系",而不仅仅是描摹式的"镜像"关系,需要用文学的"强光"照亮现实和现实中的人心,作品不仅要有"爽感",还得有美感。因而,现实题材创作的终极指向并不是题材上的自洽和自证,而是现实主义精神的审美表达,否则只能是"现实的空转"。检验一部现实题材作品是不是表达了现实主义精神有两条相互关联的标准:一是看作品是否蕴含着以人民、人生和人性的力量彰显时代精神,体现出推动人类社会历史进步的正面价值,二是其艺术的感召力能否成为独一无二的审美标识。前者侧重内容层面的意义赋值,后者则以风格化表达赢得阅读的适恰性和审美快感,实现这二者的结合就能使作品产生打动人心的艺术力量,形成思想精深、艺术精湛的感人魅力。这就是我们所说的现实主义的文学精神,网络现实题材创作就需要与这样的现实主义精神"合榫"。有的作品以生活的"零距离"描写凡人琐事,但不是去写生活的"一地鸡毛",而是通过人物的工作经历表现社会变革的艰难历程,透过平凡人物的英雄梦传递出时代变化的大图景,如《上海繁华》《中国铁路人》;有的作品把个人命运与历史变革融为一体,以小见大,呈现出一个立体而鲜活的时代画卷,如《大江东去》《浩荡》;还有作品以逼真的生活细节、鲜活的故事、跌宕的爱恨情仇,让励志的精神舒展人物命运,回旋着奋发有为的生命传响,如《网络英雄传》《写给鼹鼠先生的情书》……这些现实题材作

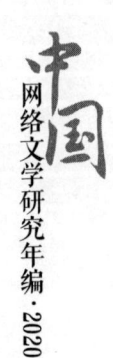

品贴近生活,贴近时代,也贴近读者心灵,正在于作者善于让"生活"走进"文学",由"现实"走向"艺术"。由是,生活镜像便走向了艺术审美,达成现实题材创作与现实主义文学的"精神合榫"。

为什么网文不等于网络文学?

邵燕君

关于网络文学的概念,学术界虽尚无统一定义,但其新媒介属性,已得到越来越普遍的确认。互联网不仅仅是一种传播工具,更是一种生产性媒介。所谓"媒介即信息","网络性"构成了网络文学的内在属性。在这样的共识下,不但古典文学的电子版不再会被算作网络文学了,以传统纸质文学创作方式完成的文学作品,即使首发在网络上,也不能被算作纯正的网络文学。

然而,如果我们把网络文学的概念建立在媒介属性的限定上,其外延将无限宽泛。单从体裁来看,网络文学就应该包括一切以网络为媒介的文学,既包括小说、诗歌、戏剧、散文等传统文体,也包括直播贴、段子等网络空间出现的新文体。虽然今天一提起网络文学,一般指的就是起点中文网等文学网站上连载的长篇小说,但是,网络文学并不等同于网络类型小说。按概念逻辑划分,网络类型小说应该是第三级的概念:网络文学—网络小说—网络类型小说。

事实上,网络类型小说也是个学术概念,一般由学院派使用。在网络文学圈内,写手和读者实际使用的概念是"网文"。网文与网络类型小说看似同义,其实存在着微妙的差异。类型小说是纸质商业文学发展成熟后的概念,具有明确的雅俗文学分类系统下的形态和功能。使用网络类型小说的概念,在不自觉间延续了纸质文学的脉络和逻辑。

网文则是网络出现不久即内生的一个"土著"概念,这里的"文"不专

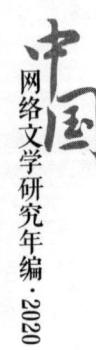

指小说,而是有点类似中国古代的"文章"。当人们说"网上有一篇文章"时,可能指的是一条评论贴。不过,网文是专指类型小说,但是随着网络媒介的变化(如从 PC 端到无线端)和向"泛二次元"方向的转型,网文的形态也一直发生改变。这让我们看到,小说类型模式真正提供的是一种经时间积累沉淀出的快感模式。也就是说,求爽的网文与类型小说最深层的对接,并非叙述模式,而是快感模式。那么,当网络性进一步深入后,网文的快感模式会不会和叙述模式分离?也就是说,网文依旧求爽,但已经不再类型化?比如在近几年出现的"梗文"里,共时的粉丝社区间"玩梗"的乐趣明显上升,类型模式逐渐下沉为一种叙述基础。从"网络性"的角度出发,笔者倾向于用网文的概念。相对于从纸质类型小说概念延续而来的网络类型小说,网文更具有网络原生性,也更具弹性和未来延展性。

如果对于网文来说,类型模式都是可能剥离的,那么不能剥离的是什么?笔者认为是"爽",即对读者的预期欲望和兴趣偏好的充分满足。中国网络文学的发展动因是一场以媒介革命为契机的"爱欲生产力"的解放,千千万万草根读者的文学消费权获得前所未有的满足,其创作能量也被极大激发。对网络文学概念的定义既要充分重视其新媒介属性,也不能回避其娱乐消遣性,但需要对互联网环境下消遣文学的功能和意义重新理解。作为目前中国网络文学主体的"网文",笔者将之定义为以互联网为媒介的新消遣文学。相对于五四"新文学"定义的"消遣文学","新消遣文学"的"新"处在于,基于互联网的去中心化、多点互动等新媒介属性,具有了"自由享受"和"自由创作"的积极面向。

在此定义下,网文的外延必然小于网络文学,它只是未来的网络文学之一种,"爽文学观"也仅仅是与"精英文学观"相对的文学观之一种。近年来,随着网文规模的日益壮大,其影响越来越超出亚文化圈的范畴,也被赋予越来越庄严的社会责任。然而,遵循"快乐原则"的网文,满足的是"本我"(id)的需要,与遵循"现实原则"和"道德原则",由"自我"(ego)和"超我"(superego)人格主导的精英文学,有着不同的文学属性和功能。网文貌似回避现实,其实也承担着不可或缺的社会职能。作为一套"全民疗伤机制",它是一种底线上的防御机制,防御压抑对人类欲望的过度挤压。所以,与其拼命让网文提升,承担它担负不起的"认识世界,改造世界"的责任,不如给它减负,让它守住"初心",帮助人们"应付世界"。

网络时代,"主流文学"需要重建。其担纲者,应该仍是目前以文学期刊、出版社为基地的"主流文学"。随着网络化的深入,它们早晚会迁徙至网络空间,成为新的网络文学,其形成于纸媒时代的编辑传统、源自五四新文学的精英传统,都将获得网络重生。近年来,在"主流化"的引导下,网文也在分化。比如,有一些作者积极写作现实题材的作品,获了很多政府奖项,有望成为"主旋律"文学的网络传人。这些"网文"也采用爽文模式,但爽本身已经不是目的,而是弘扬"正能量"、寓教于乐的手段。这类作品可以算作"主流文学"的一部分,也是网文经多年积累为网络时代"主流文学"的重建做出的贡献。

如果网文中分化出来的"主流化"的作品越来越多(也包括自觉继承现实主义、现代主义等文学传统,更以思想性、文学性为追求的创作),那么"以爽为本"意义上的网文概念需要进一步缩小范畴。或许应该直接用"爽文"的概念,那样的话,"爽文"概念必须扩大,不能局限于"小白文"层面的"爽",像"文青文""特色文"那些更能满足"高级爽"的网文,也应该被纳入进来。

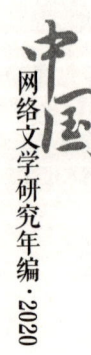

　　总之,笔者认为,在理想的网络空间,文学可以按照现实原则和快乐原则分成两大类。每个人都可以自由地"登录"不同的文学空间,自觉遵循不同空间的文学原则。遵循快乐原则的"爽文"也可以有情怀有教益,也能出精品出经典,但以消遣本身为第一目的,快乐原则是这一世界的基本设定。

网络文学应该面向精神史写作

——网络文学的"精品意识"思考

周志强

有一个老问题:为什么"网络文学"是一种独特的文学形式,或者说"文体"(Style)?除了强调数字媒介的交互性带来的写作狂欢之外,20多年网络文学的写作也形成了一种独特的"数字文化传统"。这就可以从网络文学的写作伦理角度来探讨其文体属性,并由此重新确立网络文学写作的"精品意识"。

"新穷人"与网络文学写作的匮乏机制

网络文学的写作伦理可以总结为"自然、自在、自洽"。这种写作伦理的核心特点就是齐泽克总结出来的拉康的说法:"涉及欲望决不让步。"其后果就是在写作的欲望生长过程中,创生出"想象界的大爆发"情形。正典文学写作是在理性启蒙主义的潮流中确立的,其想象力受制于理性启蒙的总体计划。而网络文学的想象界大爆发则暗含对正典写作伦理的疏离态势。网络作家写作一方面可以吸收和继承正典文学的成绩,自觉学习其文风和风格,另一方面,又总是与正典文学保持差异。

同时,这种想象界的大爆发形成了网络文学写作的"匮乏机制",即网络文学的欲望性写作伦理,正是现实生活的匮乏性在场。《重任》这部穿越小说描述了小列车员崛起为铁路高管的过程。现代社会日益复杂,人们容易产生"预先失败"的沮丧感,这部小说则给人们带来掌控当代生活的"全景知识幻觉"——穿越者的内在含义不就是弥合人的历史感的

第一辑 现象与趋势

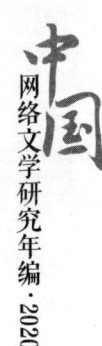

掌控力不足的缺憾吗?

网络文学通过这种"匮乏机制"实现着与当下生活的"潜对话":每一部网络文学作品中的欲望狂写都是当下社会生活总体匮乏意识的寓言化表达。这与传统文学经典所谓真实反映现实或历史生活的情形截然不同。2019 年中国互联网发展报告数据表明,个人收入结构上,超过 7 成网友月收入不足 5000 元。无收入及月收入在 500 元以下的网民群体占比为 19.9% ,月收入在 2001—5000 元的网民群体合计占比超过三分之一,为 33.4% ;月收入在 5000 元以上的网民群体占比为 27.2% 。显然,网络消费群体主要是当代中国的"新穷人阶层"。从理论上讲,这一阶层的人们,其购买力足以支撑基本生活,如米面,却无力实现欲望满足,如豪车大房、苹果手机甚至星巴克带来的中产幻觉。需要(Need)得以满足,他们不再是传统意义上的"穷人";但是体现他们存在感和价值感的愿望(Want)却异常匮乏,形成了巨大的社会想象的驱动力,这不正是网络文学写作伦理的社会学基础吗? 所以,网络文学除了数字媒介写作、粉丝同人文化和青春文化的崛起之外,还有其更加关键的潜在规定性:特定时段社会生活匮乏机制下的写作伦理。

"影响的焦虑"

网络文学的写作伦理植根于特定社会生活的匮乏意识,其叙事逻辑呈现为想象的"匮乏机制",从而与经典文学写作中的审美拯救意识和理性反思驱动有了关键性的区别。后者更致力于构造共同体的政治整合、思想认同和话语召唤机制。在这里,由于写作伦理所依托的社会文化机制不同,网络文学与经典文学也就呈现出不同的写作焦虑。

美国学者布鲁姆提出,经典文学创作者往往会受到前人经典写作者的内在影响,并产生抗拒影响的冲动,这就形成了"影响的焦虑"。所谓"李杜文章在,光芒万丈长",这种焦虑呈现为强烈的"精品意识":如何超越前人,形成自己的独特创造,创作出流传千古的作品,这是传统经典文学作者的潜意识冲动。而建立在"匮乏机制"基础上的网络文学写作之所以形成了"另一个文学传统",究其文体哲学的原因,正是这种影响焦虑的消解。

经典文学的影响焦虑主要体现为如何参与到传统文学经典的对话序列之中。话语的接续、相似和独创,成为其写作的内在意识。对已有的、大家都理解的"现实"和"命题"进行书写,获得读者的普遍性思想认同,这是其写作的内在伦理。

网络文学不再背负这种影响的焦虑。其写作伦理更多地受到一个社会内部的集体无意识的影响,甚至是自觉地接受这种影响。与经典文学不同,网络文学创作不是焦虑性写作,而是去焦虑化的写作,即不在意是否获得体制和社会理性的认同。不再背负经典写作的传统使得网络文学可以将"潜在真实""解放"出来。

走向"精神史写作"

既然网络文学消解了传统经典的影响焦虑,陷入自然、自在与自洽的写作伦理,那么网络文学如何出精品,这个命题就值得重新思考了。

传统经典文学写作的"精品意识"与网络文学写作的精品意识有巨大不同。流量、IP等肯定是网络文学精品意识的内在主导话语,除此之外,网络文学不是通过追求宏大的史诗意识或者深刻的理性认知来构建其精品意识的,而是通过"潜在真实"的解放来呈现特定的精品意识。

这两种精品意识的不同何在?

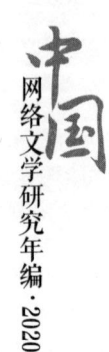
正典文学的精品意识可以称之为一种"面向思想史写作"的意识。网络文学的精品意识应该培养一种"面向精神史写作"的意识。

特定历史时段总是出现不同形态的"思想",但是这些不同的思想有可能处于同一种"精神"时段。如今,整个社会的思想状态发生了天翻地覆的变化。多元主义、个性主义、自由主义与新权威主义呈现截然不同的思想景观,然而,对于"绝对性"的追求却并未改变。

这就有了两种形式的写作:基于特定思想时段的思想史类型的写作和基于集体无意识的感悟的精神史类型的写作。如《班主任》和《男人的一半是女人》这两部作品,前者体现了特定时期社会思潮的印记和政治思想的要求,后者则在无意识层面上呈现出了理性和科学复苏的时间段人们精神世界的沉重、彷徨和犹豫。前者符合时代的要求,后者更多地疏离了时代的直接干预,却成为中国人精神史的活现。

同样,常书欣的《余罪》不是一般意义上的"法制文学",而是通过一个小警官的逆袭,呈现了当下社会普通人卑弱、琐碎以及对破坏力的渴望的精神景观。周浩晖的"罗飞系列"没有确立法治社会的正确性,却凸显出犯罪事件中法理冲突带给我们的道德困境和认知两难——这种"两难",不正是我们所处的纠缠矛盾的精神状况的现实吗? 紫金陈的《坏小孩》(《隐秘的角落》)也不是对现在社会道德力量和法治精神的呼唤,而是有力地把一种"恓恓惶惶"的社会意识奇特地呈现给了我们。与此同时,《余罪》在逆袭狂欢中尝试重新确立法律精神和启蒙理性相结合,《死亡通知单》呼唤合法性与合情性和谐回归,《坏小孩》则呈现"恶之花"的社会生活中潜在的抗争态度。

显然,网络文学自然、自在和自洽的写作伦理,使之更有可能成为阿甘本所说的"同时代"精神的典型体现:只有不跟个人生活经验靠太近,乃至跟时代有疏离,才可能真正写出时代的精神史。所以,网络文学没有呈现出对生活的"即时反映"的倾向,而是更多地植根于匮乏机制,构造想象界的大爆发;同时,又在这种爆发中,潜存创生精神史的历史寓言。

鼓励网络文学面向精神史写作的意识,而不是面向个人生活,过分强调欲望经验,或者陷入纯欲望写作的"爽境",才有可能在尊重网络文学发展规律的基础上引导培养新型精品和新型经典。我也期待网络作家很好地理解网络精品文学写作伦理的核心矛盾,通过"爽"形成与社会生活的潜在对话,也在"爽"中巧妙勾画特定时代的精神史图景,而不是思想史的图解,更不能陷入伪经验的陷阱。

总之,"爽"只是满足匮乏的外壳,而匮乏本身有可能成为精神史的突破口。网络文学归根到底不同于正典文学,无法完全接受正典文学的召唤,也无法改造为正典文学。认识到两种文学创作的精品意识的不同,才是正确引导和建立网络文学精品话语的核心所在。

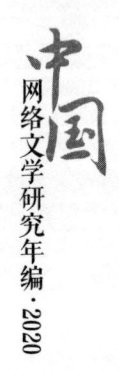
网络文学是新型的人民文艺

周志雄

近年来,中国作协等相关部门提倡网络小说写现实题材,从网络作家的社会身份来看,写现实题材是网络作家的优势。要写出优秀作品,写作需要扎根人民、扎根生活。相比专业作家,网络作家来自不同的行业,他们有丰富的生活底子,他们讲述的行业故事比专业作家更深入、更专业、更有可读性。秦明的《法医秦明》系列故事为读者揭开了法医行业的秘密,给读者以专业知识的享受;齐橙的《大国重工》关于我国重工业设备引进、创新的技术介绍专业程度非常高,被称为工业"硬核"文;郭羽、刘波的《网络英雄传》系列小说讲述了当代我国互联网创业者的创业之路;阿耐的《大江东去》以编年体的形式写出了我国改革开放以来集体经济、个体经济、国有经济、外资经济等多种经济形式在我国的发展历程。这些优秀网络作家扎根现实、扎根人民,他们用精彩的中国故事表现我国社会发展变革的历史与现实,让读者在愉悦的阅读中有所思、有所获。

"时运交移,质文代变",一时代有一时代的文学。法国的泰纳认为,种族、时代、环境决定一个时代的精神文化面貌。中国改革开放的时代主题是发展,人民生活水平与幸福指数不断提高,人民安居乐业,个人自我实现的环境越来越好。网络小说中以升级爽文为核心的文学趣味,自信、乐观、向上的精神风貌,是时代精神的折光。网络文学的总体格调是明亮的、向上的、理想主义的,是应历史潮流而生的文学。

网络文学的理想主义格调是由网络文学的性质决定的。网络文学面向广大的读者,是大众文化,与美国大片、日本动漫、韩国的电视剧相类似,充满了理想主义色彩。

美国大片歌颂亲情和友情,宣扬爱、自由、勇敢、坚强、乐观,对个体的尊重,对英雄的崇拜。中国网络小说的常见情感结构是通过艰苦的努力,主角最终实现自己的人生理想,成为时代有为青年。好莱坞是造梦工厂,好莱坞电影是高度类型化的,那些有情人终成眷属的故事,以勇气和才智去面对苦难的贫民英雄故事是符合大众审美期待的,这和中国网络文学中的理想主义气质和英雄主义情怀非常相似。

日本动漫作品有较强的人文情怀,崇尚坚韧、尚勇的武士道精神,倡导团队合作,有体育竞技类、探险类、魔幻超能类等类型,这与我国的网络小说形成了鲜明的映衬。日本动漫主流是少年动漫和少女动漫,符合青少年读者的心理需求,如以《灌篮高手》《火影忍者》等为代表的少年成长类,以《死亡笔记》为代表的魔幻异能类。《圣斗士星矢》《网球王子》《海贼王》等作品展现了爱和情义,正义战胜邪恶,教会青年人如何成长。我国网络文学的青春文化特色非常鲜明,主角的成长是常见主题。日本动漫不只是停留在娱乐大众层面的商业产品,还表达作者对世界、对人生的思考,赋予作品哲学深度,这与一些追求韵外之旨的优秀中国网络文学作品是相似的。

中国网络小说在价值观与艺术手法上与韩剧有诸多相通之处。《大长今》《来自星星的你》《太阳的后裔》等韩剧蕴含儒家文化,珍视亲情、友情、爱情,坚守真善美,推崇仁义礼智信,信守忠孝仁爱;韩剧剧情紧张,设定精致,逻辑完整,风格温馨,不乏幽默、新奇,能紧紧地抓住观众;韩剧富于现代气息,中西合璧,文化混杂,兼具东方文化的素朴与西方文化的时尚感;韩剧制作精良,重视视觉美感,精心挑选演员,配上精美的服饰,精

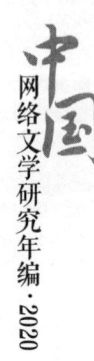

致的妆容,人物偶像化,在气质、人格和才华方面都能吸人眼球,在灯光、场景、道具、音乐、台词等方面追求艺术的美感,营造浪漫的气氛。韩剧在制作方面的经验已经为中国网络 IP 剧所借鉴,比如近年来口碑颇好的网络文学 IP 剧《琅琊榜》《芈月传》《三生三世十里桃花》等。中国网络言情小说在故事情节的设置上,如复杂的矛盾展开、唯美的爱情故事,与韩剧也有异曲同工之妙。

在欧美、日本、韩国,其大众文化的输出,既是一种经济行为,也是一种文化行为,借助大众文化产品宣扬其价值观。从精神的深度来说,我国网络小说与现代文学以来的小说传统是不同的,网络小说在价值观上不做探讨,而是传递更为直接的价值观:玄幻武侠小说中的除暴安良、刻苦修炼;言情小说中追求有尊严的爱情,有情人终成眷属;青春校园小说中的开朗乐观、勤奋上进;历史小说中个人的能动性与聪明才智的发挥。这种积极、正向的理想主义价值观包含修身、齐家、治国、平天下的儒家文化理想,功成身退的道家哲学,也蕴含现代文学以来倡导的民主、自由、平等、博爱、独立等现代价值观。这与社会主义核心价值观是相通的。在一些网络历史小说中,写到外族入侵,常有"犯我中华者,虽远必诛"的爱国基调,这并非是写作者的刻意为之,而是一种自觉的爱国意识流露。

网络文学是直面读者的文学,对作者来说,如何吸引读者是必须要考虑的,但同时要兼顾作品的精神导向和艺术品格,人民群众所喜闻乐见的作品不是简单迎合读者需求的作品,而是既要普及,又要对读者有提高。从作品的阅读效果来说,优秀网络文学需要雅俗共赏。

优秀网络小说与一般网络小说的区别在于,作品意蕴、格调的高下,题材、故事的创新性与时代性,故事内在逻辑的合理性,人情事理的练达,细节、场景、对话描写的精彩程度,人物形象的独特性,语言的美感等方面的差异。优秀网络小说既让读者看得爽,又让读者在阅读中有所领悟,有感动,获得精神的提升,获得审美的享受。而那些以情色、黑幕、暴力描写来博得读者眼球的作品,迎合的是读者的低级趣味,那些宣扬丛林法则、跟风、套路化的故事让读者倒胃口,情节违反人情事理,表达缺乏美感,即使一时获得一些读者,最终必然会随着时间的推移而被扫进历史的垃圾堆。从文学的创作规律来说,优秀的网络文学作者一定是扎根人民、扎根生活的,有良好的艺术素养、开阔的文学视野,热爱人民、热爱时代、热爱生活,孜孜以求、精益求精,只有这样,才能创作出无愧于时代的优秀作品。

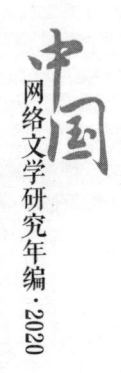

业态变革引发的纷争

王文忠

阅文集团管理层变动引发的舆情已告一段落。深入考察事件会发现,事情的出现与网络文学行业生态的变革有着密切关系,需要引起高度重视。

事态与问题

2020 年 4 月 27 日,阅文集团原联席首席执行官吴文辉和梁晓东、总裁商学松、林庭锋等部分高管团队成员荣退,辞任管理职务,现任腾讯集团副总裁、腾讯影业首席执行官程武出任首席执行官和执行董事,腾讯平台与内容事业群副总裁侯晓楠出任总裁和执行董事。此次管理层人事变动中,阅文集团原 10 人管理团队中变动 8 人。

阅文新管理团队表示,此次调整意在"推动阅文从'最大的行业正版数字阅读和文学 IP 培育平台'向'更强的文学内容生态'升级"。升级包括三方面:一是实现 IP 培育能力升级,加快跨业态发展;二是实现连接能力升级,将阅文产品优势与腾讯流量优势对接;三是业务模式升级,在保持付费阅读模式的基础上发展更多新业务模式。

4 月 28 日起,陆续有网络文学作者在"龙的天空"、新浪微博等平台声称,收到了阅文集团发出的"新合同",其中有"霸王条款",侵犯作者权益。5 月 2 日,部分作者在今日头条、微信、微博、龙的天空、知乎、贴吧及 Bilibili 等视频网站平台,针对著作权问题、付费和免费模式问题进行广泛讨论,引发舆论关注。《人民日报》客户端、《人民日报》海外版、新华社、《三联生活周刊》、澎湃新闻及部分香港媒体等陆续报道。

5月3日凌晨,阅文新管理团队发布公开说明,称推行"全部免费阅读"不可能也不现实,外界所传的"新合同"是去年9月推出的,未来公司会根据作者意愿对相应条款做出修改。随之,有人号召将5月5日定义为"55断更节",呼吁网文作者集体停更作品、抵制"霸王条款",甚至出现人身攻击等"网络暴力"。同时,"55断更节"还出现了线下聚集苗头,舆论期待有关方面尽快规范行业发展。

在5月6日由阅文集团启动的系列作家恳谈会上,集团就网络文学生态、创作环境优化以及"作家合同争议"等商业规则领域问题,提出了协商解决办法,表明了平台和作家的共同立场和态度。此后,主流评论界和媒体也发出了比较客观的声音,认为作者、平台、读者三位一体,应该找到其中的平衡点,作者和网站的权益要通过协商的办法来解决。事件随后便渐渐平息下来。

此次事件引发广泛关注的一个重要问题是,付费阅读与免费阅读的模式之争。中国网络文学20年来得以高速发展,其重要基础是吴文辉等人开创的VIP付费阅读模式。近年来,付费阅读收入增长停滞,以广告收入代替订阅收入的免费阅读迅速崛起。行业发展模式变化带来的不确定性引起了部分作家的忧虑。

这次加入阅文的程武、侯晓楠团队,原来就是腾讯影视、游戏等娱乐开发公司的高管,目前仍然兼任。管理团队的变更目的在于打通腾讯的文化娱乐产业板块,建立以网络文学作品为内容源头和底层支撑的跨业态发展模式。新业态中,网络文学作品通过订阅直接获取收益的重要性降低,网络文学更重要的意义是为后续产业提供内容服务和支撑。

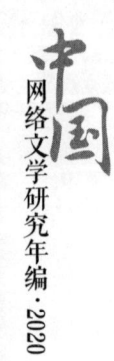

此次引发舆情最直接关注的"霸王合同""霸王条款"等问题其实由来已久,在全行业普遍存在。大量新作者和中低端作者均认为自己与网络文学平台的关系不对等,长时间、全版权授权和收益分成比例偏低等"霸王条款",甚至以委托创作的劳务合同代替著作权合同,成为平台盘剥自己的重要手段。

事出有因

仔细分析此次事件可以发现,事件的爆发从根本上说是中国网络文学发展到重要转折关头矛盾的集中体现。

中国庞大的人口基数曾为读者人数的持续增长提供了保障,至 2019 年,中国网络文学读者达到 4.55 亿,再靠读者人数的绝对大幅增长来维持网络文学产业的增长遇到瓶颈。这一年,阅文在线阅读业务收入 37.1 亿元,同比下降 3.1%,付费阅读所提供的发展动能越来越小。想办法争取阅读盗版作品的用户、不愿付费的用户等成为可行选择,通过广告获取收益的"免费阅读"模式出现并快速发展,仅两年时间即带来高达 60% 的用户增长量。免费模式面临的问题一是为吸引眼球,不太注重作品质量而推出了大量"三俗"作品,对此需要加大监管力度;二是目前新的"免费阅读"模式仍处于烧钱阶段,模式前景仍未确定,且对逐渐形成的付费模式形成了一定冲击。

网络文学行业应对收费阅读收益下降的另一个办法是打通产业链,通过 IP 开发实现增值。5G 时代,短视频、直播、音频等与网络文学阅读展开了直接竞争,网络文学产业依靠文字阅读获取收益的独立性降低,而作为内容支撑的基础性、龙头性意义增强,向跨业态发展的产业形态转型。近年来,热播的影视剧,如《大江大河》《芈月传》《甄嬛传》《琅琊榜》

《亲爱的翻译官》《三生三世十里桃花》《庆余年》等,动漫、游戏、漫画如《斗破苍穹》《斗罗大陆》《全职高手》等,都是由网络文学作品改编的。2019年,阅文版权运营收入44.2亿,同比激增341%,在总收入中占比跃升至53%,成为第一大收入支柱。

总体来说,网络文学经过多年的发展进入了滞涨期,到了通过发展模式的变革和丰富实现突破的节点。今后,网络文学的发展模式将更加丰富,作为文娱IP的重要源头,网络文学将更多承担文娱产业内容支撑的基础和引领作用。

当下网络文学行业发展的周边环境还存在很多问题,压缩了行业的发展空间。盗版是网络文学发展的大敌。2019年,中国网络文学总体盗版损失规模约为56.4亿元。盗版平台通过搜索引擎、门户网站、自媒体等进行推广,在阅读和下载页面内嵌广告获得收益,形成了完整产业链。盗版严重影响了网络文学的收费模式,免费模式的兴起,某种程度上也是运营平台对抗盗版的努力。"小黄文""战神文""豪婿文"等自媒体低俗文字严重冲击网络文学的行业秩序,也影响了网络文学的声誉。随着自媒体快速增长,此类文字有泛滥之势。

破局之道

此次阅文集团人事变动引发的舆情事件是中国网络文学行业因发展模式和生态转变引起的问题,需要我们积极应对,以推动中国网络文学健康发展。

网络文学的核心生产力是作者。保护作者的权益,调动作者的积极性,推出高质量的作品,是网络文学健康发展的根本。有关方面应加强网络作家权益保护,促进平台和作者之间建立公平、良好的关系,通过有效

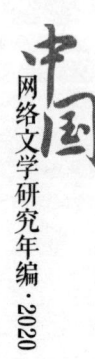

的平衡,营造利于网络文学发展的良好生态,共同把蛋糕做精做大,实现双方利益的最大化。网络文学平台应共同商议制订相关公约,加强自律,抵制"霸王条款",倡导良性竞争。

在新的文创业态中,网络文学不管自身的阅读收益规模有多大,其对行业的支撑和引领作用是不可替代的,加强精品生产不论对网络文学自身还是对整个文娱产业都具有重要意义。要加大对盗版和低俗文字的打击力度,提高网络文学综合治理水平,进一步优化网络文学行业发展生态。

目前中国网络文学行业的国内增长遇到瓶颈,海外传播将成为新的增长点。要推动机构间的跨领域合作,进一步深化产业链内部的协同与整合,提高中国网络文学对外传播的主动性和自觉性,改进和完善传播机构的运行模式,做好中国网络文学全方位、大纵深的整体性、生态化输出,扩大中华文化的世界影响力。

讲好中国故事，网络文学大有可为

朱钢

讲好中国故事，是网络文学应有的使命和自觉。发挥网络文学的独特优势和能量，主动积极响应新时代的召唤，成为讲好中国故事的生力军，也是网络文学健康成长必然面对的一次大考。倾心讲述中国故事，以网络文学的方式把中国故事讲好，是网络文学发展的核心力，有助于进一步建构和完善网络文学的全生态图景。

讲好中国故事，网络文学迎来上好机遇

新冠肺炎疫情发生以来，习近平总书记多次强调要讲好中国抗疫故事。党的十八大以来，习近平总书记就讲好中国故事这一主题发表了一系列重要论述并深刻指出"讲中国故事是时代命题，讲好中国故事是时代使命"。讲好中国故事，传承中国优秀传统文化，凝聚中国精神，传递中国正能量，人人都应该是参与者，同时人人也必将是受益者。

近几年，中国作协以引导"现实题材创作"为强音，在引导创作的方向上进一步聚焦讲好中国故事。2019年，由国家新闻出版署和中国作家协会联合推介25部"庆祝新中国成立70周年"主题网络文学作品暨2019年优秀网络文学原创作品，集中展现了网络文学讲好中国故事的最新成果。今年以来，中国作协紧扣决胜全面建成小康社会、决战脱贫攻坚、抗击新冠肺炎疫情和建党100周年，着力推进文学精品创作生产。进一步完善现实题材创作规划组织机制，抓好中国当代文学创作工程规划

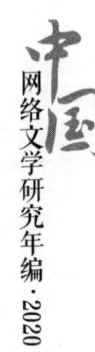

项目,组织开展全面建成小康社会主题采访采风活动和有关征文,着力推动脱贫攻坚题材、农村题材文学创作。鼓励广大作家和文学工作者精心创作中国抗疫的核心叙事。围绕建党100周年组织好重大现实题材、重大革命题材、重大历史题材创作。中国作协网络文学中心在重点作品扶持中专门设立"决胜全面小康、决战脱贫攻坚""庆祝中国共产党成立100周年""一带一路"和"同舟共济,全民战'疫'"主题专项。各地作协和网络作协将讲好中国故事进一步细化,并将"现实题材"作为重要的发力点。一大批网络文学阵地以流量福利、主题引导、举办征文等形式,为网络文学讲好中国故事进行多点支援和重装推动。

网络文学的现实题材创作,一直在探索讲好中国故事之道。在挖掘中国传统文化、观照当下生活以及重大题材等方面不间断发力,取得的成绩令人欣喜,并充满更可信的期待。仅以与现实生活紧密相连的重大现实题材而言,经过网络作家持续的创作,累积了相当的经验储备,收获了不少精品力作。阿耐的《大江东去》、齐橙的《大国重工》、玄蓝狐的《大国重器》、笙箫剑客的《农业之王》、何常在的《浩荡》等一大批关注当下纷繁生活和主攻重大现实题材的作品,生活气息浓郁,在好看与正能量两个向度上,都具有网络文学独特而极具魅力的气质。这些成果,进一步增强了网络文学能够讲好中国故事的自信,在新的创作方法和标高上都极具示范性意义。

明确的行为导向,强大的精神动力,国家层面的行为提倡和政策红利,以及全社会的助力,为网络文学投身讲好中国故事这一时代潮流提供了极佳时机。这样的机遇,在网络文学回报社会、与时代同频共振和大显身手等方面,是"定心盘""指南针",也是前行的"加油站"。

讲好中国故事，网络文学具有天然优势

网络文学精神上的民间性，讲述故事的通俗化，以及在传播过程中形成的"多声部合唱"效应，对于讲好中国故事优势明显。

根据中国音像与数字出版协会发布的《2018 中国网络文学发展报告》，国内网络文学创作者已达 1755 万。如此数量惊人的网络作家，形成了网络文学在题材的多样化、多角度、全方位讲好中国故事的人才资源优势。网络作家可在讲自己的故事、讲普通老百姓的故事中，实现讲中国故事。加之每年海量级的网络文学作品问世，为从容而细致地讲好中国故事提供了无限可能的容积。

与民间保持着亲密性的关系，生活现场就可以倾听大众的声音，网络作家对社会的了解独具生活现场感。他们可以更好地体验并发现那些感人的细节、温暖的场景和正能量所带来的第一手生活情感。在创作动力和素材资源上，都更生活化。而以"90 后""00 后"为主的网络作家，飞扬的青春与时下中国的发展具有相似的活力。他们对新事物的好奇心，让他们能更快捷和直观地感受到当下中国新发展、新变化、新成就所带来的福利。以朝气蓬勃的心态，鲜活而极富时代性的语言讲述中国故事，年轻的网络作家的个人气质和作品都富有感染力。网络文学的亲和力，讲故事方法的亲切，会传递给广大读者本真的亲切感。因为这样的"亲切"，网络文学里的"中国故事"会增强人们的情感认同和愉悦接受。

"众声喧哗"，是网络文学的奇妙景观，也是网络作家写作重要的兴奋点和读者阅读的爽点。"粉丝"以作品或作家为主体聚合，形成共情式的互动。他们常常或交流阅读感受，或对作品在创作手法、细节、人物形象甚至故事走向等提出质疑或建议。因为"粉丝"真诚且热情的互动，特

别是碎片化地参与讲述,这一过程本身就增强了讲述的力量。很多情形下,这对网络作家讲好故事提供了积极的参考。一方面网络作家可以根据信息反馈,实时评测作品成色;另一方面,从读者的意见和建议中可以获取灵感或直接性的启发。在考量得当的情况下,网络作家能够既坚守自己的创作风格、基本立场、价值彰显等主导性的思路,又能取众人之长,把故事讲得更精彩,更吸引人。

网络文学的通俗性,很好地应和了当下人们重要的阅读取向之一,极大地满足了休闲性、娱乐性、共赏性和社交性等阅读需求,能够轻易融入人们的日常生活之中。张扬网络文学的个性,选取时下最鲜活、最为大众偏爱的语言讲中国故事,能够优化情境,使讲述者与受众者的距离最大可能地缩小。网络文学在讲故事策略上与生活同源,与时代同行以及与读者心理同构,讲述的故事融熟悉的感觉和陌生化的吸引力于一体。集深情、暖意和正能量于其里的故事,进入门槛低,好读有看头,从而可以更好地实现"使人想听爱听,听有所思,听有所得"。在人数和受众面上,这是体量巨大、占比很高的群体。这使得中国故事可以更好地深入人心,让不同民族、不同职业、不同阶层、不同地域等更广泛的人群愿意分享中国故事。这其实也是讲好中国故事之"好"的目标要义所在。

讲好中国故事,网络文学需要守正和创新

讲好中国故事,把弘扬社会主义核心价值观作为基本操守,当是网络作家人人都应进一步树立的创作理想和行为导向。以中国优秀传统文化和新时代精神为灵魂,坚实网络文学的现实感和共通性的情感。将细密的个人生活和辽阔的新时代图景融为一体,用中国想象讲好大气磅礴的中国故事,助力构建人类命运共同体。

传统与当下交相辉映,充满正能量地前行。网络文学是改革开放和互联网新技术的产物,但其核心叙事与中国优秀的传统文化一脉相承,与新时代的中国精神同属一个生命体。网络文学讲好中国故事,当正本清源,注重从优秀传统文化里汲取营养,从传统文学叙事中获得智慧,以新的理念擦亮文化和文学传统,为时代立言。以鲜明的时代感和生活气息,勾连个人小情感和新时代大情怀,浓郁中国审美底色,感受真诚热烈的理想主义色彩和乐观向上的情感共鸣。

从个体到社会,从小我到大我。网络作家的大民间性,具有与现实生活血脉相连的优势。虚拟生活、虚拟现场和虚拟交际,不应是"现实"的对立面,而是有效的延伸和与现实有着许多相似情境与体验的再现。许多时候因"虚拟"而积攒的素材和生成的灵感,甚至比在现实空间更饱满、更真实。网络作家在提升这一强项功能的同时,补齐因"宅居"而造成的短板,主动介入生活,真切触摸生活,在原生现场充分感受"千年未有之大变",将作家特有的敏感和敏锐发挥至极致,为创作提供想象的基础、讲述的冲动和情感的支撑。在具体创作中,既要以经验形成套路,又要有反套路的勇气和能力。要有创作新人物形象、以新方法讲故事的自觉意识,要善于自我设定精品力作的创作欲望,提升网络文学讲中国故事的内在品质和外在形象,进而保证网络文学讲中国故事更有现实质感、心灵温度、人文情怀和精神活性。

网络文学讲好中国故事,题材广泛,可施展的空间巨大,可选择的路径众多。在当下以现实主义处理现实题材来讲述中国故事,是网络文学的重中之重。随着网络时代不断的升级换代,新时代语境中,现实主义也在推边界,扩大疆域,在不断注入新元素、新思想中迎来了创新的可能性和实践中的探索。网络文学可以借势而上,加大现实题材创作中的现实

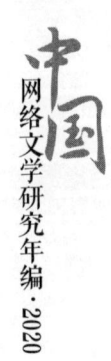

主义成分和力度。同时,网络文学还要更广泛更深度地尝试非虚构写作,真诚书写,忠实还原,拓展讲好中国故事的更多可能。以网络文学特有的语言气质和书写上的"亲和力",不但表达真实的情感,也讲述真实的故事。网络作家"亲历者"的身份以及参与社会生活的广泛性,可以有效提高"保真",最大限度地防范"失真"。事实上,网络文学关注并引入非虚构写作,其实我们已经出发,美好的景观已在不远处。

习近平总书记强调,"要推进国际传播能力建设,讲好中国故事、传播好中国声音,向世界展现真实、立体、全面的中国,提高国家文化软实力和中华文化影响力"。发挥网络文学在传播上的全时空和大众性参与的优势,加大海外传播,依然有巨大的提升空间。网络作家的站位、格局和视野要和中国文化发展战略相适应。在人类命运共同体的大前提下,网络作家要吸纳中外优秀文化成果,为中外读者提供更多的具有中国精神和人类价值的网络文学作品,"中国故事海外讲、海外故事我来讲",为促进人类文明交流互鉴做出贡献。网络文学要怀揣中国心,以全人类视野与世界共生互动。在扎实中国文化及文学素养、真实中国情境的基础上,顺应网络文学国际发展的态势和特征,以开放和包容的态度,虚心学习、借鉴"他山之石"。用好中国之道,学好世界之术。将中国式的表达方式与世界性的话语体系进行对接和适度转化,有机融合中国内核与世界表情。同时,要研究网络世界里的传播特点和方法,提高传播的可感性和有效性。从而让好的中国故事,对内走得近,对外走得更远。以网络文学的方式讲好中国故事,为中国人民喜闻乐见,被世界人民所乐享,助力构建中国文化形象。

网络文学创作要关注重大现实题材

肖惊鸿

党的十八大以来,我党、我国人民经历了许多重要历史时刻,先后迎来了中国共产党成立 95 周年、红军长征胜利 80 周年、中国人民解放军建军 90 周年、改革开放 40 周年、新中国成立 70 周年等重要历史节点。2020 年是决战脱贫攻坚、全面建成小康社会的一年,2021 年我们又将迎来建党 100 周年。在此时代背景下,怎样结合当前形势推出现实题材网络文学的精品力作?网络文学又当如何实现重大现实题材创作方面的突破?

习近平总书记始终关注网络文学的繁荣发展,多次强调以人民为中心的创作导向,号召广大文艺工作者为人民抒写、为人民抒情、为人民抒怀,创作更多有筋骨、有道德、有温度的精品。在此前提下,对网络文学重大现实题材创作的关注,其意义和价值便更加凸显。

首先我们应认识到,在火热的时代生活面前,网络作家以及网络文学现实题材的创作从来就没有缺席。新时代以来,网络作家贡献了不少具有网络文学特色的优秀现实题材作品,网络文学研究者亦对这些创作现象进行了同步探讨,取得了可喜的研究成果。新冠肺炎疫情的发生,又令现实题材创作的探索及研究增添了新的现实考量与历史观照。现实主义的创作方法和对现实生活的经验观照进一步拓展了现实题材网络文学的内容疆域和艺术边界,网络文学作家从现实的富矿中获得了持续创作的动能。尤其在内容表达上,越来越多的现实题材优秀网文作品不断涌现,

第一辑　现象与趋势

041

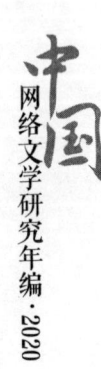

作家对现实生活倾注了更多关注,作家通过对时代精神的进一步挖掘,刻画出了生生不息的民族风骨,用充满网络文学特质的创作手法及对社会细致入微的观察,反映时代精神、引领时代潮流,丰富了广大网络读者的阅读需求。

当然,我们还应看到,当前在这一创作领域的实践及理论探索仍存在一些盲区,网络文学作家对现实题材创作的基本理论认识也还存在某些误区或辨识不清的地方,甚至有不少创作者还在将"现实题材"与"现实主义创作方法"混为一谈。此外,不少网络文学作者、研究者对现实题材创作的时代使命、价值担当等认识仍不到位。这一切既制约着现实题材网络文学的生产,也不利于网络文学精品力作的诞生。

作为第六届中国网络文学论坛的重要组成部分,日前举办的网络文学现实题材创作论坛,便聚焦此主题下网络文学创作与研究的前沿课题。与会作家、评论家、文学网站负责人与网络文学工作者深入思考、激荡思想,从各自不同的角度总结创作、研究的成果,探讨网络文学现实题材创作的现状,并提出举措,展望未来创作前景,进一步总结创作实践,厘清了相关领域的基本概念,为今后网络文学现实题材的创作提供了宝贵经验与思想指南。

在此,笔者呼吁广大网络文学作家积极投身重大现实题材的创作,敢于书写中国革命历史洪流中的重大事件,积极塑造那些胸怀正义、推动历史向前发展的典型人物形象。网络文学界要坚定道路自信、理论自信、制度自信和文化自信,在"四力"上狠下功夫,立足新时代,不断推出讴歌党、讴歌祖国、讴歌人民、讴歌英雄的精品佳作,为实现中华民族伟大复兴的中国梦做出新的贡献。

网络文学对文学等级的消解与重构

李强

时至今日,即便是对网络文学持批评态度的人也不得不承认,网络文学不只是一种文化现象,更是一种新的文学形态,它不仅在丰富而且也在重构当代文学版图。

目前有不少学者,甚至部分网络文学的作者和读者,对网络文学的定位都是"网络时代的通俗文学"。这种定位的依据是当前网络文学以类型小说为主流这一现实,在"被压抑的通俗文学"的脉络中,网络文学显示了其重大历史意义。但这种定位,仍是在传统的雅俗二元对立框架下展开的,背后是鲜明的文学等级观念,实际上是将一种新的文学形态置于旧的评价体系里衡量。在这个过程中,网络文学的丰富性会被大大削减。

定位坐标可以在实践中调整,更重要的还是对网络文学历史的总体把握。当下网络文学研究者主要聚焦于起点中文网、晋江文学城的长篇连载类型小说,忽略了网络文学初期的榕树下、天涯论坛等平台的创作,或者仅将它们当作一种"过渡探索"。这种建构,在一定程度上突破了雅俗二元框架,但仍然是以进化论思维来建构网络文学历史,认为当前就是网络文学的高级、成熟阶段。

网络文学研究要取得更大的突破,就需要放宽视野,打破这些简单的对立框架和等级思维。从时间范围来说,要对这30年的网络文学实践进行整体考察,而非只聚焦于近15年的网络类型小说写作。从研究对象来说,不应简单地以长篇类型小说为中心,还应拓展到中短篇小说、诗歌、散

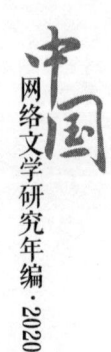

文等文类,甚至更进一步的,也不应该只以作品为中心,而应该注重对网络文学生产机制和实践过程的考察。

一些学者尝试突破传统文学观念的束缚,从媒介变革的角度来考察网络文学。其中最具代表性的是对麦克卢汉理论的运用,这不仅开启了观察网络文学的宏大视野,也使得"网络文学"中的"网络性"特质得到了一些认识。不过,麦克卢汉的理论也不能被简单地理解为媒介决定论,他提出的许多议题,是可以与其他理论形成参照、对话的。例如,他最著名的观点是"媒介是人的延伸","人的感觉——一切媒介均是其延伸——同样是我们身体能量上'固持的电荷'。人的感觉也形成了每个人的知觉和经验"。(马歇尔·麦克卢汉:《理解媒介:论人的延伸》,何道宽译,2000 年)媒介变革会影响人的感知比率。这些观点要具体到网络文学实践中,还需更多的现实接口,否则就会变得空泛。实际上,媒介变革与感觉变化的问题,在法国理论家雅克·朗西埃的"感性分配"概念里有更具体的阐发。如果在文艺理论谱系里,再往上追溯,有马尔库塞的"爱欲解放",马克思的"感性解放"等理论。如果能够将这些理论视角落实到生产机制、文学观念、受众等问题上,可以揭示出中国网络文学实践的独特内涵。

互联网改变了中心化的分配传播方式,让每个节点都有平等享受信息的权利。它打破了审美等级的划分,取消了审美实践中的层级阻隔,实现了对感觉的重新分配,让以前不可见的"草根"的审美需求得以呈现。具体到文学而言,互联网打破了关于文学的各种限制,让发表、阅读和交流的门槛大大降低。每个人都有机会去践行自己的文学主张,也有平等的权利享受文学艺术。

中文网络文学发端于北美华人留学生群体,这些创作风格偏向文学期刊的作品,网络传播虽然打破了地域分隔,但早期的作品主要还是在留学生群体中流传。中国大陆地区的互联网在 1995 年开始社会化,水木清华、金庸客栈、天涯论坛等网络论坛相继建立,文学爱好者聚集于 BBS,形成了小的文学团体。后来,李寻欢、宁财神、安妮宝贝等"文学青年"进入榕树下网站,在那里实践着"生活·感受·随想"的网络文学。类型小说的爱好者聚集在西陆论坛,后来从中分离出了龙的天空、幻剑书盟、起点中文网等类型小说网站,带来了后来网络类型小说的繁荣。

在许多研究者眼中,榕树下和起点中文网上发表的是两种风格完全不同的网络文学,但在打破文学等级的意义上,它们的革命性是相通的:榕树下创始人朱威廉主张"让普通人也拿起笔来",普通人所写的小说、散文、诗歌等文类,可以自由发表,随意讨论,这是创作与交流环节的解放。起点中文网创始人吴文辉等人所说的"网络文学恢复了大众的阅读梦和写作梦",强调网络降低了类型小说的生产、传播和阅读的成本,促进了小说创作的规模化,满足了大众的类型故事消费欲望。

从消解文学等级的角度来看,网络文学的意义不在于创造多少传统文学标准下的"经典作品",而在于有多少普通人参与了这场文学实践。即便以当前居于主流的网络类型小说来看,小说类型的更新与发展,就是集体协作的产物。储卉娟认为,网络文学生产发展的标志是类型的进化。"正是因为超越具体作者和文本的'类型'构成了写作和阅读的核心,网络文学才表现出了相当强烈的'外链性'与'流动性',任何一个类型都包含无数的要素,要素的不同组合则可以容纳不同的变化,正像一个超文本包含无数个节点,节点之间的链接蕴含着无穷的可能性。"(储卉娟:《说书人与梦工厂:技术、法律与网络文学生产》,2019 年)类型的不断拆解、分割、重组,形成了网络小说的繁盛景象。网络文学的这种创作形态的变

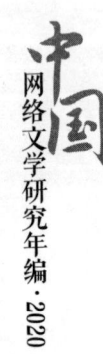

动,打破了此前文学生成规则的限制,解放了大众的文学生产和消费能力,带来了文学平等与民主。

网络媒介革命使得更多的人参与文学实践之中,旧的文学等级在逐渐消解,但这种消解过程,并不是平静地消散于无形,而是伴随着市场化导向的网络文学生产机制的建立过程。网络文学生产机制促进了类型小说的繁荣,但也迅速在消费文化的引导下形成了巨大的欲望旋涡。这个旋涡,虽不是洪水猛兽般可怖,但也在冲击着底线,有让一些坚固的东西陷入失序、失散的风险。例如,一些作品模糊是非观念,在价值观方面陷入了混乱,也有历史虚无的风险,对读者产生了消极影响。

当自由生长变成了野蛮生长,当平等共享变成了扁平杂乱,价值规范的引导、等级秩序的重建就成为一种自觉诉求。事实上,在旧的文学等级被消解的同时,新的文学等级秩序重构的工作就已经开始了。网络文学读者在阅读过程中,形成了基本判断,在龙的天空等网络平台交流,建立了"粮草榜"的等级体系。Weid、安迪斯晨风、赤戟等资深的网络文学评论者,对网络文学作品进行持续的点评、甄别,评出了类型代表作和"经典作品"。这意味着,即便在等级消解之后,对文学精品、价值秩序的渴望,仍是一种自觉诉求,人们渴望经典作品的导引。这些从普通读者的需求中诞生的等级标准,或多或少仍有传统文学的印记,但它与过去专家学者的知识谱系下的经典化工作,已有很大不同。这种文学等级的重构工作仍在自发地进行着。

网络文学对文学等级的消解与重构,并非一种循环的宿命,而是文学在媒介变革之际的一种自我更新方式:不断探索新的出路,注入新的特质,形成新的平衡。这个过程中,网络文学的各种参与力量都有许多工作要做:网络文学的主管部门需要深入了解读者的需求,在尊重这些需求的基础上,引领网络文学向着真善美的方向发展。网站平台在满足读者的阅读需求时,在培育、规范作者的过程中,要以高度的责任感,守住底线,做好价值引导工作。网络作者应该注重文学的思想性,以积极向上的精神,建构富有正能量的文学世界,满足人们对美好生活的向往。如此多方协力,新的文学秩序才会建立起来,网络文学才会有健康长远的发展。

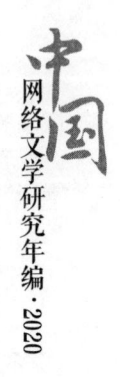

从人物到人设：网络小说的人物观

贾想

从写人物到造人设

近年来的网络小说，无论男频还是女频，都有一个清晰起来的趋势：从写人物到造人设。人物与人设一字之差，其实大异其趣。

在传统的小说中，人物几乎是最重要的元素。诸多文艺理论，都是从人物这一层面开刀的。加拿大批评家弗莱透过人物形象的演变史来看西方文学的演变轨迹。理论家们提出了一些术语：原型人物、典型人物、类型人物。这三种有关人物的概念有一个共同点：都认为小说的人物，应该是一群人的代表，是一个概括性、集众人特质于一身的形象。

这种人物观背后，是"特殊性中见一般性"的哲学观。特殊性是第一位的，从中可以阐释出种种抽象的理念。这种哲学观指导下的写作，通常被称为"莎士比亚化"的写作。具体而言，就是认为小说创作，应该先有一个具体的人物形象，而不是关于这个形象的观念。是从哈姆雷特身上，生发出了"犹豫的复仇者"、弑父的恐惧、知识分子的软弱等观念，而不是相反。

另一种人物观认为，写作应该从一般性出发，去指导特殊性。步骤颠倒了过来：先想明白人物的性格、气质、行为模式、象征意义，再制造出一个具体人物。这时，人物就成了一个理念的传声筒。这种人物观，是"席勒化"的人物观。

人设,就是一种"席勒化"的人物观。意味着在创作一个人物时,首先不是"看到"一个活生生的肉体形象,而是首先"想到"关于这个人物性格、气质、行为模式的模板。

写人物的故事,可以叫作"传统有机型故事"。人物是故事的有机组成部分,人物一旦脱离故事的语境,就失活了、死掉了;同时,失去人物的故事,就像失去根茎的植物一样,也会立即枯萎。这种故事中,人物和环境是不可分的,典型环境塑造典型人物,典型人物依赖典型环境。堂吉诃德这个人物的成立,离不开16世纪骑士小说风靡欧洲的时代背景;日瓦戈医生的成立,离不开斯大林统治时期的苏联。在这类故事里,读者很难摘取其人物,换一个背景进行二次创作。

写人设的故事则不同,这种故事可以叫作"机械设定型故事"。我们可以将这种故事理解为一台热力学机械,人设和环境,是可以相互分离的零部件。当组合起来的时候,故事这台机器就可以运行。这种情况下,人设可以轻易脱离故事,拿下来可以安装在任何一个机械设定型故事中。因此,机械设定型故事很适合进行二次创作,激发读者开发"同人文"。

从人性到属性

传统有机型故事中,人物的行为动力来自人性。人性的范畴,事关心理学、伦理学、哲学,对外表现为人的性格,转化为人的命运。人性是人物内心炉膛中的煤。这块煤是精神性的,是人物一切行为的根本动力。这种人物是有纵深的。

人设就简单多了。人设是平面化的,没有纵深的向度。人设的心中不藏有一个炉膛,更不存在一块精神的煤。人性被"属性"代替了,不透明的人性洞穴,被明确的"属性库"代替。影响当下网络小说创作至深的

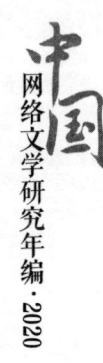
二次元文化,就是一个"玩属性"的文化。网站"萌娘百科"中,收录了数百个萌属性词条。每个属性具有固定的行为模式与预设叙事。比如,"傲娇"属性——在喜欢的事物面前说反话。"天然呆"属性——迟钝笨拙,又纯真无邪,想法或行动往往会不自知地偏离常识。在网络小说的同人圈中,有一种分类学认为,人只有"ABO"三种属性(Alpha:处于权力顶端,勇猛好斗,占有欲强。Omega:位于权力底部,温顺,周期性陷入"结合热"的状态。Beta:介于两者之间),创作者挑选三种属性来塑造故事的人物,组合为"CP"(Coupling 的简写,意为将恋爱的双方"配对")。以属性代替人性,以"CP"代替恋人,这种操作带来一个好处——"人是什么"的问题,读者一打眼全明白了。是善是恶,是强悍是软弱,是可爱是呆萌,读者不必再费脑子去猜。

"人是什么",这是传统有机型故事的母题。所以人物在这种故事中才如此重要,所谓"文学是人学"。然而,细究起来,这个问题实在太艰深了,从苏格拉底到尼采,从莎士比亚到托尔斯泰,那么多大师都没彻底搞明白。所以,网络小说家往往会把这个问题糊弄过去。

将人性的种种可能,列举为种种属性,就是在通过一种简单、粗糙的分类学,把"人是什么"这个问题糊弄过去。网络小说的作者和读者感兴趣的其实是另一个问题——"人会做什么"。准确而言,是"人设会做什么"。比如,一个霸道总裁遇见一个傻白甜,会做什么? 一个穷小子遇见一个绝世宝物,会做什么? 在言情网文中,这个问题转化为"主人公会获得爱情还是会失去爱情"的问题;在修仙网文中,转化为"主人公会成功升级还是会失败"的问题。由此,在网络小说中,"人是什么"这个形而上的问题,转变为"得失""成败"这样的世俗价值问题;知识分子的问题,转变为老百姓的问题。

人设背后的成功学思维

人设是人物的脸谱化。在京剧脸谱中，红色表示忠诚热情，黑脸表示粗暴刚正，黄色表示凶狠勇猛，白色表示奸诈多疑。脸谱化，就是将内在人格压缩为一个外在的固定标签。人的内心空间因此被取消了，善恶交织、正邪不分的不确定性消失了。"人是什么"的问题被消解了。

人设的思维模式，在年轻人当中十分盛行。我们的日常称呼中，经常出现"渣男""凤凰男""白莲花""绿茶婊"这样的人设化称呼。我们越来越习惯使用这些简单粗暴的人设，来给某个复杂的人盖棺定论。这种迅捷、低廉而粗暴的命名术，背后是一套功利主义的商业社会逻辑：必须在最短时间内认识一个新事物，提高效率，降低时间成本，因为时间就是金钱，就是生命。

相比于人物，"人设"的确提高了我们认识世界的速度，但是不可避免地降低了我们认识的清晰度。网络小说越来越倾向于写人设，体现了网络小说家的"集约"思维。"集约"思维是一种经济学的思维，艺术的思维恰恰相反，是一种"耗散"的思维。艺术要求艺术家忘记效率的问题，忘记时间和货币之间的捆绑关系，给笔下人物充足的时间与空间，展开自己的性格、灵魂和命运。有余裕的时空来呼吸，作家才会写出会呼吸的人物；否则，就只能写人设。

网络小说发展的趋势，使一切元素向"资源库"的方向发展。人设，将慢慢集合为"人设库"。另有"世界观设定库""情节模式库"，等等。这些出于效率问题而建立的"资源库"，不同于传统作家依赖的繁复艰深的"创作方法论"，极大提高了网文的生产效率。"资源库"与网文作者、阅读平台、读者，一同构成了当下网文的"生产—消费"链条：公用的"资

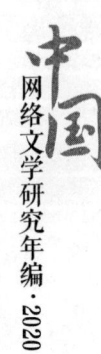
源库"(技术图纸)——网络作家从资源库中选取元素进行加工(生产车间)——起点、晋江等网文阅读网站发布(销售平台)——网文读者阅读(消费人群)。

好奇"人是什么"这个永恒的艺术命题,这是美学驱使的好奇心。好奇"什么样的人设受读者欢迎",这恐怕是成功学驱使的好奇心。在商业运作的生存语境中,网络小说必须要讲成功学,这是立身之本。但是,一个虔诚的文学创作者,不会让成功学挤走美学,让人设挤走人物。因为其美学的好奇心,一定更为原始、更为根深蒂固。

"同人"写作探源

郑熙青

"同人"在词典中的意思是志同道合的人、同事。这个词最早来自日语,在五四时期就已进入汉语。但在当代网络的同人社群内部,这个词指的则是一种特定的"二次"写作,即一部现有的文学或影视作品的爱好者,用原作故事中的人物、情节和基本世界观设定等,重新创作一个属于自己的新故事。在日本,自明治维新始,就有志趣相投的人聚在一起以非正规的形式出版刊物的传统。这种非正式出版物就被称作"同人志"。但这种出版物中的写作并不一定是二次创作,也可能只是普通的非商业出版的作品。20 世纪 90 年代起,随着日本的动画、漫画及相关的同人写作进入中文领域,这个词的含义便渐渐固定到了现在的这个意义上。

从最宽泛的含义上讲,同人写作是一种建立在互文基础上的写作行为。也就是说,同人作品从之前的故事文本里来,与原作文本有明显的联系和相似之处,但又有"不同",这种在"同"与"不同"之间产生的特殊魅力和意义,就成了吸引读者将故事继续读下去的动力。

当今的网络同人写作有很多种形式,写作欲念的触发点也多种多样。同人作品可以拓宽原作品中的时间线,描述原作中人物在原作情节之前或之后的经历;也可以摘取原作中一个没有详述的细节进行详细的断片式写作,补完人物的心理活动和动机;还能关注原作品中没有受到重视的配角,想象他/她的经历和心路历程;甚至可以颠倒或扭曲原作中的道德和价值观系统,以原作中的反派人物视角重写故事;同人小说同样可以将

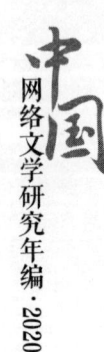
作者喜爱的人物从原作背景中抽离出来,置于全新的环境和世界观中开始全新的故事;当然,同人写作中还会出现将作者本人或其熟悉的环境代入的情况。

"同人"这个概念开始频频出现在中国的大众媒体上大概是近几年的事,但其作为一种亚文化社群的写作形式其实已经存在很多年了。以英文的同人写作为例,即使从最狭义、最严格的定义上来看,也可以溯源至20世纪60年代由《星际迷航》的粉丝圈开启的历史;而中国当代网络上流行的粉丝社群文化和同人写作也已有20余年。至今有据可查的是,国内网络上出现的同人圈可追溯至1998年桑桑学院网站的开办。如果进一步放宽定义,对同人小说发展之时间线的确定还可以不断向前探寻。如果我们不把同人写作限定在当代的同人社群内部的话,那么现代文学里出现的大量名家名作,如鲁迅的《故事新编》、郭沫若的历史剧等也可以视作"同人"。而如果只把互文性作为同人的最重要因素,进一步在"前现代"写作尤其是民间的口头创作和表演里向前探源的话,那么甚至连《荷马史诗》和古希腊戏剧都可以看作是"同人"。当代网络上的同人写作和这些比"同人"一词出现更早的写作有着相似的创作方式,然而,它们各自诞生的语境与传播领域却并不相同。

同人中的"真人"同人属于同人写作中较为小众和边缘的一个分支,也是现今一种较常规的写作方式。文化研究学者理查德·戴耶认为,名人在媒体镜头前的曝光,包括舞台表演、影视出镜和采访中呈现出来的形象等,本身就是一种"文本",而不等同于名人本人。这符合真人同人作品的创作原理和粉丝的创作心态,即真人同人作品里的人物和实际生活中的名人并不必有很大关系,这些作品只是基于明星呈现出的公众形象上的创作。粉丝根据自己看到的舞台或影视剧演出、新闻、采访及各色小道消息,构建起一个关于该明星的形象想象,并在此基础上进一步构思自己的故事。因为粉丝用来构思故事的是名人的公众形象和自己的推断解读,其中必然包含着相当大的选择性和主观性。粉丝们创作的与其说是名人故事,不如说是对这些名人表演出来的"人设"及粉丝自己所添加补充内容的想象。

当下网络上的同人写作社群,仍是特殊的文化生态环境下的一个特殊的小圈子。因为介入同人作品的欣赏、讨论和创作,通常需要对原作有细致深入的了解和认知,所以社群的进入壁垒较高,其内部的创作突破壁垒"出圈"的也很少见。与此同时,同人圈内部的人士也会顾忌外界的审视眼光而进行自我防御,因此这一社群通常较为封闭,虽然成员也在公共网络平台上活动,但通常并不会主动引人注目。这样的自保心态的产生有一部分是因为同人写作具有争议性。如果对有版权保护的作品进行同人作品创作,有一定风险,会引发版权方的追责;而真人同人作品则有可能会令写作中提到的名人不快,引发侵犯名誉权的问题等。但在多年的实践中,同人写作目前已得到了不少版权方或名人的容忍,因为,有时同人写作也可变成一种可以利用的推广方式,借此在同人社群中推广原作。因此,只要同人作品不被用来营利,版权方通常不会追究。

在这样的背景下,为了维护同人创作者的权利,非营利组织"二次创作协会"成立,并于2008年开创了名为"我们自己的档案馆"(Archive of Our Own)的同人档案网站,简称AO3。该网站的命名是受到著名作家弗吉尼亚·伍尔夫的女性主义名篇《一间自己的房间》(*A Room of One's Own*)的启发,强调自由阅读和写作的意义。对于同人社群来说,一向奉行的是一种礼品经济式的创作和交流方式,倡导交流、共享和非营利,这使得同人写作成为网络上并不多见的因"爱"而生、以"爱"维系的创作社

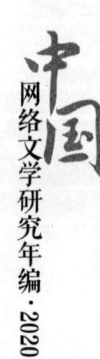

群。在高度商品化的时代,这个特殊社群也成了许多人获得情感抚慰和欢乐的源泉,而同人创作也具有了自身独特的社会意义。

开放的课堂　参与的平台

——从教育学角度看网络文学创作

来阳

自从中国进入互联网时代后,20多年间,网络文学从无到有,从文学爱好者的业余分享,发展成为规模庞大的新文化。2003年后,连载章节付费阅读模式的发明与普及,成功地将原本是业余和无偿的网络小说写作转变为一种职业。2010年后,网络小说又一跃成为媒体工业的创意源头。

在当前,大众讨论与审视中国网络文学往往脱不开两种视角。一种是商业角度,将网络文学看作一种盈利丰厚的产业,关注点在于商业运作模式和盈利模式。另一种则是更为传统的文学视角,评估网络文学的文学质量和艺术价值。网络文学固然通过其庞大的体量和商业价值获得了文学界的关注,但真正落实到对具体文本的批评,作为全民娱乐和日常消遣的网络小说仍然经常逃不脱浅薄、单一、粗糙、媚俗、文笔差等评价。

近年国家开始关注和加强对网络文学发展的监管和引导,提出了提升网络文学品质的要求,以及对网文现实化、精品化、经典化的期待。近期国家新闻出版署印发的《关于进一步加强网络文学出版管理的通知》中,更是明确提出了要控制总量,提高质量,抵制网络文学模式化的倾向。由此可见,目前的中国网络文学发展有两个趋势:产业化与精品化。但在商业视角和文学视角之外,笔者还想引入第三个视角:从教育学的角度,我们可以怎样看待和思考中国的网络文学创作与管理?

从教育学的角度思考网络文学,通常人们首先想到,也最为熟悉的,

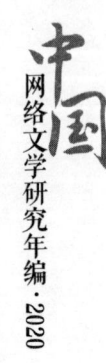
可能是文学作品的教化功能,这个角度往往会顺理成章地引出网文精品化的需求。但很少为人提及的另一点是,阅读和创作文学作品,本身即是一种对语言和创作活动的深入学习与演练。网络创作的粗糙和几乎零要求的准入制密切相关:任何人都能在免费开放的网络平台上创作发布自己的作品,而无须经过专业编辑的重重筛选与打磨。这是限制网络创作整体质量的先天缺陷,却也是网络创作得以迅速普及的最大优势。从教育学的角度来看,网络创作的低门槛其实是一种极好的帮助初学者成长与进步的方式。以网络文学为例,任何人,无论他是否经过良好的教育与写作训练,有怎样的写作天赋,都可以尝试写作,都可能通过在网上发布他的作品获得读者的真实反馈。

如我们所知,中国网络文学的创作者与读者大多是中国的年轻一代。《光明日报》2019年的一篇报道提到:截至2018年,在4.3亿中国网文读者中,30岁以下的读者占比约为60%,而在1755万主要网络文学平台驻站作者中,90后作者占比过半。网络文学社群的参与者们经常身兼读者与作者两种身份,而即使是纯粹的读者,也可能是作品积极的评论者和讨论者。这种年轻一代对低门槛的文学创作活动与创作社群的活跃参与,在欧美教育界被视为参与式文化(Participatory Culture)的典范,是青少年提高文字素养和实践媒介知识的重要途径。从文学创作专业的角度评价,大量的网络文学创作看起来可能仅仅是低水平的重复,难登大雅之堂;但是,如果我们从教育学的角度把这些创作活动视为学生与新手学习与演练阅读和写作的契机,观感可能立即大为不同。

在影视工业发达之后,美国的教师和学者们为年轻一代的孩子习惯影像消费、对文字阅读和写作缺乏兴趣而深感头疼:问题已经不在于学生是否愿意阅读、写作严肃和优质的作品,而是学生是否愿意阅读和写作。

换句话说,这不是一个精英教育的问题,而是普及教育的需求。在中国,这样的趋势也已经出现。一方面,作为发展中国家,中国人口基数庞大,全民义务教育普及不久,仍然亟须提高国民文化素养。另一方面,现代生活节奏加快,人们对文化产品的消费也日趋碎片化,短视频的迅速流行就是很好的证明。最新的《中国互联网络发展状况统计报告》表明,初中及以下学历的网民仍然占多数(58.3%),网络文学的受众虽然超过中国网民的半数(50.4%),但人数仍然少于网络游戏(58.9%)和网络直播(62%),更远低于短视频(85.6%)和网络视频(含短视频)(94.1%)。此外,网络文学受众的增长趋于放缓,占中国网民总体的比例也从 2019 年 6 月的 53.2%下降到了 2020 年 3 月的 50.4%。

根据中国共青团与中国互联网络信息中心发布的 2018 年和 2019 年的《全国未成年人互联网使用情况研究报告》,当前 18 岁以下在校学生的主要网上休闲方式也是以影音为主,比如玩游戏(六成以上),看视频(约四成)。只有 20%左右的学生选择看小说作为娱乐,比例从 2018 年的 23.7%下降到 2019 年的 21.4%。进行内容创作的学生从 13.1%下降到 11.0%。短视频的用户则从 40.5%上升到 46.2%。与之对应的是,近期市场重点投资短视频行业,并越发倾向于将文字作品当作后续加工的原材料使用。如果这样的趋势持续下去,显然可能会背离全民阅读和"全民悦读"的美好愿景。网络文学在过去十几年里的兴盛,很有可能体现的是中国国民在影音工业大发展之前所积累的文字能力,与早期互联网时代由于受流量与技术限制而形成的以文字为主要传输形式的阅读习惯。但是在视觉与音效刺激越来越廉价易得的今天,这样的文字阅读的习惯与兴趣还能持续多久?在这样的环境中,我们要如何传承、普及、发扬我们的文字教育?我们要如何帮助趋于依赖视觉与音效刺激来获取和

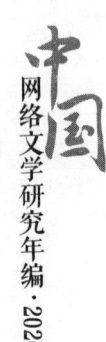

理解信息的孩子们更好地学习阅读与写作？这当然并不意味着人们不该消费影像作品和拥抱新媒体文化，但是没有人能够否认文字学习是传承人类文明的重要基石。因此，这些问题不但重要，而且紧迫。

因此，教育学者们指出，一个开放的、低门槛的、方便读者与作者密切交流的创作社群可以起到很好的教育作用。在学校教育中，学生学习写作的主要方式是递交作文给老师，老师批改后发回给学生，而写作的题目与格式都有相应的规定。在这样的模式中，对于绝大部分学生来说，他们没有真正意义上的读者和听众，往往难以感受到创作的热情与快乐。同样，学生阅读学校指定的文本，回答有标准答案的问题，而并非依据自己的兴趣来选择阅读对象、发表评论。因此，学生常常惧怕写作和阅读，感受不到写作与阅读的乐趣。然而，当他们参与到一个真实而运作良好的创作社群中时，他们按自己的兴趣来选择作品，对作品发表自己的观点和感受，同时，他们也可能收获对自己的创作抱有热切兴趣的真正的读者。这些读者会积极地询问与猜测故事的发展，称赞作者的构思与写作，或者指出作品的缺点和需要改进的地方。这些创作者不再是等候老师评点的学生，而是受人喜爱的作者。在这样的社群中，阅读与写作不再是必须要完成的作业和考试，而是源自参与者自身的兴趣与爱好。

由此，在2007年，美国著名传播与媒介研究学者亨利·詹金斯与麻省理工学院的新媒体素养研究团队一起，从教育学的角度定义了参与式文化：为文艺表达和公众参与设置低门槛，为创作和分享提供强支持；老成员会为新手提供一些非正式（有别于学校教育形式）的指点和帮助；参与者相信自己的参与是有价值的，并能感到自己与其他参与者之间存在关联；参与者不一定要进行创作，但是，他们可以创作，并且知道其他成员会欢迎他们创作。参与到这样的社群中，不仅能够激发年轻参与者的创作热情,也能帮助他们建立信心与自我认同,结识朋友和同好,甚至可能把业余爱好发展成个人的职业。

需要指出的是,詹金斯的理论是建立在他对粉丝文化,尤其是美国的女性同人创作社群的研究基础之上的。这些同人作者通常是影像作品的粉丝,出于对原作的喜爱而开始阅读和写作她们幻想中的剧情后续与人物故事。在欧美,由于严格的版权法,同人小说作为二次创作往往无法正式出版,因此粉丝们形成了自娱自乐、互相帮助,遵循非盈利规则的业余创作交流社群。进入 21 世纪后,从詹金斯开始,粉丝研究、媒介研究与教育学相结合,形成了一个分支,关注参与粉丝创作活动能够给参与者(尤其是青少年)带来什么样的学习机会与帮助。参与式文化即是其中发展出的重要理念。研究者们发现,参与这些活动能够有效地提高孩子们的语言能力、媒介素养、自我认同,也经常成为年轻人将业余爱好发展成工作与进行深造的契机。

被广为引用的美国教育学者丽贝卡·布莱克的一系列个案研究记录了一名随父母从中国移居加拿大的小女孩是如何通过用英语写作和发表日本动画《魔卡少女樱》(中国内地引进版译为《百变小樱》)的同人文来习得第二语言,并且在陌生的文化环境里结识新朋友的。由于这部动画的主角是一位日本小女孩和一位中国小男生,这位中国女孩的同人写作对于英语读者来说就显得更为贴近原作的文化背景,更具有说服力和吸引力。因此,在写作与交流的过程中,女孩不但提高了自己的英文水平,也增强了自信心与对母国和东亚文化的认同。这是一个极为典型的东西方年轻一代进行跨文化交流与网络学习的案例。在中国,网络文学的蓬勃发展也是起步于类似的业余爱好者的网络创作群体,而女性同人创作社群的发展与活跃,也与詹金斯和其他欧美学者笔下的欧美女性同人创

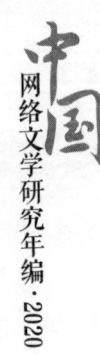

作社群生态相当接近。事实上,关于中国女性网络文学创作群体的研究和报道证明,在参与文学创作的过程中,作者和读者们不但培养和发展了自身的语言能力和媒介素养,也极大地增进了她们对抄袭和版权议题的关注和理解。近年来,网络言情小说读者与作者们的不懈努力使得反抄袭和支持原创的议题获得了更多的公众关注。如《锦绣未央》这样的抄袭作品,就是由热心的网络读者们一力抵制,多方奔走,志愿搜集整理文本抄袭的证据,才使得被侵权的作者们迎来胜诉的一天。

直至今日,网络文学庞大的作者群体仍然以兼职与业余作者为主,在生活中,大部分人并不从事与文字创作相关的工作,很多人的写作质量不高,关注率低,或者并不赢利。产业化和精品化的视角很容易忽视这些网络文学的"大多数",或者视之为需要改进的部分。因此,笔者认为,引入教育学的角度,对讨论如何看待中国网络文学、中国网络文学应该如何发展,都具有极大的意义。网络文学不仅是盈利丰厚的新兴产业,也不仅是(世人期待中的)精英荟萃的文学创作场,它更是一个开放的、广阔的教室,欢迎和鼓励年轻的业余文学创作者和阅读者们在其中蹒跚学步,牙牙学语。虽然这些人绝大部分不会成为符合精英标准的职业作家,也未必能够成为传统意义上的文学爱好者,但这些哪怕显得幼稚与笨拙的阅读与写作的实践仍然有语言教学上的积极意义。

事实上,中国网络文学的蓬勃发展,已然证明了这个大教室在教育学上的价值所在。从这样的角度思考,我们是否能够对中国的网络文学抱有更多的鼓励与耐心?我们是否能够有更完善的政策与方案,来平衡网络文学的产业功能、文学功能与教育功能之间的关系?在网文精品化、经典化的导向之外,我们是否可能将这个巨大的、敞开的,也因此看起来显得杂乱无章、粗放生长的语言教学场的优势保留下来?我们是否可能在学校教育中吸取网络文学社群的优点,将学校也转变成鼓励学生热情地学习阅读与写作、活泼地参与创作与发明的园地? 这些话题都值得教育者和网络文学的爱好者、关注者、研究者与政策制定者们进一步思考和探讨。

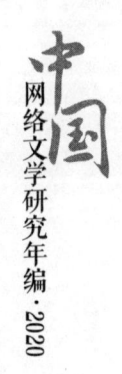

网络文学的使命担当与发展路径

艾斐

诗文随世运,无日不趋新。文学是对生活和时代的形象化描摹与诗意化表达,它必然随着生活的变化而变化,循着时代的发展而发展,并由此而决定了:创新,永远都是文学的内在要求和本质特征。从《诗经》《离骚》到唐诗宋词,从元代杂剧到明清小说,从五四新文化运动到革命文学和社会主义现实主义文学的蓬勃兴起,都是对这种变化和发展的有力实践与具体验证。

而今,网络文学的骎骎来袭与迅速做大,更加确证了在变化和发展中进行艺术创新、实现思想升华,从来就是文学的固有机制与永恒法则。事实是,中国的网络文学虽在创作实践和审美验证的维度上尚属初来乍到,但已敢于同久负盛名的韩剧、日本动漫、美国好莱坞大片一争高下,共同构成了当今世界文化消费的大卖场与新热点,并以自身的独诣艺术路径和独特表现方式,在世界范围内激扬和彰显着中国文化和中国精神的内在特质与时代光彩。正是在这个过程中,既显示出中国网络文学所独具的精神特质与艺术姿采,又暴露出其在进行新突破和实现新发展过程中所必须尽早尽快填充的新空当与补齐的新短板。

迎着时代大潮进行新探索,实现大跨越,达到高水平

相对于赓传存续久远的纸质文学而言,仅有 20 余载生命历程的网络文学自当属于文学的"新生代"。不过,新则新矣,其发展的速度和所取

得的成就,却远远超出了其生命历程的正常比值。这也就是说,中国网络文学从产生到发展,不仅速度快、产量大、质量高,而且受众广泛,影响深远,且已成为讲好中国故事、传播好中国声音的重要途径、基本方式和最具大众化特征的艺术审美介体。其在促进改革、激励进取、勠力同心实现中华民族伟大复兴和为构建人类命运共同体而贡献中国智慧和中国方案中均发挥了无可替代的重要作用,产生了具有广泛意义的积极影响,以至让中国人民和世界人民得以通过这一形象化表达方式和艺术化审美途径而多视角、广范畴、深层次地了解中国的历史与现实,感知中国的改革与发展,希冀中国的光明未来与美好前景。

新时期以来,文学从沉默中实现了爆发式的喷涌和狂飙式的炽燃,一个全新的文学时代踔厉风发,不仅创作队伍空前壮大,优秀作品层出不穷,而且文学思潮、审美观念、创作方法和艺术追求等,也都呈现出多元化和多样化的样态与趋向。网络文学就是在这一新趋势和大背景下所呈现的别样文学景观。之所以"别样",就是指它不仅在文学结构和审美意念上实现了新的变革和大的飞跃,而且在叙事方略、传播手段、审美路径与表现方式上均实现了创新型和颠覆式的变革与开拓。由此网络文学不仅得以从大视域中开拓出自己的广阔阅读空间,更能在相对较短的文学时空中极为成功地构建起自己的阅读链,并借此而形成十分庞大的读者群。

网络文学的逐年走俏,根本原因就在于内容的世俗化、生活化,审美介体的灵动、奇幻与变绎,以及在艺术形式、表现手法上的快捷与灵动。这不仅扩大了其社会介入面,增强了作品的亲和性与感应力,更形成了巨大的文学"爽"感与黏性,以至作者的写作与读者的阅读都常常会陷入"欲罢不能""欲禁不止"的陶醉境地。由此所产生和形成的文学魅力无异于给作品本身插上了飞翔的翅膀,并使之在从创作到阅读的整个过程中都强烈地表现出速度快、产量大、辐射广、读者多的特性。这不仅颠覆了久已形成的文学传统,更为文学走向社会和沁入人心提供了便捷的方法、开辟了广阔的道路、创设了灵动的机制与宏阔的方略,以至网络文学越来越成为一种强大的文学存在和繁茂的艺术生态。早在几年前,中国网络文学的用户就达到了 3.33 亿,而文学网站的日更新字数则高达 2 亿汉字,年经济产值竟跨过了 90 亿元大关。此中,由原国家新闻出版广电总局先后分别向社会推荐的 21 部和 18 部网络文学作品影响尤为广泛。如桐华的《步步惊心》、南派三叔的《盗墓笔记》、天蚕土豆的《斗破苍穹》等,均赢得了极高的点击量,有的甚至一举打破了国内 3D 动画首播纪录,特别是一些改编自原创网络文学作品的影视剧,成为全球观众的文化消费大趋势与新热点。迄至 2019 年,全国有 200 余家网站通过在其首页首屏所开设的"我们的 70 年"频道或专区中播出大量新创作的网络文学作品,其点击量在很短的时间内就已超过 20 亿次。其中,仅腾讯视频"我们的 70 年"主题频道页总访问量就已达到 5.1 亿人次,单月访问量达 1.1 亿人次。至于全国"我们的 70 年"频道或专区的节目总点击量更是超过 20 亿次,其中呼应主题主线宣传的网络文学作品尤为引人注目,并在一定层次和一定范围内实现了既叫座又叫好的双重效应。此中虽有艺术因素发挥促进作用,但在本质内涵上则仍是源于文学自身的丰富内涵与强大磁力。我国面向海外输出的网络文学作品,仅在 2018 年 12 月之前,就已高达 11168 部,其中尤以玄幻仙侠类和都市言情类的小说广受海外读者的青睐。例如,当早在 2013 年就已是全美排名第三的乌拉雷小说网站的站主艾菲尔在其网站内发布采访征集令,仅 6 个小时就收到来自 18 个国家的上百封邮件,且大部分出自在校就读的大学生之手。早在 2015 年初,当中国网络小说在英语世界刚掀起翻译热潮时,就已由于翻译速度赶不上阅读的需要而致许多读者不得不多方寻觅,同时跟读几个网站。

也正是在这个过程中,网络文学越来越从文学的边缘走向文学的中心,在其辐射面日渐扩大的同时其渗透力也越来越强势,越来越广阔,越来越深邃。继 2018 年中国面向海外输出 11168 部优秀网络文学作品后,2019 年更有《散落星河的记忆》《写给鼹鼠先生的情书》《网络英雄传 2:引力场》等 3 部网络文学作品荣登年度"中国好书"榜单,《遍地狼烟》《网络英雄传》荣获中国出版政府奖,《大江东去》《蒙面之城》入选"五个一工程"奖和老舍文学奖。这一切都十分明晰地带来了一个新时代、新变化、新开拓、新发展的强烈文学信号,即不仅在文学的传统园地中增加了网络文学的新成员,而且更因其形质富厚、意象丰盈、产出快捷、传播广泛而于葳蕤发育之中渐成大树、屡结硕果、繁花盈枝、气象万千。

呼应改革大潮、直面人民关切、强化精品意识

网络文学的形成、建构、辐散和走红,乃为时代使然和历史必然,既有生活依据,又有社会需求。特别是对于那些在创作过程中自觉吸纳时代精神和传衍历史特质的网络文学,我们更应予以肯定和激励,因其在本质上也是对中国文学的继承与赓传,更是对新时代和新生活的审美应和与艺术表达。而正是在这个过程中,我们要在积极肯定的同时予以科学的评析,在热情鼓励的过程中进行精准而深中肯綮的扶掖与引导,特别是要在科学评估其固有特质与优势的基础上,鼓励和引导网络文学在创作实践中承接中国文学优秀历史传统,融会中华民族优良精神基因,多视角表现改革发展的时代大潮。为此,网络文学在创作实践中首先要做到的,就是在保持和发扬自身优势与固有特质的基础上强化精品意识,全面激扬时代精神,深度触及社会脉动,激情表达现实生活,坚持在开拓创新中求

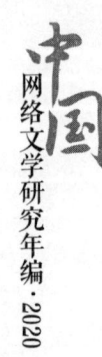

得新突破,实现新发展,跻攀新高峰。

对于网络文学创作而言,要强化精品意识,厚植文学的社会特质与人民情怀,自觉赋予作品以深厚的历史内蕴和鲜明的时代精神。这就要求创作者们一定要深入生活,历练耐力,在不断提升自身思想认知和创新能力的基础上实现创作的新突破,潜心营造作品的新格局,特别是要在务实、求新、创优、臻精上下苦功夫、下真功夫。为此,创作主体就必须沉下心来深入生活的底层,发掘生活的本质,表现生活的内蕴,摄取生活的精华,并对之加以审美提炼与艺术升华,使之得以用文学形态走向社会,深入人心,成为力量的源泉与道德的砥石,以至对人的提升和社会的进步发挥特殊的激励、鼓动与促进作用。

在这个过程中,创作者不仅要迈开脚力,放大眼力,而且要舒张脑力、激扬笔力,用超常的坚毅和耐心进行深入的发掘与精当的淬炼。正如习近平总书记所指出的那样,广大文艺工作者在创作实践中欲求"扛鼎之作、传世之作、不朽之作",就要有"板凳坐得十年冷"的艺术定力和"语不惊人死不休"的执着追求,而且更"要以深厚的文化修养、高尚的人格魅力、文质兼美的作品赢得尊重,成为先进文化的践行者、社会风尚的引领者,在为祖国、为人民立德立言中成就自我、实现价值"。

习近平总书记的这一要求,对于网络文学创作来说,十分及时且重要,尤其具有指向性和针对性。因为网络文学一个最鲜明、最突出的特质,就是应时、快捷、速成、舒放,决堤式涌流,大批量产出,以致其创作过程往往被称为"码字",其创作主体则被习惯性地叫作"写手"。这是网络文学的特点和优势,也是网络文学的不足与缺憾。因为文学是表现人性和描绘社会的,而人和人所创造并生存于其中的社会却既是丰富的,又是复杂的,特别是它不仅是物质的构体,还是思想、精神、智慧、道德、创造性和进取力的"质"性存在与"活"性发展,这就不仅使之具有了丰富性和复杂性,还具有了高度、深度与亮度。事实上,文学的使命及其价值与功能所在,也就正是集中在写"人"和表现"人"所创造并生存于其中的社会生活的。但由于"人"和人类社会不仅是丰富的、复杂的,而且是发展的和变化的,特别是其主宰力量和内在动力始终都在于人所赋有并不懈追求的思想、智慧、精神、道德和强大的创造力,也就是人们常说的"灵魂"。而以写"人"和写"社会"为主旨的文学,要写人的灵魂,就必须首先对之加以深刻认识和准确把握,并在此基础上进行艺术化的发掘与审美化的描摹。这是一个复杂的充满探赜与创造的过程,绝不像单纯的演绎情节和编造故事那样直观、简单,那样浅层次和表面化。唯其如此,才有了"形象大于思想"的定论,也才使一些文学典型形象不期然地成了社会的"共名"和历史的永恒。表现人和人类社会生活的思想内蕴与精神特质,永远都是文学的神圣使命。否则,只为了"爽",只局限于编造情节和演绎故事,那就不仅有悖于文学的责任和使命,而且更难以发挥"以文化人、以文育人"和弘扬真善美、鞭挞假丑恶的社会效能。对于此,即使是在市场经济条件下,在产业化的浪潮中,再大的货币利益,也不能置换和取代思想的作用与地位,再旺的商品交易,也无法取代人们的精神价值与意识向度。这是铁律,也是底线。任何内容和形式的文艺创作一旦违逆和冲决了这铁律和底线,便会从根底上失却其本应具有的思想价值与精神光彩,乃至沦为仅仅徒有其形的文学躯壳。对于此,网络文学尤应加以警惕和戒免。

如今,在中国人的"文化餐桌"上,网络文学已越来越成为一道拥有众多"食客"的"大餐"和"套餐"。唯其如此,我们才更有必要和有责任对之加以关注、激励、指正和引导。而此中的核心旨要和关键节点始终都

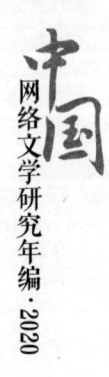

在于：服从改革发展需求，坚持正确创作导向，全面强化精品意识，不断提升作品质量，并为此而坚持深入生活底层，全面服膺人民需要，积极追随时代大潮，勠力铸冶精品佳作，正像习近平总书记所指出和所要求的那样，"广大文艺工作者要对生活素材进行判断，弘扬正能量，用文艺的力量温暖人、鼓舞人、启迪人，引导人们提升思想认识、文化修养、审美水准、道德水平，激励人们永葆积极向上的乐观心态和进取精神"。这就需要我们坚定不移、矢志不渝地在"思想精深、艺术精湛、制作精良"上不断地有所创新、突破、发展和前进。让我们用自己的创造性劳动为网络文学营造出亮丽的风景和美好的未来。

网络文学地理空间的想象边界

许道军

　　网络文学促进了文学与技术的连接,开辟了新的文学写作与发表空间,拓展了多种类型文学的发展道路,并在"全民写作"与"全民阅读"成为现实的过程中,培育了成千上万的网文写作者和亿万级的网文阅读者。与此同时,以唐家三少、江南、沧月、老猪等为代表的网络作家,以其非凡的想象力,创建了诸如"云荒大陆""九州""西川大陆""天舞大陆"等新的文学地域,开辟了文学中的陆地、领海、领空、地下及生死轮回、涅槃修真的新时空,极大拓展了网络文学的地理想象空间,并为之打上了深深的中国烙印,这是中国网络文学作家的又一贡献。可以说,在当今世界文学的想象力竞争,特别是文学地理空间疆域的想象力竞争中,中国网络文学不落下风。

　　理论上,文学地理空间的想象版图是无穷的,但从我们过往的文学创作来看,以现实主义的创作为例,在我们耳熟能详的现代作品中,就有沈从文的"边城"、萧乾的"果园城"、废名的"桥下"、韩少功的"马桥"、贾平凹的"商州"、李洱的"济州",还有张爱玲、王安忆、金宇澄笔下的"上海"等。在由唐传奇发展而来的武侠小说里,现实世界中的名山大川、荒漠狂野、寺庙道观之所在,也常对应着武侠虚构世界中的"江湖"与亚社会。这些独属中国文学的原创地域,既是属于作家本人的,也是属于中国文学的,对于文学的地理想象空间具有开疆拓土之功,但就其独立性、逻辑性等方面而言,这些作品仍显不足。即使在《山海经》《十洲记》《西游记》

第
一
辑
　现
象
与
趋
势

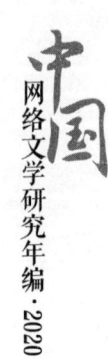

这样的经典"幻想文学"中,作家想象的边界也较狭窄。比如《山海经》,体现了我国先秦时期人们对未知国家与世界的大胆"勘探",这些想象带有很强的纪实性,十分依赖现实空间的存在,作品也并未超出现实的足迹和工具范围。而在我们引以为豪的小说经典《西游记》中,人物形象、情节、主题等固然有可无尽言说的意蕴内涵,但里面的人物生活空间,如"天""地""人""神""鬼""仙""妖""精""灵"等的生活地域与边界等,虽有许多是独属于中国人的想象"创造",但其中最主要的世界架构,如四大部洲——东胜神洲、西牛贺洲、南赡部洲、北俱芦洲——则来自佛教经典;在垂直空间方面,天宫、三十三天这些"上层建筑"虽为中国道教文化所有,但阎罗殿、十八层地狱等"下层建筑"又与佛教文化有莫大关系。而之后诞生的《镜花缘》《聊斋志异》《灯花婆婆》《阅微草堂笔记》《子不语》等作品,其想象空间基本也未超越《山海经》《西游记》的边界。至于《希夷记》《黄粱梦》《桃花源记》中所描述的"异度"空间,则是"幻境""梦境",而非"实存""实有"之地。比较特殊的如"桃花源"的设定,则是借助文学想象,于幻境与现实世界间架构起了一个奇妙的时空接口。

网络架空小说、玄幻小说、奇幻小说、穿越小说等幻想文学的兴起给中国文学的发展带来很大惊喜。一个个独立的网络文学"领地"如雨后春笋般发展起来,一些成熟的版域还开始具备详细的世界架构、天文气候、种族谱系、语言习俗、政治体制、文化传承等严密的世界观要素。与过往的文学空间相比,它们的地理边界更广大、更自由,为这些作品中主人公的"超能力"及精神层次的升级,生活与成长方式的改变及历经的生死考验等,提供了完整的逻辑依据。其中,"云荒大陆""九州""西川大陆"以及唐家三少笔下"天舞大陆""天元大陆""斗罗大陆"等设定,更是可圈可点。

"云荒大陆"是作家沧月邀请丽端、沈璎璎2人于2005年开始共同设计的一个奇幻大陆,作为"云荒系列"小说中人物活动的共同空间。这个空间虽依旧与现实世界有许多接口,比如在空间结构上模仿了《山海经》,在时间结构上,一方面比附公元纪年,一方面也能看出《银河英雄传说》中关于宇宙史设计的痕迹,在活动法则、政治结构上,小说对西方魔法小说、奇幻小说的借鉴则较多,如《哈利·波特》《冰与火之歌》《魔戒》等,但总体上,"云荒"世界已具备了高度自觉的架空意识,有了自己独立的山川、水系、大泽、海洋、物种、荒漠、天空、城市和气候天文等,还有着属于自己世界的独特法则,如能量守恒定律、有条件的转移、反噬定律等。在人物活动上,这里主要设置了空桑人(居无色城),冰族(居叶城),鲛人(居海国),翼族(居云浮城),三女神、中州移民(居泽之国),西荒游牧民族(居砂之国)等族系,表现了中州人界(人类)、天界(神族)、异界(妖魔)等之间的争斗与恩怨情仇,其中还设定了详细的宗教信仰、政治军事体制、国家相互间的关系等信息。每一个族类有具体的规定,如鲛人,他们"人首鱼尾","生下之初没有性别",有"潜音"、身体均衡、基因强大等。为了强化这个世界的"真实性",作家们还为云荒大陆配备了"可查""可证"的详细版图,同时杜撰了"云荒大陆大事记",梳理了时间与空间在"云荒"世界发展史中的重要交集。

　　"九州"世界则是网络作家江南、今何在、大角、遥控、多事、斩鞍和水泡7人共同创立的奇幻世界。它被设定为盘古开天地壮举之后的结果,在中国神话的源头另辟了一个新的时空。在这个世界中,盘古是"墟"的精神体,由于撞击"荒"——也即混沌的中心——产生了这里的"大地""星辰"和"天空",同时产生了"第二批"神,并形成了九州的大格局。在空间形成的同时,"九州"的时间也就此开始。其版图始自古代"人族"建

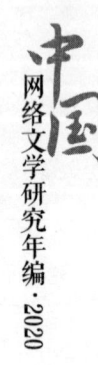

立的晁帝国,它们分别是殇、瀚、宁、澜、越、宛、雷、云、中各州。"九州"陆地分北陆、东陆和西陆,内海为涣海、潍海和滁潦海。这个世界的天文历法既不同于现实世界,也不同于以往的神话世界。这里的大地几乎可以无限延展,而天空也非现实宇宙中所见的"天无二日",谷玄、太阳、双月、九主星在这个宇宙天空中按各自不同力量和运行轨迹,时隐时现,同时带来"天空"颜色和气候的变化。在种族设定中,有魅、鲛人(蛟)、河络、夸父、羽族、人族等,其中华族与北蛮(人族)人口最庞大,文明制度也最完善,但不具备其他各族的身体、技术、魔力等优势,种族分布在北陆(游牧文明)、东陆(农业文明)、西陆(城邦文明)三大文明带。在人文时间设置上,九州开端于"晁"帝国,后经"贲""胤""晟""端"诸朝更替,一直沿袭到"现时代"的"徵"朝,脉络分明。

"西川大陆"为《紫川》的作者老猪所创。空间上,它主要根据五大部族/家族势力范围分为五块。最西部是流风家,首都为远京;大陆西南部是林家,首都为河丘;大陆中西部是紫川家,首都为帝都;大陆中部是远东,曾为紫川家和魔族领地,未建国;魔族居大陆中东部,首都为魔神堡;"野蛮人"居极东地区,处于大陆最东部的神秘地带。这些地区各有自己独特的军政制度。种族上,西川大陆主要有两大种族和若干小种族,两大种族为人族和魔族,而小种族几乎全部位于远东地区,包括半兽人族、蛇族、矮人族、龙人族、精灵族等。时间上,这里借用公元纪年法,故事自335年光明帝国第十一任皇帝开始,至787年元老会决议通过紫川秀继任紫川家族总长结束。

就"打江山""建领地"的数量而言,唐家三少凭一己之力创造了多个"大陆",可谓成果丰硕。在小说《光之子》中,他将整个世界分为东边的天舞大陆、西边的里拔大陆和剩下的一片汪洋。天舞大陆上设有三个国家,分别是资源强国达路王国、骑士之国修达王国、魔法之国艾夏王国。里拔大陆的两个王国分别是由魔族统治的圣光帝国和兽人统治的岚武帝国。东西大陆隔天堕山相望,种族有人族、魔族、神、妖、精灵、龙族、魔兽、凤凰等。在《狂神》中,世界则分为神界、魔界和主人公所在的晋元大陆,该大陆生活着人族、魔族和兽人族,种族有矮人族、精灵族、龙族等。《善良的死神》中,世界被分为神、魔界和人类界,人类所处的天元大陆被分为五个"片区":北方的天金帝国,南方的华盛帝国,西方的落日帝国和东方的索域联邦,而处于四大国中央,分别和四国接壤的一片面积不大、呈六角形的土地则是神圣教廷,种族包括亡灵生物、精灵、普岩族、翼人族、半兽人族、暗魔族等。《冰火魔厨》中的仰光大陆上则盘踞着五大帝国,分别是东方的奥兰帝国、东南方的奇鲁帝国、西南方的华融帝国、西北方的朗木帝国和北方的冰月帝国,另外还有神之大陆和遗失大陆,种族有龙族、龙人族、凤族、人类、神人、矮人、主神、冥巫、巫妖等。

中国的网络小说在架构各自空间时,整体上仍存在着三个明显不足:一是缺乏自觉的创造意识,没有意识到文学地理空间的建构是作家文学想象力的"硬指标"之一,也是一个国家软实力的一部分;二是缺乏严谨的地理空间想象能力,难以重新建构包括时间、政治、文明体系等在内的空间体系,只能与现有世界保持各种各样的"链接",难以真正独立;三是我们的创作受益于或说受制于西方作品太多,我们的"大陆"从框架到细节,很难完全说是"国产",从而理直气壮地宣示"主权"。但无论如何,网络文学中"新大陆"的纷纷崛起,无疑是中国网络文学发展的良好开始与尝试。

如何以"视其所以"的方式评价网络文学?我认为应该在传统文学的审美标准之外,纳入一个综合的或专门的"创造力"标准,也就是说,评

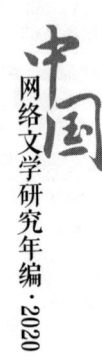

价网络文学既要考察它们的审美创造能力,也要考察它们在想象力尤其是在新空间、新事物、新思路的创造力方面有何重大进展,提供过哪些过往作品未曾提出的新东西。中华民族虽有浪漫主义传统和特别"能想(象)"的诗人,但我们这个民族"异想天开"的能力、"创世纪"的能力,尤其是将想象与逻辑相结合的地理空间的建构与推理能力还有待提高。网络文学中对新时空的想象、推理与逻辑建构可归为娱乐范畴,但它又未尝不可为国家的文化产业发展、软实力的提升尤其是整个文学创作思路的改善提供巨大支持。我们鼓励在文学想象的"无主"又"无限"的未知世界中开辟更多的"中国领地",以此为中国人民乃至世界人民提供阅读想象驰骋遨游的新天地。

网络文学行业如何应对短视频的挑战

张金国

据网络视频的相关数据显示,2020年7月视频产品月活跃用户数据分别为:爱奇艺5.6亿,抖音5.2亿,腾讯视频5亿,快手4.3亿。其中,爱奇艺和腾讯视频是做了多年会员收费的在线视频产品,早在2018年就拥有了5亿月活跃用户;抖音和快手则是靠算法实现个性化推荐的免费短视频产品,2018年抖音月活跃用户为3.5亿,快手为2.3亿。由此可见,视频行业老业务用户稳定,新类型发展迅猛,各有特色。

而从2020年7月网络文学产品的月活跃用户来看,掌阅是6300万,番茄5600万,七猫5500万,QQ阅读3000万。跟视频产品结构类似,掌阅和QQ阅读做了多年的付费订阅,番茄和七猫为新兴的免费读书产品。对比2019年同期数据(掌阅月活跃用户为8000万,QQ阅读4000万,七猫4000万)可以看出,最近一年来,付费订阅产品用户量有所下滑,免费阅读用户则快速增长。从用户总量的角度看,网络文学行业多了两个超过5000万月活跃用户的产品,这对整个网络文学行业是有推动作用的。

对比视频和网文这两个领域,活跃用户的量级有10倍的差距,而且视频领域在几年前用户规模已经很大了,但从活跃用户数据上看,网络文学用户并没有直接的缩减,相反,网络文学的用户规模也增长了。这说明,面对视频类产品的用户时长的争夺,网络文学依托内容,以学习和合作的态度适应并找到了放大规模和影响力的方法。

近几年的热播剧大多由网络文学改编而成。近期,短视频平台的短

077

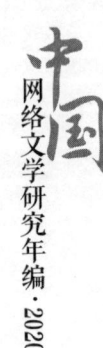

剧同样给网络文学的影视化提供了检验用户的场景,数据反馈及时且成本低,让更多的作品有了试水影视的机会,逐步形成由网络文学到短剧再到影视剧的一个转化链条。

短视频领域的用户,目前也是网络文学用户的重要来源,除了番茄、七猫,其他多款阅读产品也从抖音、快手直接引流。短视频产品利用它们的优势把用户吸引到手机屏幕,网络文学借助内容的优势,从短视频用户中挖掘阅读用户。另外,短视频的内容推荐机制,也值得网络文学产品学习,如何为好书找到对的读者群,是网文文学用户平台一直需要努力做好的。

综上所述,面对短视频领域的用户时长争夺挑战,网络文学选择了学习的态度和寻求合作的方式来共同发展。

短视频产品浏览和推送信息的方式,降低了用户的专注力,提高了引入用户的门槛,网络文学在获取这部分用户时,不得不采用个别猎奇的素材来吸引用户的注意力,所以在获取用户之后的阅读引导上需要下功夫,把这部分因为好奇而来的用户,逐步从浅阅读转为深度阅读用户。

内容品类多样性的引导,短视频等数据推荐产品会因为数据主导的原因,导致头部现象极其明显。网络文学内容的每一个分类每一本书都是独立的个体,有对应的用户群,所以在推荐系统上要尤其注意多品类的覆盖,避免头部集中带来的同质化泛滥。在阅读形式的创新方面,也需要从传统的文字阅读往更有趣味的方向探索。比如,现在市场上也出现了一些对话式、交互式的阅读产品。

内力深厚　别有洞天

吉云飞

　　近两年的网文行业一直在面对严峻挑战,形势的严酷从资本市场的反应中可见一斑。同时,随着新入网人口的减少与短视频、音频听书等新的文娱形式的崛起,行业发展的核心指标——付费读者人数和付费收入都有所下降。然而,即便在此情形之下,网络文学的发展仍别有洞天。在"粉丝经济"的支撑下,受技术、市场和政策交织影响的网络文学,在商业模式、互动机制等方面都有新发展,在作家作品层面更有重大转型和进化。虽被外部力量反复冲击,但"内力深厚"的网络文学仍稳步向前。

　　近年来,网文行业内部最大的事件是免费阅读的崛起,以及由此引发的免费阅读与收费阅读之争。2018 年 5 月,趣头条旗下米读小说上线,以首创的"免费阅读 + 观看广告"模式引发了持续至今的免费阅读冲击波。这一模式是以较低的价格向中小网站购买中底层作者批量生产的用于"充书库"的"套路文",为对质量要求不高但对价格敏感的用户提供免费阅读服务,再通过大量投放广告来盈利。6 个月内,米读小说就收获了4000 万用户,同时日均用户使用总时长达到约 4000 万小时。免费阅读市场的极速扩张在网文界引起了免费阅读是否将取代付费阅读的大论争,甚至在作为网文创作中坚力量的签约作者中引发了恐慌。这一争论持续了整个 2019 年。各方争论的焦点在于"免费模式是否可持续"以及"免费模式对付费模式的冲击有多大"。

　　其中,阅文集团 CEO 吴文辉的意见是对未来趋势最有洞察力的。在他

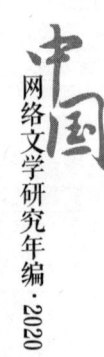

看来,"免费的商业模式和收费的商业模式,是长期并存的",并且"免费带来的是增量市场",吸引的是"没有付费阅读习惯、但也逐渐产生阅读需求的用户",在更长期的培养之后,"也将有机会把部分免费用户转化为付费客户",因为读者总会想看更好的作品。他认为"免费实际上没有涉及商业模式的变革,只是针对内容的不同变现模型",即把完结作品等存量内容和不具 IP 价值的流量作品的变现方式,从以订阅为主变为以广告为主。因此,在生产机制方面,免费阅读的崛起与其说是挑战了自 2003 年起点中文网建立 VIP 模式后成功运行至今的在线付费阅读模式,不如说是成了付费阅读的重要补充,并使网络文学的商业模式进一步完善。

其中,为网文作者和读者的文学生活带来最大改变的是"本章说"的诞生,以及由此出现的作者—读者互动的新空间。2017 年 2 月,起点读书 APP 便推出"本章说"等"批注点评机制",将网文阅读参与机制从 PC 时代(以长篇书评为主)带进移动时代。不过直到 2018 年,"本章说"才真正表现出足以改造网文创作和阅读生态的力量。"本章说"是与移动阅读相适应的新机制,让使用手机阅读的读者可以在任意一段小说文字之后,非常方便地开展即时的点评,比在纸书上做批注更便利的是,作者可以立刻看到评论,而读者之间也能彼此互动。截至 2019 年 4 月,起点平台上已累积产生了 7700 多万条读者"段评"。这让网络时代的读者人人可为金圣叹,也让几乎每一部好作品都有了最严厉的批评家和最热心的注释者。"本章说"最能体现移动阅读时代到来后,读者参与是如何改变小说的创作和阅读方式的。如今,对于有签约资格的作者,新章节上传后,几小时之内,少则数十条,多则上千条的评论就会如野草般蔓延而出,覆盖住文本的各个层面,给作者带来山呼海啸般的呼应。"大神""小神"们都在与读者的"打情骂俏""斗智斗勇"中,进一步激发出创作灵感并保持住写作热情,甚至有作者长期在"本章说"中吸取灵感而被戏谑为靠抄评论来写小说。

认真写作的网文作者今天都已经离不开"本章说"了,当起点为方便自审暂时关闭"本章说"功能时,立刻有作者哀叹,"没有了'本章说',完全不知道自己写的怎么样了……答应我,一旦'本章说'解开,立刻发几条好吗?"哀怨之情可谓溢于言表。读者甚至更加怀念,表示"起点关闭'本章说',看书乐趣少一半,就像……羊肉串没孜然,喝酒没有下酒菜一样"。"本章说"对读者的充分赋权使作者和读者的互动达到一个前所未有的高度,不但越出了印刷时代文学创作和阅读能抵达的边界,甚至超越了口头文学时代说书人和听书人的同盟,说书人也无法想象自己可以得到数以千计的听众的即时反馈。

与此同时,网络文学发生了一次从人物设定、世界设定到文学资源和代表作家的整体性换代。其中,最具代表性的是获 2019 年起点中文网月票总冠军的《诡秘之主》。爱潜水的乌贼创作的《诡秘之主》对这一转型是有充分自觉的,小说中最重要的一对人物关系即是两代穿越者之间的隔空互动。第一代穿越者罗塞尔是过去 20 年男频小说主角的一种典型形象。罗塞尔携带着征服一切的野心穿越而来,发自草莽的英豪气让他十分善于在粗粝的风沙中搏斗,不过再多的勇气、坚毅和狡黠也不足以帮助他实现那无尽的欲望。即使在"外挂"的帮助下登上巅峰,在这个神灵真实存在的异世界中,他最终发现自己不过是诸神之争中推动历史前进的小小工具,根本谈不上拥有发自内心的幸福和真正的自由。作为后来者的克莱恩,这位第二代的穿越者则有点"宅"。他沉醉于普通的人间温暖与世俗幸福之中,不仅没有钢铁雄心,甚至很有些中产阶级的多愁善感和小市民的庸俗气。不过,在自己所爱的生活和所爱的人被损害、被侮辱

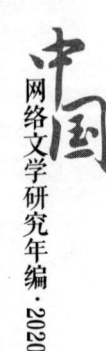

之后,他愿意且能够承担起责任,为了复仇,更为了拥有可以选择自己生活方式的自由而战斗。《诡秘之主》中的两代穿越者对应的不仅是两代男频小说主角,更是两代中国人:改革开放的一代,以及成长在物质相对丰裕的社会里的新一代。划分这两代人的并不只是年龄,更是"三观"以及生成着"三观"的社会现实。他们之间虽然仍有深刻的连续性,但断裂更为明显。通过调用"克苏鲁神话"这一新资源,爱潜水的乌贼还创造出了一个新的世界。小说所构建的世界在本质上是非理性的,这一非理性的"源代码"在创世之初就被写下,人类的理性以及建立在理性之上的文明只是一种偶然。这当然是后现代的,其实也是前现代的,是重新走进神话世界去面对人类理性无法应对、无法理解的种种不可名状的未知与恐怖。在这个"后人类时代",这种不确定性再次降临到了我们的世界,而这一设定也完全改变了过去洋溢在网络小说中无限进步的乐观。在《诡秘之主》中,拥有超自然力量的"超凡者"实力越是强大就越容易失控、异化为各种怪物,对力量的无限崇拜和偏执追求由此被消解,力量由目的转化为工具,开始为获得和守护一种更好的生活服务。

纵观2019年网络文学的发展状况,虽然外部形势严峻,但在网络文学的"粉丝经济"与建基其上的作者—读者共同体的支撑下,网文界顶住压力、别开生面,创造了新时代的新气象。此外,中国网络文学的"走出去"也从内容传播进化到了模式输出,并在由中国本土的"起点模式"国际化而成的"起点国际"模式和从海外的粉丝翻译网站 Wuxiaworld 孕育出的"Wuxiaworld"模式这两条道路的竞合中,持续提升着自身的世界影响力。尤其在行业发展遭遇瓶颈之后,"网文出海"不只被赋予文化上的意义,也开始被视为产业的突破口。

免费阅读与 IP 导向

王玉玉

2020 年 4 月 27 日晚间,腾讯旗下阅文集团管理层大换血尘埃落定,吴文辉团队集体退休,程武接任阅文 CEO。随后,阅文面向网络文学作者的新版签约合同因版权条款与免费阅读相关条款在作者群体中引发了一些争议。5 月 6 日,阅文新任管理团队召开作家恳谈会,并在 6 月 3 日推出"单本可选新合同"制度,肯定了作者要求平台方尊重作者创作成果与知识产权的诉求,缩小了独家授权范围和作品优先权范围,明确了作家拥有 IP 改编收益权,以及自主选择是否加入免费模式的权利,并向作者提供了三类四种可选的合作模式。

阅文与作者之间的版权争议并不是 2020 年新合同中的新问题,而是一个历史遗留问题。在 IP 改编尚未有如今声势之时,由于绝大多数中低层作者往往感受不到通过自己作品的 IP 开发获得收益的可能性,版权意识相对淡薄,平台因而全权代理、垄断了作品的 IP 开发权。但随着知识产权管理正规化及 IP 改编热潮的来临,网络文学作者的知识产权意识普遍提升,开始要求从平台方那里拿回在 IP 开发过程中的主动权。在阅文管理层更迭的过程中,这一矛盾终于爆发出来,如果作者与平台方能够在充分的谈判与协商中,按照相关法律法规要求,逐步达成新的共识,这对于网络文学行业知识产权管理的规范化,对于保障作者权益,保障行业公平无疑都是有益的。

知识产权的管理及收益分配问题,实际上密切关系着整个网络文学

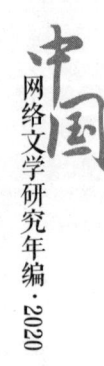

产业的发展策略调整,概言之,即网络文学生产机制由以 VIP 订阅付费制度为主导逐渐向免费阅读与 IP 导向倾斜。

VIP 订阅付费制度是网络文学第一次产业化转型中的核心收费模式,起点中文网自 2003 年 10 月起采用的 VIP 订阅付费制度是这一次产业化转型能够成功的关键所在,也是此后 10 余年间网络文学生产机制的根基所在。VIP 付费制度自起点首创之后便在整个网络文学行业中大规模实行,代替了原本偏于精英化也缺乏足够产业动能的线上连载转纸媒出版的营利模式,保证了网络文学网站平台和作者的持续收益,使得网络文学作者大规模职业化成为可能。VIP 付费制度能够成为主流,自有其优势。它将作者收益直接与读者挂钩,读者依靠订阅付费与打赏,用真金白银支持喜爱的作者与作品,作者也可以在连载过程中通过直观的订阅数及订阅收益,获悉读者对于当前章节走势的满意程度。对于读者意见快速、敏锐的把握是网络文学能够保持自身活力,维持读者黏性,不断实现类型迭代,充分表达最新鲜的时代感受与大众文化心理动向的重要原因。此外,补充的作者福利保障、作家等级体系、商业榜单结构等也为新作者的培养提供了土壤,而优秀新作者的不断涌现,是文艺生产机制拥有活力的最佳证明。随着大神级作者的饱和,VIP 付费制度之下的网络文学产业中确实在一定程度上出现了作者阶层固化,大神霸榜,新人难以出头等问题,但即使如此,我们仍能看到一批"90 后"甚至"95 后"作者在近两年贡献出了兼具人气与文学潜力的优秀作品,以新的风格挑战着上一代网文大神们的优势地位。

随着以腾讯为代表的大资本强势进入网络文学产业,并对网络文学资源进行了大规模整合,IP 开发迅速成为网络文学产业的新宠,并改变了整个产业的营利结构。据阅文集团财报,2019 年上半年,阅文版权运营业务收入达12.2亿元,同比增长280.3%,占总收入的四成。相比于千字4分的订阅收入,动辄上百万的IP改编项目无疑能够带来可观的收入,但网络文学既有产业模式与IP开发模式之间仍处在磨合期,尚未找到一条最优道路。连载日更模式塑造了(超)长篇网络文学的典型形态,而这一作品形态与影视剧本创作程式间存在巨大差异,网络文学中层出不穷的复杂设定也缺乏在影视作品中进行视觉呈现的技术手段,其结果就是,优秀的网络文学作品难以改编成优秀的影视作品,而IP定制向的网络文学作品又鲜有能够真正符合网文读者阅读偏好的作品。中国影视行业本身的不成熟在网文IP的改编中急剧放大,最终,网络文学的IP开发,虽然确实有效刺激了粉丝消费,但在真正的IP赋能效果上仍有欠缺。另一方面,由于IP开发的产业模式尚不完备,因而出现了一些对于网络文学IP盲目囤积、跟风开发的不良现象,如果IP改编主导者并不真的具备挑选优秀作品的眼光,将人气视为挑选作品的唯一标准,那么,越是出名的作者的作品越是被不断改编,越是未被改编过的作者越是无人问津,就有可能加剧网络文学作者的阶层固化。无论是卖不出IP的新人作者,还是不受IP改编青睐的题材与类型,都不得不面对上升通道窄化的压力。本来IP开发带来的巨大利益,主要是由平台方与头部作者分享的,占据更大比重的中下层作者仍旧以订阅付费为主要收入来源,外部影视资本及其宣传能力强化了头部作者在网络文学行业内部的影响力,原本VIP付费制度之下的业界生态平衡已然打破,新的、健全的产业格局无论最终是否以IP为主要导向,都需要去建立新的平衡,坚持作品本位原则,保护网络文学本身的原创力,为新作者的培养提供足够的空间。

免费阅读则是对今日头条模式的翻版,也即平台通过免费内容吸引读者,以投放广告的方式获得收益,内容创作者获得一定的收益分成。随

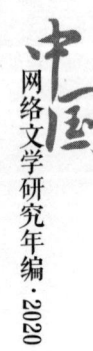

着头条系(字节跳动)的崛起,今日头条、抖音、西瓜视频等头条系产品强势占领了互联网用户的休闲娱乐时间,这无疑对网络文学行业造成了一定的压力。从企业经营的角度讲,随着IP改编做大,原本的VIP订阅收入对于网络文学企业而言确实日益变得无足轻重,免费阅读模式面向人数占比更大的没有正版付费习惯的网文读者又有着强大的引流效果,网络文学相关企业做出这样的选择并非无的放矢。但我们也必须意识到,免费阅读与VIP付费制度的最大区别在于,在免费阅读模式下,作者收益将完全与读者的喜好脱钩,如果免费阅读大规模取代VIP付费模式,是否会出现作品数量(创作速度)压倒作品质量,成为一个作者经济价值的主要评判标准的现象仍未可知。免费阅读作为一种商业模式,对于网络文学发展而言究竟有怎样的优势和劣势,它的限度在哪里,这都需要进一步的审慎观察。

文化产业总是兼具文化与商品的双重属性,网络文学行业也是如此。网络文学行业的健康发展,需要适当的良性竞争,需要平台、作者等利益方之间合理的利益分配,需要保持作者与读者紧密互动的优良传统,需要平衡短期利益与长远利益、经济效益与文艺创作规律的关系。文化产业领域的经济决策,最终会对文艺创作的生命力以及广大消费者的文化消费权益产生影响,因而社会的监督以及政策的引导都是不可或缺的。

网络文学叙述中的"身体"问题反思

李占伟

就网络文学的生成方式来看,它带有明显的技术特性。网络之于人类精神的技术性解构、自由性建构,与文学由来已久的诗意性结构等,共同形成了网络文学的基本张力。网络文学在情感生命力的抒发、心灵交互性的提升、言说自由度的解放、叙事多元化的尝试等方面,已对传统文学形成了有效的补充与重构。同时,网络文学还受到大众消费文化逻辑的规约。在整个消费文化体系中,鲍德里亚认为,有一种比其他一切都更光彩夺目的消费符号:"身体"。国内学者陶东风则更直白地认为,消费社会的文化就是身体文化。这意味着从逻辑上讲,"身体"必然会是网络文学所描绘和叙写的核心;而从现实来看,"身体"问题的凸显与网络文学的萌生发展几乎同时同构亦是不争的文化事实。但毕竟,网络文学所依凭的技术手段、文化土壤与传统非网络文学判然有别,它在面对"身体"时有其独特的存在方式:塑造更多别有异趣的身体景观、编织更多导向消费的身体符码、营造更多表面自由的身体幻象。

网络文学的身体景观

与传统文学的身体叙事相较,网络文学在身体形塑方面有以下三个明显特征:

一、游戏化。网络文学的创作者多是长期"栖居"在网络空间中的"网虫",大部分创作者同时是网络游戏的拥趸,众多网络文学读者亦是

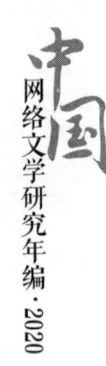

网络游戏的爱好者,于是,由网络小说改编网游的现象屡见不鲜。这便导致网络文学,尤其是仙侠、玄幻类的网络小说中的身体叙事,往往带有明显的游戏化特征,凸显为"戏仿"游戏升级的"身体进阶"。如《斗破苍穹》中将身体修仙之路划分为斗者、斗师等13个境界,而主人公萧炎原本丧失了修仙能力,经过各种机缘巧合,最终达至最高境界。还有去年热播的《庆余年》,小说主人公范闲本是肌肉萎缩症患者,而穿越到庆国却成了绝世高手。这种从"身体虐"到"身体爽"转变的身体叙事方式,潜在迎合了读者在阅读过程中愉悦减压的心理宣泄。

二、中性化。当代文学中,"女性文学"的出现尽管在很大程度上改变了传统文学叙事中"男权中心"对女性身体的观看与打量,但它似乎仍只停留在女性身体的自我解放,尚未将目光翻转到男性身体上。在网络文学的世界里情况则大为不同。一方面,网络女性作家开始更加大胆地对女性身体进行彻底的呈现;另一方面,网络女性作家开始颠倒传统的"男→女"凝视结构,男性的外貌形象、躯体欲望等均成了可任意打量和塑造的新对象,并塑造出了一批皮肤白皙、五官精致、身体修长的阴柔型美男子。如《花千骨》中将白子画描写为"白皙透明,莹如美玉"的美男子。如此,与男性作家可以塑造种种女性美一样,网络女性作家也可将男性美作为描写的对象。

三、欲望化。身体的欲望化在网络文学中不仅呈现为肉身情欲,亦表现为躯体物欲、身体名欲。网络文学沿着20世纪90年代非网络文学所开启的"个人身体书写"(如陈染、林白),再经由"私人身体书写"(如卫慧、棉棉)的转换,最终走向了"私密身体书写"(如木子美等)。如此一来,身体书写似乎与国家民族、意识形态、启蒙精神等再无相关,甚至与"灵魂"也无涉,而走向了纯粹娱乐的、游戏的肉身情欲。此外,网络文学在身体形塑时又十分偏好躯体的"装饰"修辞,如《极品公子》《霸道总裁爱上我》等网络小说中,从服装到配饰、从饮食到起居等,都尽显躯体享受奢华之能事;同时,奢华的躯体物欲多半还配备有高端的身体身份,主人公不是公司老总便是名门显贵,从而形成了网络文学"肉身—身体—身份"全方位的欲望修辞。

然而细心的人自会发现,无论是身体的游戏化、中性化还是欲望化,皆是网络文学身体叙事所营造、绘制的表象化图景。人们在阅读与接受这些"生命充盈"之游戏身体、"绝色美男"之中性身体、"白美富帅"之欲望身体的同时,也会渐渐迷失于琳琅满目的身体景观中而丧失了对本真生活的渴望和要求。进言之,人们也将因为对身体景观之华丽与丰富、补偿与宣泄的迷恋而陷入现代资本的消费逻辑。

网络文学的身体符码

网络文学与传统文学最大的不同还在于其借助网络技术形成了庞大的文化产业链。从"付费阅读"到"全版权",从线上体验到线下出版,从动漫游戏仿改到 IP 改编,中国网络文学形成了一套颇具原创性的泛娱乐化产业模式。然而正像尼尔·波兹曼提醒的那样,稍纵即逝却斑斓夺目的娱乐,决定了它必须舍弃严肃的思想来迎合人们对身体视听快感的追求。鲍德里亚持有相同的观点并进一步认为,秉持享乐主义效益的"身体"必然会导向消费符码。所以,网络文学泛娱乐化的产业模式也必然会以身体景观的暗示链条来编织"身体爽"的符码逻辑,具体可以概括为以下三个方面:身体美丽、身体情欲与身体权力。

一、身体美丽本是女性的"宗教",但正如上文所讲,经由网络文学身体中性化的景观式编码,致使"美丽"一词对男性也同样适用。网络小说

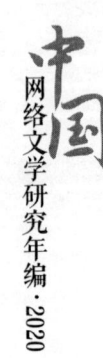

的女主角多是"白富美",而男主角多是"高富帅"。"白""美""高""帅"皆是网络文学为身体消费设定的价值追求和暗示,如此一来,面部的保养、线条的形塑、器具的使用、配饰的选择等便成了人们消费的追逐方向;美容美发店、高档会所等也成了不少网文爱好者喜欢出入的场所。

二、正如鲍德里亚发现的那样,身体美丽的律令里包含了作为欲望赋值的色情。换言之,身体情欲消费是身体美丽消费的暗示意义链,正如人们会自然而然地发问,为什么要塑造美丽的身体? 美丽的身体所为何用? 亦如前文所讲,网络文学借助数字化媒介手段,借助泛娱乐产业帝国、借助图像化技术,将身体的欲望景观推向了极致,这也导致了吊带装、露脐装、超短裙、修身裁剪等躯体装饰消费的大行其道。当然,人们潜在看重的并不是这些"装饰物"的使用价值,而是附之于上的"欲望解放"之意义。

三、如果说身体美丽、身体情欲的消费符码多以女性身体作为展开图景,那么身体权力符码则更多指向男性。无论是宫斗类网络小说中的"至高权力",还是都市言情类小说中的"无限资本",抑或是玄幻类网文中的"绝世神力",网络文学都旨在营造一种男性身体消费的权力象征符码。在"万人瞩目""至高无上"的消费符码价值怂恿下,便会出现名牌手表、名牌西服、高档汽车等"伪欲望"的消费选择。

网络文学的身体幻象

网络文学及其下游产业在身体叙事方面确有先天性的优势。数字化多媒体融文字、声音、图像为一体,为人们的欣赏体验提供了一个动、感、视、听等集成的信息世界,极大调动了人的各种身体感官,为网络文学"爽文学观"逻辑提供了技术支撑。也正因如此,网络文学中的身体问题显露出了以下幻象特征：

一、身体解放幻象。网络文学中情欲的露骨呈现、物欲的直白描写、隐私的公共抒发等，似乎为身体带来了某种解放，但这种"解放"或许只是一种幻象，因其至少要受到以下两种逻辑的导引和规约：快感逻辑与消费逻辑。一方面，对创作者来讲，身体的欲望叙事更多带来的是游戏和宣泄，而对接受者来讲，它带来的更多则是娱乐和补偿。这种无关乎政治、历史，与灵魂无涉的叙写与阅读，或许在某个"白日梦"破裂的时刻会浮现出更多的空虚和无聊。另一方面，正如前文所讲，快感逻辑背后还有消费逻辑的导引，遑论有一些网络文学的创作者为攫取更多的经济利益而主动迎合读者的猎奇心理。

二、身体自由幻象。表面上看，网络为网络文学的创作者提供了更多言说的空间和叙事主题，亦为接受者提供了更多阅读选择与生命体验，但这些自由似乎只是一种身体幻象，内里要接受技术逻辑的制约。游弋于赛博空间的网络文学创作者与接受者看似可以通过数据传输而自由穿越，但在物理空间上讲，他们的身体不是更自由了，而是更拘囿了。文学的创作与接受实际上都需要身体的切肤体验，需要肉身的亲临其境，需要生命的现场感受，需要身体真正地融入世界、体味世界、思考世界，而这一切，在网络技术的世界里已消弭殆尽。

三、身体交流幻象。网络技术为网络文学的创作者和接受者搭建了一个身体交流的便捷平台。在网络文学的世界里，作者与读者的交互似乎更为直接与融洽，甚至出现了"接龙"式的交互小说，但这又何尝不是一种幻象？就文学存在的基本规律和现实情况来讲，网络技术究竟是拉近了还是推远了作者与读者之间、作者与作者之间、读者与读者之间的距离尚不好说。人与人之间的交流与交互本应是有温度、有情感的，换句话

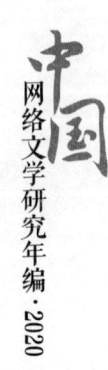
说,应该是有身体现场感的,如此才能达到真正的情感交流、生命交互与心灵沟通。互联网上通过论坛、个人主页、聊天室、BBS、即时通讯等手段的文学交流恰是去除了身体的"在场",即便是线下交流,也多半是围绕着网络文学的下游产业而展开的,身体的缺席难免会造成交流的幻象。

在经历了五四时期短暂的文学身体觉醒、革命时期严苛的文学身体规训、新时期伊始矛盾的文学身体纠结之后,网络文学中的"身体"似乎迎来了最终的自由。但正如所有"自由"都是有限度的一样,网络文学也应考虑其自由的限度,它理应遵循文学的基本规律,面向新时代,利用自身的技术优势谱写出更多为人民服务、为时代发声的好作品。

想象世界的"玄幻"与"奇幻"

——中日网络穿越小说比较

郁子强

《2019中国网络文学蓝皮书》(以下简称《蓝皮书》)的研究结果表明,当前中国网络历史类小说中穿越、架空占比较大;幻想类作品继续保持在网络文学总体格局中的数量优势。而《蓝皮书》中列举的部分幻想类作品,如《天道图书馆》《我师兄实在太稳健了》等,在其内容中也包含了"穿越"这一具有强烈幻想色彩的情节模式。结合中国网络小说的发展历程,占据幻想类作品主流地位的"玄幻"小说与出身于历史、言情小说的"穿越"小说共同繁荣的发展现状表明,穿越小说经过10余年的发展演变,已经在许多方面扩展了原本"历史小说""言情小说"的写作范式。同时,在中国网络小说海外输出规模进一步扩大的发展背景下,部分日本网络小说在情节设计、表现手法等方面与中国网络穿越小说之间出现了一定的相似性。其中的"重生""转生"等具有"穿越"特色的相关描写也都能够在中国网络穿越题材中找到相对应的元素和作品。这一现象背后的中日文化交流、影响与接受问题也有待进一步探究。

需要说明的是,日本近期出现的此类小说大多用"异世界转生"来描述小说中包含的"穿越"情节。通过考察其大致内容,笔者发现,此类小说中的"异世界转生"情节模式与中国"穿越"题材下"转生"分支的定义非常接近。而所谓的"转生",指的是小说主人公在现实世界中失去自己原本的身份,仅保留有意识穿越到另一个幻想中的世界,即"异世界"。本文主要针对中日网络穿越小说中具有一定相似性的"穿越"题材与"异

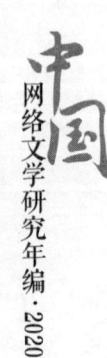

世界转生"题材中包含的文化元素进行横向比较,并尝试从大众文化的角度对其表现出的差异进行一定程度上的探究与解释。

文化元素差异

相较于欧美,虽然日本与中国具有相同的文化起源,但在日本网络穿越小说中,主人公穿越后的世界大多通过西方文化背景中的"奇幻"元素来加以表现;而中国网络穿越小说中的主人公则往往穿越到一个以"仙侠""武林"为主导的"玄幻"世界。"奇幻"元素指包含了西方历史文化,尤其是西欧中世纪时期的历史文化和神话传说的文化元素,如《天启预报》《无光主宰》《我乃路易十四》中对有关"巫师""魔法""国王"等西方神话传说和中世纪历史要素的展现。而"玄幻"元素则指基于中国传统武侠小说、融合了"修仙""道术""武功"等描写的文化元素。江湖谋略(如《剑来》《平天策》等作品)、武林功夫(如《牧神记》等作品)、得道修仙(如《吞天记》等作品)均可称为"玄幻"。

针对中国穿越小说中包含的文化元素,出版人沈浩波早先认为,"男性穿越小说不容易被市场接受,因为男性的消费通常比较理性。而女性相对要感性许多,所以穿越小说在玄幻上没红,在言情上却红了"。但事实是,近期涌现的许多优秀的网络穿越小说,其表现形式逐渐脱离了言情小说和历史小说的限制,读者也不再仅仅局限于女性读者群体。以男性为主角、包含"玄幻"元素的穿越小说在中国网络小说市场中日益增多,大有分庭抗礼之势。截至2020年6月26日,根据起点中文网的搜索结果,当键入关键词"穿越"后,数量最多的搜索结果是"玄幻"(10944部),而"古代言情"(4441部)、"历史"(3158部)则分别位居第三、第四名。同时,在穿越总榜单的前十名中,有4部穿越小说包含了"玄幻"的文化元素。可见,"玄幻"元素在近期网络穿越小说中所扮演的角色日益重要。

以起点中文网位居穿越小说榜首的《神门》为例,主人公方正直所穿越到的"古代世界"就是一个相当标准的"玄幻"世界。在《神门》的世界中,男性的姓名一般都是"正直""阳平",女性要叫"雪莲""玉儿"。主人公实力成长的方式也是通过读书来体悟"万物之道"。而从作者"薪意"对《神门》中新世界的描写可以发现,主人公穿越到的并非中国历史上的某一朝代,而是一个充斥着玄幻元素的"幻想世界",在这个世界中,人物的姓名与主人公的成长方式都具有非常明显的武侠、修仙色彩。其中,主人公对穿越后的世界存在着如下的感慨:"……来到这世界快一个月了,一问之下这里完全没有科举,什么八股文,什么四书五经完全没有!不同的世界,连家禽都长得不一样。"而这一描写也在某种程度上表明,穿越题材在其发展过程中已经同自身早期的风格产生了较大差异,想象也更加天马行空,不受拘束。

日本网络穿越小说的发展历程与中国大致相同,但在日本的网络穿越小说中,更具西方特色的"奇幻"元素显得更加突出。按照"成为小说家吧"(小说家になろう)网站对小说的分类方式,截至 2020 年 6 月 28 日,在其评分总榜排名前 50 名中,有 39 部网络小说使用了"异世界转生"或"异世界转移"的分类标签。而在这 39 部小说中,有 37 部小说都在情节中包含"奇幻"元素。由此看来,包含"奇幻"元素的"异世界转生"系穿越小说已经占据了日本网络穿越小说的主导位置,甚至在整个日本网络小说领域也具有相当程度的影响力。而从整体上看,日本网络穿越小说中的确存在部分基于日本本土文化而创作的小说,如排名第 198 名的《战国小町苦劳谭》就是基于日本的"战国"元素而创作的穿越小说。但

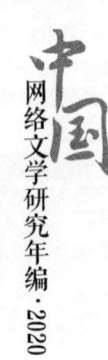

此类穿越小说所占比例相对较低,也很少有佳作出现。

"奇幻"元素最初发源于欧美,随一战后美国科幻小说的兴起而逐步影响日本、中国的小说创作。随着"转生"这一穿越题材在中日网络穿越小说领域的兴起,原有的"奇幻"元素也以不同的面目出现于小说的创作当中。但问题在于,不同于中国网络穿越小说中对"玄幻"元素的广泛运用,日本网络穿越小说近期并未出现以典型"日式奇幻"元素为核心的作品。无论是在"成为小说家吧"位居人气榜首的《关于我转生变成史莱姆这档事》,还是在评分总榜前300名中唯一出现的基于日本"战国"文化的《战国小町苦劳谭》中,源自日本的文化元素同来自欧美的"奇幻"元素始终彼此分离。以位居榜首的《关于我转生变成史莱姆这档事》为例,异世界中各人物的姓名都非常明确地采用了西方式的名称,如利姆鲁、维尔多拉等等。而其中存在的不同种族之间的关系,如史莱姆、龙、哥布林、精灵等魔物种族与人类种族之间的对立设计也表现出了非常明显的西方"奇幻"特色。虽然在小说文本中也出现了来自日本神话传说的"鬼人""武士"等形象,但与源自西方中世纪神话传说中的各类形象和元素相比,这些来自日本神话传说中的形象所占比例非常低,整个异世界的架构依然是源自西方的奇幻式结构。

题材差异原因

笔者认为,这一差异出现的原因可能与中日不同文化背景以及网络穿越小说作家的个人经历有关。当来自欧美的"奇幻"元素逐步进入中国网络小说市场时,一方面,中国神话传说、志怪传奇中对于"穿越"这一想象的论述为穿越小说作者提供了可供模仿的情节结构。诸如"樵夫烂柯""刘阮遇仙"等神话传说都在某种程度上确定了早期穿越小说"古穿今"的穿越模式。另一方面,来自欧美的科幻、奇幻小说也再度激发了穿越小说作家对"时空穿越"的想象。但在穿越小说兴起的 2008 年以前,中国网络穿越小说作家受言情小说和历史小说的影响较大,相较于选择当时尚处于起步阶段、水土不服的中国本土"奇幻",中国网络穿越小说的作者选择以"言情小说"和"历史小说"这两个已经发展成熟的载体来承载"穿越"这一新题材更加具有合理性,其间诞生的《寻秦记》《穿越时空的爱恋》也被认为开启了"历史穿越小说"与"言情穿越小说"的创作范式。而在 2008 年以后,中国网络文学早期对西方奇幻小说单纯模仿的时代早已过去,融合了中国本土文化成分的"玄幻"元素逐渐发展成熟并展现出越来越强大的包容性。穿越小说作者在两相权衡之后,更可能选择自身较为熟悉,且更受读者欢迎的玄幻元素进行穿越小说的创作。同时,在网络文学作品高度类型化的今天,抓住已经不再流行且本身缺乏进一步创新的"奇幻"元素大做文章,也很难再调动起读者的阅读兴趣。因此在这样一种更加开放、读者群体更加积极的网络环境中,"穿越"这一题材与"玄幻"元素的结合就具有更高的可能性。

在日本网络穿越小说中,作者在文本中格外注意表现"异世界"的"虚构性"以及与现实世界之间的"差异性"。笔者认为,这一特点很可能受到了日本文化传统和日本网络小说读者的共同影响。日本评论家加藤周一认为,日本文化中对于"现在""此处"(现实世界)的强调同"向往彼世"(想象世界)的心理并行不悖。这一将现实世界与想象世界并置的文化心理使得小说作者往往会采用截然不同的文化元素来表现主人公穿越前后的世界。例如,不同于中国网络穿越小说中本土文化元素"武侠"与来自西方的"奇幻"元素的自然融合,来自日本本土的"神怪""武士"等文化元素在很大程度上仍会被日本读者感知为现实世界的文化元素,很

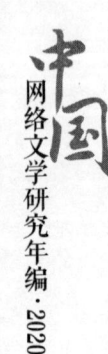

难与脱离现实的"奇幻"元素相互融合。既然如此,对于日本读者来说,如果采用日本的文化元素来塑造小说主人公转生到的"异世界",那么主人公的转生历程更像是一次在现实世界中的"历险"而非具有强烈幻想色彩的"穿越"。

而从读者的角度看,作为日本网络穿越小说主要受众的御宅族(亚文化爱好者),对小说情节的虚构性也提出了相对较高的要求。日本评论家大冢英志曾对御宅族的接受视角做出如下评论:"(御宅族)尝试着在动画中构建一个令人深信不疑的'现实'……达到了在其内部构建假想历史的地步。"大冢英志的评论表明,御宅族不仅需要穿越小说的作者充分表现出"异世界"与现实世界之间的差异,还需要为"异世界"塑造一个严谨而完整、能够相互印证、犹如现实历史的叙事逻辑。结合上文中对日本文化心理的介绍,可以认为在这一接受背景下,采用日本文化元素来构建异世界不仅困难,也不太可能会受到读者的青睐,而来自西方的"奇幻"元素较于日本本土的文化元素在构筑异世界上就显得更具优势。

有关大众文化的演变,大众文化理论家菲斯克认为:"许多大众文化都是短暂的——随着人们的社会环境的改变,文本和趣味也会改变。"而随着中外网络文学相互影响的程度不断加深,"穿越"这一题材也在与读者的不断互动中发生了迅速而显著的转变。笔者认为,相关研究者在面对这一转变时不应用"一刀切"的做法将数量庞大的网络穿越小说一概而论,而应该以发展和开放的眼光看待中国网络穿越小说的这一转变。

网络文学现实题材创作中的问题与反思

李莎

近年来网络文学出现了现实题材创作热潮,《2018 年中国网络文学发展报告》的调查数据显示,网络文学作品中现实题材占比 65.1%,这种现实题材的热潮,与中国作协的大力推动、扶持有密切关系。在现实题材的推动影响下,一些代表性的网络文学网站如起点中文网也开始设置专门的"现实"栏目,仅一年时间新增作品达 4 万部。根据目前的创作情况,我们认为,在肯定网络文学现实题材追求的同时,其中也存在一些需要引起我们反思的问题。

目前这些问题主要体现在以下三个方面:一是描写的碎片化,更倾向于"现象"而非"现实";二是人物塑造的类同化;三是情节的理想化、模式化。

"现实"不等同于"现象",然而在现实题材的创作中,一些写手习惯于只抓住一些表面现象,甚至照搬新闻材料和热点事件,描写碎片化、表面化。这种现象甚至存在于一些在现实题材创作方面取得重要突破的作品中,以网络写手"我本疯狂"转向现实题材的第一部作品《铁骨铮铮》为例,故事以宁夏回族自治区的高铁建设为背景,这是很有意义的选题,作者也为之做了大量的调查、采访,总体来看,作品对现实的描写也具有足够的深度与真实性,但在有些细节描写上,却停留于对一些调查采访的组合改写,停留于对现象的追踪与事实的铺陈。目前现实题材的作品大量涌现,但量的堆砌并不意味着质的转变,也不意味着网络文学现实题材创

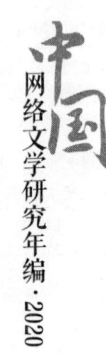

作已经成熟,甚至这些"量"的生产也是表面化的,题材的重复性比较严重,比如描写警察故事的《朝阳警事》《贼警》等作品在第二届现实主义网络文学大赛中获奖,"警官热"便成了热点题材,在起点中文网的《现实》栏目热搜榜可见到《东京警事》《韩警官》《警官杨前锋的故事》等各种类似小说,换了人物名字、故事发生地,故事内容却是大同小异。题材重复性的根源就在于对生活的认识与理解不够深入,只能抓住一些表象来描写。从宏观上来看,近年来的网络文学现实题材作品对不同行业、不同年龄、不同阶层都有涉猎,但对生活内容的照搬,使得有些作品对社会现实的再现大多停留在浅层,表面化、碎片化的描写较多,有深度的、完整的、力透纸背的刻画与揭示较少。

人物形象塑造类同化也是目前网络文学现实题材创作的一个大问题。一些写手认为现实题材创作就是要将重点放在对现实生活的事实性描述上,而忽略了人在现实中的主体作用,对人物的塑造和描写呈现出简单化倾向,用余华的话说,就是"看不到人是怎样走过来的,也看不到怎样走去"。换言之,就是写手们在关注事件真实的时候,忽略了人性真实。真实的人是多面化的、复杂的,而不是平面化的、类型化的。在传统的现实题材作品中,我们可以列举出很多代表性的人物形象,如"林黛玉""阿Q""高老头""安娜·卡列尼娜"等等,在网络文学现实题材中我们能数出来什么样的人物呢?——"医生""警察""职业女性""已婚女人""已婚男人"……他们不是个性鲜明的人物典型,只是类型化的符号。以近年来很火的网络小说作家阿耐所创作的《回家》《欢乐颂》等作品为例,我们在其中很容易看到同类型的人物,比如,《回家》中的"苏明玉"和《欢乐颂》中的"安迪"两个人物形象并没有明显的不同。

描写的碎片化和人物形象塑造的类同化弊病,也会影响故事情节的构思。情节的理想化和模式化可以说是当前网络文学现实题材创作中值得注意的不良倾向。这些问题的产生，是因为作者在对故事情节进行架构时，既不能从宏观把握现实，也不能从微观透析现实。换言之，如果不以作者所把握的时代价值观来建构情节，故事情节的发展就会变得理想化、俗套化，或者沦为迎合读者期待的胡编乱造，或者模仿传统小说的情节模式，体现不出时代性。阿耐的小说《欢乐颂》的"皆大欢喜"结局，在很大程度仅仅是为了贴合粉丝读者的欲望投射，很难说是生活逻辑本身的演绎结果。情节的理想化与创作者对生活的体验和理解不够深入有关。获第二届现实主义网络文学大赛特等奖的小说《大国重工》，讲述的是主人公冯啸辰穿越到20世纪80年代，为建设国家重型装备工业付出智慧和汗水的故事，总体来看，这部小说是近年来在现实题材创作方面取得重要成就的作品，具有高度的写实性，比如对年代生活细节的还原，对冶金、矿山、电力等重工业专业知识的翔实叙述。但小说情节仍然存在一定程度的理想化倾向，主人公冯啸辰一出场便技能加身，既懂生产技术，又懂企业管理，而且一路开挂地解决了技术改进、技术引进等问题。不难看出，小说中仍然使用了网络文学惯有的"金手指"技能与"打怪升级"的写作套路。与此同时，小说把国家重工业发展面临的困境简化为技术引进的矛盾、把重工业管理的问题简化为人与人之间"打交道"的矛盾，说明作者对历史规律与生活逻辑的理解还有待提高。

当前网络文学现实题材创作存在描写的碎片化、人物雷同化、情节理想化的问题，究其原因，在于一些网络写手对现实题材的理解比较片面。网络文学的现实题材创作要想得到长足发展，需要对现实、现实主义有正确而深刻的认识。针对目前网络文学现实题材创作存在的问题，有两点必须强调，一个是现实主义的艺术概括，一个是现实主义创作的人民性

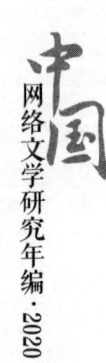

原则。

艺术概括是作家将生活真实转化为艺术真实的基本方法,文学作品不是简单地对生活现象进行复制描摹,而是需要作者根据自己的生活体验和价值观念对素材进行提炼与艺术加工。现实题材创作的艺术概括更是要求这种提炼与加工能够揭示生活的本质与人性的真实。西方的现实主义理论最早可追溯到亚里士多德等人的"模仿论",但这里所说的模仿并不是照搬生活,而是强调揭示现实世界的可能性、必然性与普遍性。与此类似,歌德提倡"从特殊中看到一般",席勒则主张"为一般而寻求特殊",恩格斯强调"细节的真实和真实地再现典型环境中的典型人物"……这些理论都是对现实主义艺术概括的总结。总的来说,现实主义的艺术概括要具有典型性,而目前一些现实题材的网络文学创作,在题材内容的选择、人物的塑造和情节的组织上都缺乏这种典型性。

现实题材创作要坚持人民性原则。习近平总书记在文艺工作座谈会上的讲话中强调了人民性在文艺创作与文艺评论中的重要性,指出要"运用历史的、人民的、艺术的、美学的观点评判和鉴赏作品"。人民性原则也是对中国传统现实主义精神的继承和发扬。《诗经》表现了"饥者歌其食,劳者歌其事"的现实主义精神,这是在抒人民之情;唐代诗人白居易提出了"文章合为时而著,歌诗合为事而作",这是在为人民发声;现代作家鲁迅、茅盾、巴金等人的文学创作秉持着"为人生"的精神,始终关注着人民。人民性原则要求真实地反映人民的心声、抒发人民的情感和情怀,要站在人民的立场上说话。人民性原则要求在创作中反映人民在历史洪流中的进取精神与积极乐观的心态,而不是停留在物质欲望、感官刺激的描写上。人民性原则要求在创作中表现"真善美",而不是一味地表现人与人之间各种钩心斗角、尔虞我诈。在第二届"网络文学周"的大会发言中,李敬泽曾谈到当前网络文学热衷于表现各种"宫斗""宅斗""职场斗"的现象,认为网络作家不是去表现向上向善的力量,而总爱描写各种阴狠狡诈的人际关系。他的分析确实指出了当前网络文学创作存在的问题。网络文学的现实题材创作必须强调人民性原则,强调作品的感召精神与鼓舞作用,能够引导当代青年积极投身于新时代中国特色社会主义建设的热潮。

网络文学迎来了现实题材创作的潮流,这是好现象,但我们也需要注意其中存在的问题,只有深入生活、坚持文艺创作的人民性原则,才能真正推动网络文学的发展。

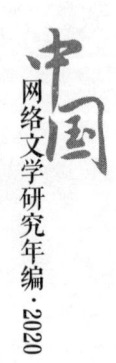

研讨网络文学属性和特征,探索转型升级新途径

——全国网络文学理论研讨会综述

王文心

  网络文学进入发展的第三个十年,为探讨网络文学理论评论如何更好地继承中国传统文艺理论评论优秀遗产,批判借鉴外国文艺理论,立足网络文学创作生产实际,研究梳理、弘扬创新已有研究成果,更好地发挥网络文学理论评论褒优贬劣、激浊扬清的作用,进一步推动网络文学高质量发展,2020年11月2日到4日,全国网络文学理论研讨会在杭州召开。此次研讨会由中国作协网络文学中心、浙江省作家协会、中共杭州市委宣传部、杭州市文学艺术界联合会主办,中国作协网络文学研究院、中共杭州市高新(滨江)区委宣传部、杭州市高新(滨江)区文联承办。中国作协党组成员、书记处书记胡邦胜主持会议并讲话。杭州市委宣传部副部长应雪林、浙江省作协党组书记臧军致辞。网络文学专家学者、知名网络作家、地方作协和网络文学平台负责人及媒体记者等60余人参加会议。

  胡邦胜在讲话中指出,举办这次全国网络文学理论研讨会,就是要认真学习贯彻党的十九届五中全会精神,积极落实习近平总书记关于文艺工作的重要论述。此次全国网络文学理论研讨会必将成为网络文学理论发展史上的里程碑。网络文学要创作反映伟大时代精神、弘扬社会主义核心价值观的精品力作,大力倡导建党百年、脱贫攻坚等现实题材创作,广大网络作家要深入生活,扎根人民,强化科学精神。中国网络文学经过自发式增长的第一个十年,党的十八大以后,进入第二个阶段,网络文学得到党中央的高度肯定,逐渐进入社会的主流。网络文学发展进入第三个十年,不可能再走外延式的发展道路,必须优化结构,走内涵式的发展道路。随着短视频、网红的兴起,网络文学怎么办? 网络文学又到了一个风口。要迎接内外的挑战,必须得突破,必须得再来一次凤凰涅槃式的重生。十四五期间我们国家要大发展,网络文学何去何从? 这就是我们开这个会议的根本宗旨。

胡邦胜要求网络文学理论评论要积极作为,加快推进建设符合网络文学特点的评价体系和评论标准。当前网络文学理论评论涉及网络文学本体的理论成果相对较少,对"网络文学是什么"等本体论问题缺乏共识。网络文学理论评论需要在四个方面有所突破:一是要努力建构网络文学理论范式和概念共识,增强网络文学的理论性;二是要强化网络文学研究的实证性,加强大数据分析和实地调研,有调研才有发言权,互联网文学企业的突出特点是必须有数据分析,不能光凭感觉和概念,倡导一种基于扎实数据的实证分析;三是增强理论研究的系统性和体系化;四是要提高网络文学研究的协同性,东西南北中协同作战,促进理论评论的繁荣。

胡邦胜强调,增强网络文学的理论性,一定要有网络文学自身的概念范式。目前的网络文学理论研究大部分是从传统的理论发散出来的,研究队伍结构也比较单一,因此我们的研究队伍结构同样需要优化,从互联网企业转过来的、从创作队伍转过来的、从技术队伍转过来的等,都可以充实到我们的研究队伍中来,共同探讨网络文学的下一个风口,网络文学的下一个发展模式到底是什么。

在上午的大会主旨发言中,杭州师范大学教授夏烈认为,网络文学发展 20 年来,无论创作者、接受者、管理者,都已经形成了一定的共识,各种网络文学理论评论包括我们所做的组织工作、评论工作,均有一套大致稳

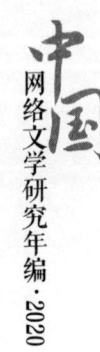

定的结构方法。网络文学是大众文学,跟主流文学不一样,需要另寻坐标。让网络文学精品化是一种内在需求,但不是去大众化。山东作协主席、山东大学网络文学研究中心主任黄发有谈到,网络文学发展的第一个十年,网络文学跟传统文学基本上处于对抗的状态,这些年有很大的改变,总体趋势是从对抗到对话,网络文学跟传统文学逐渐融合,从中央到各个层级越来越关注网络文学对于文化建设、文化产业的推动,网络文学现在是在向主流化、经典化过渡,慢慢地发展壮大。网络文学要改变粗放式增长的模式,但不应该把自己变成传统文学,如果完全融合,网络文学就失去了自身的特色。中国社科院文学所研究员白烨认为,我们要从传统文学的批评去贴近网络文学的特性,目前传统文学所谓的历史的、文学的批评,恐怕是远远不够的,我们的知识结构还需要加强软件的编程、信息传播、广告营销,以及数据统计、数字文明相关的新知识,要把这些容纳进来,才能构成新的批评的基本支撑。随机性的写作和相对固定的读者、及时性阅读构成读与写之间的密切关系,这是传统文学和网络文学的区别。网络文学研究应当起到一个桥梁作用,多向传统文学做介绍,更正对网络文学的偏见。网络文学也要重视传统媒介、传统学术刊物,让我们的声音被更多人知道,扩大影响辐射。

网络作家蒋胜男在主旨发言中希望专业评论刊物为网络文学研究开辟更多阵地,与职称评定挂钩,让更多年轻人加入研究队伍,提高网络文学评论的影响力。网络作家南派三叔认为,网络文学是一个流动变化的现象,并不是一个僵化的概念,网络文学更新换代太快,现在总结定义网络文学的本质还为时尚早。网络文学的监管经历了从人的监管到机器监管的变化,目前机器监管存在一个粗暴管理的问题。网络作家管平潮认为,网络文学无论虚构还是非虚构,都应该反映当下社会的主流价值观。

希望相关职能部门更多关注网络作家的生存状态,在网文的管理上不要一刀切,希望网络文学评论更加专业,更加贴近创作一线,让作家从中发现自己的问题和不足,从而改进写作。在下午的分组讨论中,与会专家从网络文学的创作、评价、研究与运营等角度出发,对网络文学的发展实际与理论现状进行广泛而深入的分析。杭州师范大学教授单小曦认为网络文学创造了不同于传统文学的新的文学性,是在这个时代生发的、网络层面生发的文学性。对于网络文学的研究,内部研究应该是基础和核心,如果没有内部的研究,外部的都是空撰,没有基础可能会坍塌。苏州大学教授房伟在谈到网络文学现实主义类型的发展时,认为现实主义的写法,可以提高网文的经典化,现实题材网络文学主要有以下几大特点:故事性强,有比较强的代入性,人物立体鲜活;知识性比较强;能及时反映中国现实的深度和广度。首都师范大学研究员许苗苗认为,我们今天说的网络文学和十年前的网络文学相比,变化巨大。研究者对于网文的认识是一个进化的过程,我们的认识需要跟上快速更新换代的网络环境。厦门大学教授黄鸣奋以"时间""地点""我们"三个关键词谈到了网络文学的现状,并展望了网络文学的未来。安徽大学教授周志雄认为,网络文学给研究者提供了一个非常广阔的研究空间,这个领域可能有大量的研究新人进来,这里面可供研究的东西很多,但是要求也很高。上海大学教授张永禄认为,从作者角度来看,网络文学要有创意理论来指导,就读者来说就是爽文化。从文本来说,就是类型化的文本。网络文学的文本分析不宜细读。上海大学教授许道军在谈到网络文学的世界观时表示,虚拟故事当中的时空创造以及这个世界中全部要素的运行机制值得研究者关注。中国传统文学当中的世界观建构存在缺陷,网络文学则创造了一大批非常好的世界观,像"云荒大陆""九州"等,把中国文学的想象格局扩大了。

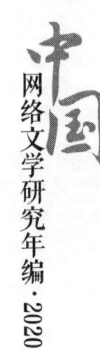

河北作协文学院研究员桫椤认为,不能离开网络文学生态来谈网络作家,网络文学毕竟是在新的媒介环境下产生的,要更多向网络文学基层的领导层普及网络文学。河北作协文学院研究员王文静就乡村题材网络小说谈了自己的观点,认为乡村题材网络小说在影视化的呈现中是缺席的。由于网文作者基本上聚集在城市中写作,在文学中,城市文化审美形成了对乡土文化的压制。期待网络文学创作更多乡村的故事。网络作家七英俊回应了王文静的观点,她认为网络文学中对于农耕文明陶渊明式的想象是不缺乏的,比如种田文。传统的乡土文学书写,其中有固化的问题,比如女性不是一个角色,而是一个工具。杭州市文联创研室研究员马季表示,网络作家的创作外表看起来很都市化,内心可能是乡村的,一代代网络作家通过互联网实现了文学创作梦想、创作自由,这是非常珍贵的经历,当下的网络文学面临人工智能的挑战。

网络作家郭羽表示,网络文学行业近些年发生了一些变化,网络文学就是文学,纯文学和所谓市井文学只要是写得好的,都变成了传统的优秀文学。网络作家沈荣认为,网络文学核心还是讲故事,先把网络作家定义好,才可以去定义网络文学。网络作家叶精灵儿认为文学就是文字记录的思想和精神。中国特色的网络文学发展速度较快,希望底层作者的现状能有所改善。网络作家西里认为,传统文学是思想,网络文学偏通俗。网络文学的精品是思想性和娱乐性的结合。网络作家毛晓青认为好的网络文学作品一定触及人性深处,否则不管情节多么跌宕起伏,也不会成为爆款作品。网络作家雄泉认为在读者眼里,网络文学就是在互联网上传播的网络小说以及值得共享的故事,讲述了平凡人物是如何成为英雄的。网络作家李闯闯认为,网络作家实名制很有必要。网络文学监管部门很多,每个部门给的方法、意见都不一样,也没有敏感词库的标准库,这让网络文学平台很难处理。

逐浪网总经理张金国在小组讨论中提出,解决了内容把关问题,就能够确保上线内容合规。就网络文学爽感来说,每个类型的爽感并不一样。咪咕阅读党委办公室主任傅晨舟认为,目前优质网络文学的覆盖面和生命周期得到了极大的拓展和延伸。网络文学之所以在网上先出现,是因为传统文学的内容选拔、刊载的门槛太高了。最早写网文的作者并不是为了钱而创作。天翼阅读总编辑郭东建表示,网络文学不进则退,需要更多温暖的支持。网文的阅读时间增量到顶,受到短视频等新文娱形式的冲击,出圈的作品越来越少,网络文学的趣味趋向小众化,影响力不复以往。华云文化总编辑方晓阳认为,好的网络文学作品需要慢慢孵化,网络文学应该关注广播剧、新评剧等创作形式,将网络文学推向新的产业。网络作家吴若祥以掌阅文学为例,谈到网文界的一个值得注意的现象:质量高、有创新、贴近生活的作品逐渐抬头。低质量、同质化的作品已不再具备优势。

上海作协党组副书记马文运在小组讨论中提出,从概念上讲,网络文学就是在互联网发表和被阅读的长篇通俗小说。网络文学的价值和意义,既有抚慰心灵的作用,也有鼓舞斗志的作用。网络文学草根逆袭,契合历史发展的进程,实际上表现了一种文化自信,这是网络文学发展的价值意义。江苏省作协创联部主任吴正峻认为,大部分作家不太认可网络文学评论,但网络文学评论无疑是必要的,做好网络文学评论,需要专家学者、也需要网络文学编辑和从业人员共同努力。与会代表一致认为,网络文学理论评论进入了新阶段、新时代,亟须建立契合网络文学特性的理论批评体系。

4日上午,总结会议由中国作协网络文学中心副主任何弘主持。专

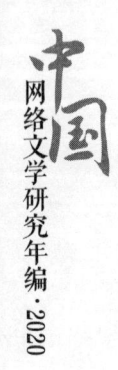

家学者、网络作家、平台运营管理者代表发言。何弘在会议总结中表示，在网络文学面临转型升级的关键时期，召开此次网络文学理论研讨会，就是想提出各种各样的问题，有助于推动问题的解决，有助于评论界、理论界把学科建设继续推进，必将有利于进一步引导网络文学强化精品创作，弘扬正能量，传播社会主义核心价值观，加快推动建构适应网络文学特点的网络文学理论评论体系，推动管理层、网站、作者、读者建立一个更好的生态，推动网络文学高质量发展。

第二辑

作品与评论

二目《放开那个女巫》:两种文明以及奇幻历史代入法

夏烈

1959 年,英国物理学家和小说家查尔斯·斯诺在剑桥大学的演讲中提出了"两种文化"的问题。他指的是当时英国社会"科学文化"和"人文文化"相看两厌,形同水火。那些文学家和人文学者认为,科学家是一群肤浅的乐观主义者,对深邃的人文知之甚少;而科学家们作为回击,认为文学家不过是一群病态的愤世嫉俗者,连初中水平的物理知识都搞不清楚却妄议世界。斯诺说的语境应落实到具体的背景、成因即其历史阶段性中,不必生搬硬套到其他时空一概而论。今天看,不如把它们放到人类文明的不同性格经验与解决方案这样的范畴里去思考,会豁然开朗以至从容得多,能够感觉到人类发展的富有张力的结构性。

关于二目的奇幻种田文《放开那个女巫》,我开始以为也是这样一个意义上的网络小说,将文学想象层面的奇幻叙事传统(包括对人性和女性的尊重)和工业文明所代表的科技文化联结在一起,做一场美妙的建功立业的构想,这已经是一种不错的结果,既冲刺了奇幻文学中女巫文的新高,也充满了男频科技主义的专业度、爽感,可以说是一个阴阳调和、科技与人文兼济的代表文本。然而,直到读完这部 340 万文字的长篇,我才意识到评论的主题兴许可以更上层楼。

两种文明的故事编织及宇宙哲学设想

《放开那个女巫》是作者二目的第一部网络长篇,连载于起点中文

第二辑 作品与评论

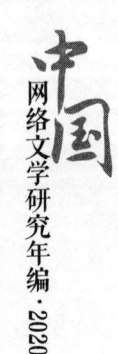

网,2019年6月完结,总字数近340万。小说在2016年甫一推出就被读者热议,二目当年登顶起点中文网的"十二天王",实现了难得的"一书封神"的奇观。

小说写的是地球青年、机械工程师程岩,因加班过劳猝死而穿越重生至中世纪欧洲风格的异世大陆,以四大王国之一的灰堡四王子罗兰·温布顿的身份创立功业的故事。当地球心智的罗兰在圆形广场的高台铁椅上清醒过来确定了自己是谁的同时,审判的现场也逼迫他迅速地读解了被替代掉的四王子的记忆区——他面前的那位赢弱肮脏的犯人正是一名女巫(女巫安娜最终成了他的妻子)。小说开篇就这样要言不烦,以情节环境推动背景交代,不仅奠定了穿越即为男主的人设,还有全篇的核心要素"女巫"在第一时间就出了场,告知读者这不但是中世纪文明水准的异世大陆,也是真正有女巫存在的异次元世界。

小说的第一部分即三分之一篇幅稳当地递进着人们对于女巫文的基本心理期待,并且由于他的文笔优异、结构舒徐,大多数读者都会赞叹作者此文的"良心"。如果说,作者不仅仅按套路加文笔的办法在应对读者的期待,而是有什么匠心独运的话,我觉得定然是作者虽写奇幻、写女巫,却在小说落笔之前就精心想好了女巫之"魔力"在小说世界里的控制,即一种有限性。这和一般写奇幻、写魔力的网文拉开了距离,我们很容易看到的是这类网文随波逐流大用特用巫术魔力的"金手指"拼命开挂以获取爽感,或以扮猪吃老虎的手法炫耀扮酷。然而作者从一开始就限制了这种"大路货"的做法,仿佛对他来说,"有限"的爽才是更有意味的爽;而关键的是,魔力与科技究竟可以怎样合作?乃至于伏笔千里最终一齐指出作者对于二者关系的"哲学性"理解,这些成了小说苦心孤诣的设计,显示了作者自我立意的高度和写文的追求,值得我们赞佩其境界、其用心。

所以,光看小说的前三分之一,依旧可以用"两种文化"——奇幻叙事的文学传统和工业文明的科技知识相融兼济来肯定《放开那个女巫》的一些特点。由四王子罗兰所代表的地球工业文明知识体系及其从中世纪开始奋勇开拓的实践,以及由女巫们所代表的超现实的各自不同的魔力技能,通过小说巧妙的设计,比如女巫们起初被人类王国视为"堕落"与"邪恶",不得不依靠罗兰来庇护拯救,比如罗兰的工业造物必须由女巫的相应种类魔力帮助才能完成,比如每一位女巫的魔力不但各不相同且通过数学、物理、化学等的学习可以获得进化,比如女巫以科研工作者的角色与人类中的知识精英合作方得以不断发明机械、枪炮、航船、火车、高楼、飞机、汽车、电影、核武器……天马行空的奇幻想象被理工男的科技思维不断消化控制着,求得了文学和科学在小说里的内在平衡。

当小说的第二部分突然出现了罗兰的梦境世界后,新的悬念打破了之前工业与魔力共同开疆拓土、统一大陆王国的"种田文"惯性,酝酿着小说中现实世界和梦境世界的崭新关系。读者一方面极其关注这种剧情的转捩变化意味着什么,它将提供何种新鲜的答案;另一方面,则担心作者无法自圆其说,甚至有的开始埋怨作者多此一举。作者在这一部分着意于写出小说里现实世界内几大文明的竞争关系,这种关系在小说中被命名为"神意之战",而人所面对的正是魔鬼族群的强势入侵,胜者覆灭对方的文明还可获取"传承碎片"以提升整个族群的文明等级。这一部分,罗兰的梦境世界揭开了现实空间的力量紧迫较量之外的玄妙的"意识界",换言之,罗兰的意识所形成的梦境世界在神明的意识界中形成了自己的结界,犹如浓汤中的一粒气泡。探究现实世界种族征伐的隐秘,也预示着罗兰对于神明拥有终极挑战的可能。

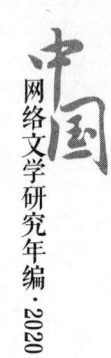

　　小说第三部分不得不触及终极(哲学)的领域,作为现实世界的人类领袖和梦境世界的缔造者之一,罗兰理应选择一条跳出神意安排的族群文明间优胜劣汰之零和博弈的路径,作者为此花费了不少脑细胞勾画着现实世界、意识界、梦境世界间如何联系并存的解释系统。拔升至此的小说不可能用戏剧化庸俗化的套路来收尾了,却也因为触及哲学、宇宙、文明这样的大命题而有些捉襟见肘。但二目的企图心还是了不起的,当他用宇宙的高度看待小说中的文明体系时,他形成的不再是"两种文化"的和衷共济,而是关于"两种文明"的哲学解释及其宇宙观设想。

　　小说在第一部分讲,"对众多穿越者而言,科技是第一生产力。而在这里,女巫才是第一生产力"。这个时候,重点还在于工业化的魔力、魔力的工业化这么一种开疆拓土、构建工业文明体系的思维。到了第三部分末尾,小说对努力铺垫构架的文明来源做了最终的介绍。原来这个世界的文明,包括魔力、四大文明的"神意之战"等等,皆是曾经存在于此世界中的"十七万六千四百二十五个文明达成了一致协定","迁移上千亿个星系,把宇宙万分之一的物质聚集在一起,来制造一个人为的引力裂隙。一旦成功,世界的走向将彻底被改变——而这个工程,便是门计划!"当此间世界被引力拉裂出一个细小裂隙后,魔力就被引入世界,代价与意外却是缔造者们也被抹去了,世界的运行依靠一套智能系统及其规则在不断地做新文明的优选。"活着,就是在逆天而行!"异次元世界的人类所坚持的探索创新价值和地球人类何其相似,即使有走向毁灭的危险。所以说,貌似偶然的一切都来自过往文明意志的选择,异次元世界的魔力文明和罗兰从地球带来的科技文明,在这里都被科学化和哲学化了。

奇幻历史代入法的功能和奇趣

被拔到宇宙流的结尾,是《放开那个女巫》争议最大之所在。一个原因是读者从西方奇幻和"种田文"的期待入手,却没有料到作者收尾那么大、那么高深,以至于不少属于故事和人物层面的可感、好看与细腻之处受到了损失,令不少人觉得惋惜。

《放开那个女巫》的一个鲜明的阅读快感就来自重新演绎人类历史中工业文明到来的诸多细节以及由此形成的蒸蒸日上的科技乐观主义。"在热兵器时代,口径就是正义,射速就是自由,威力越大越光荣,炮塔越多越平等",小说中通过相关人物的口吻及其精神、行动表达了类似这样的科技至上、科技崇拜和强国理想。如果说现实题材式样的网络小说如《材料帝国》《大国重工》等渗透着中国民间知识者对于叙写工业史、彰扬新中国成立以来工业文明和时代精神的一种表达类型,那么,到了《放开那个女巫》以及同类的如《临高启明》《奥术神座》等,则可以认为这种工业与科技思维认知已浸入了玄幻、奇幻类型之中,形成了不同程度的"科玄合流",这也是很多男频技术性小说的硬核标识。

在通俗的大众的类型小说中,"述史"其实是一种渊源有自的传统,而"代入"则是与读者构建读写关系的一种共鸣共情的基本能力。于是,当述史(包含知识谱系)与强烈的代入感叙事合二为一时,它们承担着也构成着一种独特的小说与历史关系(方法),我称之为"历史代入法",像《放开那个女巫》这样的奇幻类型下的知识与历史谱系,则是"奇幻历史代入法"。具体讲,就是作者以某个专业知识谱系的传播普及为目的,通过网络小说、类型小说、通俗小说,构建了一个拟真的"小说—历史(知识)"还原场域,导引着新的读者走入一段过往的相对陌生化的历史(知

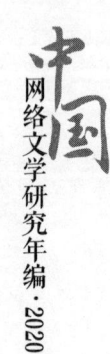

识)长廊。由于小说的高度虚构真实,不但加强了人们对于陌生历史(知识)的接受可能,关键的是增强了体验,使人更富感性经验地领略到了历史(知识)本身在生活、生产中的过程、价值与美感。这是很重要的一种文艺功能。

对于《放开那个女巫》来说,18世纪60年代开始的工业革命历程,在整部小说中一一得以重现,只是它的出现方式、整合方式是奇幻化的,机械技术被包裹在好看的故事情节以及女巫的魔力特点下,让你忽略了工业科技本身的枯燥和晦涩,乐于了解和理解一些工业技术的来龙去脉,并被书中造物者、使用者、旁观者的文学化叙写带动了情感情绪,体味到类似人类历史上时代人物可能产生的快感、成就感与时代精神。

从这个角度说,《放开那个女巫》的思想基调是简单而乐观的。它令我想起另一极的作品——卡夫卡的《变形记》。"格里高尔·萨姆沙从不安的睡梦中醒来,发现自己躺在床上变成了一只巨大的甲虫",怪诞失意一层层地到来,展示着作者对于资本主义工业文明下人的异化的真切感受与批判;而同样是开篇,《放开那个女巫》中的程岩被政务官巴罗夫唤醒,却迎来了他四王子的身份和工业党建功立业的新生。这就是看待历史(知识)的"两种文化"了,也在一定程度上折射了《变形记》代表的严肃文学和《放开那个女巫》代表的网络文学所呈现的"两种文化"式的关系。

开挂的人生不需要解释

——评《天才基本法》

许苗苗

网络小说在处理幻想性题材时,往往特别注重细节的真实感,即无论预先勾勒的"大设定"多么荒诞离奇,内容细节处的"小逻辑"却必须严谨绵密、环环相扣。唯其如此,才能在一个明知不可能的世界里构筑令人信服的故事。然而,近期备受瞩目的网文《天才基本法》却并非如此,其中有多处经不起推敲的内容。那么,为什么这部作品仍能从竞争激烈的网文中脱颖而出,成为新兴"学霸文"的代表? 它有哪些魅力使得明察秋毫的读者们忽视了其中的漏洞?

他们的数学,我们的理想

《天才基本法》一开篇,即将大学毕业的女主人公林朝夕就面临着父亲遽患阿尔茨海默症,暗恋的男神又即将出国求学的双重打击。茫然间,相亲对象表示可以提供最好的医疗条件和体面的教师职位——当然,以恋爱为前提。这可不是乘人之危,对象家境出色、年貌相当,也真心实意想让姑娘满意。还有什么好犹豫的呢? 然而,"确定的轨迹意味着人生再也没有无限可能!"谁愿意年纪轻轻就踏上一成不变的轨道? 就连老林也劝女儿不用自我牺牲,而应当放手追求梦想。

林朝夕的梦想是什么呢? 是数学! 小说以数学为主线,将主人公送上三段纠结着亲情、恋情和自我意识的重生之路。第一段,身处福利院的小林朝夕为争取自己选择领养人的权利,克服重重困难在奥数竞赛中取

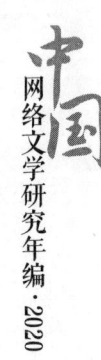

得出色成绩,并巧妙设计,与生父相认;第二段,"中二"林朝夕在日益繁重的课业下自暴自弃,而与男神裴之的重逢却激起她再度奋发的勇气;第三段重生回到高中,巧妙的数学运算帮少女解开萦绕在自己和裴之身上的谜团,甚至通过编程挽救父亲免遭车祸……

　　小说里三个主要人物性格各具特色。林朝夕堪称"女战士","她是真凶悍,上课怼老师,下课怼同学,一身反骨"。童年的她利用博弈论战胜傲慢的对手,带领同学晋级杯赛;中学时她却因害怕成绩下降而假装叛逆、远离数学;长大后她回归本心,决定跨专业报考数学系研究生,挑战更有难度的人生。林爸爸是个老顽童,小说活泼诙谐的氛围主要由他营造。老林半生坎坷,虽然有天才的数学家头脑,却只能在会计岗位上当个平凡的单身父亲。然而,他并没有因此放弃信念,反而更加坚定地守护理想,最终获得破格授予的荣誉博士学位。年轻的数学天才裴之是标准的男神,他"白皙英俊、手指修长、清醒透彻"。更迷人的是他的超级运算大脑,普通优等生一小时才能做完的奥数试卷,他20分钟就能拿到满分。裴之不是凡人,他是我们想象中那个永远100分又永远遥不可及的天才。

　　不难看出,在这部小说里,数学才是真正的主角,它是林朝夕自信的来源,是老林未竟的事业,也是男神裴之与女主兴趣的交集。《天才基本法》作为一部出色的"学霸文",最难得之处就在于将看来抽象枯燥、让人避之不及的数学考试描写得激动人心,甚至令人跃跃欲试。难怪在"知乎问答""如何评价长洱的《天才基本法》"的提问之下,获得最多赞同的回答是"只要看这篇文就会有想学数学的冲动!"所谓"学霸文",就是为高深的专业知识和不懈的敬业精神赋予神性,展示常人不能及的专门境界所具备的不寻常魅力。而这篇"学霸文"之所以能够激励诸多也许并不擅长数学的读者,正是因为每个人心中都有自己的"数学",或者不妨将这里的"数学"替换为任何一个令人心向往之并愿意全身心投入的目标——事业、爱情、甚至体重秤上小小的一格，都映射在小说中的"数学"之上。

大设定与小逻辑

重生故事的基本大设定是"再来一次，成功翻盘"，《天才基本法》正是利用这一点鼓舞人心："一切都有了重新弥补的可能——哪怕是开局坏到极点的人生，也有无限生机。"主人公林朝夕没有辜负命运的馈赠，在喜爱她的读者的注视下，最终成功挽救老父、收获爱情，也由此演绎出一部合格的成人童话。

然而，尽管故事别出心裁、结局令人满意，我们仍不能忽视其中的硬伤。回到前述网络幻想"离奇大设定""严密小逻辑"上，比如她妈妈为什么狠心不要她，或者她爸干吗不能把她一起带去国外，以及爷爷奶奶怎么都不帮忙？如果说人物身世尚是雪泥鸿爪，可以在后续找出似是而非的答案，那么裴之这个角色则更加不真实：他不仅是数学天才，还会多国外语，有高超的格斗技能和惊人的预见力。他总在人物极端困难时突然降临，迅速解决问题又淡然离去……那么问题来了，有些窘境连携带记忆重生的女主都手足无措，为什么还是小学生的裴之却能轻易化解？小说既没有叙述他的现实行动轨迹，也没有描写他内心的活动过程，而心思缜密的女主也竟从不怀疑这男孩同样来自另一世界。这些疑问，连"知乎""豆瓣"里众多书粉都想不通。

对于故事逻辑中的种种漏洞，作者的态度倒十分坦然："老实讲这都不重要。因为22年来，他们父女俩相依为命，才是人间真实……世界上大部分事，都没有太大意义，真理与热爱除外。"长洱也许想借此表明，一

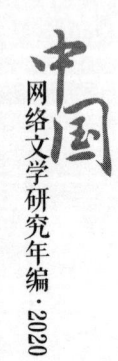

切皆有可能,不必事事纠缠,不把精力浪费在无关紧要的小细节上,也是成为天才的基本法则之一。小说中虚构文本的"人间真实"与现实阅读的逻辑漏洞相互交织,反而使之带上一种自负的洒脱,并构成甄别读者的依据。

这部小说的目标读者是崇尚知识的青年学生群体,因此可以想象,那些在屏幕上热切讨论作品的活跃 ID 们,很有可能刚刚从成堆的试卷里抬起头。专业不同的他们之所以能顺利将自我带入《天才基本法》角色,正是源于对校园环境的熟悉、对脑力比拼的认可、对高分天才的钦佩。对他们来说,如果真能重生,知识的掌握和不懈的努力,是比买彩票、炒房产、炼仙丹之类更有说服力的技能。

有的故事以情动人,有的故事以理服人,而"学霸文"则将改变命运的希望寄托在学习上,以知识改变命运的信念激励人。这样一个以学习判高下的世界虽然过于简单理想,但对曾为学习和考试全力以赴的人来说却一点也不陌生。文中角色的真实性和吸引力,也正由此而来,虽然很多情节经不起推敲,但求知的渴望却真真切切。因此,裴之形象的虚幻和耀眼也就不难解释:与其说他是一个被暗恋和追逐的"人",不如说他是一束引导女主追寻理想的光。

娱乐边界与哲理分寸

主人公重生在中小学时代,必然以成人的认知重新审视孩童的经历,并生发出过来人的思考,正是这种思考将《天才基本法》从青春校园带向更开阔的领域。然而,在以娱乐性为主的网络小说里,如何讲述人生大道理而又不沦为说教,却必须拿捏好分寸。在《天才基本法》里,长洱的手段可谓明智。

首先是重新定义"天才",将他们从特定的小部分人推演为某种特定的品质。天才学霸碾压反派、扭转乾坤的套路虽然过瘾,但如果仅限于此,那作品也就只能拨动一小部分人的心弦。《天才基本法》对普通读者的吸引力并不在于其中的天才,而是来自普通人付出努力也必有回报的信心。因此,天才在小说里处处被"虐":老一代的老林遭导师诬告无法继续研究,新一代的裴之母亲以死逼他远离数学,反倒是普普通通、曾因难题而退缩的林朝夕最终实现了不可能。故事重新定义了"天才"——学习成绩和超强大脑只是一部分,成功更需要过人毅力、强烈责任感和积极人生态度的结合。人的命运不会因为是不是天才而根本改变,道路终归在自己脚下。

　　其次是对复杂矛盾的简化和对抽象道理的具体化。小说以青春校园为切入口,以爱情、亲情缩略人生目标,以考试竞赛简化复杂的社会矛盾。无论天才学神还是刻苦后进,甚至反面角色,都单纯地认可考试成绩定胜负。尽管如此,它却并没有简化人生逆袭的难度。主人公并没有凭借前世携带的记忆逆袭,而是通过一次次激烈的竞赛,一道道奥数的计算,艰难拼搏着赢取幸福。故事通过幽默的人物对话、坦率的自我嘲弄、对困难的认识和应对等手段,达到情节精彩和道理严肃两方面的平衡。作者设计出一幕幕贴近青少年生活的场景,以朋友义气激励学习热情,以班级荣誉约束叛逆冲动,以对男神的仰慕树立对美好理想的追求……从而使抽象的人生道理转化为具体的故事情节。

　　文中人物身份的设置也透露出作者试图中和说理与故事的努力:虽然林朝夕从小热爱数学,却因为自卑而疏远这个天才的领域,大学转而攻读看似"简单"的文科。匠心独运之处在于,作者为她选择的学科是被誉为"科学之母"的哲学。因此,当一个林朝夕飞速演算,企图以抽象的数

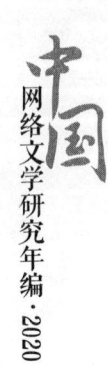

学方程应对具体的生活难题时；另一个林朝夕却不得不以维特根斯坦、莱布尼茨等身兼哲学、数学两界大师的具体例证来完成毕业答辩。重生两界之间具体与抽象的联动与思辨，使这个角色显得既酷且萌。

网络文学阅读大多注重娱乐，往往对故事里的大道理避之不及。但好作品无论媒介如何，却必然是意在言外，只有呈现超越话语层面的多重韵味，才不至于沦为单薄的"段子"。如何见微知著，将指点人生的大道理转变成妙趣横生的小细节，是网文对作者的挑战。使《天才基本法》成功的，并不是俗套的甜宠爱情或功利的人生巅峰，而是青年人由单纯思考成绩高下、自我得失，向追问人生意义和承担社会责任的转变。林朝夕童年努力寻求与父亲相认，初中带同学争得集体荣誉，高中则试图改善交通信号体系……三次重生让她的目光逐渐从自身遭际转向周边世界，在一步步走向成熟的同时，也一步步超越自我，一点点影响社会。

《天才基本法》以幻想的故事让"知识就是力量"的口号变得充实丰满；以"一分耕耘一分回报"的信念为众多年轻人搭建了一座沟通的桥梁。在文本之内，孩子们以数学考试为武器；在文本之外，读者们以博学专攻为追求。正是对知识及其化身"天才"的共同认可，使这一作品具备强大的共情力。这种共情遮蔽了细节的小破绽，使天才和朝向天才努力的普通人都焕发出耀眼的光芒。《天才基本法》告诉人们，真才实学永远是战无不胜的技能，它足以弥补任何运气的漏洞。对希望依靠知识改变命运的人来说，开挂的人生不需要解释。

"金手指"的功能与"叙事突转"模式

——横扫天涯《天道图书馆》的几点启示

陈定家

网络小说中的"金手指",一般是指网络幻想类小说中演示"神迹"之"道具"的统称。在读者和网生评论家眼里,凡是主角拥有的"稀罕物"或"神助攻"皆可称为金手指。金手指的出现,意在斩断叙事逻辑链条的束缚,使濒临绝境的主角化险为夷或反败为胜。在玄幻小说中,众多出人意料的戏剧性情节大反转场面,主要是拜"金手指"操控的"叙事突转"模式所赐。网络小说中的"金手指"层出不穷,如法宝、系统、导师、天生异能等,可谓花样百出。在横扫天涯的《天道图书馆》中,所谓的"金手指"是隐藏于主人公张悬脑海里的图书馆,这里姑且以"金手指"为引子,对横扫天涯的这部小说谈点粗浅看法,以就教于作者和读者诸君。

别出心裁的硬梗、硬核

《天道图书馆》是阅文集团作家横扫天涯的原创作品,首发、独签于起点中文网,讲述了张悬穿越异界成为名师,脑海中出现神秘图书馆,并借此叱咤风云的故事。张悬穿越异界,初为人师,心中茫然,频遭白眼与奚落。幸得"天道图书馆"的帮助,不管他遇到什么人,对方的所思所想,以及过往所言所行,"书"中皆有详细记录。于是,对学院与教学一无所知的张悬摇身一变,成了一位无所不知的名师中的名师。小说以鲜活的人物群像和生动的故事情节,演绎这样一个弥久愈新的理念——知识就是力量,信息决定成败。

第二辑　作品与评论

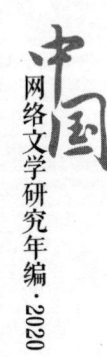

作者横扫天涯，原名杨汉亮，"80 后"网络作家，自称老涯，在青海德令哈市从事教学工作多年。勤奋创作，一日数更，曾创下一日百更记录，号称"百更帝"，作品多是仙侠、玄幻类小说，《天道图书馆》也在"玄幻"之列，属于"异世大陆"故事。该书自 2017 年底首发起点中文迄今，阅读量超过两亿。

如此骄人的成绩，必有骄人的"硬核"。该书的"硬梗"就是作为"金手指"的"天道图书馆"。书中一切传奇皆与此梗有关。主人公张悬，原地球图书管理员，遭遇大火，魂穿名师大陆，成为洪天学院废柴教师，得天道图书馆，凭借其超常眼力走出了一条名师之路。最初只是为了不被开除而招学生入门，后渐渐转变成真心为学生付出，以其高明的教学能力和至诚的态度赢得了学院师生的尊重。参加师者评测、考核名师、援救学生、被封天认圣者、领悟明理之眼、孤身闯名师堂、一言喝退千军万马、九天莲胎塑造不死分身、担任名师学院院长、对抗名师堂、追查自身身世……张悬一路走来，每每濒临绝境，却总能化险为夷，凭着"金手指"无往而不胜的力量，他终立于名师大陆顶端。在人族生死存亡之际，孤身打入异灵族内部，竟然歼敌十万大军，不仅化解了人族危机，还让弟子当上异灵族皇，彻底解决异灵族隐患。此后追随孔师周游世界，穿越封印，抵达上苍，成为宗主，消灭孔师恶念分身，晋级神灵，获得九天封王后，归还图书馆于天道，并突破帝君桎梏，最终登上修炼者的巅峰。张悬所成就的这段传奇，全得益于天道图书馆的知识与信息。

书中另一个"趣梗"是"天道之册"，只有收到学生真心的感激之情才可获得，金色书籍可以作为秒杀级别武器。但它有时限，且不可回收，能够封印任何级别的敌人，金色书页能够提升 5.0 的心境刻度，也可以用于将图书馆的内容灌注为大脑记忆，张悬无意中发现其更拥有令血脉修炼者提升血脉的用处。书中这类硬梗，堪称玄幻小说之"金手指"家族中的翘楚。

众星捧月的人物群像

就起身而言，张悬原本是所谓的"九天莲胎"，修行过程中分别获得鸿远学院院长、圣子殿殿主、众多家族的族长，以及这个堂的堂主那个堂的宗主等虚虚实实、奇奇怪怪的头衔。"前世的他，只是个图书管理员，过着两点一线的日子，平凡普通，平庸简单，继续干下去，也就只能拿着死工资，碌碌无为下去，到了这里不一样了，有了作为金手指的天道图书馆这个穿越大礼包，以后或许真能越走越远，越走越强，走出一个全新、绚烂多姿的人生！"（第12章）当然，他也知道，想要成为真正的名师，还要多读书，多学习，知识量充足了，才能越走越远。

作为怀揣"名师梦"的修行者，他先后获得了一二十个"九星名师"称号，如生命炼丹师、炼器师、驯兽师、阵法师、医师、毒师、书画师、惊鸿师、魔音师、鉴宝师、天工师、启灵师、巫魂师等等，令人眼花缭乱。至于他所掌握的各种技能，更是五花八门，数不胜数。如什么天道伪装、天道毒功、天道剑法、流水剑诀、封禁真解、时间真解、空间真解、灵魂真解、言出法随等。最终悟出天道并非永恒，惟感情超越一切，独创出"天若有情功法"。

张悬初次相遇便对女主角聂灵犀一见钟情，二人在火源城敞开心扉，于丘吾宫约定三生，后来终成眷属，结为夫妻。小公主洛七七受张悬指点炼丹术并喜欢上了对方，又因误会而与张悬订婚，后被拒。在张悬离开名师大陆后凭借静空珠之力破界离去寻找对方，并最终跟主角大婚。有人说，《天道图书馆》是一部老师写老师的修心小说。师徒缘分虽非天定，却不是亲人胜似亲人。张悬的亲传弟子众多，性格各异，如呆萌少女王

第二辑　作品与评论

127

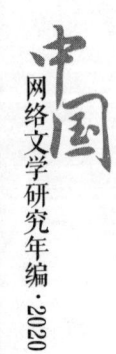

颖、打赌赢来的学员刘扬、枪法奇才郑阳等,尤其是不可一世的大小姐赵雅,相关故事,情节跌宕多姿,"包袱"设计精妙,洋溢着喜剧气氛,而路冲的故事则为小说增添了悲壮的复仇色彩。路冲为报灭族之仇,隐姓埋名,忍辱负重,在张悬的帮助下得以报仇雪恨。八弟子张九霄追随张悬的修行经历具有一定的典型意义。九霄是圣人门阀张家旁支子弟,起初对张悬有竞争之心,后彻底拜服,因张悬使用天道之册提升其血脉,而被张悬定为下一任张家家主。跟随张悬前往上苍进入神界之后,九霄被云璃大帝带走培养,成就封号神王。作品中还有众多有趣的人物,无论是同校学生、同事、校友,还是竞争者或敌手,各有各的故事。如擅长惊鸿舞的鸿远学院学员胡夭夭,原本想设法好好教训一下张悬,结果却反被收为学徒,后在张悬的帮助下和洛玄青等人修成正果,进入神界。

张悬的终极对手是异灵族的"狠人大帝"。"狠人"原本是数万年的"绝世强者",曾诈死于另一强者孔师刀下,身体四分五裂,心脏部分被张悬用天道之册收服,并多次为张悬化解危机,后陆陆续续暗中收集骸骨,在神界灵气潮汐到来之际,他趁机吸收神界天道力量,因而灵气大增,实力暴涨,于是他解除灵魂契约,轻松击败多位帝君,但最终还是被成功突破的张悬击杀。

两极分化的网络批评

任何广受关注的作品都会引发相应的争议。既有不虞之誉,必有求全之毁。《天道图书馆》自然也不能例外。批评与反批评主要表现在以下几个方面。

首先是关于"套路"产生审美疲劳的论争。有人说该书缺乏创新之意,无非是"废材逆袭"的无聊故事。但也有粉丝为之辩解说:"套路比较老,但是用得好!"譬如说,主角招生时,屡次被人冒犯,无可奈何之际,"金手指"突然开启,"图书馆"如"照妖镜",将冒犯者的武功缺陷和盘托出,就算"命门"这种修炼者的绝密隐私也逃不过张悬的眼睛。"天道图书馆能够勘察一切缺陷,性格、行为上的也算。"(第11章)目中无人的冒犯者被狠狠打脸。

其次,对主角形象的喜爱与厌恶之争。"这本书被称为毒草,据说看到的人都活不过五章。"也有人声称"读了几章就果断弃坑"。其中比较有代表性的言论是主人公心胸不够坦荡,性格不够淳朴,好忽悠,爱使诈,形象猥琐。但也有书友回敬说:"果真如此,该书海量的粉丝数、追读人数、打赏数据又作何解释呢?看到这些动辄几百万的数据,我真的想说,如果这样也是毒草,我愿意做一个毒王之王。"还有人对书中不厌其烦的拜师情节甚为不满。什么毒师、丹师、画师、驯兽师,几乎都是重复的。反批评者认为,不能肤浅地反对重复,恰如其分的重复是一种艺术手法。

再次,该书在海内外大受追捧很大程度上得益于其鲜活、通俗的语言风格,尤其是一些接地气的校园俚语,既有幽默感,又有表现力。当然,横扫天涯的局限性也在于俚语俗语过泛过滥。看看作品各章的标题就不难发现,网上众多吐槽张悬"太猥琐"的评语确非毫无道理。如第1章《骗子》、第2章《不要脸》、第3章《打脸》、第10章《赖账》、第18章《被坑了》、第19章《嫁祸》、第120章《不是个东西》、第141章《你是个畜生》……至于"装逼""打脸""暴打某某"之类近似于爆粗口的语言,书中触目皆是。过分追求口语化表达的爽快与劲爆固然可能红火一时,但这类粗鄙化的表达因缺少回味余地很快会令人生厌。毕竟,文学是语言的艺术,无论如何,作品的语言是不能与审美精神背道而驰的。

"金手指"并非网络文学所独有,传统文学中的上帝之手、阿拉丁神

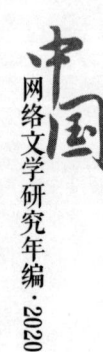

灯、孙悟空的救命毫毛等当属其列。戏法人人会变，诀窍各有不同。《天道图书馆》这样一部别出心裁的作品获得"2017 最火玄幻作品，海外点推双榜第一"等多种殊荣可谓实至名归，遭遇众多言辞激烈的吐槽也在情理之中。或许对"最火"与"第一"这四个字的含义不同的人有不同的理解，横扫天涯的这部作品拥有如此超乎寻常的赞誉和不近情理的苛求也就不难理解了。

更俗的"白日梦"

周西篱

纵横中文网原创首发的网络小说——更俗的《楚臣》,讲述了熟读历史的现代人翟辛平"穿越"到一个类似中国历史上唐朝末年至五代十国初期的架空世界中,成了秘书少监韩道勋之子韩谦之后的故事。按照小说中设定的历史,书中人物韩道勋原本会在楚国天佑帝驾崩之前,因直言上谏而被杖毙,而韩谦在逃往祖籍地的途中也会被家兵绑缚交与朝廷,受车裂之刑……

起初,"重生"后的韩谦,为改变自己和父亲的命运,竭力挣扎,力图转变历史走向。父亲遭遇车裂,韩谦在考虑自己命运的同时,开始更多考虑如何让天下苍生避免战乱之苦。最终,他一统天下,创造了历史的奇迹。

史学家钱穆先生曾说,不知一国之史则不配做一国之民。历史学家、大历史观的倡导者黄仁宇先生也说过,认真学历史的人是了不起的。而在我看来,认真写历史的作家更了不起,透过他们的作品,他们的人生阅历、学识储备与世界观、历史观、价值观,会在读者眼前呈现出来。然而,不是所有写作者都经得起挑剔的打量与探究,也不是所有文学作品都能经得起历史的淘洗。反复阅读更俗的《楚臣》,我们能看到他的作品于朴实厚重中透露出的丝绸般的柔和光芒。

《楚臣》架构了一个宏大的世界,在这个世界中,更俗讲述了一个朝代的灭亡和另一个朝代的崛起,讲述了楚国、梁国、晋国、蜀国各自的故

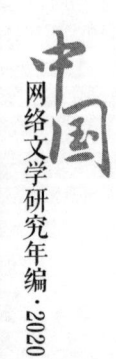

事……时代的更替、家国的兴亡与巨大的社会矛盾的形成、发展和爆发，都是由于人的作为和推动。形形色色的人中既有奸佞小人，也有盖世英雄，更有一些人会走在时代的前列，把握历史发展的方向，带领更多的人推动历史的车轮滚滚向前……

更俗在《楚臣》中以一种十分平和的，并且常常是客观、冷静的态度讲述了乱世英雄的故事。同时，作家按照自己对历史和社会生活的理解，对主角的所作所为也进行了精确细腻的描写。毫无疑问，在韩谦所处的时代里，他就是一个能够带领人们奋斗前行的英雄。面对绝境下的命运，故事由此铺陈开来并跌宕起伏，呈现出了沉实与厚重的历史感。人们常说以史为鉴，历史中那些大事件的发生和发展总有一定的规律和特点，学好历史的目的就是借此来观照当下，帮助我们更好地认知现实与未来。而作家关注的终究还是历史中的人物和命运，关注人的坎坷与沉浮，其独特的魅力常令人不禁深陷其中。

在《楚臣》中，某种永恒的精神价值追求成了作家的叙事动力，而书中的主要人物之一韩道勋，则成了这个精神价值的具体承载之人。韩道勋是个读书人，做官"有干才、直言敢谏"，是传统观念里那种典型文人、"贤人"、有德行之人。他为官一方，能爱民如子，心系天下苍生。对君王，他不阿谀谄媚；对同僚，不设陷阱；为黎民百姓，他牺牲自己，毫不迟疑。他的身上承载着数千年来中华传统文化推崇备至的那种精神，文中着墨虽不多，但从其身上，我们还是能看到作者赋予人物的理想和寓意。黄仁宇在《赫逊河畔谈中国历史》一书中曾列举了从春秋战国往后约2000年历史中的数十个重要人物，并以这些人物为核心来探究中国历史和文化的特点。在谈及五代十国历史时黄仁宇列举过一个贤臣，名冯道，而《楚臣》中的韩道勋，我认为其身上就有冯道的影子。

对书中主角韩谦而言,他的全部努力,目的则是平战乱、疗民疾、拯救自己进而拯救苍生,其人生道路与其父可谓是殊途同归。小说中叙事理想的达成由韩谦与三皇子及梁帝朱裕的故事推进。三皇子在仅比自己年长几岁的韩谦的帮助下成长,他尊韩谦为师,对韩谦有着少年人特有的热血真情。可惜在夺嫡之战中三皇子伤痕累累,年少早夭。梁帝朱裕与韩谦则本是国与国之战中的敌人,却英雄相惜,最终朱裕将帝位禅让予韩谦,也将梁国的黎民百姓托付于他。至于书中的次要人物,作家也赋予了美好设定,如赵氏姐弟、冯家兄弟、韩家的家兵子弟,以及那些与韩谦相亲相爱的女孩儿,赵庭儿、奚荏、清阳郡主、王珺等等,在更俗的笔下,她们都是绝美的。所有这些男男女女,都是韩谦的小伙伴,与他一起成长,最终也都抵达了各自的人生佳境。

可以说,《楚臣》是部好小说。首先,作者给我们描绘了一个巨幅的战争画卷。在类似五代十国的架空历史背景下,韩谦所处的时代本身就是乱世。更俗在书中写了至少有几十场战役,其中既有鸟瞰式的大场景,也有对将士内心活动和表情的细腻揣摩、描写。最壮阔的场面是梁军大战蒙兀人。此时的韩谦已经得朱裕禅让,成为新的梁帝。他整合了楚、梁兵力,对抗凶悍残暴的蒙兀人,最终乌素大石战死,北逃投靠蒙兀人的前朝士族代表萧衣卿自尽,蒙兀人退回草原,中原百姓得以休养生息。最奇崛的是对徐明珍的寿州军之战,此战恰在韩谦和王珺的大婚之日打响,可算是彻底摧毁了安宁宫一系的残余势力。

其次,书中绘景、状物、描人皆可圈可点。作为一个成熟的作家,更俗的语言干净、精准、简约。不煽情,不堆砌华丽辞藻,不滥用形容词、卖弄修辞。写安静的环境,他写得像是静物画,语句和描述堪称经典;写战争,他从容不迫,冷静勾勒画面;写男人,简单笔墨就能凸显人的形象和精神

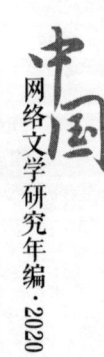
气质,见字如面;写女人,笔墨又不停留于外貌描写,而是更注重人物的内心活动。凡此种种皆有妙文佐证,不胜枚举,可见更俗对语言文字的驾驭已然有了大家风范。

再次,则是现实主义的创作手法。《楚臣》所写的故事虽发生在架空历史背景下,但并未妨碍作者用现实主义的创作手法来完成。按照古希腊人的艺术观,艺术乃自然的直接复现或对自然的模仿,作品的逼真或与对象的酷似程度,可成为判断作品成功与否的准则。这种写实主义或现实主义的观点,主张艺术家要仔细观察事物的外表,然后再据实摹写,客观再现,既不能忽视它,也不能贬低它,从而体现出作品对现实生活的忠诚和责任。在《楚臣》中,更俗并没有因为是架空历史而恣意幻想,而是保持了自己对历史、现实的客观、朴素的描述,把握好了历史呈现的合理性和逻辑性,真实地呈现了社会的本真样态。

最后,书中还展示了百科全书式的时代全貌。提及百科全书式小说,人们自然会联想到曹雪芹的《红楼梦》和巴尔扎克的《人间喜剧》。《红楼梦》描绘了中国封建时代社会的世态百相,集传统文化之大成,是具有世界影响力的中国经典文学作品;而19世纪法国作家巴尔扎克的《人间喜剧》则以"风俗研究""哲学研究""分析研究"分类,以150多部小说塑造了上千个人物形象,反映了法国贵族的没落和资产阶级的崛起,被称为法国资本主义社会的百科全书。我无意拿更俗与曹雪芹或巴尔扎克比较,只是我看到,更俗在《楚臣》中非常详尽地描绘了唐末至五代十国时期的社会生活和社会形态,包括行政建制、军队编制、商业体系、生产力状态、金融模式、教育和认知等,将时代的方方面面呈现在读者眼前。比如在第761章中,他写到了人们对时间、地心引力的认识和对计时器制造的摸索;在第763章中,他还写到了当时的水利发展、工业、币制、税制、人口流动等。在呈现时代面貌时，更俗还使用了大量数据，无论是粮食、人口还是其他社会财富，他都能列出可信的数据。这些，大概也是小说"真实"有力的原因之一。

另外，我还想说，更俗的小说不仅好看，也值得读者耐心去看。《楚臣》是写给有一定生活阅历，对社会、历史、军事等方面都有兴趣并有着丰富的知识阅读需求的读者的。读完《楚臣》，我与更俗做过一次对话，他告诉我，从 2004 年迄今，他坚持写作 16 年没有停过，具体写过多少虽没有认真算过，但至少也有 3000 万字了。我借用"美国当代文学发言人"、作家索尔·贝娄的一句话对他说："作家追求的世界，永远不是眼前所拥有的世界。"更俗回应说："我从小就是一个喜欢做'白日梦'的人，喜欢沉浸在小说所构造的情恨交错的世界里。等到自己尝试去写小说时，看似变成了我来构造世界让别人去感受，但对我来说，本质却没有任何不同。"我理解他的意思，更俗的创造和他的获得难解难分，而他笔下的"白日梦"与我们的又有什么不同？这或许也是他的作品最吸引我凝神品味的地方。

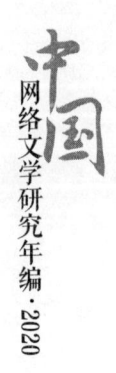
由《诡秘之主》看网络文学发展趋势

安迪斯晨风

2020年5月,网络小说《诡秘之主》正式完结。这是一部创造过不少"奇迹"的作品,在起点中文网的各大榜单上,该作不但长年高居榜首,而且其精妙的情节设计和角色刻画也使其成为近年来广受好评的网络文学作品之一。作品在畅销的同时,也突破了网络文学读者的年龄、性别、文化程度及欣赏趣味之间的差别界限,在各类读者中都得到不少忠实的拥趸。《诡秘之主》及其引发的"诡秘流"热潮,恰好出现在网络文学转型升级的关键时间节点上,为今后网络文学的进一步发展提供了一个可供多维度研究的样本。

《诡秘之主》的成功有着复杂而深刻的时代背景。随着当下我国基础设施建设及移动互联网技术的飞速进步及网民数量的激增,越来越多的新媒体文娱平台,如抖音、快手等短视频APP及直播网站相继诞生,各类手机客户端、游戏APP等迅速普及,网络用户的业余时间开始被大量新兴的文娱方式挤占。与之相比,诞生已逾20年的网络文学对新读者的吸引力无疑已大大减弱。以往靠浅显直白的剧情吸引读者的"小白文"写作模式正在发生急剧改变。因此我们可以看到,包括爱潜水的乌贼在内的大批网络文学作者,正在尝试把传统文学中常见的创作手法和写作思路引入网文创作中去,推出了《诡秘之主》等既有网络文学的"爽感",又不乏文学水准与人文关怀意识的网络文学新作。

匠心独运的世界观设定

回顾网络小说的发展历程我们会发现,《诡秘之主》是一部充满了创新与革命、由想象力的盛宴凝结而成的编年史。横亘在网络小说创作者面前的一条条枷锁被打破,一座座看似不可翻越的大山被搬开。可以说,创新是网络小说最重要的武器,想象力是网络文学的第一生产力。但是,随着网络文学的发展,越来越多的作者开始满足于在现有的世界观框架下构建自己的故事宇宙,很少再出现像"洪荒流""无限流"等让人眼前一亮的新流派。直到2018年,《诡秘之主》在起点中文网开始连载,人们才惊讶地发现,网络小说竟然还可以这样写。

尽管《诡秘之主》还是以常见的"穿越"设定作为切入点,但是小说的世界背景却相当复杂,其中融合了西式奇幻、蒸汽朋克、"克苏鲁神话"以及"SCP基金会"的部分设定,主背景近似于第一次工业革命方兴未艾的欧洲。在这个野蛮、凌乱、驳杂、诡秘的时代里,蒸汽机已被发明出来,煤铁复合体也已广泛应用,人们发明了蒸汽动力火车和铁甲舰,枪炮等热兵器也已用来装备军队,但是石油工业和电力设施却还不见踪影。与此同时,在普通人看不到的地方,又有着让人扭曲而疯狂的奇幻力量。

《诡秘之主》最大的创新之处在于重新架构了一整套复杂的奇幻体系。22个序列里的每个序列都有着从0到9共10个层级,小说中的人物想要升级就必须吃下用神奇材料调制成的"魔药"。比如主角开头是"占卜家",升级后变成了"小丑",再升级变成了"魔术师";而另一个序列的开头是"刺客",升级两次后竟变成了"魔女"……于是,猜测那些奇妙的空白序列也成了读者的乐趣之一。小说中的魔法体系有一点像英国作家J. K. 罗琳的《哈利·波特》,虽然看起来莫名其妙,但却足够诡异、有趣,

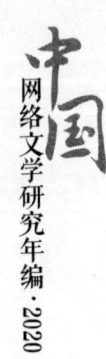
而且这个世界里还存在着神灵,除了七大正神外,还有强大而诡异的邪神及更加疯狂邪异的"外神"。

对于幻想题材的网络文学作品来说,最难的就是构建一个设定宏大、内涵丰富、细节清晰的虚拟世界。《诡秘之主》给作者最大的启示在于,可以从浩如烟海的世界历史资料中攫取养分,比如说小说中故事的时代原型即为维多利亚时期的英国,作品中的货币体系和一些事件的设定都能够找到历史上的对应,而奇幻背景的设定又令小说流露出一些陌生感。《诡秘之主》之后,有不少网文作者开始学习、借鉴这部小说纷繁复杂的设定体系,以令自己的作品更加多姿多彩。如 Andlao 的《余烬之铳》就借鉴了其蒸汽朋克背景,机器人瓦力的《黎明医生》(原名《瘟疫医生》)借鉴了其诡异莫测的克苏鲁神话体系,不祈十弦的《玩家超正义》借鉴的则是其复杂的职业体系等。

幻想世界里的现实关怀

《诡秘之主》不但构建了一个超凡者大量存在的人类社会,而且让主角本人"正常"生活在这个世界里。主角克莱恩有自己的家人、自己的工作和同事,在廷根和贝克兰德两座城市还分别有自己的社交圈。他也需要挣工资养家糊口,也需要研究投资、研究礼仪——和这个世界其他各阶层的人一样。有超凡元素存在的小说里,我们一般极少看到"普通人"的身影,更别说深入社会、深入生活的主角。小说中作者最认真写的就是主角每天的日常生活,写他的消费与工作,写他亲历的亲情、友情,写这个世界里复杂的币制,写工厂里纺织女工的悲惨遭遇,等等。我们就像主角本人一样,在这个世界里历经凡尘,融入其中。大多数网文读者可能很难体会出其中的"爽点",因为它爽的地方恰是这个恢宏世界的基础架构,而非人物本身的主角光环。

网络文学中的现实主义创作是当今网文创作的一大趋势,但我们也应看到,现实主义创作不应仅仅停留在选择"现实题材",虚构题材乃至幻想题材的网络文学作品一样可以塑造出令人动容与感怀的现实内容片段。比如说在全书第 2 卷的结尾,克莱恩看到普通民众在邪教徒制造的"大雾霾"中惨死,才最终下定决心挺身而出保护这个世界。

在《诡秘之主》中,主角穿越到异世界后虽然始终是一个人,但因为他有"无面人"的变化能力,因此可以拥有很多不同身份,且每个身份都有着真实而完整的人设。所以小说中就可以生发出很多不同视角,如底层公务员、穷困大侦探、疯狂冒险家、神秘大富豪等,各种人物角色各自面对这个世界的一个切面。他们的经历还可以相互交叉,构成一个复杂的网状结构,以呈现出这个世界普通人生活中的众多微小细节。尤其是小说中竭尽全力生活的普通人和底层"守夜者"的牺牲精神,给读者带去了很多感动。在这些细腻真实的描写的映衬下,克莱恩在整个世界濒临毁灭时勇于献身的精神便不再显得突兀,而是顺理成章。

曾几何时,网络文学也流行过"杀伐果断"的主角设定,但随着时代的进步和发展,越来越多的读者开始更加认同克莱恩这样的人物角色——一个正常的普通的好人。他像你我一样,有自己的小爱好、小生活,但当时代赋予他伟大责任的时候,他也能勇敢地站出来,无所畏惧。这样的人物令作品变得更具人文关怀与温度。未来,随着网络文学的进一步发展,相信我们还可以读到更多这样的网络文学作品。

复杂多变的人物形象塑造

《诡秘之主》中最为人称道的还有人物群像的塑造。主角克莱恩从

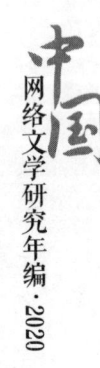

一开始就创建了一个神秘组织"塔罗会",其中的成员无论是来历还是性格都堪称多姿多彩,如大贵族的女儿、胸怀大志的海盗船长、"神弃之地"的挣扎求生者、慵懒的小说作家、死宅吸血鬼等。每一个人都有自己独特的性格、癖好、脾气和人生经历,但塔罗会又常以一个整体的身份来活动,他们每个人都相当于主角的一部分,从自己的视角观察、体验、探索这个世界的奥秘,带给读者立体而又真实的感受。

当然,我们也不能忘记书中引领主角成为"守夜者"的邓恩队长、心机深沉的黑夜女神、温柔亲切的阿兹克先生……还有那位一出场就让人心惊肉跳的大反派"阿蒙"。更有意思的是,书中还有一位隐形的主角罗塞尔·古斯塔夫,他也是主角的穿越者前辈。以罗塞尔所写的日记和留下的各色发明及名言警句为线索,爱潜水的乌贼完整展现了主人公自降生到被污染的完整的一生。这些人物形象中,既有浓墨重彩的刻画,如"正义"小姐奥黛丽,作者将她的成长历程写得十分清晰;还有的人物只用简单几句就勾勒出人物性格,比如在大雾霾中遭遇不幸的老科勒等。

有人认为,网络文学作品"长于叙事,短于描写",但是《诡秘之主》告诉我们,任何一部小说作品中人物形象的塑造都是重中之重,就像沈从文先生说过的小说写作定律:"不管写什么故事先要让人立住,人活了故事也就活了。"要想让读者彻底沉浸于小说中,就一定要塑造出鲜活、立体、圆润的人物形象。这也将是网络文学作者们未来的重要课题。

网络文学写作的新趋势

爱潜水的乌贼也许不是最有天赋的,但一定是最勤奋努力的作者之一。读他的小说总是令人放心:他以每天平均5000字左右的速度持续稳定地更新作品,且每本新书都会改变题材和风格,剧情中布设的所有悬念都会完整解开,甚至还会专门写作"番外",直到读者对故事中的所有人物和结局都再不留有遗憾。自出道以来,他的每本新作品都有进步,有自己的强烈风格,也有让人眼前一亮的创新。《诡秘之主》的成功,让我们看到了这样一个希望:只要拥有了扎实深厚的写作功底、真诚恳切的人文关怀和坚持不懈的努力耕耘,作品就一定能够赢得千万读者的喜爱。而这也正是网络文学诞生 20 余年来我们不能忘记的初心。

2020 年虽才过去了一半,却已诞生了不少让人印象深刻的网络文学作品,比如角色塑造精彩,读后令人热血沸腾的历史网文《绍宋》,又如小说设定宏阔精细、世界观奇诡的玄幻网文《玄浑道章》,还有情节设计同样出彩并富有现代工业情怀的《何日请长缨》,等等。当然,随着网络文学"精品化"进程的进一步加快,未来想必还会有更多像《诡秘之主》这样"既叫好又叫座"的网络文学作品诞生。

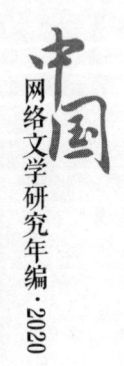
器物里的故事

——评苏曼凌长篇小说《京杭之恋》

乌兰其木格

　　荀子曰:"天地生君子,君子理天地。"在此,荀子指出了人与天地万物的密切关系。而在苏曼凌的长篇小说《京杭之恋》中,最引人注意的无疑是两代"才子佳人"对景泰蓝技艺和丝绸制品的精心研磨与发扬光大。作为珐琅世家子弟,谢京福与傅伊杭的相识相知源于珐琅。因为谢氏曾祖曾被清贵族富察氏所救,所以曾祖父曾郑重承诺,要"给富察氏做两百件珐琅器,分文不取"。这一承诺一直传到了谢京福这代,由此,也开启了谢京福与傅伊杭、傅华与吴美莹之间的宿命相遇及情感纠葛。

　　故事开始于1956年除夕。曾经显赫喧嚣的富察氏珲贝子府此时早已门庭冷落鞍马稀了。专为皇室贵族服务的珐琅匠人纷纷自谋生路,勉力挣扎在温饱线上,但重然诺、遵老礼、守规矩的旧京文化却没有被岁月全然带走。谢慎和谢京福父子以匠人精神沉浸在珐琅器的制作中,并按"老例"给昔日的富察氏今日的傅家送去精心制作的珐琅大瓶。在傅家的四合院中,谢京福对颇有艺术天分的傅伊杭一见钟情。但在小人的陷害和命运的拨弄下,一对有情人最终没能在一起。分离后的两人分别居于北京和杭州这两座城市,将无尽的思念和遗憾倾注在各自的事业中。经过刻苦的研磨,谢京福终成景泰蓝制作大师,而傅伊杭也成为著名的丝绸设计师。

　　在《京杭之恋》中,苏曼凌用大量的文字描摹了珐琅器的制作和丝绸的设计。作者反复申明的是,器物的制作不仅是人物得以安身立命的依凭,还是生命个体面对凄风苦雨始终保有浩然之气的力量所在。当倾心爱恋的对象远走他乡与别人缔结姻缘的时候,谢京福赖以度过情殇、克服身心危机的密钥便是他的匠人工作。自此以后,珐琅成了他的精神支撑和灵魂伴侣。晚年的谢京福体悟到"做珐琅其实就是做人,当我们的人生遇到逆境时,就需要靠内心的勇气和力量弥补自己的不足,如此方能逐步化解一切困难"。某种程度上说,谢京福的一生就是与珐琅交互作用,互相陪伴、成全的过程。在这一过程里,他通过日常的劳作体悟潜隐于万象中的事理与德行,最终达至修己立人、通达万物的匠人"至境"。

不独谢京福如此,小说中的傅华、傅伊杭、吴美莹、唐晓雯等人莫不如是。这些人物皆潜心于物,在与物交接的过程中既赋予世界以意义,也关切自身之"在"的意义。一器一物,亦有人世之思。精美的珐琅器皿和华美的丝绸不仅承载着匠人的技艺与运思,而且携带着他们的胸襟与品格。

此外,苏曼凌在小说创作中特别强调了对中国雅正文化的迷恋与追慕。作者此前完结的《百草媚》《玉色》《染染纤尘》等作品,均具有浓郁的传统文化特色。翻阅《京杭之恋》,可以毫不费力地发现,在长达40多万言的小说中,自始至终遍布着对古典诗词的引用及对书法绘画的描摹。作者特意指出了中国传统文化对珐琅和丝绸制作的启迪作用。如傅华独出心裁,以古诗中的"蝴蝶"为主题,设计出了一系列高端作品。而吴美莹的丝绸制品也充分借鉴了国画和古诗含蓄隽永的意境,从而能够在激烈的市场竞争中独领风骚。

更重要的是,小说指出了大师级匠人除苦练技术外,还必须具备向学之心和人文情怀。如谢京福在教授学徒时曾说:"人家是在丝绸上绣花,我们是在铜胎上绣花,我们用的是铜丝。如果学识饱满,胸中有沟壑,那么那些柳叶呀,花花草草呀,虫鸟呀,都可以按照我们想要的样子任凭我

143

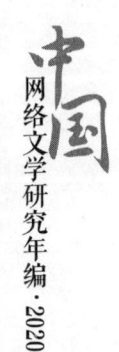

们驱使。"在对器物制作的书写中,《京杭之恋》在强调科学理性精神的同时亦特别注重匠人的生命体验和心灵感悟。而古典文化的注入,不仅增强了小说语言的抒情性,调节了小说的叙事节奏,而且构成了别具一格的小说意境,是一种具有"中国格调"和"中国气质"的写作。

然而,对中国传统文化的深情书写和眷恋并不代表作者只一味地泥古和守旧。在《京杭之恋》里,具有悠久历史的珐琅和丝绸被放置在时代变化的考量之中,它们必须应对来自国内和国际市场的激烈竞争,必须面对新技术手段改变的现实,需时时揣摩和"迎合"消费人群的需求及心理。这让苏曼凌的作品虽然涉及传统文化和贵族的衰落往事,却并没有陷入感伤主义的怀旧中难以自拔。虽然面对古典时代的渐行渐远,一种挽歌般的眷恋情绪始终挥之不去,但她的写作依然是时代性的书写与勘探。

例如,在谢京福和傅伊杭这代,小说写出了他们在日新不已的时代变革面前既守正又趋新的匠人智慧和气度。谢京福穷其一生沉浸在景泰蓝事业的钻研和制作中,对祖辈留下的这门技艺,他叹服尊崇,无数次要求他的弟子们"好好学习老祖宗们的智慧"。但同时他也以敞开的怀抱迎接技术革新,鼓励学徒们进行珐琅色彩的开发,用求新求变的态度与时代同行。而在傅华和吴美莹这代,他们则在传承渊源有自、世代相传之技的同时,以更为积极的姿态进行大胆创新并取得了成功。总之,在《京杭之恋》中,通过珐琅和丝绸这些中国技艺与器物文明的现代性遭际,作家试图找到一条沟通传统与现代的途径,从而激活古老文化中那些尚具生命力和精神性的部分,让它们在现代变局中焕发出新的别样生机,进而成为源远流长、绵延不绝的技艺资源和文化宝藏。

如果说在对器物的书写里,苏曼凌以通透豁达的心性思考揭示了

"常"与"变"的辩证关系,那么在爱情的述说中,作者则以近乎极端的方式彰显了古典之爱的庄重。袁枚在《随园诗话》中曾提出"文以情生,未有无情而有文者"的深刻道理。小说中,苏曼凌将关注的焦点放在过往年代中圣洁而执拗的爱情往事上。谢京福犹如爱情的殉道者般守护着他与傅伊杭之间那份亦真亦幻的情感。当早已过了而立之年的谢京福见到聪慧美丽的傅伊杭时,他如痴如醉地陷入了爱的旋涡。为此,他可以义无反顾地拒绝曹慧珍和唐晓雯对他的倾心之爱,也可以一而再,再而三地违背父亲的意愿,甚至可以接受傅伊杭与别的男人缔结姻缘生下的孩子并悉心教导抚育。他如骑士般温情,每当傅伊杭落魄潦倒、日暮途穷之时,他便适时出现;当危机解除之时,他又自觉退却,将一腔深情掩埋于心。更令人唏嘘感慨的是,当傅伊杭再一次嫁给别人并不辞而别的时候,谢京福在几乎失了性命的情况下依然毫无怨言。此后,他毅然决然地选择了独身生活,再无成家的打算,并在时光的流转和世情的变幻中始终保持着对傅伊杭的深情瞭望。

与之相似,傅华对吴美莹也是一见钟情,从此矢志不渝地深爱她。但吴美莹因为前任男友的暴力伤害不敢进入爱的伊甸园,所以她屡次拒绝傅华的追求。与上辈相较,他们的爱情之路同样艰难曲折。不同的是,傅华是行动派,不再延续养父谢京福柏拉图式的恋爱路数。在傅华的坚持下,在两人共同工作并历经生死劫难的考验后,吴美莹终于放下了心防,与傅华携手步入婚姻的殿堂。

可以看出,《京杭之恋》在"记载世间男女的悲欢成败"之时,作家本人对婚恋的"真意实感"也渗入其中,那便是温柔敦厚的儒雅君子对佳人"磐石无转移"式的爱情守候。许是出于对理想爱侣的召唤与渴慕,小说中对男性的塑造多少带有理想化和理念化的色彩。在写作的过程中,苏

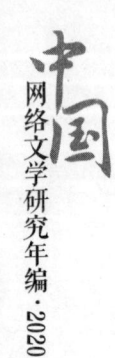
曼凌不再只是隔岸观火,而是"连自己也烧在这里面"(鲁迅:《集外集·文艺与政治的歧途》),这种炽热的情怀遍布字里行间,营构出或凄美,或恬静,或萧瑟,或温馨的画面与场景,将人性深处的普遍诉求用文字轻吟浅唱,读者则在作品中体验到澎湃的激情,获取了精神抚慰的力量。

值得注意的是,作为女性作家,苏曼凌对女性的生存境遇与心路历程格外关注。《京杭之恋》中,小说精心描摹出一群各具特色的女性人物。尽管这些女性在出身和阅历上不尽相同,但她们中的绝大多数具有独立和饱满的灵魂——不愿做困守闺阁的贞顺女子,而愿在命运的迎头痛击中活出属于自己的华彩。譬如傅伊杭面对家族落寞、家庭困窘的现状,没有自欺欺人地沉浸在家族没落的不幸中,而是清醒地意识到变革时代已经来临,以及陈腐规矩必须改变的现实。

在小说的第三章,少女时代的傅伊杭便对嗜赌成性的父亲傅恒远说出了"求人不如求己,自力更生才是正途"的劝谏之语。而且,她坚定地认为,"现在是新时代了,女子都上学堂了,我也可以和男子一样顶天立地"。为此,她不顾父亲的阻挠,勇敢而大胆地做起了丝绸生意。然而,在库寿山和凌云等人的阴谋算计下,傅伊杭的事业遭到了毁灭性的打击,她赖以栖居的房产也被霸占。即便在这样的情况下,倔强的傅伊杭也没有丧失生活的信心,没有放弃做出一番事业的雄心。终于,她成了知名的丝绸设计师,实现了少年时代立下的鸿鹄之志,活成了理想中的自己。

傅伊杭之外,小说亦浓墨重彩地塑造了吴美莹、唐晓雯、梁思真、曹慧珍等"至情至性"的女子。在《京杭之恋》中,她们在追求事业或爱情的道路上都曾遭遇过失败,但在痛苦过后,她们也都获得了成长,体悟到爱和生命的真谛,并怀着信与善的力量继续前行在滚滚红尘中。

当然,《京杭之恋》最打动读者的还是作者对人性和人心的理解与体恤。苏曼凌不愿她的写作陷溺在简单的善恶判定与欲望书写里。恰恰相反,她以温婉的方式对固有观念和喧嚣热闹的写作模式表达着异议。在深刻的理解和"懂得"之下,作者将书写的重心置诸呈现人类灵魂的内部景观上,并用仁慈之心为笔下人物的抉择和言行寻找因由。尤为重要的是,作者对人物深沉的爱与理解不止于那些充满美感的"正面"人物形象,而是无差别地照彻那些具有人性弱点的"反面"人物。例如小说中的库氏父子、黄玉斌、陆梅等人物都曾有过不光彩的行为。他们或因仇恨而迷失心性,或因妒忌而施展阴谋,或因误解而蛮霸贪婪。对这些不那么美好的人,苏曼凌没有一味地谴责和批驳,而是详细具体地交代出他们的家族历史与精神肌理,将生活的复杂和人性的驳杂呈现出来。可贵的是,犯错之后,黄玉斌、陆梅等人开始意识到自身的狭隘和偏激,他们用实际行动弥补过错,身与心逐渐向善与美的方向靠拢。而背负家族世仇的库光耀也在傅华的善意与救护下显现出转变的迹象,仇恨的坚冰在悄无声息地融化,救赎之路则渐渐展开。

毋庸讳言,《京杭之恋》在总体上带有"质胜于文"的缺憾,章节布局和人物塑造也有生硬艰涩之嫌。但作为一名正在成长中的网络作家,我们可以看到苏曼凌在写作中的辽阔与温厚。她的文字一以贯之的是对优雅器物和优美人性的追慕与钟情,而这些恰是文学之"心"和人性之"核"。循此道路,也许在未来的日子里,作家会为我们带来惊喜,并源源不断地提供尘世的慰藉。

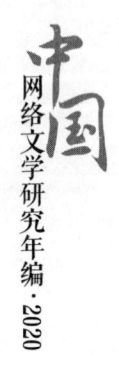

触摸到历史脉搏与形象体温

——评蒋胜男的《燕云台》

肖涛

　　1999 年触网至今笔耕不辍的蒋胜男,被誉为当今网络文学历史类型小说的领军人物,既是浙江温州与中国网络文学 20 年的亲历者和撰写者,也是网络文学由"IP 热"到"新文创"转变的一位现象级作家。"蒋胜男现象"不仅成为浙江网络文学作家向中国悠久历史文化传统不断学习并汲取丰富营养的样本,更是温州互联网 +"新文创"通过文学 IP 全产业链发展联动而赋能中国符号的奇迹:传承中国传统历史文化,塑造网文历史题材中的巾帼豪杰,谱写 21 世纪历史小说叙事新样式。

　　蒋胜男始终专注于女性题材历史小说,其讲故事方式与中国传统艺术手法和现当代文学作家追求相辅相成,既讲究风格创新突破,又注重塑造鲜明形象。同为大女主的故事,《芈月传》从秦宣太后(芈月)角度出发,以如椽巨笔描绘出一幅"女人天下"的壮美卷轴,全景展现大争之世群雄逐鹿的宏伟图卷,《燕云台》则更进一步,不仅毫无宫斗争宠,且视野更为宏阔,代表着蒋胜男新历史小说叙事的新境界。凭借对中国历史的熟稔理解与对女性成长的深刻体悟,蒋胜男将零落不全的史料整合成了有机话语体。严谨周密的逻辑肌理,丰富史料的剔抉撷取,生动感人的细节描写,莫不形神兼备;主题价值意蕴的经营,人物性格命运的掌控,情节结构的运转,咸皆锋发韵流。

　　《燕云台》以契丹辽国着力于推行汉制改革、谋求宋辽民族融合的历史进程为背景,全息呈现铁血红颜、鲜衣怒马的萧太后恢宏的一生。若问为何写宋辽,为何写萧燕燕,概因变革之难,古来有之。须知宋辽夏三国并立适逢人类历史上第一个千禧年,此时欧洲尚处于黑暗中世纪的黎明前,中国处于世界史上"近代性转型"的转捩点,并开辟出远超同时期欧洲的"中国版文艺复兴"。澶渊之盟,既奠定辽宋长达一百多年的和平年代,又是中华民族为缔结民族共同体,而在"一带一路"历史洪流中极为难得的一段以民族认同消除差异、以和平相处化解战争、以融合共荣谋求国运民生发展的辉煌时期。

《燕云台》是一部透过文字能触摸到历史脉搏与形象体温的小说,可谓是有情的家国往事、深情的历史故事、共情的人物叙写。既往历史文学叙事中对宋辽夏的各种评书演绎,多存在着雷同化和脸谱化现象。诸如《呼家将》《狄青演义》《杨家将》《岳飞传》等,皆以宋代昏君在世而奸臣当道,遂致忠臣良将义士报国无门为主旨,而辽则动辄浮泛妖魔化,夏则一概粗浅简化,导致千篇一律,众口一词。《燕云台》中,蒋胜男延续了其惯以中国历史知名女性为主角的叙事方式,把小人物当成大人物来塑造,把大人物当成小人物来经营。从外貌到心理,从言语到行动,于习俗仪式中过渡衔接,在家长里短中铺垫冲突变故,借伦常关系植入桥段戏份,使得小说充满代入感、体验度和共情性。

其题材淡化后宫争宠,其旨趣忽略尔虞我诈,其情节漠视争权夺利,其章法屏蔽阴谋诡计,而以民族融合发展为重心,以人间正道是沧桑为基调,《燕云台》以着力于书写契丹大辽巾帼萧绰女性世界中的爱恨情仇与悲欢离合为立意,谱写了一部女性政治家的传奇心灵史。萧燕燕从小女生到大女人,从少女到母亲,从三妹到皇后,从连襟到君臣,既牵连着个人成长中难免的情感纠葛,又浓缩了人生天地间永存的悲欢离合。蒋胜男凭借对人性命运的深切理解、对女性心理的体察入微、对姐妹亲情关系的

149

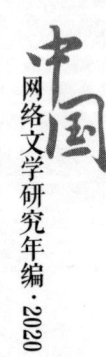

细织密缝,使《燕云台》大开大阖又虚实结合的叙述手法,既契合中国传统文化精髓,又能激发国外粉丝兴趣。

《燕云台》以萧燕燕为推进契丹汉化与民族融合而进行的改制进程为主轴,以萧燕燕与韩德让的爱情,与大姐萧胡辇、二姐乌骨里的姐妹情为副线,如此构形在蒋胜男早期的《西施入吴》《花蕊夫人》等作品中便已形成,鉴于尚属练笔之作,它们还未形成运转自如、运斤成风的叙事技巧。与《芈月传》专述芈月生平并串联起商鞅变法、群雄并起争霸天下等真实历史事件,又串联楚威王、秦惠文王、赵武灵王、屈原、黄歇、张仪、苏秦、公孙衍、白起等历史人物的大格局的人物纪传体历史小说之迥异处在于,《燕云台》主线一以贯之,副线串珠缀连,沿袭并激活了《水浒传》《儒林外史》《海上花列传》等由来已久的中国传统历史叙事中的"穿插藏闪"手法。

所谓"穿插藏闪",即将具有结构价值的男女主人公作为外在情节枢纽,沟通各个叙事单元。"穿插"使得故事主线一波未平,一波又起,结构显现出错落有致、摇曳多姿的波段效应。比如萧燕燕出场时已然是少女,她与父亲萧思温之间的探讨,则借助于萧思温的回溯性视角,而完成对祥古山事变导致耶律璟称帝以来的各种大肆杀戮等事相的补叙,此类事相成了历史本事、叙述话语与个人记忆的糅合体。"藏闪"则见于伏笔迎笔严丝合缝又伏脉千里,腾挪跳宕且流光溢彩,事节前后参差映照,框架严整紧凑如椽屋。这不仅令故事好看,剧情隐现曲折,跌宕起伏,而且节奏快慢结合,张力尽显。比如大姐萧胡辇与萧燕燕的关系仿若母女:"每次燕燕闹腾,总得胡辇出来,才能够镇压得了这个小魔星。"最终姐妹却酿了一出为情人谋反而反目、大动干戈的亲情伦理剧,夯实了小说主题意蕴层。

网络文学"浙江模式"影响日隆,成为独树一帜的当代文学(文化)现象,蒋胜男可谓功不可没。倘再放眼回溯20年,不难发现"玄幻"与"历史"仍属网络文学大花园中家喻户晓、口碑载道的两大主类。随着中国网络文学日趋成熟,网络文学现实题材也接踵浮出地表,比如同为浙籍网络作家的阿耐,其《大江东去》《都挺好》《欢乐颂》《大江大河》等风靡一时。而专心于女性历史题材的蒋胜男,一直在告别单一男欢女爱或多方恶斗模式、宫斗套路及架空穿越路数,更趋向于对中国历史传统文化的精耕细作与情感伦理、价值观念等软实力因素的织造传播,推送出如《芈月传》《燕云台》等致敬"中国女性"的口碑之作。这些携载着中国传统文化元素的历史类型及其以女频、女性向等主打"她世纪"中国风的网络文学产品,辅之以关注民族融合与汉制改革进程的"一带一路"历史题材,对于以共建人类命运共同体为人间正道的读者而言,极易代入认同,引发共情共感。

但历史类型网络小说毕竟不同于仙侠、玄幻、修真、都市、科幻等类型,要想出彩,需有深厚的历史文化积累,如蒋胜男《芈月传》《燕云台》这种鸿篇巨制至少苦心孤诣数年。网络文学历史题材又是历史最为悠久、读者群基数最为庞大的形塑"经典化文学"的主打产品之一,它通过描述历史人物和重大事件而再现特定历史时期的社会生活风貌与秩序发展趋势。这就要求历史小说作家的创作态度必须与时俱进,不仅要与受众保持互动往来,更需兼顾粉丝读者的接受趣味、习惯爱好、认知能力、情感诉求等等。比如萧燕燕出场:

察割之乱,已经过去十五年了。

上京皇城的一处庭院中,窗前垂柳嫩芽初绽。一个红衣少女站

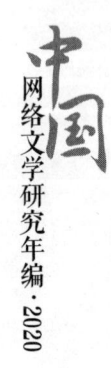
在书房窗前,跺脚问室内的中年男人:"那么,后来呢?"

北府宰相萧思温悠悠地喝了口茶,问:"什么后来?"这少女正是萧思温的幼女,名叫燕燕。她闻声急了:"祥古山事变后来怎么样了?"

这种传统评书中的全知视角与限知视角相结合的转述手法,非常接地气,让人物和读者都会产生沉浸感。作家则旁征博引,将长期阅读积累的大量史料逐一消化,严丝合缝地融入其中,成为作家、人物、读者共享共鸣的文学语言制品。

萧太后是中国历史上少有的论才能和功绩可与武则天相提并论的女强人,但各种版本中的武则天,其人生轨迹,饶是处心积虑,钩心斗角,却也仅仅拘囿于王朝兴衰与一己一家之私欲,宏大主题始终难免沦为后宫琐屑叙事的"秘史艳闻"。唯独萧太后,终其一生,力主推动改革辽制与力求改变游牧风俗,促使辽国向封建制度转变,谋求契丹、汉族和谐共处,实现辽宋和平发展;两次伐宋缔结澶渊之盟,改变辽宋关系,从此带动辽国进入盛世。她一生又被两个男人深爱着:"我这一生很幸运,遇到了你和先帝。先帝教会了我怎么做一个统治者,你辅佐我成为百姓爱戴的好君王。我们之间虽有波折,最终却能相守到白头。自古为政者,少有像我这样感情圆满,功业千秋,儿孙孝顺的,此生无憾了。"较之武则天乃至汉代吕后、晚清慈禧太后等,家庭、爱情、功业皆圆满者,唯有萧燕燕。

我们更应看到,历史小说终究需要依据历史事实。然而它又不同于历史教科书,它可以做适当想象、概括和虚构,但所描写的主要人物和主要事件应有历史根据,力求真实与虚构相统一:既具有历史资料价值,给人提供某种借鉴,又要为现实生活服务,如此,作家与读者能共同以审美眼光去了解历史、反思历史、总结历史,获得认知与审美上的多重受益。这也必然导致历史题材书写中存在着"主体性"之争,无论作者还是人物、题材、主题层面,女性作家与女性主人公往往身份缺位、自我迷失或甘居次要角色陪衬地位,或多或少存在着叙事态度、形象设置和修辞伦理上的"泛男权化"或"泛娱乐化"趋向。随着历史题材书写的日益丰富,影视改编不断刷新,作者数量递增,话题度蹿升,原来专属男性作家与男主的文化书写权力与历史知识鸿沟已然消除。正是凭借严肃的历史认知、严格的性格刻画和严谨的叙事态度,《燕云台》不仅是辽宋争夺燕云十六州时期的百科全书,又是爱情、事业、家庭皆圆满的女性教科书。它所蕴含的中国女性成长经验和成功模式,更契合当今"她世纪"的教育理念和励志范例。

观古今于须臾,抚四海于一瞬。以蒋胜男等为领军人物的新历史网络小说凭借其独具的中国特色、浓郁的时代特征、鲜明的民族样态、饱满的女性形象、深厚的中国故事底蕴,为国内读者和外国友人打开了一个了解中国女性的视窗。

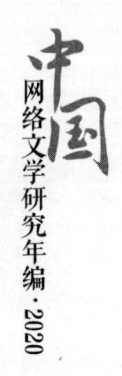

现实题材的爱情书写

冯士乐

在吉祥夜的小说创作中,言情题材绝对是一道亮丽的风景,她那温柔细腻的笔触下一个个唯美的爱情故事总是让人感动不已。《写给鼹鼠先生的情书》中也不乏缠绵悱恻让人动容的爱情故事,但这次的创作,吉祥夜突破了以往爱情书写的范式,把关注的对象从霸道总裁和玛丽苏转向了人民警察,把个人的儿女情长融入理想信念的大情大爱之中,在书写梦幻般爱情故事的同时,谱写了一曲感人至深的英雄赞歌。

小说通过女警萧伊然与刑侦队长宁时谦共同侦破的三个案件以及两人之间的爱情故事为主线索,以既是萧伊然前男友又是宁时谦好兄弟,化名阿郎的秦洛在贩毒集团卧底的经历为第二条线索。两条线索并行展开而又相互牵连。萧伊然、宁时谦从小青梅竹马,秦洛则是他们在就读警校期间结识的,在这期间,萧伊然爱上了这位警校的同学。毕业之后秦洛前往南国担任缉毒警察,随后两人分隔两地,只是通过 QQ 留言的方式联系,名为"鼹鼠先生"的秦洛却很少回复。作为三人爱情故事主角之一的秦洛,在现实的世界中基本处于"缺席"的状态。在侦破贩毒案件的最后阶段,两条线索汇合,三人最终重逢,故事在缺憾的美好中尘埃落定。

萧伊然、宁时谦、秦洛的爱情纠葛可以看作言情小说中的"三角关系",作者把其中的一角设定为现实中的"缺席"状态,这种结构故事的模式是一种对读者预设的颠覆,是一种不讨巧的尝试。在常见的爱情故事中,三人之间的情感纠葛,往往会有一个差异明显的人物冲突去推动,去形成一个个让读者激动、紧张的误会,以及误会解开后让人拍案而起的欢呼,这也是类型小说创作者屡试不爽的写作范式。《写给鼹鼠先生的情书》中鲜少出现因三人之间的"误会"而产生的矛盾冲突。小说也没有差异化明显的人物设置,三人之间没有争风吃醋,更没有陷阱阴谋。作者选择的是,利用"鼹鼠先生"命运的转折推进故事的发展以及走向,这非但没有因为现实世界缺失的一角而让爱情故事变得"平淡",反而有了更多的机会去拓展爱情故事的深度,去关注人类更多的美好情感。

　　作为儿时起就对萧伊然照顾有加的"四哥",即便面对萧伊然的心有所属,宁时谦对萧伊然的宠爱也从未停止。作为警校优秀学员女朋友的萧伊然,在秦洛突然消失后,即使有"四哥"的陪伴、照顾和关爱,她也绝不允许自己"移情别恋"。宁时谦的一如既往,是他打儿时起就担负的大哥哥形象使然,更多的是纯真美好情感的延续,当然也混杂着慢慢长大后两性之间的爱慕。我们很难去界定这种情感,它到底更偏向于哪种? 只是在时间的累积、沉淀下最美好的情感,不知它从何时起,在宁时谦这里偏向了两性之间的爱情。这种情感,这种一如既往的付出与宠爱,在宁时谦那里是一种心甘情愿的甜蜜,读者也不会因为宁时谦一心一意的付出得不到对等的回应而感到忧伤,反而是充满甜蜜,因为所有人都有共同的希冀。对于萧伊然来说,她与秦洛的校园爱情,是一段浪漫故事的开端。这段有着诸多美好记忆的爱情,塑造了萧伊然对爱情最初的确认,也符合少女时代对爱情的想象。在她这里,或许宁时谦还只是可以保护她、宠她的"四哥"形象,而同样优秀恰巧又在少女充满幻想的年纪遇见的秦洛,符合了她的想象。于是,萧伊然在秦洛那里实现了少女时代的爱情幻想,并且这爱情幻想一直稳固地存在着。三人之间的情感纠缠,没有一丝钩心斗角,反而是相互成全。这是一种近乎完美的人物设定,是写作者的一

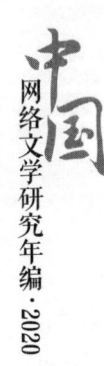

种偏爱,同时作者也希望借助这样的人物设定去探讨善良、纯真、无私等等人类美好的情感,在经历时光的洗涤后,是否会历久弥新,在遭受诸多磨难之后是否会更加熠熠生辉。作者给予的答案是肯定的。在情感的书写上,小说为我们呈现的是两小无猜的纯真与美好,是患难与共相互扶持的真挚与无私。写作在一定程度上,就是需要这种温暖人心、指引向善的力量,而不是陶醉于缠绵悱恻、相互猜忌之中。

当然,爱情的美好也是作者着力描绘的。小说最富有梦幻色彩的爱情书写,是在小说中穿插的大量回忆。每当萧伊然陷入情感困惑而无法解开时,就会有大量关于萧伊然与秦洛两人过往时光的甜蜜描写。这种宕开一笔的爱情书写,或许是吉祥夜有意放慢故事推进的节奏,让读者在温婉细腻的回忆中感受爱情梦幻般的美好,在一种近似"甜宠"的爱情书写里体会无限的深情,作者似乎也要以这宕开的一笔延迟残酷现实的降临。但"鼹鼠先生"命运的揭示,最终把这个爱情故事指向了现实,也让小说顺利地完成了爱情书写向更富深意的现实过渡。

秦洛其实并未牺牲,而是切断了自己以往的身份,潜入贩毒组织,成为一名卧底。小说叙事的张力,从三人之间的情感牵绊与唯美的爱情书写转向了残酷的现实境地,作为辅助的第二线索,作为弱化存在的秦洛此时完全参与到故事中。作者在这里放弃了之前为萧伊然和读者构建的梦幻般的美好。现实犹如一股洪流瞬间冲垮了一切,个人的甜蜜与忧伤,都被现实裹挟着前行。再见面时,已时过境迁物是人非,为了摧毁贩毒组织,潜伏多年的秦洛不幸染上了毒瘾,人生美好的希冀已全部破灭,只是希望能够将犯罪分子一网打尽。这是秦洛的选择,也是他对残酷现实的抵抗,这种勇气与毅力,来源于他坚持的信仰,是他对警察这份职业的忠贞。得知实情后的萧伊然,放弃了个人的情感牵绊,主动与秦洛接头,和他相互照应，并肩作战。备受关爱、生活美满的萧伊然朝着信仰的方向一往无前。作者的笔触对准的不单是个人的爱情表达，而是大爱的诠释、信仰的坚守以及对英勇无畏的牺牲精神的赞扬。故事的情感表达，在这里完成了转换与升华。

随着案件的深入，小说中的各个人物逐渐清晰。处于黑暗之中、深埋地下为我们负重前行的"鼹鼠先生"，现实中义无反顾的萧伊然、宁时谦与另一批重情重义、忠于职守的警察，构成了一组人民警察的群像。由于小说前半段的叙述重点在情感的描绘上，因此，对警察群体的刻画就略显单薄，作者似乎也意识到了，因此在后半段的叙述上，对段扬、魏未、老金等警察群像的刻画采取了一种直接描摹的方式快速呈现。沉着的段扬、机智的魏未、勤勉的老金，读者无须在细节中品读这些人物的形象特征，作者也无意去制造人性的复杂与深重，供人探究。在这一点上，作者保留了网络小说人物刻画的手法，以最直接的人物的外在表现，来创造鲜明的人物。小说的后半段通过众多警察日常生活场景的描绘，展示了他们的真实生活，他们的平凡坚守。"无愧于警服"是他们的职业信仰，"无愧于心"是他们对家庭的责任，"岁月安好"是他们的人生愿景。透过生活化的叙事，作者把一个个鲜明而又温暖的人物展现了出来。

然而，现实的残酷总是让人猝不及防。老金寄予美好期望的儿子走上了犯罪的道路，一位终生勤勉、忠于职守的老警察将面临怎样的抉择与打击？最后抓捕贩毒分子的时候，一位精明能干的年轻警员不幸牺牲，他的家人要如何面对丧子之痛？一直负重前行，在黑暗中保护着所有人的"鼹鼠先生"也在抓捕时身受重伤，昏迷不醒。小说在后半段，无情地揭示了现实的残酷，每个参与其中的人物都留下了人生的缺憾。小说从唯美爱情的书写转到了对现实的描绘之中，甚至是直抵现实的残酷与缺憾，

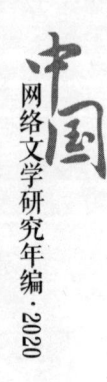

在留给读者无尽的美好与感动的同时,也拓展了小说的广度与深度。

　　《写给鼹鼠先生的情书》无疑是作者爱情书写向现实转向的一次试探。吉祥夜从现实的角度出发,突破爱情书写的范式,在梦幻般的描绘中为读者编织了一个唯美动人的爱情故事,又直面现实的残酷,在残酷的现实中找到了崇高的支撑点。

扎根现实的人情冷暖

——评《翅膀之末》

陈佳冀　陈悦悦

近年来,越来越多的网络小说走上荧屏,成为中国热门电视剧的后备军。2019 年暑期电视剧档,由网络小说《蜜汁炖鱿鱼》改编的电视剧《亲爱的,热爱的》强势走红,"现女友"热潮重新引发了观众对恋爱中两性关系的思考。《来不及说我爱你》《最美的时光》《何以笙箫默》《杉杉来吃》《微微一笑很倾城》等改编电视剧,逐渐走出了以往"男强女弱"的情侣关系模式,女主人公摆脱不谙世事的"傻白甜"人设,开始进入男主的"霸道总裁"职业领域,成为拥有内在涵养、外在能力与现实基础的人。男主人公的人设亦不再局限于大型企业总裁等,而是出现了军人、投资总监、律师、游戏设计师、电竞玩家等现实人物身份。特定职业行规题材的小说在一定程度上已先行赚取了大量关注度,如《翅膀之末》以民航业为背景,通过深入民航工作人员的日常生活,讲述了民航飞行员盛远时和空中管制员南庭的职业成长和感情经历,"展现了中国航空业的发展进步,既切实专业,又生动形象,显示出作者贴近现实编织故事的不凡功力,作品充满了健康向上的正能量,是行业现实题材创作中的重要收获"。

这些作品对爱情的书写、对两性关系的探索以及对男女主人公形象的塑造,不可避免地与当代社会群众心理契合,从而完善了网络小说的人物形象塑造与叙事结构,呈现出大众消费文化多样的精神状态。

两性关系平等交流的现实基础

《翅膀之末》延续了以往网络言情小说惯有的"家道中落,千金落难"

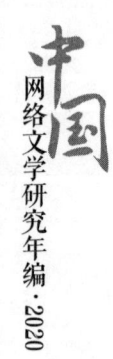

"因爱生疑,结怨离开""久别重逢,再续前缘"等情节,其中男主人公盛远时是傲气凌人、玩世不恭的总飞行师,南庭是初出茅庐、才华横溢的空中管制员。《翅膀之末》强调了恋爱关系产生的现实基础,他们的家庭背景、社会地位、交友圈子都表现出不同程度的重合,这让他们的重逢与后续交往能够令人信服。同时,在人物形象塑造上,作者注重人物的真实性,人物成长环境的影响以及性格变化的过程。沐清雨表示,"以前读小说,看到描写总裁都是挥金如土,买15克拉钻戒给老婆的人,觉得很爽,现在觉得不真实了,男主角也可以是穿100块钱T恤、坐电瓶车的人,写作最怕给人物贴标签"。以往霸道腹黑、无所不能的男主人公形象,在该作中不再是金钱与权力的化身,是享有军事背景和商业资源而培养出来的飞行精英。无可挑剔的工作技能,完美的家庭背景亦造就了他刚愎自用、自以为是的性格特征,一旦遇到意料之外的事情便会感觉失灵、置身事外。为追求真实性,沐清雨笔下的女性尽量避开"灰姑娘""金凤凰"等女性人设,而是选取各类行业中的精英女士作为故事主人公,以凸显她们的坚强、个性与忍耐力等。她们分别从事空管员、飞行师、医生、律师等职业,此种角色设定更能传达当下女性的独立性,更自我、更现代、更追求感情的自由与自主,并不是为构建完美的婚恋关系而单纯的人物设定。《翅膀之末》中的女主人公形象便是这种写作观念的良好诠释。存在于南庭身上的过往记忆与现下遭遇交织在一起,在白天黑夜里展现出不同的性格特征,外在愈强悍愈难掩饰内在空虚。家庭变故与隐忍分手迫使南庭辍学转业,从娇小可人、依赖成性到成熟稳重、坚强自爱,最终成为国内唯一一名女性空中管制员。作者在单纯的两性之爱中注入了家国情怀,由于职业的机密性、高危性、高压性,两人在重重社会合力之下不再过分追究前缘对错,在共同的职业领域、专业知识以及理想追求等方面展开更深入的交流。

除飞行员、空中管制员等职业之外，《翅膀之末》中还涉及医生、律师、餐饮师等职业，对从事或放弃这类职业的人的心理进行分析。围绕男女主角二人展开了其他几对恋爱关系，如医生与餐饮师、律师与飞机修理师。每个人的职业选择或多或少受到周围环境的影响，这也有效地印证了恋爱关系平等自主的重要性。工作环境中出现恋爱对象抑或是过分知晓对方的工作情况在大多数情况下会加剧彼此的心理负担，从而导致交流障碍与情感隔阂。齐妙从医学生半路改道学法律，医学实验课的经历以及面对挚爱濒临死亡的感受使其对医生职业产生了心理阴影。出于对职业性质与自身素质的了解，齐妙认为医生、律师同样可以救人，但律师不会造成令自己无法承担的严重后果。齐妙放弃医学、卸下心理负担，不自觉地将自己对医学的恐惧移情到恋人身上。所谓的职业病也暗示了身体或心理上存在的某种特别的感知能力、自我保护功能。

不论是盛远时和南庭，顾南亭和程潇，还是乔敬则和齐妙，他们的感情基础均是建立在长达数年的了解、亲戚好友的关系之上。作品突破以往"霸道总裁"一味满足女性读者的恋爱幻想模式，极力打造出"最高端的制服CP"，正面传达出恋爱、婚姻以及家庭的开始、经营与稳定，依靠于双方家庭的平等、积极的文化价值观念。

民航事业发展为小说注入现实主义基因

中国作协网络文学委员会主任陈崎嵘指出，"原先那种网络文学不食人间烟火和幻想类作品一家独大的现象有所改变，网络文学的题材、内容及风格开始出现多元化格局"。现实题材的写作确实能够有效地帮助网络文学祛除创作模式化、套路化的弊病。2017年以来，优秀网络原创

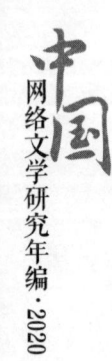

作品推介名单中大多数为现实题材作品。近几年的热门电视剧《我的前半生》《都挺好》等也都是从网络文学改编而来,作品中呈现的个人事业的坎坷、原生家庭的恩怨纠纷等,是现实生活中人们感同身受、给予关注的热点问题。无论出于现实主义关怀还是出于专业常识普及效果,沐清雨在《翅膀之末》中融入了许多当下社会热点事件,如官方驱离非法入境飞机、民航航班延误、空管工作高压等。作者将情感故事深植于和我们日常生活密切相关的专业领域,在追求好故事的同时,也力图让读者了解某个行业内部的运作过程,"展现中国航空业的发展进步,既切实专业,又生动形象,显示作者贴近现实编织故事的不凡功力,作品充满了健康向上的正能量,是行业现实题材创作的重要收获"。

作品的楔子部分,作者即引入深沉而敏感的国防事件,不断重复出现的那句"91255收到,我已无法返航,请你们继续前进。重复,请你们继续前进!"不禁令人联想到2001年4月1日,美国一架侦察机侵犯我国领空,中国海军航空兵出动两架歼8Ⅱ型战机进行监视与拦截,其中81192与敌方相撞,飞机受损严重后坠毁,飞行员王伟失踪。小说中的这句话是他在空管中心留下的最后话语。军民不分家,民航亦是如此。小说中详细介绍了目前民航的运营资质、航线制定途径、工作准备流程、航班延误原因等内容,其中航班延误是最引人注目的一方面。特情大致分三类,一类是飞机机组自身问题,如机组人员判断有误,飞机自身出现操作、系统或机器故障;一类是特殊天气情况,空中管制量过大,协调不及;最后一类是飞机乘客出现特殊情况,如高龄、孕妇、病患、儿童等特殊乘客出现身体不适,临时请求优先降落权等。小说中的每次特情,事无大小,官民均通力合作,展现了管制员超强的危机意识与指挥能力,民航机组人员的应急能力与配合度,以及乘客的理解与支持。如果说《云过天空你过心》是一部以民航题材为背景的都市幻想小说,那么作为姊妹篇的《翅膀之末》则结合了军旅、民航等元素,既关注个人生活,又有家国理想;既有儿女情长,也有民族大义。作者积极将各类人的职业经验、人生阅历和专业知识融入其中,可以说是多元社会、丰富生活的折射和缩影。

作家通过自身对现实社会的观察,除了揭开机场工作背后的艰辛之外,还用犀利的笔触直指社会的问题和弊端。小说中高龄乘客在签署免责书后却在乘坐途中突发病情去世。航空公司和家属之间展开了类似于"医闹"的斗争,家属依靠舆论力量向航空公司施压,航空公司的免责书似乎成为"霸王条约"而遭到更猛烈的攻击。其中所涉及的网络舆论问题、"键盘侠"现象等在现实生活中随处可见,让身为局外人的读者看到了操纵舆论的全过程,引发读者的共情和关注,从而起到一定的警示作用。另外作品中还涉及中外合作研发新型民航飞机试飞成功等内容,展现了中国航空业的发展进步。因而《翅膀之末》无疑是一部关于中国航空领域的现实励志小说,集现实化、生活化于一体,弘扬社会正能量,书写了新时代精神,有助于焕发网络文学新气象。

叙事结构的双线设计与当下关怀

《翅膀之末》不仅引入了《云过天空你过心》的故事情节,交代了顾南亭与程潇恋情的后续发展,更以南庭治疗心理病症的经历牵扯出过往人物,并对这些关系进行了新的思考与定义。小说主要以盛远时与南庭的重逢、相恋为明线,由南庭和盛远时的交往过程映射周围人的生存状态、情感经历以及生活遭遇;以二人的工作进展、人情往来为暗线,呈现出民航业发展历程和民航人积极向上的精神风貌。

《翅膀之末》双线并进,波澜起伏的情感与状况百出的工作场景还原

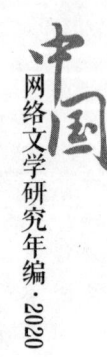

大众的生活样貌,潜藏着大众在这个时代中普遍承受的压力与焦虑。然而生活的灰暗与无奈恰恰能够构成丰富的小说世界,小说世界又对日常生活内部进行新的理解。"写作者不再是架空生活编织虚妄的白日梦,读者也不仅仅是靠白日梦的满足来弥补现实的缺位。"沐清雨的小说让读者觉得,这既是我们的生活又不是我们的生活,我们可以从她的文字中感受到生活的痛苦,以及痛苦中所隐含的热情与能量。

盛远时与南庭的感情中夹杂了各方势力的关注,为求感情的纯粹与稳定,二人均对周身关系做了整理。整理过程中所面对的人性弱点却是最为直观的现实生活,或为情所困,或利欲熏心,或固执己见等,但这些均只是人物成长过程中的经历并且在不断地变化着、丰富着。南庭父亲遭生意伙伴出卖而自杀,闺蜜利用家属过世而报复男女主人公,叔伯辈的桑、何两家中了盛远时的生意陷阱等事件,环环相扣、因果循环。男女主人公所遭遇的生存压力、情感纠纷与职场危机不再是以利用金钱、权势等因素去"升级打怪",而是切切实实地分析了接触对象的心理后再制定对策。父辈的恩怨由子辈解决,作者并没有采取"以德报怨"的方式给予小说圆满的大结局,而是在人物的选择中传达了耐人寻味的意旨。桑、何两家自食其恶,两家子女的后续选择则显示出"冤冤相报何时了"的意味。何子妍与桑桎是受过高等教育的知识分子,拥有自己独立的事业和生活,不屑与不堪的家族事业为伍。当然,他们对自己的家庭存有难以割舍的血缘亲情,对父辈的做法给予善意的提醒,事后又以各自的方式向男女主人公赎罪。不论这几方人物选择博弈或妥协,最终不过是一种生活的无奈,无奈地选择复仇,无奈地接受复仇。

《翅膀之末》中,作者对"复仇"的处理并没有遵循以往网络小说中"以恶制恶"的套路,实际上现实生活中并没有那么多源源不断的"深仇大恨",也没有错综复杂的情感纠葛,所谓的"复仇"不过是为了直面心理阴影,为了缓解爱情与工作上的危机感。飞机翅膀之上,是个人理想与职业前景的尽情遨游;翅膀之末则是扎根现实的人情冷暖,亦是"起落安妥"的内心守护。

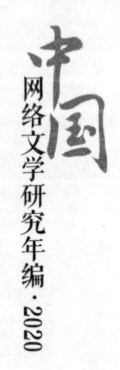

"现实向"网络文学的可能与限度

——读蒋离子《糖婚》

刘启民

　　网络文学已经依靠着迅捷抵达个人的网络媒介蓬勃地发展起来了。如果说世纪初的时候,网络文学与传统文学还因为媒介区隔带来的在受众、题材、价值等各方面的不同,划分着各自的文学领地,到了现在,双方已经开始互递橄榄枝,以求在读者中获得更多的心灵触动跟文化认同。从网络文学的脉络来看,邵燕君提出了"现实向"网络文学的概念,用以讨论网络文学与现实主义传统价值相结合的问题,并将其看作是网络文学诸多题材类型里一种新的发展。

　　网络作家蒋离子的《糖婚》聚焦于"80后"一代人的婚姻,以年轻夫妻周宁静与方志远的婚姻矛盾为主线,描摹出三线城市里不同男女的婚恋群像。这部关注于年轻人现实婚恋的网络小说最早在2016年连载于凤凰网,2018年又获国家新闻出版广电总局和中国作家协会的联合推优,因为小说关注的"80后"离婚话题切中城市情感生活的痛处,2019年以其为底本的同名电视剧也正在制作之中。在众多玄幻、耽美网文中,《糖婚》是近年涌现出来的极富现实气质的一部网络文学作品。深入阅读《糖婚》,有助于我们考察"现实向"网络文学所开拓的新的文学质地,体会一个关注现实的网络文本所抵达的美学可能及其价值限度。

"若即若离":"现实向"网文的辩证美学

　　首先值得注意的是《糖婚》的题材,这是一部关注年轻人离婚风潮的小说,它的张力就在于,一面勾连着主人公们青春时期留下的爱恨纠缠,一面又将真实的现代生存矛盾吸纳在内,它既是关于小儿女"恋爱"的欢与痛,同时又确实关注"婚姻"制度下复杂的家庭人际、阶层攀爬、孩子生养及其他生存问题。"糖婚"的题目就提示了小说内容的吸纳特征,"糖"展现了人们对于恋爱的期待,它是甘甜馨香的,而"婚"则指向现实的婚姻制度,将人们从那种泡沫式的恋爱白日梦中拉回。婚恋的题材,特别适合成为"现实向"网络文学的试水地。一直以来,网络文学都是人们逃离真实生活的梦工厂,因而情感类的都市、校园、言情题材会特别受到读者的欢迎,《糖婚》里自然有这些男女的情感关系表现,特别是男主人公方致远与妻子周宁静、前女友柏橙之间的三角纠葛是整部小说的最主要矛盾和情节线索,但这些过去的情爱枝节,需要在方致远跟周宁静现实婚姻的重重裂隙中才会被再次激活生发出来。柏橙的歇斯底里、神经症,与周宁静的理智与掌控欲,就像是人们对于"恋爱"与"婚姻"的想象,两人对于男主人公方致远的争夺——这一最关键的小说情节,其实有着"恋爱"与"婚姻"、网络文学与"现实向"意义表达之争的意味。

其实,整部小说都表现出一种中庸、不偏不倚的叙述态度,它可以被看成是"恋爱"故事与"婚姻"故事进行意义争夺的结果,一种落实在小说叙述之中的价值认同。《糖婚》的叙述人似乎既同情柏橙与方致远青春爱情的悸动,同时也理解方致远与周宁静六七年相濡以沫的互相扶持。叙述人毫不偏颇地站在"恋爱"与"婚姻"之间,而这种立场的选择也会左右情节的走向。小说的结尾很有意思,方致远、周宁静与柏橙三人的命运与关系被悬置起来,柏橙在方致远的陪同下是否接受了心理治疗,方、周二人岌岌可危的婚姻关系是否还能持续,作家都留下空白,这样开放式的结局暗示着小说在价值认同上的中立化处理,作者并不给出在"恋爱"与

第二辑 作品与评论

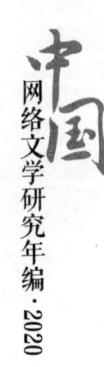

"婚姻"之间选择的答案,而是留给读者去做出各自的思考。中立化的价值立场,也在作者对婚姻关系的界定中被呈现出来。在文本中,叙述人总是喜欢用"至亲至疏,若即若离"来形容婚姻关系,似乎婚姻本身就是一个忽好忽坏的辩证之物,表面上的聚合之下有着无数的拉锯、撕扯,而婚姻关系的张力,就在这亲与疏、即与离之间,整部小说就是在表现这样的张力,通过周宁静与方致远这对模范夫妻和睦表象之下的那些盘根错节的矛盾线索如何爆发出来而予以呈现。

两位女主对方致远的争夺、"恋爱"故事与"婚姻"故事的角力,叙述人对于婚姻本身亲疏辩证的独特理解,这些在角色、题材与价值上的辩证张力,都能够放置在网络文学与"现实向"题材之间的互动关系上面来考虑,是网络文学构造完满爱情之梦的愿景,与特定的"现实向"类别刺穿现实之网的表意冲动相互拉锯、中和的诸多表征。因为《糖婚》既聚焦于年轻人的现实生存,同时也是一部网络文学,小说才能够呈现出这样不同层面的二元张力来。作者必须要对网络文学与现实向度分别的意义朝向进行一种综合,最终形成的是一种别具意味的文学关怀、文学品质。《糖婚》并不像传统现实主义文学那样批判主人公们的虚荣、市侩、软弱、游移,也不像其他更典型的网络文学带有逃避现实的倾向,完全构造虚幻情境之下的人性、人心,而是表现人物人格上的不完满,展现他们的小与悲,但更有一种走近、聆听、理解、陪伴的态度蕴含其中。蒋离子在序言中说男女主人公"佯装于早已残败的'现世安稳'",但她更要写出他们"在彼此较量、冲突里的探索与成长"。正如作者的自述,小说对人物的心灵感受做了特别突出的表现,这便呈现出"现实向"网络文学对人的独特关怀及其对读者的陪伴价值来。对于读者来说,小说以高密度的情节还原着青年男女们不如意的婚恋与人生,而小说里人物的痛苦、彷徨、惊异、绝望的心灵世界,总是得到详尽的刻画、渲染,读者自然地认同帖服于文本的叙述,并感受到自我心灵的被抚慰。

"假性"张力:空间意味的人与事

《糖婚》在诸多面向上的二元张力,带来的并非都是新的文学质地,它可能也意味着另一些文学品质的丧失。在中国人民大学一次关于《糖婚》的讨论中,谢尚发曾说及他直观的阅读感受,"我个人觉得《糖婚》这部小说,读起来感觉很'平',叙述平平、故事平平,乃至于人物也是如此"。他特别提到小说需要在已有的类型化的情节故事上写得更具张力。谢提及的《糖婚》所缺乏的"张力",和前文所论述的小说具有的"辩证张力",实际上恰好是小说情节两种相反的特征。由于《糖婚》要说的是婚姻"至亲"与"至疏"的辩证关系,它的故事内容是要将看似四平八稳的婚姻背后的矛盾枝节爆发出来,这里并不存在一个矛盾的质变过程,方致远与周宁静从结婚到离婚(可能)的情节转变,只是已有的冲突从隐至显而已,所谓的从"至亲"到"至疏"的交替,发生的是一个空间上的过程,而并非是典型现代时间小说里的"事件"。与情节的性质相关联的,还有人物。小说里卷入感情纠葛的三位主人公,其性情禀赋都是相当确定的,甚至具有脸谱化与类型化的倾向,方致远的懦弱游疑,周宁静的强势、理智,柏橙的偏执、另类,都被贯穿小说始终。看似发生的人物性格转变——懦弱的方致远要从周宁静的掌控中逃离来改换工作、理智的周宁静也会被同学骗走大量财产等等,是将人物们被时光掩埋起来的更深的性格内面翻了出来,这是一个朝向过去、往更真实的深处开掘的转变,而非面向未来的人性成长。人物们于是也都带有空间性,而并不具有在时间里成长的可能。小城市里的生活,就如同向心旋转的旋涡,将携带着不

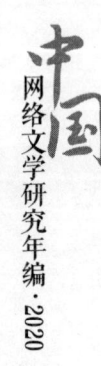

同个性的人物卷入其中,越陷越深。

这也是谢尚发对《糖婚》所评价的"平"与"缺乏张力"的具体所指。阅读了小说文本的读者,都能够感觉到作家对婚恋生活体会的深刻,那些由人物群像表现出来的绵密、驳杂的婚恋生活经验,密密匝匝地编织排列在人物们的命运里,看上去小说的冲突矛盾推进得很快很密集,小说的节奏很紧,似乎与现实里人们感受到的生活的憋闷、矛盾的难以预料与接踵而至呈现出呼应的效果,但通读整本小说之后,就会发现紧凑复杂的情节给人的印象都不深,甚至给人以空茫之感,难以引人遐思、发人思考。这是因为小说中的人缺乏真正的成长,主体人格大多是丧失的,小说的情节也缺乏更剧烈的起承转合过程。在某种程度上,这是目前网络文学文本必然付出的代价。当"现实向"的网络文学将文学的价值仅仅锚定于抚慰与陪伴的时候,作者往往着力于堆积经验的厚度醇度、打磨经验的"真实"度,但现代文学所依傍的进步性时间尺度,以及线性时间所允诺的人格成长就很难出现了。

现实性,还是网络性?

作为一部典型的"现实向"网文,《糖婚》确实为我们提供了一种别有风味的现实美学。小说不仅在题材上属于"现实向",更重要的是它提供了一种对现实、对人的理解方式。如果说传统文学的现实主义总是要不断拔高、提升现实的品质,通过批判或建构的方式,去想象一种别样世界的可能,那么《糖婚》所代表的一类"现实向"网络文学,则是要下沉、溺入驳杂繁复的经验现实里,多少带着呵护的意思,去表现并不完美的人间世界。正如作者在序言中表达的写作态度,"《糖婚》里没有鸡汤,也并不发人深省。我只是想客观呈现、讲述在时代背景下,一群已经不是很年轻的

85 后的婚恋故事"。于是,婚姻现实的艰辛苦涩、人的狭隘与脆弱,都被写入了《糖婚》里面。对于苦涩的现实,网络文学与电视剧一类的大众文化又有着不同的叙述态度。电视剧同样会将现实的矛盾撕开来吸引观众,但它仅仅是一条裂缝,在大结局里,这条裂隙往往还会被既有的秩序缝合起来,以完成一次有限度的批判。《糖婚》则很不同,它将混乱复杂的现实和盘托出,完完整整地摆在读者们的面前,但自始至终都不带有提出问题来批判的姿态,而是以共情为目的,希望能够通过关照、理解的叙述态度来抵达读者的内心。这是《糖婚》所表现出来的全部"现实性"。

网络文学与现实主义传统在《糖婚》里的耦合、聚义,最关键的或许是视域的重合——婚恋题材恰恰处在两类文化传统的叠合部位。而作者对婚恋题材的处理方式,说到底,来自作者非常朴素的生命关怀,那是一种平视的、充满善意的注目方式,小说的人物与故事那样中和、规矩,情节如此饱满,都与叙述人的注目方式——他面对世界时站立的位置、他理解自我与被表现世界的方式相关。但小说只是提供了现实主义传统与网络文学触媒的一种可能,它在对现实人生关照的同时,也会偏离网络文学本身具有的对于现实的超越性。网络文学原本最令人动容之处,即是其不在现实的结构与语法设定中来叙述和表达,现实被认定为语素式的材料,被认为仅仅是一种设定、构拟,由此生发出一种超越现实的逻辑可能,以在新的网络世界中重新定义、组织存在的方式,建构福柯意义上的"异托邦"。《糖婚》的写作无疑是深嵌入现实里各种各样的结构之中的,它以复现"80 后"各式各样的婚恋生活矛盾为旨归,毋宁说,这是一种从网络悬空重又降沉至现实大地的回归写作。那么,是否还需要另一种"现实向"网络文学,既有着浓郁的现实情怀、能够充分关注生活里人的命运,又能够从芜杂的现实中超拔出来,提供新的认知视野与行为逻辑,以全新

171

第二辑 作品与评论

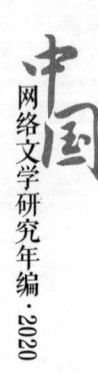

的光谱烛照现实？也就是说,当我们在讨论网络文学的现实性时,也可以将问题掉转为现实主义文学的网络性,这是两种文化传统相交合的不同路径。蒋离子的《糖婚》以其特别的人道关怀将现实主义因子注入了网络世界,我们也期待着更多的网络作家能够召唤出网络文学本身的先锋品质,给予现实以醒觉、振拔的新力量。

永不凋谢的红杜鹃

——评古兰月的《冲吧，丹娘》

蔡玉

《冲吧，丹娘》首发于咪咕阅读，目前在网络上已更新几十万字。小说以浙江省革命英雄施奇为原型，以其革命事迹为创作素材，谱写了一曲慷慨激昂的红色颂歌，让革命烈士施奇如同一朵永不凋谢的红杜鹃，盛放在人们心间。

小说作者古兰月是网络文学界的"新星"，曾出版《南方姑娘》《在遗忘的时光遇见你》《青木微雪时》等多部长篇小说及散文集《你不慌，世界不荒》，有着较深厚的文学和绘画功底。《冲吧，丹娘》作为古兰月的最新作品，与她以往在都市情感小说里着力描绘的纯美爱情故事不同，身为浙江兰溪人，古兰月关注浙江省的革命历史，希望通过红色题材的创作让更多读者接受红色精神的洗礼。《冲吧，丹娘》再现了20世纪上半叶中国社会的历史动荡。在日本侵华战争的背景下，一面是国民政府的消极作为，人民在历史夹缝中艰难求生存；一面是蓬勃发展的中国共产党，力量虽然弱小，但共产党员们没有选择逃避责任，而是勇于承担起了时代使命，主人公施奇的人生经历就是其中的真实写照。

被誉为我军机要战线上坚贞、圣洁而崇高的"丹娘"的施奇，其称呼最初源于苏联一部名为《丹娘》的电影，这部影片讲述了年仅18岁的女英雄卓娅壮烈牺牲的经过。而中国"丹娘"施奇，牺牲时也不过20岁，于1942年6月被敌人杀害于上饶茅家岭，两位花儿一般的少女的生命都永远停在了青春刚绽放的时刻。

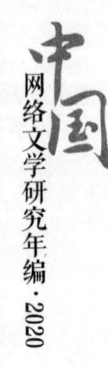

作为一部革命历史题材小说,《冲吧,丹娘》与 20 世纪五六十年代的长篇革命历史题材小说的创作传统有着一定的继承与相似之处。但由于时代不同,作者的创作观念和读者群体已发生了变化,小说也因此而呈现出显著的变化。20 世纪中叶的革命历史题材小说创作受当时社会主义现实主义创作观念的影响,追求"史诗"效果,对革命英雄的塑造也多遵循典型环境中的典型人物创作原则,人物性格过于模式化,缺少发展。《冲吧,丹娘》在追求历史真实和人物原型真实的基础上对历史素材进行了艺术加工,通过想象增添了波澜起伏的故事情节,并不局限于对历史人物生平经历的复刻,其跌宕起伏富有传奇性的故事实现了史料记载中简单的人物介绍难以比拟的感染力,这是小说带给读者的独特阅读体验。

施奇是这部小说中塑造的最丰满的艺术典型。她积极参与抗日救国运动,在救护队遭遇危险时勇敢地拿起枪与敌人战斗,保护了很多战士;在工人夜校学习时,她记录下了大大小小的剧本,建议以街头剧表演的形式表现人民的悲惨遭遇,鼓舞人民的抗日斗志;回乡后,得知父亲去世的消息,施奇悲痛欲绝,但仍以坚强的革命意志克制了自己的感情,并化悲痛为力量,投入革命事业。她毅然决然以二房的身份嫁给汉奸张显宗,从而真正打入敌人内部,以一介弱女子之身周旋在张显宗和日本人之间,既要尽量保全自己,又要尽可能地获取更多宝贵的情报。

作为新四军军部机要科成员,施奇有着丰富的经验和高度警觉,在发现无法逃脱时当机立断地毁掉了电台。作为一个坚定的共产主义战士,她视死如归、宁折不弯,面对敌人惨无人道的酷刑,经受住了百般折磨,对电台密码始终守口如瓶。甚至在就义之前,她依然神态平静,举止从容,说道:"虽然我的肉体溃烂了,但永远不会溃烂的是一个共产党员的心!"施奇的话充分展现了一个共产主义战士高远的精神追求和大无畏的生死观。

除了施奇之外,小说还着力于塑造英雄群像。一直宣传救亡思想的人民教师赵芳里、"平湖圣手"黄老爷子的传人黄霞、新四军浙江地区政治员徐志方、上海红十字会煤业救护队政治员周山以及陈希、何美惠、吴磊、高松等,他们每个人都以其独具的光彩活跃于作品之中,使小说成为一部不多见的塑造了光辉灿烂的无产阶级英雄群谱的网络文学佳作。小说中的英雄人物年龄、职业各不相同、人生经历也各不相同,但他们都具有坚定的共产主义信仰,对革命事业无比忠诚。在敌人面前,他们横眉冷对、大义凛然、不屈不挠,一旦革命需要,又都能舍生取义、从容献身。小说不仅展现了英雄们的高贵品质和崇高气节,还成功刻画了他们不同的人格魅力。比如施奇的成长就离不开一路上关心她、督促她的人,徐志方将施奇从黑心缫丝厂解救出来,让她初次接触到党组织,而周山则给了施奇精神上的指引,让她有了加入共产党的觉悟,从而使她加入共产党后所做的一切都是在践行自己的崇高理想。

但同时也应看到,相对于正面人物形象塑造的成功,小说中对反面人物的刻画还显得不够细腻。反面人物的塑造没能完全摒弃那种从概念出发的简单化、漫画化的写法。比如施奇和黄霞刚到上海时遇到的那两个黄包车夫,作者将第一个大叔描述为面相极其猥琐、一看就不像好人,而第二个大叔则面相和善,所以施奇和黄霞选择坐第二个大叔的车,这里将好人和坏人简单按照容貌来划分的逻辑不免有些肤浅。此外,古兰月对日本军官和汉奸的刻画也有脸谱化的倾向,没能深入地解剖他们的灵魂。

尽管作品存在着一些瑕疵,但不可否认《冲吧,丹娘》仍是一部较为成功的、传递红色正能量的网络文学作品。小说背景广阔、人物众多,矛盾冲突激烈、阶级斗争错综复杂,但全书却章法井然,结构严谨而富于变

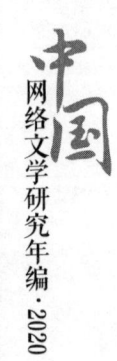

化。在小说已发表的 121 章节中, 作者巧妙借助"丹娘"施奇的人生经历, 引出并联结起了种种复杂的矛盾斗争。书中前 20 章主要写施奇还未加入中国共产党时的经历。年少的她为挣脱自己成为童养媳的命运, 与好友黄霞一起前往上海闯荡。到上海后她们做过缫丝厂童工、《申新日报》派报员、街边擦鞋匠等, 阶级不平等导致的压迫与剥削令二人际遇更加悲惨。在作品的后 100 章, 作者则侧重于写施奇是如何一步步成长为一个坚定的共产主义战士的。加入中国共产党后, 施奇在潜移默化中接受了进步教育, 红色光芒在她心中萌芽。小说把共产党领导下的城市工人运动以及农村的武装斗争、抗日战争、解放战争等有机地交织在一起, 展现了特定历史时期光明与黑暗搏斗并最终取得胜利的过程, 再现了革命英雄施奇"杜鹃啼血、丹心一片"的英姿, 奏响了一曲慷慨激昂的红色颂歌。

小说结尾处, 作者以温暖的抒情笔触讴歌了那些为我们如今的美好生活付出过、牺牲过的人。"那片黄土下沉寂着的, 是不屈的灵魂和不变的信仰, 是所有共产党人的哀伤……那些深深埋葬的灵魂, 那些不变的信仰, 注定从沉寂中盛放, 在新时代的天空下永恒。"

一寸山河一寸血, 一抔热土一抔魂。回望小说中的烽火岁月, "丹娘"施奇等无数无产阶级战士们以大无畏的牺牲精神, 为中国革命事业建立了彪炳史册的功勋, 当代青年们应当沿着革命前辈的足迹继续前行, 使红色精神融进血液、浸入心扉、代代相传。

习近平总书记说:"文艺创作的目的是引导人们找到思想的源泉、力量的源泉、快乐的源泉。清泉永远比淤泥更值得拥有, 光明永远比黑暗更值得歌颂。广大文艺工作者要提高阅读生活的能力, 善于在幽微处发现美善、在阴影中看取光明, 不做徘徊边缘的观望者、讥诮社会的抱怨者、无病呻吟的悲观者,不能沉溺于鲁迅所批评的'不免咀嚼着身边的小小的悲欢,而且就看这小悲欢为全世界'。"古兰月以自己的创作响应了总书记的号召。小说以充满着爱国主义的情怀书写革命历史,弘扬社会主义核心价值观,又与当下社会现实紧密相连,贴近时代命题。

100年来,从建立新中国到建设新中国,中国共产党带领国家和人民一步步站起来、富起来、强起来,如今中华民族的崛起让全世界瞩目,综合国力的提高也让当代读者自豪不已。回望历史,小说中字里行间昂扬着的向上斗志在今天更显宝贵并焕发着无穷的精神力量,这也是网络文学创作对时代的呼应。

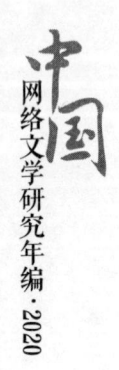
与时代脉动合拍共鸣

——以蔷薇《晚妮》为例

许潇菲

在时下涌现的众多聚焦农村题材的网络创作中,能做到与乡村发展同步、反映农村变革,同时具有思想厚度、历史深度的网络小说屈指可数。大多数作品仍停留在农村草根青年通过修炼秘籍、天生异能等命运意外的垂青,实现人生逆袭的套路写作层面。这些小说有着畅快淋漓的阅读体验,对鼓励农村青年奋发图强有一定的积极作用,但从根本上看,却是对城乡贫富差距的简单化处理,是对近年来农村变革发展的忽略,缺乏反映现实并最终推动现实的责任感,更难以承担回应时代召唤的使命。

即便如此,仍有许多网络文学作者不断尝试对乡村题材深耕挖掘,涌现出一些具有精品潜质的佳作。如月斜影清的《我的塑料花男友们》,秉持着"扶贫先扶智"的核心思想,聚焦成都山区留守儿童教育问题与重男轻女的封建思想,成功做到将"网感"与乡村教育结合。莫贤的小说《稔子花开》以广东湛江为写作背景,讲述毕业大学生如何运用先进的经营理念,利用本土农作物桃金娘,带领村民脱贫致富。这些作品通常以小人物为切入点,从多重角度描写乡村从落后到振兴的奋斗过程,展示新时代的农村面貌。相比较而言,蔷薇的小说《晚妮》在内容上则有着更为丰厚的内涵,它以自强创业的农村女性为主要视角,在脱贫致富的故事中糅进传承民俗文化的主题,用开阔的视野凝视近10年来我国波澜壮阔的乡村变革。

从故事内容来看,《晚妮》的叙事时间横跨20世纪五六十年代至21

世纪初,着重叙述了晚妮从被拐卖的孤儿一路成长为商业巨擘的传奇人生,穿插以传承国粹、爱情纠葛、智斗反派等支线,情节简洁明了,内容却丰富多彩。与其他动辄数百万字的"大部头"网络小说相比,《晚妮》的体量显得极其"轻盈"。少了不必要的注水,减去了冗杂拖沓的剧情,在短短的百章之内,将晚妮与铁成、春生二人的情感矛盾,与赵家的恩怨情仇,与半香的母女情缘描写得有条不紊,异彩纷呈。小说成功塑造了晚妮这位坚韧、独立、自强的女性形象。她是忠贞不渝的爱人,是胸襟宽广的母亲,是鞠躬尽瘁的老师,是雷厉风行的女强人,也是中华传统文化的继承人和发扬者。她饱尝生活的磨难与命运的嘲弄,也凭借智慧成就一番事业,但无论身处顺境还是逆境,晚妮都处之泰然。在小说结尾,她毫无保留地将所有的事业托付他人,只身抱着春生的遗照返回家乡,回到最简单平淡的模样。"不忘初心,方得始终。"晚妮始终秉持的善良与宽仁让她处变不惊、笑对风雨,这种性格正与中华民族流传千年的高贵品格一脉相承。她那勤劳质朴的本质,更是中华民族亿万辛勤耕作的农民缩影。

作者蔷薇的文笔同样带有泥土的气息,清新质朴。小说以简洁流畅的叙述性语言为主,很少见大段的描述或者心理描写,这对作者把控细节的功底有着极大考验。在晚妮误认为自己身患重病,选择隐瞒春生独自逃婚时,作者写道:"走在回家的路上,步履越来越沉重,晚妮身上的力气几乎被抽空了。她嗓子干哑,望见村口的那棵老柳树,憋了一早的泪水才夺眶而出。"简单的三言两语,却包含着紧绷到放松、压抑到释放的情绪转变,虽不见细腻的心理活动,却将晚妮自觉不久于人世的悲凉,与背叛春生的深深自责刻画得入木三分。在柳惠民欺骗半香结婚得逞后,作者形容他那诡秘莫测的笑容"正如挂在天上的月亮,半阴半晴,扑朔迷离",用难以猜测的月相比喻包藏祸心的笑容,虽不直言柳惠民的心机流转,也

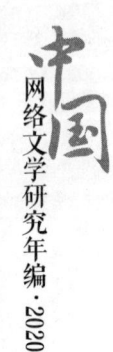

令读者不禁对单纯任性的半香担忧挂怀。小说的地理环境描写同样是一大特色。作为《晚妮》的故事发生背景,河南省在蔷薇的笔下表现出强烈的北方地域魅力。从"妮儿""老抬"等亲切平易的方言土话,到"小孩小孩你别馋,过了腊八就是年"等童谣儿歌,再到"青砖灰瓦、三进三出的院子"、"花团锦簇、灯火摇曳"的花灯习俗,都在行云流水般的白话描写中一一浮现,搭建起一个完整翔实又充满风土人情的环境架构。

轻盈的体量、朴实的文笔,《晚妮》带有明显的现实主义创作特征,但这并不代表小说的内容清淡无味。从被拐卖的"孤儿",到自考高中毕业证成为乡村教师,到富甲一方的商业巨擘,再到开办皮影戏学校、振兴民俗文化,她的成长历程带有爽文升级般的快感,可读性极强,令人手不释卷。其中还穿插着与无恶不作的赖三、奸猾固执的柳氏、虎毒食子的柳惠民等人的纠缠智斗,使得晚妮的人生跌宕起伏、波折丛生,剧情时而平缓动人,时而紧张刺激。值得注意的是,这种爽感非但没有削弱《晚妮》的现实意义,反而贴合近 10 年来乡村迅猛发展的节奏鼓点。晚妮个人的升级成长是建立在她自立自强、善良坚韧的性格基础上,但更少不了国家政策的支持与帮扶。改革开放以来,社会处处充满机遇,国家整体实力的升级也让晚妮、春生、铁成等人搭上时代的快车,在新时代中闯出属于自己的一番天地。同时,与晚妮突飞猛进的事业相对比的,是她凄美落寞的爱情。她与春生二人青梅竹马,两生情愫,但因造化弄人始终未能成婚,直至春生去世,晚妮才得以排除众议,携遗像一同归隐。这又为小说在爽感之外添上一抹悲剧色彩,使得整部小说内容层次丰富,思想情感真实动人。

《晚妮》围绕着主角脱贫致富的历程展开叙述,但小说对此的表现并非停留在个人经验的层面上,也并未局限于单纯的经济脱贫,而是从共同富裕、乡村教育等多重角度进行更加深入的思考和探索,使得这部小说与同类作品相比,有着难以比拟的深度和广度。晚妮在成功致富后找到失散多年的家人,为了帮助家乡脱贫脱困,她首先从交通着手,打通最为关键的一段运输道路,继而因地制宜,对本地的农产品进行深加工,借助自己的资金优势形成系列产业链,带领全村脱贫致富。《晚妮》还对农村教育现状进行了深入的描绘。铁蛋原本是受生活所迫、当街抢劫的问题少年,在晚妮基金会的资助下成功考上大学,毕业后却决定放弃留校任教的宝贵机会,选择与两个妹妹一起成为大山深处的山区教师。晚妮自己通过自学高中知识成为乡村老师,为了保护学生横遭车祸,留下终生难以治愈的遗憾;春生屡次黯然回乡,是从农村教师开始做起,才有了重新振奋的勇气。《晚妮》用动人的事例,成功描画了乡村教师的笑与泪,他们对播撒知识的过程甘之如饴,也会因不被人理解而苦恼消沉。这是作者对乡村教育事业的严肃思考,也是对脱贫过程中社会细节的凝视。

对优秀民俗传统的继承是《晚妮》的另一大主题。优秀民俗传统扎根于我国历史悠久的农业文明,它们蓬勃、鲜活、接地气,有着极高的文化价值和审美价值,也是中华传统文化不可或缺的因素。《晚妮》的作者蔷薇是甘肃人,甘肃皮影正是我国成型较早的皮影戏之一,具有生动灵活、艳丽剔透、张力十足的艺术特征。小说中,晚妮从一位行将就木的老师傅手中接过即将没落的皮影技艺,在深深着迷后决定要让其流传后世。值得一提的是,晚妮对皮影戏并非是纯粹的"拿来主义",而是进行创造性的继承。她将其与当下流行的卡通人物形象相结合,赋予皮影戏崭新的时代特色,也吸引更多的新生代力量学习、欣赏皮影戏,从而将他们培养成传承民俗文化的主力军。晚妮甚至带领团队出国演出,让皮影戏走出国门,走向世界舞台。皮影戏元素的加入使小说具有浓厚的地域风情,呈

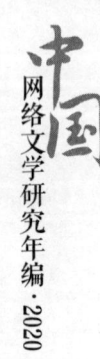

现出西北地区独有的迷人魅力。

　　《晚妮》首发于火星小说网,截至本文写作时,已有 20 余万的推荐票,高居月票排行榜第二。评论区内是众多书迷对晚妮命运的唏嘘感慨,对半香、春生、铁成等人物性格的热烈讨论,对文中所提到社会环境的客观评价。"文风细腻、文笔精彩",是读者对这部小说由衷的赞誉。当然,这并不代表它已臻完美的境界。小说的部分情节显得较为生硬,如幼年的晚妮与春生奇迹般的重逢、始终作恶且阴魂不散的赖三、晚妮与失散多年的胞兄偶然相认等剧情,都缺乏合理的解释,这无疑会削弱原作的现实批判力度。此外,较短的篇幅让作者不得不大刀阔斧地做出取舍,因此在突出主线和主要人物的同时,不可避免地缺失了一些必要的细节支撑。

　　经济发展离不开对乡村的支持帮扶,文化的振兴也离不开土地的滋养。作为一部优秀的乡土网络小说,《晚妮》与时代脉动合拍共鸣,在看似平凡的现实生活中发现内在的审美肌理,直击农村发展中遇到的各类问题。在求真求实的基础上,把握乡村在历史舞台上的风起云涌。依托宏大的历史框架,《晚妮》还注重描述个体在集体中的奋斗,聆听生命的低语。它用文本实践表明,一部优秀的乡土网络小说,作者不仅需要拥有出色的写作技巧、成熟的人生观念,还要具有宽阔的时代视野、充足的乡村生活经验和深厚的历史底蕴,在俯视大地的同时仰望星空万里,在无限贴近黄土的同时描绘时代的蓝图。

讲述中国扶贫故事的方式

——以《故园的呼唤》为例

江秀廷

近年来,网络文学在加强现实题材创作,弘扬社会主义核心价值观方面,无论是作品数量还是质量,都有了极大提升。"文章合为时而著,歌诗合为事而作。"中国当下的一个重要任务就是通过精准扶贫、脱贫攻坚等系列举措消除绝对贫困,全面建成小康社会,实现第一个 100 年的奋斗目标。在此背景下,表现精准扶贫的网络小说《故园的呼唤》从众多网络小说中脱颖而出,得到了中国作协的重点关注。作家仇若涵的这部作品,讲述了一个在上海当公务员的高才生被调往贫困村做"第一书记",由开始的"水土不服"、一心想逃离成长为有责任、有担当的基层干部,并带领村民脱贫致富的故事。《故园的呼唤》以客观真实的现实主义品格、饱含人文关怀的人物塑造、积极正面的价值引领表现出独特的文学品质。同时,该小说在功能上、题材上、叙事上对网络文学的发展做出了贡献。

《故园的呼唤》从主客观两个层面表现了扶贫任务的艰巨。首先从客体的角度真实再现了农村的现实困境。作者从主人公周飞扬的视角出发,以近乎白描的手法展现了白云村的落后局面:村委会的厕所是大水缸上搁了两块木板,寝室里住满了臭虫、苍蝇、老鼠……作者的描写具有浓重的烟火气,通过村民生火做饭的方式以及售卖假冒伪劣食品等细节来描写贫穷落后,让人感到真实可信。如果说恶劣的自然条件、交通不便、资源匮乏,这种天生的劣势为扶贫工作带来了极大的困难,那么在主观层面上,城乡人民彼此间的心理偏见和农民对扶贫工作的质疑,更是增加了

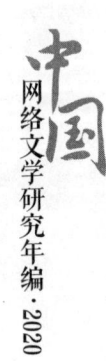
工作开展的难度。"被迫"下乡的周飞扬最初把扶贫工作当成负担并总是心猿意马,没有真心服务群众。作者通过对周飞扬心理的刻画,以此为典型展开反思,并发出了警示:不破除农民对扶贫干部不信任的思想壁垒,不提升扶贫干部的意志品质,扶贫工作就难以取得真正的成功。

同时,如果任由贫困"自由生长",会产生更为严重的后果:年轻人纷纷外出谋生,村落里只剩下一些老弱病残,年龄两极化、教育空心化,特别是文化衰落等问题也会随之而来,并形成恶性循环。作者以严肃警觉的态度、客观真实的现实主义笔法表现了扶贫工作的必要性、紧迫性、艰巨性。

《故园的呼唤》以高度的人文关怀、包容的情感态度塑造了扶贫干部周飞扬、支教教师初夏等人物群像。小说人物的成长过程真实、踏实。作者将人物放置于当下的现实环境里,充分考虑人物的成长背景,在典型环境里刻画典型人物。例如,周飞扬通过"学习强国"软件答题,每天通过微信打卡、汇报扶贫工作,使用"奥利给"等网络语言聊天,这些具有时代气息的叙事元素增强了小说的"代入感";白云村村民在说话时使用的湖北方言,也充满了原汁原味的乡土气息。在塑造人物的具体方式上,作者非常善于设置对照组,表现个体前后的思想改变及人与人对待同一事物的不同态度。周飞扬的成长无疑最具有代表性,他由一个不能吃苦的"妈宝男"转变为有气魄、有担当的基层干部;周飞扬前后交的两个女朋友马娜和初夏对待扶贫有着截然不同的看法,前者认为扶贫与己无关,后者则身体力行,从北大毕业后毅然回乡支教。通过对比,人物形象更加饱满,下乡扶贫作为成长磨刀石的功能也充分体现出来。作者是带着人性的温度塑造人物的,既能包容周飞扬、赵商祺等青年人身上的缺点,又能在对农村二流子赵二狗等特殊群体批判之余给予同情。

作为一部现实题材的网络小说,《故园的呼唤》通过人物成长结构小说,但与玄幻、仙侠、历史架空等作品中人物的成长套路明显不同。这些幻想类小说中的主人公通过形式多样的"金手指",打怪升级、飙升功力、加官晋爵、开疆拓土,这种写作模式虽然给读者带来了"爽点",但毕竟是建立在虚幻基础上的想象性满足。《故园的呼唤》的主人公不是"玛丽苏""杰克苏",他通过"出现问题——解决问题——思想提升"的途径实现渐进式成长,虽然读者不那么"过瘾",但真实沉重、踏实动人。

《故园的呼唤》以积极正面的严肃态度重塑了年轻人的价值取向,即只有把个人的梦想同国家民族联系在一起时,才能实现中华民族伟大复兴的中国梦,个体的人生也才更有意义。《故园的呼唤》是一部"主旋律"作品,但它不是"时代的传声筒",也不是政策宣传的"复读机",它讲述了一个生动感人的中国扶贫故事,孕育着强烈的爱国主义、集体主义情感。这部小说的独特之处在于它没有塑造一个脱离现实、理想化的扶贫英雄,而是从反面呈现出人的自私天性,并以此观照当代中国的社会文化心理结构。此外,小说高度肯定了实践的重要意义,实践锻炼人、改变人,是脱贫攻坚、实现共同富裕的唯一途径。在此基础上,小说还否定了"丧文化""佛系青年"等消极的价值取向,它帮助青年群体摆脱了历史虚无感,强化了责任意识;更重要的是,它打破了个体与集体间的对峙局面,不再是为自我放弃集体,也不是为集体牺牲自我,而是找到了集体与个体间的"最大公约数"。可以说,网络小说能够在一定程度上承担起重塑人生价值的重担,离不开主流意识形态的倡导和网络作家群体的付出。在各方的共同努力下,现实题材的网络小说如雨后春笋般涌现出来,如把个人命运与改革开放紧密联系在一起的《大江东去》,反映山村支教的《明月度关山》,维护国家信息安全的《天下网安:缚苍龙》《黑客诀》等,从不同角

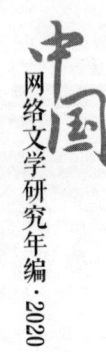

度弘扬"正能量",将网络文化向积极正面的方向引导。

《故园的呼唤》所具有的独特性显示了它区别于一般网络小说的文学品格,如果将其放置在网络文学发展的格局里,也能看到它对网络文学所做的贡献。

在功能上,《故园的呼唤》打通了文学创作与政策施行之间的联系,为扶贫工作贡献了真实可信的参考资料。文艺作品最重要的功能是发现问题、"引起疗救的注意",并不以解决问题见长,《故园的呼唤》却有着强烈的现实参与热情,在文字实践中探讨攻克扶贫难题的方法。在费孝通看来,中国乡土社会的结构是一种"差序格局",是一个"一根根私人联系所构成的网络",每个人在土地上能够自食其力时,和别人的联系是后起和次要的。只有打破这种以自我为根本的所谓"差序格局"和小农意识,才能改变乡土中国的贫困局面。小说的主人公不仅实行了修公路、翻盖学校、搞厕所革命等完善农村基础设施建设的举措,还成立了"白云村高山茶园有限公司",因势利导打造茶叶种植产业。显然,作者是从经济学、社会学的高度看待扶贫工作的:单纯的补贴性外部帮扶并不是一种可持续的方法,只有提升贫困地区的内生动力,即依靠产业扶贫、开发式扶贫的策略才能从根本上解决问题,唯如此乡村才能够振兴。因此,《故园的呼唤》为现实题材的网络写作提供了一种新的向度:网络小说既可以表现复杂的社会矛盾,也能够提供切实有效的解决方案。这种拥抱现实的热情在林海听涛的网络小说《我们是冠军》里也有体现。面对中国足球的发展困境,作者从资本投资、教练选拔、体制改革等多个层面贡献了解决问题的智慧。可以说,在提倡现实题材创作的大背景下,网络小说有着广阔的发展空间。

在题材上,《故园的呼唤》是中国传统乡土小说的当代接续,为网络文学与传统纯文学的融合提供了可能。中国现代乡土小说受到以鲁迅为代表的五四文学先驱们的重视，并在王鲁彦、台静农等作家的笔下得到了进一步深化。网络小说以读者为中心，注重趣味性、娱乐性，要么把叙事重心放在幽眇玄虚的异时空，要么是绚烂多姿的当代都市生活，很少涉足"面朝黄土背朝天"的乡土世界，《故园的呼唤》接过现代乡土写作的接力棒，深入到中国当代农村的角角落落，大大开拓了网络写作的文字版图。同时，小说在讲好故事的同时，没有局限于"描写农村现实生活"的表象，而是注重探讨贫困背后的深层次原因，刻画出"不完美"的扶贫干部，因此实现了网络小说与严肃文学的雅俗共融，提高了网络小说的艺术品格。

在叙事上，《故园的呼唤》打破了网络小说个人主义叙事的藩篱，引发读者对启蒙、国家民族意识等宏大叙事的思考。翻开中国新文学史，注重表现整体性、宏大性、普遍性，以启蒙解放、国家民族叙事、阶级革命为表现主题的"宏大叙事"曾长期占据文坛主流位置。无论是新中国成立前反映土改的《太阳照在桑干河上》《暴风骤雨》，还是新中国成立后的"三红一创，青山保林"，都承载着关于国家民族的历史记忆。《故园的呼唤》把个人的命运与中华民族的扶贫事业紧密相连，其叙事视野、思想格局显然高出一般的网络小说。总之，以《故园的呼唤》为代表的网络小说讴歌祖国、服务大众、塑造新人，在坚持网络文学特色的基础上，实现了与现实题材的有机融合，正不断将网络文学朝着主流化、精品化方向推进。

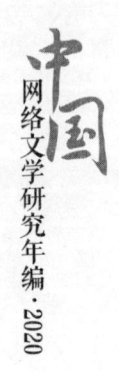
网络军事题材小说的传承与新变

——以纷舞妖姬的网络军事题材小说为例

马原

网络军事小说作为网络文学的重要一支,点击量动辄过百万。纷舞妖姬自 2005 年在起点中文网开始更新《鹰隼展翼》起,先后发表作品十余部,主要的军事、军旅题材类小说还有《第五部队》《特战荣耀》《弹痕》等,此外还有星际战争类小说《星痕》、架空历史类小说《獠牙之蛇》和糅合底层生存主题的异术超能类小说《生存法则》(未完结)等,创作总字数800 余万,连续 9 年在起点中文网军事板块排名第一。作为网络军事小说领域的中流砥柱,其作品不仅广受好评,由其参与编剧的《战狼》《战狼2》(部分故事情节以《弹痕》为蓝本),也收获了不俗的口碑与票房,《战狼2》还获得过 2017 年全国"五个一工程"奖。纷舞妖姬创作的网络军事小说,既与当代军事文学一脉相承,又在网络文学领域中取得了新突破。

传承当代军事文学精神内核

相比传统军事小说,纷舞妖姬的网络军事小说在题材方面有相当大的革新,尽管如此,当代军事文学中所讴歌的军人风骨、家国担当等精神内核,在网络文学世界中非但没有断裂,反而得到了更好的承接。纷舞妖姬在一系列军事小说中,塑造了一批理想化的军人形象,无论从他们的军事作战技能,还是深植于他们内心的军人品格,都表现出了对传统军事文学中英雄叙事的一脉相承,展现了中国军人正直、坚毅的风骨和强烈的家国担当。

《弹痕》中的战侠歌、《特战荣耀》中的燕破岳都出身于军人家庭,从小就接受过严苛的军事训练,他们的从军选择表现出浓厚的子承父业意味,属于老一辈军人的铮铮风骨与凛然正气在年轻一代的身上得以延续。如果说家庭的影响是他们成长的底色,让他们具备了一个合格的军人该有的秉性,那么进入部队之后的专业化训练、充满阳刚之气的军队生活和战场上的殊死搏斗,则锻造了他们坚毅、热血的军人气质,培养了他们身为军人的使命感与责任感。

在以战争年代为背景的小说中,作者笔下每一个参与其中的人物都带着强烈的救亡意识,他们用自己的实际行动捍卫着祖国的领土完整。诸如抗日战争时期的优秀中国军人谢晋元、十几岁尚未真正步入军旅生涯却误打误撞在四行仓库保卫战中当了护旗手的主人公雷震等。在以和平年代为背景的军事小说中,军人的家国情怀则表现为对维护和平、富国强兵、为国家争得荣誉的强烈渴望。当恐怖分子来袭,破坏边境安宁,"战侠歌们"义不容辞地担当重任,凭借自身卓越的军事才能和保家卫国的强大信念,将恐怖分子驱逐出境,维护边境平和。在参与世界级军事训练及竞赛的过程中,他们又以中国特种军人特有的坚韧和顽强,在国际舞台上为国家赢得声誉。纷舞妖姬以他丰富的军事知识,书写着新时代的军人担当,彰显着自己和广大读者所憧憬的富国强军梦想,为网络军事小说创作注入灵魂。

践行"以爽为本"的创作理念

邵燕君教授认为:"消费经济的基因与互联网的基因相结合,就产生了中国网络文学独特的商业模式和文学模式,即基于 UGC 的粉丝经济模式和'以爽为本'的'爽文'模式。"纷舞妖姬的军事小说创作同样践行着

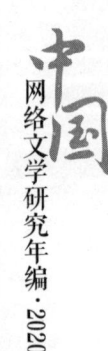

网络文学"写爽文"的基本理念,主要表现在主人公游戏升级式的成长模式设置和迎合读者心理诉求的情节设置。

纷舞妖姬的作品多以故事主人公的成长为主线,呈现了一场又一场险象环生却又酣畅淋漓的军事对决。《弹痕》中的战侠歌、《第五部队》中的雷震、《特战荣耀》中的燕破岳、《诡刺》中的风影楼……作者从主人公们的幼时经历讲起,包括他们因为一些不愉快的经历而留下的心理创伤,还有他们走进部队、接受训练、迎接挑战,一路过关斩将带给读者的如游戏世界中打怪升级式的快感体验,相比传统军事小说中的道德模范、先锋楷模等典型形象,作者更着力于表现他们特立独行的张扬个性,并将家国大义、英雄情怀渗透其中,也起到了爱国主义教育的功用。

纷舞妖姬"写爽文"的另一体现是故事情节设置表现出的对传统认知和既有规则的反叛与颠覆,以及与迎合读者心理诉求带来的阅读快感。小说《弹痕》开篇赵海平连杀 17 个民兵,无论出于什么原因,这种行为都难翻案。按理负责让其归案的战侠歌应该在找到他的第一时间将其带回,交由上级处置,但是战侠歌在得知他杀人是因为这 17 人以极残忍的手段将其幼女伤害至死之后,将他放走,并默许他继续杀掉另外两个罪孽深重却仍逍遥法外之人。在这之后,战侠歌带赵海平回军营,对其竭力维护,并请上级酌情处理,让其更名为赵剑平,其才得以与战侠歌继续并肩作战,并成为第五特殊部队成绩斐然的特种军人。

电影《我不是药神》里的主人公非法从印度购买低价药品服务于国内患白血病又吃不起药的人,起初是为了自身利益,但到后来完全是为了给更多的白血病患者以生的希望,自己并未从中获利。电影的最后,主人公因违法入狱,尽管有无数人为其鸣不平仍无济于事。我们在类似的事件中早就认可:身为社会人,就要遵循社会制定的规则,在一个法治国家,谁也逃不出"违法必究"的准则，文学影视作品虽为虚构，但牵涉于其中的法律规则却是真实确定的，人物在既定的框架下活动，违者必究。相比《我不是药神》主人公的最后结局，赵海平的结局让我们默认的那种"永恒不变的"真理、规则被颠覆了，即使在现实社会是不被允许的，但读者内心深处本不期望达成的期待被合理化、被实现，读者"惩恶扬善"的诉求得到满足，形成阅读的快感体验，既不沉重，也无悲剧感。

展现网络文学的独特性

人们素来有"时势造英雄"的认知，和平年代相较战争年代，普通民众对英雄的想象与崇拜逐渐淡化，纷舞妖姬有过军队生活的经历，凭借其丰富的军事知识和想象力，在新的时代语境下，他的创作突破了当代以来军事文学以政治目的为中心的叙事模式，借助网络平台，他的军事故事以前所未有的深度、广度走进普罗大众，丰富着普通民众对军事知识和军旅生活的想象。贯穿其中的家国情怀，弥漫其间的阳刚气质，彰显于主人公身上的铮铮铁骨，对增强普通民众的民族认同，构筑和平年代普通人的家国情怀起到了至关重要的作用。而主人公的成长、成才故事，无疑对个体生命的成长也起到了激励作用。再者，纷舞妖姬笔下的特种军人有精湛的军事才能，能吃苦，有强烈的责任感，但又不墨守成规，更不轻言牺牲，他们的个性有着鲜明的棱角，具有随机应变的创造性思维，勇敢而坚定，充满感召力。

无论从作品出发，还是以作品为蓝本的影视化改编来看，纷舞妖姬的创作实践都是较为成功的，但也不可避免地存在着某种局限性。如行文较为粗糙导致的细节失真现象，主角倾向明显导致的情节失衡和次要人物扁平化问题在作品中多有体现。这既与作者的创作理念相关，也与网

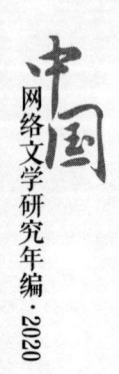

络文学的运行机制相关。笔者认为,注重作品内涵的优质、在语言表达上下功夫是一个作家除去讲故事之外应该兼备的素养,网络作家应该让年轻一代的读者看到文学之为文学的独特性,展现文学本身的魅力。这需要文学网站适当松绑,给创作者一定的自由度和宽容度,不以"日更"文字数等设限,让作家有时间打磨文字,推敲情节。这也需要网络文学创作者放缓速度,寻回写作的初衷。

《粮战》：当代视阈下的粮食战争

曹鑫源

俗话说"民以食为天"，我国古人称赞粮食为"百感交集之物"，"凝天地精气、蕴日月精华、承雨露化育方凝结而成，以济天下苍生"。我们璀璨的华夏文明的起源从某种程度上也可以概括为当时以刀耕火种为主的农耕文明。

粮食问题自古以来就是最大的民生问题，也是文学创作的重要母题。唐代诗人李绅写"四海无闲田，农夫犹饿死"，借粮食问题来反映朝廷政策给百姓生活所带来的困苦。当代文坛也不乏以粮食问题来表现人性的作品，例如茅盾的"农村三部曲"、刘恒的《狗日的粮食》、苏童的《米》等。

但一直以来网络文学中少有此主题的优秀作品出现，另外对于大众读者来说，他们对粮食领域也有着一定的距离，存在着"外行看热闹、内行看门道"的问题。网络作家洛明月以一部《粮战》填补了网络文学中粮食问题创作的空白，同时为我们展示当代视阈下的粮食战争，带我们走进简简单单的"粮战"二字背后，粮食生产链上不为人知的动荡与智慧。

当代社会新书写

小说《粮战》描写了以秦怀春为代表的几代育粮人在水稻育种行业的奋斗故事。在时代的变化与生活的不断冲击下，每个人面对自己脚下的土地做出了不同的选择，或继续坚守、忍辱负重，或临阵倒戈、屈服于利益。在百姓的饭碗面前，如何分得一杯羹成了众人共同面对的问题。

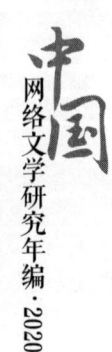

　　洛明月所描写的粮食战争就将时间定在改革开放后粮食生产发展的第三阶段。小说从 2006 年写起,一场台风"沧海"使得凤凰城北川大学水稻研究所的水稻种子损失惨重,这批种子是北川大学水稻研究所所长秦怀春一辈子的心血。秦怀春的学生尹振功与尹振功的 5 名研究生崔挽明、刘君、崔小佳、苏慧与秦志杰,参与了这场与时间赛跑的抢救种子行动,而后直接由踏实肯干的崔挽明接过"北川稻一号"的培育工作。而崔挽明独立为他所敬重的老师秦怀春做种子培育工作却遭遇了重重阻挠。小说一直写到 2018 年,崔挽明和他的朋友们联手将林海省粮食产业链上的腐败分子一网打尽。十几年时间虽不长,但小说在书写粮食问题之余也努力呈现了当代社会的转型与变化。

　　在水稻生产专业视阈,小说涉及了这条产业链上的方方面面。不仅有政府关于市场所不断调整的粮食政策、专业名词、法律的出现,有学校在学科建设中关于科学技术研发与实践操作之间的平衡,也有企业在市场的风向标下抛出的一个个决策。小说也融入了当下一些值得关注的社会现象,例如学区房、山区支教、部分研究生科研精神不足、当代社会中存在的利益至上等等。

　　小说中感情线的部分可以看作"革命 + 恋爱"小说模式在当下视阈内的再创作。中国现代文学中表现英雄儿女在革命中的恋爱历程,是普罗文学中的重要内容。其主要有两种指向,一是反映了当时存在的知识分子在革命中所经历的感情纠葛,革命与恋爱冲突的普遍问题。另一方面,在这种艰难的处境中,主人公往往会选择投身革命而抛弃阻挠革命事业的感情生活。在《粮战》中两对恋人的感情生活都可以看作是"革命 + 恋爱"模式的体现。刘君与崔小佳在研究生期间就确立了恋爱关系,但到毕业时,崔小佳一心要回到大山中做乡村老师,刘君则因为有稳定的工作想留在城市。在理想的事业与纯真的爱情之间，崔小佳与刘君都各自选择了自己的事业，暂时错过了这份珍贵的感情。崔挽明与前妻海清分离的最终导火线是崔挽明发现海清拿自己的育种私下联系了商家进行交易，崔挽明无法原谅海清的所作所为终于决定离婚。在心中的理想与眼前的恋人之间，这一批敢作敢当的年轻人将自己的一腔热血毫不保留地奉献给了自己所热爱的事业。

小说以粮食问题为主要切入点，呈现了当下粮食生产链上的科研人员、政府、企业之间的运作模式，赞颂了在生产前线为百姓种植优质粮食品种的各行各业劳动者们。同时也侧面展现了十几年间社会种种变化。

时代精神新维度

小说的主人公其实是第三代育粮人的代表崔挽明。研究生毕业之际崔挽明选择走出校园，继承老师秦怀春的传统水稻育种方式，自己到田地间进行劳作。作者将崔挽明塑造成为粮食领域的当代英雄。为了"中国粮食、中国饭碗"这几个字，崔挽明不畏强权、不为功利、一心为民，打响了一场重要又艰辛的战争。他在刚进入这个市场时被老师秦怀春嘱咐要学着打交道，却因自己的正直而处处碰壁，和奸诈狡猾的于向知、方勉等人结下了梁子，在培育优质品种期间处处碰壁、被人陷害，甚至被前妻海清背叛。

崔挽明不仅严于律己，对待亲友也非常真诚地提出自己的意见。在刘君成为于向知的下属时，崔挽明多次劝告朋友，一开始并不被刘君所理解，认为他"太多管闲事"，两人也一度愈行愈远。直到刘君险些被诬陷入狱后才明白了崔挽明的真诚与苦心，并用自己的行动报答了崔挽明的无私帮助。崔挽明将自己的全身心投入到了水稻育种行业，将百姓的利

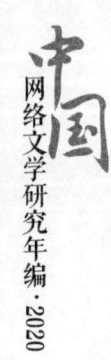

益放在第一位。在于向知窃取了自己的优良稻种私自卖为"林育稻1号"后,气愤之余崔挽明也为百姓认可自己的品种感到欣慰与自豪。

崔挽明的妹妹崔小佳也是值得敬佩的当代英雄。在毕业之际她不顾恋人刘君与哥哥崔挽明的挽留,毅然决然回到了自己出生的小乡村做一名乡村教师。在当下如此浮躁的社会中,崔小佳与崔挽明兄妹仍然为了自己的理想在各自的岗位坚守,令人不得不称赞。

但小说中也有一些在纸醉金迷、陷阱重重的生活中没能坚持自我的人物。秦怀春起初对学生尹振功与尹振功的 5 名研究生尽心尽责,但后来为了给重病妻子凑医药费不得不为利益所低头。在发现自己的儿媳妇苏玉无意间知晓自己的阴暗交易后,他甚至痛下毒手,喂她吃了药片,导致苏玉成了植物人。

小说在人物姓名设定上也体现了作者的苦心,秦怀春终生期待着粮食市场迎来真正的春天;尹振功潜心学术,给北川大学水稻研究提供了很大的支撑;崔挽明以一己之力培育出了林海省水稻的希望;刘君虽有些小肚鸡肠但最后只身入"虎穴",为打击不良企业牺牲自己行君子之事;秦怀春希望儿子志向高洁、品性杰出,给他起名为秦志杰……

《粮战》对于崔挽明的塑造在一定程度上继承了中国文学中对于英雄人物的书写。崔挽明集武侠小说英雄人物的侠肝义胆、有勇有谋与当代社会主义建设中实干家的兢兢业业、吃苦耐劳于一身,在粮食战场呈现了新的时代精神。

现实题材新向度

近些年网络文学的发展过程中,玄幻、穿越、言情等常见的类型小说有较高的关注度。各部门频频推出相关政策或举动来支持现实题材的创作,同时以掌阅为代表的文学网站也为现实题材作品提供了平台支持,多种举措的推动使市场有了一定的转向,大批现实题材网络小说开始出现。现实题材的发展推动了网络文学的新变,同时也体现了网络文学的主流化。

《粮战》具体书写了"粮食"在当下是如何被研发、培育、种植、流转、进入市场的整个过程,也有评论称《粮战》为我们讲述了以袁隆平为代表的育粮人的故事。《粮战》通过描写育粮人的辛勤劳作,为百姓不辞辛劳的忠心,使我们能够贴近脚下的土地,理解粮食背后所蕴藏的科研工作者奋斗的血与泪。

洛明月迄今为止已有多部现实题材作品,《荒魂塔克木》《重楼》《苍治无埃》《假面年华》《粮战》等。他始终将自己的目光对准现实社会中的边缘化题材,力图展现社会主义建设中各行各业默默坚守的当代英雄。在一次采访中洛明月称,自《粮战》起会为当下书写更多故事。他认为:"国家已经进入了一个伟大机遇时代,有太多的东西需要通过文学的形式被记录下来,这样一个伟大的时代不应该留下历史的空白。"网络文坛需要优秀作家记录当下的变化,讲好中国故事,书写中国精神。洛明月这种创作态度以及《粮战》的出现也为网络文学注入了新的活力,为其他创作者树立了典范,为网络文学带来了新的向度。

从文学创作而论,《粮战》存在着部分情节俗套、对崔挽明的刻画英雄色彩过于浓厚等问题,但仍不能否定其作为一部优秀网络小说的价值与意义。只有生动真实地记载当下社会中的巨变,展现历史洪流中默默奋斗的平凡英雄,传达时代正能量,才是现实题材网络文学作品能够扎根文坛的不二之选。

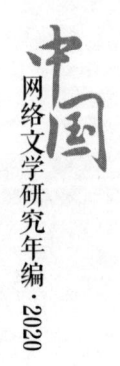
当代军营的青春之歌

——从《青春绽放在军营》看当代军旅小说的新变

叶楠楠

《青春绽放在军营》是千崖秋色创作的青春军旅小说,作者凭借自己三载的军旅经验,选取女兵这个特殊的群体作为切入口,窥探军中生活奥秘,展示年轻一代军人热烈无悔的青春岁月。由于真实的军旅体验,作者在军队生活细节方面把握得比较到位,字里行间都表现出对军旅生活、青春年华的怀念。对军营青春之歌的书写,也展示了当代军旅小说的一些新变。

一、独特角度的选取

军旅题材曾是每一代人文学记忆中的闪光点,然而随着文学的进一步发展,尤其是网络文学的盛行,军旅文学逐渐从年轻一代读者的视野中淡出,被武侠玄幻、青春疼痛、历史穿越等热门题材取代。在年轻一代逐渐成为阅读群体主力军的今天,在文学呈现轰炸式泛滥的当下,军旅文学如何重现吸引力,是值得我们思考的问题。《青春绽放在军营》选取独特的叙述角度,为今后军旅小说在叙事空间和题材边界方面的拓展,起到了很好的示范作用。

首先是女兵群体的选择。小说选取女兵群体作为主角,在以描写男兵为主、标榜"铁血硬汉"的军旅题材中脱颖而出,展示了军队生活中与众不同的一面。女兵是军营中一个特殊的群体,她们要忍受身体和精神的双重压力。女兵除了要接受和男兵一样的高强度训练,还要有强大的心理,因为外部有家庭和社会的阻碍、男兵的较量和偏见,女兵群体内部也在互相较劲。另外在军队严明的纪律下,女兵的心思显得更加细腻生动,对于爱情、青春的悸动也会带给读者不一样的阅读体验。

然后是军旅故事与日常生活的对接,军旅生活毕竟是少数人的经历,年轻读者可能更喜爱贴近自己生活、能够感同身受的故事。不同于传统军旅题材对于宏大叙事的追求以及对战争的多元探索,《青春绽放在军营》中作者更多地描述了女兵的日常生活,例如整理内务、过节比赛包饺子、休假外出和回家探亲;插入大量生动活泼、浅显直白的日常化语言,增强了小说的生活气息,也展示了新时期军队生活的丰富性。这种对于日常生活经验的重视使小说的可读性增强,读者在阅读时更能产生共鸣,也表达了作者对于世俗人生的关切。然而注重日常经验就必然导致军事特色不够鲜明,这也反映了当代军旅题材突破政治话语的规束、日渐通俗化的倾向。

除此之外是对青春记忆的书写。青春是多少人无法忘怀的记忆,这也是青春文学经久不衰的原因。青春没有代沟,是所有人共同的回忆,是每个人生命中都会经历的美好时刻,青春故事更能引起读者的共鸣。然而,由于作家队伍年龄逐渐老化等原因,军旅小说中一直缺少优秀的青春故事。作者意识到了这一点,选取了青年军人这一群体,在作品中书写了年轻一代军人无悔的青春岁月,展示了新时代士兵的无限活力和个性风采。在这个懵懂的年纪里,他们或许因为稚嫩做出过冲动的决定,然而青春无悔,那些可爱的年轻人永远勇敢、永远热烈。

二、人物形象的塑造

传统军旅小说中的人物模式化和类型化倾向明显,士兵等级的高低

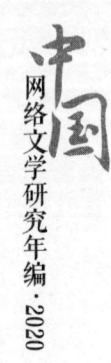

往往被固化为品质能力的优劣,主要人物也容易被塑造成完美无缺的形象。《青春绽放在军营》一定程度上摆脱了这些缺点,在人物塑造方面主次分明、详略得当,以凤凰为中心,塑造了一群性格鲜明的男兵女兵形象。

首先,作者运用多种手法刻画人物,有的是通过语言动作描写直接表现人物性格,有的则是曲径通幽。小说在后半部分笔锋一转,留给读者别样的阅读体验,例如对木沙和马小兵的刻画就截然相反。描写木沙是先扬后抑,他开始被塑造成一个能力出众、深情踏实的男兵,后来才写到他看重权势、玩弄手段的一面;马小兵则是以一个油滑的形象出场,小说最后才凸显其长情和靠谱之处。

另外,人物的优点和缺点并存,保证了形象的真实性和情节的合理性。在传统的军旅小说中,英雄主义是永不磨灭的主题,随之而来的便是失真的高大全形象。而这部小说突破了扁平化的人物塑造手法,力求真实,每个士兵身上都有闪光点和可改进之处,大大提高了故事的可信度。尤其是对主人公凤凰的刻画,凤凰清高自傲,人缘不太好;对报纸的喜爱,对内务的疏忽;为了叠好被子,不惜铤而走险、违反纪律。如此一来,一个生动活泼、有血有肉的女兵形象跃然纸上。其他人物形象也比较丰满,玲珑骄傲自满但是独立果敢、好胜心强;泉泉经常犯迷糊,但有一副热心肠;茶花胆小、缺少主见,却每每在内务比赛中脱颖而出。小说记录了这群年轻人的成长经历,他们在军营的磨炼下,一步步克服自身弱点,成为合格的军人。

即便是对于同类人物的塑造,作者也各有侧重,努力挖掘他们身上的不同之处,没有固化哪一个等级军人的刻板印象。例如芳菲和徐静同为班长,却各有特点:芳菲性格绵柔,擅于和风细雨地走进士兵的心灵;徐静快人快语,颇有干练之风。玲珑和羽蕙都能力出众,但玲珑锋芒毕露、大胆泼辣;羽蕙却成熟稳重。郑小天和木沙都是男兵中出类拔萃的人物,郑小天身上有些纨绔子弟的俗气,却也单纯直率;木沙则是傲气和深沉兼存。

三、历史性大事件的穿插

小说在讲述军营生活以及凤凰等士兵们成长经历的同时穿插进历史性大事件,例如1997年香港回归时连队组织收看实况转播;1998年抗击洪水中感人的故事带给凤凰的触动;新中国成立50周年国庆大阅兵时玲珑和羽蕙更是直接参与者。

历史性大事件的插入使小说所描述的场景不再是脱离时代的乌托邦,而是随着历史洪流一起滚滚而来的江河。虚构的人物与真实的时代交织,使小说的真实感和现实感增强,在军旅这一特殊题材之外多了一份厚重。小说中的人物直接参与到历史之中,从而使一种宏大的历史感扑面而来,也在一定程度上弥补了新时期军旅文学日渐通俗化而减少的史诗性特质。作为网络文学,能做到这一点实属不易。

每个代际都有属于自己的独特的时代记忆,它是这个人群身份共同体的象征,也支撑着一个代际共同的心理。香港回归、抗击洪水、新中国成立50周年大阅兵这些历史事件无疑就是"70后""80后"甚至更早几代人的共同记忆,是深深地刻在他们生命中无法抹去的印记。作者准确地抓住并在叙述中适当地插入,无疑会使那些拥有相同时代记忆的读者在阅读作品时增强参与感、更能投入其中。

另外,历史性大事件对于军旅题材作品来说,显得尤为重要。身为一群生于和平年代的军人,他们无仗可打、很少有用武之地,在社会喧嚣着"军人无用"的氛围之下,军人自身的信仰支持从何而来? 在这些历史性

大事件中或许可以找到答案,军人的价值在此时体现得淋漓尽致。养兵千日,用兵一时,军人接受国家的培训,在国家需要之时挺身而出。军队在抗击洪水中不畏艰难、全力以赴,和战争年代用身体堵枪眼的英雄没什么分别;新中国成立 50 周年大阅兵时,正是羽蕙等士兵高强度的训练、坚定的步伐才造就了阅兵场上那一道道引人注目的亮丽风景线,向世界展现了中华民族的崭新风貌。这些历史大事件的插入从侧面解答了凤凰关于军人价值的疑惑,也向读者证明了和平年代仍然需要人民军队、人民子弟兵。

四、象征手法的运用

小说中人物的名字颇有讲究,"凤凰"既是主人公的名字,也是其自身形象的象征。小说中多次写到凤凰来到新兵连之后,每天晚上都会做一个同样的梦:一只美丽的金凤凰一飞冲向了天空,一直向着雪山之巅飞去。凤凰涅槃高飞的梦境暗示着主人公凤凰在军营中经历重重磨炼后从倔强任性变得成熟稳重;凤凰最终飞向了雪山的深处,既与凤凰最终的归宿——男朋友"雪峰"的名字吻合,也符合她作为西藏支教的大学生、得以和男朋友雪峰在雪山之巅终成眷属的结局。

另外小说写到凤凰出生于物华天宝的凤凰城,她的家乡盛产凤凰花,这种娇艳的花朵一年只开一次,却向人们奉献了它最美丽、最绚烂的一刻。凤凰花刻骨铭心的花季是凤凰绚烂无悔青春的象征,凤凰义无反顾地投身军营就是想让自己的青春像凤凰花一样灿烂绽放;对待爱情也是如此,凤凰认为如果能够拥有像白瑞德和郝思嘉那样刻骨铭心的爱情便一生足矣,她也确实做到了这一点,与雪峰从相识到相爱都是轰轰烈烈。

五、文学气息的彰显

　　小说格调清新、语句优美，多次运用比喻、拟人等修辞手法以及环境描写，例如"沉闷的夜，被失眠一绊，重重跌成鲜活的黎明"。读起来充满诗情画意，文学气息浓厚。这种对于词句的雕琢体现了新世纪以来军旅小说的文体自觉性，开始注重语言形式的探索和小说的美学价值，也使小说突破了传统军旅题材的刚强和硬朗，多了几分柔情。在传统军旅题材一派昂扬大气的风格之外，女性作家这种细腻生动、注重人物内心情感和生活日常的写作，丰富了军旅小说的美学内涵。

　　另外，主人公凤凰是一个热爱文学、充满书卷气的女孩子，她生命中每一个重大决定的做出几乎都和文学有关，这是作者匠心独运的结果。首先是当兵的决定。凤凰的军人梦不是凭空产生的，而是多方面共同作用的结果。《飘》中白瑞德放弃英雄救美、坚定而决绝地投身于激烈的战争使凤凰激动疯狂，产生了当兵的最初念头；武侠小说中的侠义精神使其心中的英雄梦越发坚定。文学对于凤凰爱情观的形成也起到了巨大的作用，白瑞德和郝思嘉感人至深的爱情故事是其爱情观的最初启蒙；之后凤凰拿着木沙给的手绢心跳的情节更是和《红楼梦》中贾宝玉借手绢向林黛玉传情的情节暗合。凤凰当一名新闻记者的决定和新闻主播吴小莉有关，吴小莉写《足音》让她受益匪浅，下定决心放弃军考、坚持自己的梦想。小说在叙述的过程中穿插着对于文学经典的讲述，这些讲述不是刻板的，而是穿插在主人公的青春历程中。这不仅使小说字里行间都充满了浓厚的文学气息，更为凤凰的成长提供了合理而又充分的依据，使情节流畅而不生硬。

　　当然小说也存在着一些缺点，除了上述对于军队日常生活的关注使

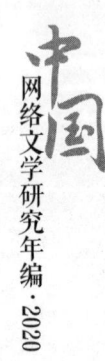
小说失去了军旅特色外,有的情节略显俗套。作为一部军旅题材作品,作者在描写军队生活以及刻画军人性格时体现出了得天独厚的优势,但是一旦描写这群青年人对于爱情的悸动时,就难免落入言情小说的窠臼,显示出媚俗的倾向,军旅题材的独特之处荡然无存。这使作品无法带给读者更为内在深沉的感动,也警示我们披着军旅外衣的言情写作是万万要不得的。例如作者将凤凰与马小军的相遇安排成一场美丽的邂逅,两个人同时看中一个音乐盒并由此引发了一段故事。再比如雪峰和凤凰因抓小偷而相遇甚至一见钟情,这些情节都是典型的言情小说套路。这也显示出网络文学刻意对大众文化心理的趋同,即便是严肃的军旅题材,也难逃这种倾向。

除此之外,小说在情节和语言方面也有进一步可推敲之处。凤凰入伍前的冲动叛逆和入伍后被评价为"冲劲不够、有些放不开",之前不相信父亲所说的"有关系才能当兵"到后来为了增大入伍的可能性主动给自己找一个合适的背景,诸如此类的情节都使人物性格前后矛盾。此外,人物语言不够日常化,略显矫揉造作。作者在叙述过程中呈现一种居高临下的说教姿态,多次插入对人物、事件的评论,读者的主观能动性得不到充分发挥。

用科幻构建诗意时空

——评彩虹之门小说《地球纪元》

胡维佳

20 世纪 90 年代至今,中国科幻小说发展进入了一个新的活跃期。一方面,受到西方科幻小说创作主题、方法、风格等影响,中国科幻小说也在逐步跟上世界科幻小说发展的潮流;另一方面,随着中国经济的发展和现代化进程的加快,我国思想文化的现代性也在日益增强。因此,近几年,以刘慈欣《三体》《流浪地球》等为代表的中国科幻小说作家和作品,逐步走入大众视野。但不可否认的是,科幻文学在中国目前还未占据主流文学市场,优秀的科幻小说在基数有限的情况下,更是难能可贵。

刘慈欣说:"科幻是对一个人生命的扩展。"科幻让我们的目光不只局限在个体、种族、地球上;让人类意识到地球之外,还有更广阔和值得探索的空间;让人类超越时间和空间的束缚,大胆放眼未来时空。因此,科幻也可以说是对人类整体命运的扩展。科幻本身包含着"科学"和"幻想"两个词,这也就决定了科幻文学的跨学科特性,即其必将包含一定以科学理论和猜想为依据的科学性,同时要具备文学作品的文学性。于是,刘慈欣大胆提出了"科幻小说的诗意"一说,用以展现科幻小说作为一种小说类型的独特诗意美学。科幻小说是面向未来的穿越,它用科幻特有的方式为读者塑造了一个个奇异的、充满想象的诗意时空。《地球纪元》便是这样一部用科幻为读者构建诗意时空的网络科幻小说。它是由彩虹之门尝试创作的第一部"硬科幻"小说,并且入选"庆祝新中国成立 70 周年"主题网络文学作品暨 2019 年优秀网络文学原创作品。

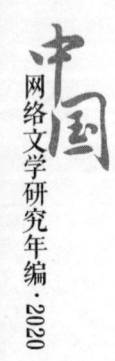

《地球纪元》一共分为 5 卷,分别讲述了人类在未来发展道路上面临的 5 个危机。5 个临危受命的主人公凭借自己的智慧、坚持和勇气,在他人的帮助下成功化解了危机。第一卷《太阳危机》里,赵华生消灭了太阳上的等离子生命体,让地球重新拥有充足光照。第二卷《星辰之灾》里的赵蓝,在李云帆等人的帮助下,利用黑洞爆炸解决了奇异空间将要吞噬地球的危机。第三卷《时间旅者》中,卫风乘坐星海号宇宙飞船前往比邻星,代表人类踏出了恒星系的第一步,去寻求知识,解决人类面临的发展困境。第四卷《恶魔之巢》里,肖云在丁克、萧穆鸿等人的协助下,成功阻止了前来占领地球的机器人军团。第五卷《星辰信使》中的韩洛常,帮助元首沈清源智斗谋权篡位的李承仙,重启人类重返太阳系的计划,让人类后代免受非基因异变综合征的影响。这 5 卷依次按照时间线展开,读者可以穿越到未来不同的时空里,跟随主人公去经历 5 个惊心动魄的故事。

虽然《地球纪元》不是彩虹之门的第一部科幻小说,但它是彩虹之门科幻小说创作的转型和突破之作。之前,彩虹之门创作的《重生之超级战舰》虽然是科幻题材,但其情节却是依靠游戏化叙事模式推动的,仍属于"软科幻"。而"硬科幻"则是以科学理论、猜想为依据进行推动的。《地球纪元》无论从科学性、幻想性和文学性上,都体现着科幻小说的诗意美,带领读者探索一个用科幻构建的诗意时空。

首先,《地球纪元》中,作者大胆运用科学理论和猜想作为创作素材和情节发展的动力,打开了一扇新世界的大门,让读者领略到科学之美。如何在不违背文学性的前提下,将科学性精准地展现出来,是每个科幻小说作家要面对的问题。科学包含着逻辑严密、自洽,任何猜想都需要一定的依据和合理性。有人认为科学性是对科幻小说创作的桎梏,它要求作家一切的文学想象都必须在科学的理论支持下完成,而不能自由进行。

但是,科幻小说用以区别于其他文学类型的核心,就在于其科学性。因此,科学性对于科幻小说而言,绝不是桎梏,而是作家创作素材的来源和情节发展的推动力。

《地球纪元》中各个危机的解决都离不开科学理论和猜想的支持。比如,《时空旅者》一卷,围绕着"费米悖论"展开。"费米悖论"是诺贝尔奖获得者、物理学家费米在和别人讨论飞碟及外星人问题时提出的,对于外星文明存在性的猜想。人类能用 100 万年的时间飞往银河系各个星球,那么,外星人只要比人类早进化 100 万年,现在就应该来到地球了。它表明这样的悖论:一方面,外星人是存在的——推论证明外星人的进化要远早于人类,应该已经来到地球。另一方面,外星人是不存在的——因为人类在地球上并未发现任何有关外星人存在的证据。而在《时空旅者》中,作者对这个悖论进行了大胆猜想,外星人虽然比人类发展要早,但是没有来到地球的原因,是不是被某种困境困住而无法走出自己所在的星球或者星系?作者接着猜想这个困境便是"知识的获取"与"走出太阳系"互为前提。当人类发展到一定程度,知识的发展也达到了顶峰,要想继续发展下去,就需要新的知识。但是这些知识只有当人类"走出太阳系"才有可能获得,然而,人类正是因为没有办法"获得知识",才无法"走出太阳系"。这才有了卫风的"孤岛计划",有了他这段穿越千年时光的孤寂旅程,也正是这个目标,推动着卫风的前进、情节的发展。另外,作者向读者讲解科学理论时,都会尽量使用简洁通俗的语言,便于读者理解。读者会在阅读中意识到科学并非高深莫测,并对科学产生兴趣。

其次,科幻对未来所有的幻想,最终都与人类未来的命运息息相关。科幻小说的幻想性包括对未来科技的幻想,对世界运行秩序的幻想等等,但这些最终的指向都是关于人类命运的畅想,包括人类未来可能遇到的

第二辑　作品与评论

207

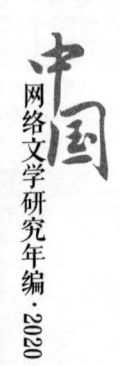

种种问题,以及如何解决。"科学不是镣铐,恰恰相反,科学是一双翅膀,是一双想象力的翅膀,科学不是压抑想象,而是提升想象。"正是因为人类先有了很多的渴望和想象,科技才能朝着一定方向发展下去,把那些曾经不切实际的幻想变成现实。正因如此,科幻小说要求作家具有更加丰富的想象力,在一个可以存在又还未存在的世界里展开幻想。

这种幻想性在书中最突出的表现是,作者提出了多个未来人类在发展时可能会遇到的问题,然后把这个问题交给主人公去解决。比如,关于人造生命的幻想,作者创造了一种等离子生命体。人们对于黑洞一直都是既恐惧又好奇,但人类是不是也可以利用黑洞拯救地球呢?当人类发展到了一定水平,必然会遇到发展瓶颈。那么,在人类"走出太阳系"与"获取更多知识"互为前提的情况下,如何走出困境,获得知识拯救人类呢?创造了人工智能的人类会不会遭到机器人的反噬?未来的人们是靠什么方法延长寿命,又怎样去应对各种新型的疾病呢?这些问题的提出,本身就需要作者在客观科学事实的基础之上具有丰富的想象力。人类必须先有想法,想法才有可能被实现。而问题需要先被提出,才有解决的方法。更重要的是,彩虹之门在《地球纪元》中提出自己的想象和思考的同时,也提出了自己设想的解决方法。于是,在书中,他创造了孤岛计划、信使计划等,为这些危机的解决提供了可能性。这种可能性来自想象力和科学的结合,来自作者对人类命运的思考和关注。因此,这部作品是十分具有想象力和思考深度的,它向我们抛出了很多问题,引领读者参与到对未来的思考和幻想中去。

最后,文学归根结底是关于人的。而科幻小说作为文学的一部分,与文学性是并不相斥的。相反,只有当科学性与文学性相互融合,浑然天成,才能够真正达到科幻小说的诗意之美。《地球纪元》的文学性,囊括了作者关于人类命运和人性的思考。作者通过塑造几位英雄人物形象，向读者展示了他们在面临重大选择时所呈现出的价值取向，即对人类文明的誓死捍卫。这种价值取向本身便是具有文学性的，是充满诗意的。

《地球纪元》中的各个主人公从功能上来说，都是同一个类型的人物。他们被赋予重大使命，成为解决人类危机的英雄。第一卷《太阳危机》中，赵华生意外创造出等离子生命体，老科学家李奇为解除人类的危机，保护太阳的光热，承担了消灭恒星人、拯救人类的重要使命。面临着等离子生命体对自己生命的威胁，赵华生宁可忍受全人类对他"叛徒"身份的唾骂，宁可牺牲性命，也要去寻得解决太阳危机的方法。第二卷《星辰之灾》中的赵蓝，作为第一代英雄赵华生的后代，也被著名科学家李云帆赋予了阻止地球被奇异空间吞噬而陷入永恒黑暗的使命。她一方面承受着人类对她私藏黑洞的误解，一方面又在思考如何利用黑洞化解这次危机。她和父辈赵华生一样，在人类命运和自己之间，毫不犹豫地选择了人类。第三卷《时空旅者》里的主人公卫风，更是独自承担了走出恒星系、获取知识、打破人类发展困境的使命。他独自面对千年的孤寂，唯一的陪伴就是飞船里的智能机器人叶落。他面临的困境有两个，一个是前方的未知——他不知道自己能否顺利获取知识；另一个是他无法预测，千年后的人类文明，还能否坚持到他带着知识返回的时候。人最大的恐惧来源于未知，而即使面对这么多的未知，卫风依旧义无反顾地在宇宙里孤寂地前行着。因为他深知，自己就是人类抛向那无穷无尽的未知宇宙的第一盏灯。第四卷《恶魔之巢》中，主人公肖云被神秘老人赋予了阻止从不同星系赶来企图占领地球、消灭人类的机器人军团的重任。面对着和自己并肩作战的将军的死去，面对着萧穆鸿计划的失败，一次次的尝试全部落空之后，肖云和团队成员选择服用伤害身体缩短寿命的兴奋剂，来争

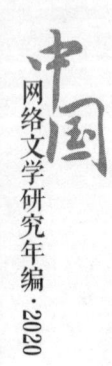
取更多思考的时间。还有一位贯穿五卷的智慧老人,他既是人类的一员,又因为有特殊能力而默默地帮助人类度过一次又一次危机。

这些人物向我们呈现出的价值选择,也代表着这部作品的价值取向。如果说个体生命终将腐朽,那么少数个体的自我牺牲换来人类命运不朽的选择,是富有诗意的。这也正是这部小说的文学性所在,它向读者展示了在冰冷的科技和未知的未来之中,人之所以为人的最宝贵之处——精神的温度。当今社会,我们面临的价值选择越来越多,不同的价值取向也正在被世界接受和包容。但这并不意味着我们就不再需要像赵华生那样在危机面前挺身而出的"英雄"。科幻小说对于未来的虚构,也督促人类把眼光投向长远的未来。未来,人类精神文明的传承同发展科学技术一样不可忽视,两者之间也是不可割裂的。彩虹之门把人类的精神文明与科技完美地融合在《地球纪元》的文本之中。

总之,读《地球纪元》就像是提前翻阅了一部人类未来可能会谱写的历史。它为我们构建了一个充满诗意美的时空,在这个时空里,我们这一代早已不复存在,但人类依旧向前迈进着。这便是《地球纪元》的魅力,也是科幻小说的魅力,个体生命无法到达的未来就在书中,等待着读者前去抵达、触摸和构建。

传统文学与网文的融合发展新尝试

——评陈酿的《传国功匠》

孙涛

  《传国功匠》是温州籍作家陈酿的一部网络小说,小说的主线是从小在英国长大的年轻人汪楠源,肩负神圣而神秘的使命,从英国回到故乡——中国东南一个遗世独立的千年古村落,汇合以芦叶儿、汪屿松等为代表的瓯越大地上的新一代瓯匠,为了一批巧夺天工的温州民间工匠世代相传的稀世珍宝,以及一本记录瓯匠百工技艺的"秘籍传书"展开的一场惊心动魄的传奇历程。这部小说篇幅很短,一共 78 章 20 余万字。然而,就在这短小的篇幅内,却容纳了丰富的情节与人物,承载了厚重的文化与底蕴。《传国功匠》是近年来网文的佳作,它立足客观的现实,展现了硬核的匠品技术,表达了对传统文化继承与发扬的独特思考,预示了传统文学与网文的融合发展新道路。

匠品技术的硬核呈现

  阅读《传国功匠》,第一个深刻的印象当属那些鲜活动人又细腻精致的匠品技艺的出色呈现,几乎每一章都会列举几种精美的匠器或匠技,令读者大饱眼福,大开眼界。《传国功匠》的作者陈酿是温州人,而《传国功匠》写的正是温州大地百匠工艺的故事。众所周知,温州自古就是一个"百工之乡",千百年来,民间有各行各业的能工巧匠。为了方便叙述,作者并没有事无巨细,而是让众多的工匠集中在瓯江支流楠溪江畔的千年古村落里,再整合挑选出其中最具代表性的五大工匠进行描写,从而完成

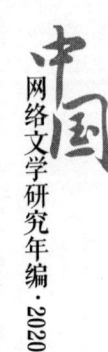
了对瓯匠的整体展示。可以看到,作者笔下的"瓯瓷""瓯雕""瓯染""瓯绣""瓯戏"各有千秋,各有风采,匠人们无论遭遇如何、性格如何,只要一拿起传家技艺,无不是如数家珍、技压群芳。这里让人惊异的是作者对匠品技术的熟稔,她对匠技不是做简单的呈现与概括,而是致力于全面的展示与局部的细描,那些精致考究的工艺作品与繁复多彩的制作细节被捕捉、放大,的确令读者叹为观止。例如,写到"瓯瓷",作者会讲到其"胎体细腻,呈白中略泛灰色;釉色淡青,透明度挺高"。继而详细介绍汪家瓯瓷的九处瓯窑以及精美成品。写到"瓯染",作者会讲到"制蓝"的所有工艺流程,从种靛、打靛到浸酿、染色一步不落。写到"瓯绣",会讲到齐针、切针、套针、接针、施针、滚针、断针等二十几种针法。写到"瓯菜",会讲到溪螺汤、清明饼、清汤素面、千层糕、杨梅酒、矮人松糕、蒙汗鸡等各种美食及其做法。写到"瓯雕",会依次介绍郇家一门分三雕:黄杨木雕、木活字雕、海岛贝雕……可以说,阅读《传国功匠》,就好像在读一部关于瓯越百工的百科全书,而正是这些讲究又硬核的技术元素的大量使用与呈现,让《传国功匠》获得了十分独特的艺术气质与知识魅力,更让读者不得不佩服作者的扎实调研与匠心写作。

不仅如此,还应看到《传国功匠》尽管重视对技术元素的呈现,但并非是将这些元素生硬地组合拼贴,而是将它们与小说的故事情节有效地编织在一起,进而体现出独特而完整的创作构思:小说的主体情节讲述了一个寻找瓯宝的故事,而寻宝的每一条线索都与瓯匠技艺息息相关,绘有《瓯宝图》存宝路线的"百宝缬"是肖家瓯染的先辈扎染的,绣工则出自瓯绣南家;"宝藏"的藏身地点位于瓯瓷汪家的一处龙窑中,而开启龙窑的钥匙是由瓯雕郇家用贝壳雕刻的五把"破刃"。显然,作者是有意识地通过寻宝勾连起瓯匠们的历史与现实,串联起他们的生活轨迹与故事,而随着故事的徐徐展开,众多瓯匠们的生动技艺和精美器物也自然而然地获得了完美的展示与呈现。

近年来,随着网络文学的不断提质增速,"硬核技术流"开始逐渐走俏,放弃了不负责任的胡编乱造,"硬核技术流"作品致力于还原现实的真实面目,不仅故事人物饱满动人,还拥有考究的细节与严谨的逻辑,处处体现着科学的精神与专业范儿,获得了网文读者的追捧与青睐。从这一点说,《传国功匠》无疑是"硬核技术"的杰出代表,阅读它,读者感受到的不是虚伪做作,而是真诚的文化交流与传播,是处处有温度的匠品技术的硬核呈现。

传统文化的传承反思

《传国功匠》给人第二个深刻的印象在于它通过对瓯匠匠艺在传承过程中的种种曲折、艰难进行渲染与描写,借匠艺的传承之路反思、重估传统文化的独特价值并继而完成对坚守的意义确认。小说中展现的文化非常多元,不仅有瓯越传统手工艺文化,还有浙南地区特有的古村落文化、古老温州城的市井文化等等。对这些文化元素,作者并不满足于简单的呈现,而是着眼于文化的"常"与"变",并在"常"与"变"的更替与博弈中探索传统文化的继承与发展之路,无疑具有深刻的启发意义。

例如,小说在竭力呈现匠人超高技艺的同时不是一味地颂扬高歌,作者并不避讳瓯匠在发展过程中存在的诸多问题,而是大胆又真诚地暴露瓯匠们的诸多短处,很多问题甚至是触目惊心的:瓯瓷汪家的家长汪清潭因赌博而陷入庞大的债务纠纷,不仅有家难回,精神上也遭到了重创;瓯染肖家改弦易辙做房地产生意却不慎将家底赔了个精光,肖云志无奈之下不得不放弃家族事业启动"美丽新农村"项目,却一步步掉入了敌人的

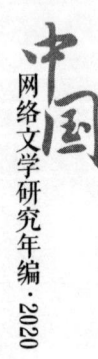
陷阱;瓯雕郏家的郏终成一心想要壮大自己的贝雕事业却苦无门路,在金钱的诱惑下渐渐迷失了自我;再如瓯菜花家、瓯绣南家、瓯戏芦家,这些家族尽管没有遇到特别严重的债务危机,但是也面临着诸如缺乏创新、人才凋零、后继无人的尴尬局面。事实上,包括匠艺在内的文化传承从来就不是一帆风顺的,外界的诱惑、人心的变化自不必说,甚至时间本身便是一个巨大的考验。因此小说中才会反复提到那个长达 70 年的盟约:70 年后,如果中国瓯匠还将这些国宝工匠技艺一脉相承,那么爱德华家族后人将无偿把这一批瓯宝归还给中国瓯匠。可见,保护传统文化的重要条件是继承,而一旦缺少了坚守的信念和合作的精神,继承就会变成纸上谈兵。小说最后,五家匠人齐心协力找到了宝藏最后的线索"三十二字诀"——"瓯越百工,天地灵气,龙窖宝藏,泽丕后地。莲蕊破刃、齐心为钥,天下瑰宝,匠心一同。"这不只是寻找到龙窖宝藏的最后密码,也可以说是继承一切优秀传统文化的不二法门。

在继承和弘扬传统文化这一命题下,《传国功匠》还带出了一个问题,在坚守传承和追求财富的价值观冲突上,新一代大国工匠应该如何抉择。于是,小说中便有了正义瓯匠与私欲瓯匠之间的冲突。汪楠源、肖霄云、芦叶儿等正义瓯匠寻宝是为了护宝,他们并不被金钱所腐蚀,抵制各种诱惑最终完成心中道义。而相比之下,汪清潭、肖云志、郏终成等匠人却纷纷掉入了金钱的陷阱,尽管他们的初衷也是为了传承手艺,但是在欲望的蛊惑下,他们逐渐迷失了自我……诚然,匠器与匠技的传承需要经济力量的支撑,通过恰当的手段与途径,不仅能够将祖传的技艺发扬光大,还能够获得可观的收益与财富,实现传承与致富的双赢。然而,金钱的诱惑毕竟是巨大的,能否在金钱面前坚守纯粹的道义与初心,这也是考验每一位匠人的试金石。《传国功匠》中,作者用心打造了夺宝的传奇,经过传奇寻宝和生死夺宝,对价值观和财富观进行了深刻的探索和反思,最终指向了时代匠人的价值追求和家国情怀。

传统写作的网络转型

《传国功匠》给人第三个深刻的印象在于其写作方式并不是延续了网络类型小说的常规模式,走大长文一路,而是充分继承了传统文学的写作方式,借鉴吸收网络文学的新颖元素,从而完成了传统写作的网络转型。正如作者陈酿所说,自己并不是一个纯粹的网络写手,没有写过小白文、总裁文、宫斗、盗墓、修仙、二次元等网络文学,但是她匠心独运地以寻宝为故事框架,以青年喜爱的网络化讲故事形式,成功展现了瓯越大地独具地方特色的工匠技艺和民族民间艺术瑰宝,这本身便是了不起的创新。实际上,随着越来越多的传统作家开始触网,他们的写作方式与写作惯性势必会给网络文学带来崭新的面貌与变革,以《传国功匠》为代表的一批优秀网文作品的问世,似乎预示着网络文学一条全新的发展道路即将开启。

相比于类型网文,《传国功匠》一个较大的不同在于写作观念上。曾几何时,网络文学被笼统地纳入了通俗文学一脉,甚至被生硬地贴上了低俗、粗制滥造的标签,仿佛网络文学天然就是上不了台面的"文字垃圾"。实际上,造成目前大量网络文学格调不高的根本原因并非在于网络形式本身,而是作者的创作观念在发挥作用。很明显,《传国功匠》在创作观念上确实更加偏向严肃的传统写作一脉,作者拒绝将文学充当娱乐消遣的工具,而是从一开始就确定了为理想为人生的写作方向,于是,小说中那些粗糙的猎奇与媚俗不见了,取而代之的则是对真善美的高扬与正能量的传递。翻阅小说,字里行间我们看到的是平凡的匠人们精心呵护传

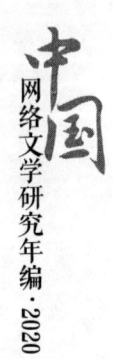

家的技艺与珍宝,是历经重重考验仍旧百折不挠的信念和勇气,是齐心协力与恶势力斗智斗勇并取得最后的胜利……这些情节的设置自始至终都贯穿着厚重的文化内涵、文学意蕴和思想深度,让读者在阅读中不自觉地接受了精神的洗礼,获得了精神境界的升华。

作者在"触网"的同时也不忘积极适应网络写作本身的特点,不断汲取和挖掘网络文学的内在优势,尽最大努力让传统文学获得不凡的"网感"气质,这也是作品最终能够取得成功的重要原因。不难发现,《传国功匠》中那些不断映入眼帘的青年匠人的爱情悲欢、在寻宝过程中的各种探险解谜,跨时代跨民族的情节设定,不正是我们所熟悉的网络小说的一贯套路吗?甚至还有一些数量不多却足够引人注目的小悬疑、小魔幻、小反转,也无一不是网络文学中常见的写作技巧与攻略,被作者巧妙地化用在了自己的作品里。可见,在技巧层面上,作者确实是有意识地将网络文学与传统文学的写作方式进行融合,将传统文学的硬核创作,以网文的面貌示人,双方融会贯通、各取所长,共同抬升了作品的艺术品貌。诚然,我们也并不否认传统文学与网络文学两种文体在表达上有着天然的区别,这就导致了作者在运用这些网文技巧和手法的过程中的确有一些生硬之感,例如几个反面人物的塑造就颇为脸谱化,很多情节设置巧合过多、斧凿痕迹明显等等,这也是不得不承认的事实。然而,所谓瑕不掩瑜,单是这种能够自觉地借鉴与化合传统文学与网络文学的创作心态,已经足够我们为作者点赞,因为这毕竟表明,传统作家已经开始意识到了文学的载体正在悄然变革,并且,他们已经迈出了勇敢的第一步,而沿着这些踏实的脚印,传统文学与网络文学的融合之路必将会走得更加顺畅,也更加坚定。

从个体诉求到群体理想

——论《宛平城下》的人与情

陈志奇

战争题材一直为网络小说所青睐，尤以反映中华民族奋起救亡、抵御外侮的抗日战争题材占比最多。网络文学兴起以来，许多优秀抗战题材小说脱颖而出，影响广泛，但整体上说，此类小说存在着这样那样的不足，比如过分僵化的类型化定势，肆意地架空改编，乃至以狭隘的民族主义思想建构侵略回击以夺人眼球等等。如何将厚重的历史真相以文学为载体进行创造性表达，成为当下抗战题材创作者亟须厘清与思考的问题。

在"庆祝新中国成立70周年"主题网络文学作品暨2019年优秀网络文学原创作品推介活动中，青年演员任重与作家邱美煊合著的抗战题材小说《宛平城下》名列其中。该书由任重创作的电影剧本改编而来，共计24万字，首发于咪咕阅读，表现了"七七事变"前后以热血官兵谷少城与爱国女青年卢静妹为代表的宛平城民众在残酷的侵略战争面前做出的艰难选择与转变。任重与邱美煊以历史为依据，在小说中塑造了一批有血有肉的典型人物，并以他们在战争爆发前后从个体诉求向群体理想的转变，完成了一场精妙的叙事传达与人性感召，从四个层面对当下抗战题材的创作问题做出回应。

首先，真实的人物设定与合理的人性转变是对战争中人物塑造层面的回答。《宛平城下》以第十章"丢了一个日本兵"为分界，在前半部分用写实的笔触将战争爆发前暗流涌动的宛平城众生百相描绘得细致入微。作者通过主人公卢静妹的家庭矛盾开场，依托众人的个体诉求表达展开

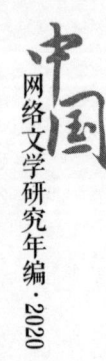

叙事。以卢学初为代表的独善其身者,得到内部消息后的首要诉求是逃往日本保全家庭,将国家民族置于其后;而以卢静姝为代表的理想主义者则怀着青年学生的热忱,渴望用自己的力量去改变世界,将成为刘和珍君一样的殉道者视作浪漫而热烈的归宿。价值观的对立,加之父亲作为日货店的老板还续弦了亡友的日本妻子竹田美江,使得父女二人的嫌隙愈发增大。卢静姝为反抗父亲举家逃亡日本的决定毅然出走,进入了宛平城的学兵营,由此引入了第二阶段同军人谷少城的故事。以谷少城和王中阳为代表的年轻军人是积极反抗者的缩影,他们从未经历战争,满怀打退敌人保家卫国的斗志;而叶天明、吉星文等亲身经历过战争的血腥与残酷的高层军官,则寄希望于以和平的方式解决。就这样,苦于自身诉求未能实现的谷少城、卢静姝、王中阳三人相遇,三个年轻的生命彼此珍视,情感迅速升温,直到"七七事变"的到来打破了宁静。

作者对人物的塑造并未落入俗套的"高大全""矮小残"的脸谱化描写,而是为每一个人物设定了逻辑严密、合乎背景的个体诉求,再以他们彼此之间的冲突碰撞去渲染战前宛平城内的暗流涌动,几乎未见一刀一枪便把读者拉进战争的紧张氛围里,在情节不断推进的过程中,宛平城内的众生百相也被一一展现。

其次,叙事层面作者的零度介入是还原战争场面、引发读者共情、阐述群体理想的有效范本。《宛平城下》后半部分对战争场面的描写是极具画面感的,强情节与动作性场面的细致描述如电影一般。任重与邱美煊在战争场面的描写上没有进行文学化的隐晦处理或者以单一的个体事件去侧面烘托壮烈的氛围,而是用零度介入的冷叙述去最大限度对战争场面进行还原。

战争所带来的精神震颤是难以想象的,人的个体诉求在战争阴影的逼仄下被反复抛失,同时发生在眼前的流血、死亡、山河破碎、家国沦落……这些会让人清醒地感知到家国的召唤、民族的呼喊以及流离者的哭号,群体理想被召唤:一尺一寸国土,不可轻易让人。这句话源自"七七事变"前夕,秦德纯以此话勉励年仅 29 岁的 37 师 110 旅 219 团团长吉星文。短短 12 个字,是整个中华民族 14 年艰苦抗战的光辉写照。在这一群体理想下,卢静姝、赵丽芳等青年学生放弃了原本稚嫩青涩的"理想",在尸横遍野的战场上去勇敢地救助军人、拍下罪证;谷少城与王中阳等热血军人经历了战争的残酷,不再执拗于个人的英雄主义,而是带着家国情怀去拼杀作战;卢学初、许志芳等人虽然最初被个体诉求遮蔽双眼,最后依然用自己的生命坚决捍卫了这一群体理想;全书主线卢、谷二人的青春爱情也以一种更为光辉的形式存在,谷少城选择了对宛平城的承诺,而卢静姝则坚定地留下一句"国难当头,哪还有时间想这事儿",然后挽起谷少城的手,与他一同守护着他们相遇、相知、相恋的宛平城……可以说,小说对历史场面真实的描写给了众人从个体诉求到群体理想转变的心理支撑,那是民族危亡关头的主动选择,是战乱流离下的迫切希望。

再次,反成规的写作手法是作者在创造性层面用以增强戏剧性、促进主题传达的有力武器。在当下抗战题材的文学、影视作品中存在着两个极端现象,一是构建以暴制暴的幻想型文本,用所谓"马踏辽河、剑指东京"等虚构情节去回击民族之殇。但几乎所有经典的战争文学都是蕴含着反战思想的,战争的倾轧并不会因为种族、国别的不同而有所减少。第二个现象则是对日本形象的僵化塑造。提及日本人,大多数作品中的形象塑造都是惨无人道、无恶不作的。诚然,日本军国主义的残酷暴行给中华儿女留下了极大的阴影与创伤,但是站在当下的立场去反窥历史,我们

219

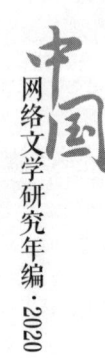

不应以狭隘的眼光去粗暴地定性所有文学作品中的日本人形象。在《宛平城下》中,除了松下次郎等日本的恶人形象外,任重与邱美煊突破了以往人物形象塑造的成规,用大量笔触去塑造了一个贤良、隐忍而又怀有普世悲悯的日本女人竹田美江。

　　竹田美江几乎贯穿了全书的所有情节板块。她的亡夫是日本的反战人士,她亲眼见证了一个人只因为观念不同、表达诉求的不同即被打死,所以她跟着亡夫挚友卢学初来到中国后的首要诉求是安稳的家庭,她带有传统日本女性的色彩,尊夫爱子、善良贤惠,即便被小孩子们骂鬼婆娘、被卢静姝甩脸色,她也只是无奈又温柔地笑笑,然后转身去劝慰愤怒的卢学初。同时,作者让这一人物形象承担了全书最高层次的人性呼唤,让一个日本人代表全体人物去对日本侵华的暴行做了富有人性色彩的反抗。她挺着孕肚去照料中国的伤兵,给予流离失所的中国男孩缺失的母爱,当对她恶言相向的许志芳身处思想困境时,也是她第一个站出来去帮她开解。直到失去生命的前一刻,她仍然用生命在捍卫着人性的原初模样。竹田美江曾两次唱起与谢晶子所写的日本著名反战诗歌《你不要死去——为包围旅顺口军中的弟弟而悲叹》:

> 你不要死去,
> 你不要死去!
> 天皇不会亲自参加战役。
> 皇恩浩荡,
> 岂能有这样的旨意
> 让人们流血而死,
> 让人们死如禽兽,

还说什么

这就是荣誉。

第一次是唱给因战争失去双亲的中国小男孩荣生,竹田美江在中国的土地上,听着日本兵疯狂进攻的炮声,轻轻唱起了这首歌,那一刻是无关国别的,仅从人性角度诠释了一次生命之间的舐犊情深。第二次则是在死去之前,她面对着松下次郎等战争狂热分子,抚摸着腹中的孩子,唱给眼前这些还有些许人性残存的被战争异化的暴力机器,这一情节堪称全书最具人文情怀的一段构筑,在打破人物塑造僵化成规的同时也将全书的思想深度上升了一个维度,用看似温柔的方式给予全体读者一次震撼灵魂的"卡塔西斯",向所有伤害人类的战争暴行表达着最坚定的反抗。

最后,从现实意义层面看,小说所表现出的是刻记战争之殇、抚慰民族情感功用。克罗齐曾说过:"一切真历史都是当代史。"他强调了人在当下的记忆呼唤对重现历史的重要作用。"当生活的发展需要它们时,死历史就会复活,过去史就会变成现在的。"当代作家对战争题材进行写作挖掘的目的之一,就是要借由文学、艺术的力量让这些历史上的民族之殇被铭记、被反思、被抚慰。因此,《宛平城下》对人性的挖掘、对战争的控诉、对当下的呼唤,更显难能可贵。

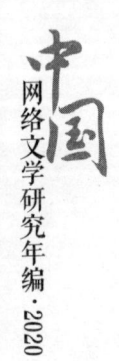
网络文学现实题材如何突破

——以《明月度关山》为例

王晓娜

长篇网络小说《明月度关山》讲的是一位支教女教师明月在秦巴山区川木县红山镇高岗村一所只有一位教师的小学支教,然后遇到了部队"转信台"站长关山,历经种种艰辛,关注留守儿童,收获爱情,改变贫困山区落后教育的故事。

作者以一种非虚构的叙事方式全程记录了明月从一个异乡人到融进大山的生命历程,其中还有一个成长型的关键人物就是关山——一位部队的战士。而校长和孩子是他们情定大山、扎根基层的两大精神支柱。作者的写作态度是诚恳的,至少她熟悉那里的生活。在一定程度上,作者在描写具体细节的过程中过分夸大了明月的现实处境,比如在明月初次到高岗村时,沿途的山路之恶劣和交通工具之残破令读者震惊。"顿时,面包车就像是上了发条的跳舞机器人一样,在泥泞的山路上左右摆荡起来。明月不防备,被巨大的惯性弹起,额头恰好撞在头顶的塑料扶手上面,疼得她叫出声来。""外面,距离面包车一米不到的地方,就是深不见底的悬崖。"这样的描述,虽然增加了阅读快感,衬托了主人公的处境,但也不乏过分夸张的嫌疑。

尽管如此,《明月度关山》一书中呈现出的自然环境、留守儿童的现状,以及现实人性,某种意义上都是立足于广阔丰厚的现实生活的。因此,从这点上说来,网络文学现实题材首要的是对当下中国所发生的一切给予足够的关注,如果仅靠闭门造车式的想象,显然是不够的,也是写不出与这个时代相匹配的经典作品的——事实上也根本写不出真正反映现实的作品来。

人物精神世界的成长尤其重要。要写好现实题材,仅有诚恳的写作态度远远不够。网络文学如何将读者带入,这是需要费一番功夫的。这个功夫就是小说中如何为明月的命运波折设计一个合理的解决方案。传统文学理论常常讲究的是呈现现实,而不是解决方案,网络文学恰恰需要一套带入后的解决方案——所谓的"假戏真做"。

作者巧妙地在小说内部设计了一条暗线,这是一条逻辑严谨的线,即明月在高岗小学的成长线:这个小说也因此可被看作一部成长小说。郭校长和关山以及留守儿童,这三者之间构成了一组"金三角"的张力关系。明月认郭校长做干爹,与关山共患难日渐产生的爱意,与留守儿童相处日久的师生情缘,明月就自然而然在这个稳固的精神场域的流转中生发出自我成长的魅力。

小说里的许多细节令人动容:花妞的一个脏手印让明月伤心不已,与郭校长每天背孩子过水沟形成强烈对比;在县中学支教的宋瑾瑜的八面玲珑与在高岗小学支教的明月的单纯善良形成强烈对比……正是这些散发着浓浓情意的朴实无华的生活细节打动着读者。明月也是在这样的情感中完成了自我精神的升华,从而对大山有着一种更深层次的情感。明月的同学——木川籍的宋瑾瑜用谎言获得了在县中的教职,虽然这里有着一种"假",但作者是有意将这个人物与明月形成另外一种对比。因为宋瑾瑜作为一种功利主义的代表,她之后所做的一切也就司空见惯了。两个人物不是道德层面上的高下之分,而是内心的丰盈与否之别,也彰显着物欲世俗与精神世界的分野。

正是有了精神世界的生成,恰恰成全了明月这个人物存在的合理性

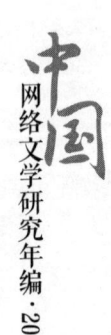

和可能性。这是网络文学现实题材超越的关键所在——必须通过现实都市或乡村中人的生活和情感,呈现城乡背景下的道德观和伦理观,呈现中华民族精神的内核。

抒情性与批判性并举。现实题材是一种"叙事"的艺术,是具有情感态度的,仅有一种"摹本"的能力显然是不够的。小说的"叙事"包含叙述与描写,这就需要营造一种氛围,这种氛围不仅仅在于感染读者,也是对人物的一种无声的"赋能"。人物的命运一波三折,但是作者作为一个全知视角的讲述者,不能仅仅是讲故事,还需要一种客观的情感"观照"。

情感的力量是巨大的,直接奠定了整个小说的基调。《明月度关山》的标题即是一种情感:朗朗明月,我心永恒;清风徐来,此情可待!这本身就构成一组互文,化之于"明月度关山,清风上高岗",情景交融、诗情画意。这是对整个故事设定的一个"梗",因之为环境的恶劣与人心的卑劣做好铺垫。也预示了一种清明和希望。作为作者对全篇故事的一个设定,固然有"先入为主"的瑕疵,但并不伤害故事情节的"仿真",也是对"伪现实"的一种约束。同时,这种设定强化了人物之间的关联度,也为人物的真实性奠定了情感的基调。

"前方的男人脚步沉稳,他的背上绑着明月的行李箱,却丝毫不见吃力。他的体型魁梧,身高足有一米八十几,像座山一样走在明月前面,替她挡住了山间的风雨。"这些爽利干净的文字都是明月内心对关山的直觉,这些抒情的词句背后其实是作者对明月性格的一种发自内心的欣赏,如果缺少了这样的铺垫,明月的性格或者精神或许是无法流转起来的。

"软软的,筋筋的,吃起来像是脱水的蔬菜,很有嚼劲,却不会觉得柴,入口有萝卜的香气,蒜蓉辣椒的香气,和味蕾碰撞后,带来一种极致的美味感受。"大山的生活是艰辛的,可大山里的人事又时常充满温情,人的精神境界在此迅速得到陶冶、升华。这样的描写，代表了明月的感受，也代表了作者的情感倾向——明月的支教经历是一种"极致的美味感受"。

现实题材作品免不了具有批判意识，这也是这篇作品的可贵之处。虽是一篇弘扬主旋律的支教题材作品，作者也巧妙地避开了"歌功颂德"和"脸谱化"的雷区，大胆地呈现了高岗村的恶劣环境和山民精神愚昧的一面，体现了人性的多个侧面。"这就是高岗村。这就是高岗村的村民。愚昧得出奇，封建得出奇，诋毁别人的本事更是一流。"在明月遭到全村妇女诋毁、围攻，误解她和郭校长"住一起"的时候，明月不禁发出了这样无奈的冷笑和斥问，她为她们的孩子们艰辛付出却还要遭受这样的奇耻大辱，可是反过来讲，这一情节设计也正是为了彰显她的聪明机智和人格魅力——也为她性格的成长，为今后与村民的融洽相处做了铺垫。

在明月、关山和沈柏舟的故事之外，小说还设计了明月生父与自己母亲的一段情感纠葛，这段经历作为过往历史的"旧账"与明月的现世今生缠绕不休，作为除了男友沈柏舟之外，另外一股强有力的外力，拉扯明月离开这个贫穷、愚昧、苦寒的高岗小学，回到县城。最终，明月克服种种外力、阻挠和物欲，选择与关山在一起，与孩子们在一起，留守大山，留守"高岗清风"，完成了精神世界的升华、再造。作者也借此实现了文本"抒情性"与"批判性"的有机统一。故此，"明月度关山"的象征意味在主人公度越了环境、世故、亲友、功利、怯懦的重重关山后，才像明月高高照九州那样，具有了更高的境界与更开阔的视野。

对主旋律题材的认知态度须严肃认真。这里面除了创作态度以及必备的技巧外，最为重要的就是一种审慎的历史态度：当下中国所发生的一切不是什么都可以成为文学作品，但是文学作品一定不能脱离开现实中

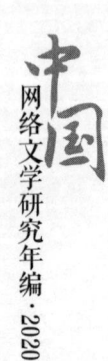

国的历史情境。《明月度关山》的高妙之处在于把握了历史的大势,因为有了历史语境,有了对现实的关切,才有了明月与关山两个人物存在的可能,所谓"夫妻哨所"也不是虚拟想象出来的。这是一种大与小的融合关系,也是一种爱与真的交融的典范。

自然,这部小说的不足之处也很明显。作者在着意刻画高岗村的恶劣环境时,忽略了当地的人文元素和历史元素,再贫瘠的地方也不是完全没有历史和文化积淀的,当地丰美的历史传奇、民间故事和瑰丽的自然奇景,都可在作品中适当插入,既可增添小说的耐读性、思想性,也为明月扎根大山打下人文铺垫,不然,仅靠环环相扣的故事,是难以称之为"厚重"作品的。2018 年 10 月血红在上海庆祝改革开放 40 周年网络文学座谈会上谈道:"网络作家要树立史实、史才、史德意识,把中华历史中最有价值的东西流传开去,让我们的文学真正具备文化软实力。"中国的作家不缺乏讲故事的技巧,网络文学市场上从来不缺好故事,缺的是作品的思想性,说的也正是这个道理。

"艺"脉相承的现实关照

——评关中老人的《一脉承腔》

张文娟

近年来,在中国作协现实题材创作政策鼓励支持和网络文学界的积极响应下,现实题材网络文学发展势头迅猛,一批佳作顺势而生,其中包括《一脉承腔》。该小说因其强烈的现实关怀、生动的地方人文图景再现和深刻的人物形象描绘与人性发掘,入选国家新闻出版署和中国作家协会联合推介的 25 部"庆祝新中国成立 70 周年"主题网络文学作品暨2019 年优秀网络文学原创作品名单。这是"90 后"陕西作家关中老人的个人成功,也是中国网络现实主义文学的重要收获。

《一脉承腔》连载于纵横中文网都市生活类别板块,共 96 章,约 30.1万字。这部小说讲述了陕西省华阴市的民间传统艺术——华阴老腔,在家族传承中逐渐消亡,青年一代张禾、刘兴武面对困境主动担起传承责任,克服种种挫折使得老腔逐渐走出发展困境,实现传统艺术自我拯救的故事。这部现实主义网络小说根据事实向读者展示了"真实"的老腔发展史,虽然发表载体是网络,但其与传统纸媒现实主义文学在艺术性层面上毫无差距。

读《一脉承腔》,给人最直接的感受就是真实,提起华阴老腔,我们不禁联想到华阴老腔在 2016 年央视春节联欢晚会上的精彩表演,歌手谭维维以及华阴老腔演员张喜民等人带给全国观众一场令人震撼的节目《华阴老腔一声喊》,从此华阴老腔走入大众的视野,被人熟知。《一脉承腔》这部小说就是以张喜民为原型人物的现实记叙。作为华阴老腔的传承

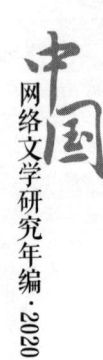

者,张喜民见证了华阴老腔一路走来的兴衰,从皮影戏到唱腔,从幕后到台前,从话剧演出到非遗,从双泉村到央视春晚。作者选取了相关历史片段,通过现实主义手法向读者重新讲述华阴老腔的发展史。作为一部现实主义网络小说,作者在人物形象刻画和叙述手法方面都有所创新,积极承担了现实主义作品展示时代精神的重任。

人物形象塑造是文学创作的核心问题之一,尤其在现实主义文学作品中,人物形象展示的是一个时代的社会风貌。在《一脉承腔》中,作者对老腔发展的见证者做了巧妙的艺术化处理,他把华阴老腔复兴的见证者交给了新一代青年人张禾——华阴老腔传承者张德林的孙子,由此就创造了一个社会主义新人形象。早在1942年《在延安文艺座谈会上的讲话》中,毛泽东就提出,"文艺要塑造新人形象"。社会主义新人形象指的是体现时代精神和人民审美理想的具有新颖生动的个性和丰富多样的性格内涵的社会主义革命者、创业者和建设者形象。张川是社会主义新人,他一方面是有知识的大学生,能够运用自己所学专业建设社会,另一方面他是华阴老腔文化的继承者,在弘扬传统文化面前义不容辞。张禾大学一毕业就投入自己所学专业的工作领域,开造纸厂,通过自主创业来实现自我价值,创造社会财富。在面对自己身边的传统民族艺术衰败时,他又毅然决然地投入拯救华阴老腔的工作中来。他放弃了自己的专业所长,重新开始,在新的领域探索,去拯救华阴老腔。传统文化需要像张禾这样的年轻人去创新、去继承,我们这个时代更需要像张禾这样的年轻人去接力、去不断创造。作者通过张禾向我们展示了一个坚定不移、不屈不挠的社会主义新人形象。

在叙述手法上,作者通过草灰蛇线的叙述,设定了两个独特的人物符号,象征艺术救赎中的两类人,一是不在场的参与者——张德海,代表了终生热爱传统艺术的文化守护者,二是在场的不参与者——张川,代表了新时代下不认同传统艺术的新青年。

小说从华阴老腔世家张德林一家讲起,老一辈老腔表演者张德海的去世让众人开始担忧华阴老腔的消亡,其兄张德林便是这场葬礼,也是即将消亡的老腔文化的悼念者。张德林回忆起曾经和张德海一起学习老腔吊嗓子的场景,他们作为老腔文化的传承者,如今却要面临无人传承的局面,令人惋惜。张德海的不在场参与主要借张德林来完成,小说总是在关键时刻提起张德林对张德海的回忆,并且每一次回忆都与华阴老腔发展同步。小说开头在张德海的葬礼上,张德林说出张德海想要华阴老腔能够传承下去的心愿,于是青年一代张禾开始想尽办法弘扬华阴老腔,张禾和志同道合的同学刘兴武开始行动,第一步就是申遗,在经历了老腔的演出失败、重新改编、表演训练等一系列困境之后终于申遗成功,在接受记者采访时,张德林再次重申这场文化救赎活动的初衷是为完成张德海的传承心愿。在华阴老腔取得成功,受到越来越多观众欢迎时,张德海依旧没有退出这场文化救赎的舞台,张德林在去录制节目之前专门去张德海的墓地默哀,张德海虽然不能亲自参与到这场文化救赎当中,但他从没有离开过,华阴老腔的每一步成功都会有张德林替他见证。一直到小说快要结尾的地方,华阴老腔名震的话剧表演结束后,张德林也不忘张德海,在那个备受观众欢迎的舞台上心里默道:"德海,你看到了吗?"张德林替张德海见证了一切,虽然张德海不在其中,但他一直是华阴老腔发展的推动者,他象征着那些传统文化的守护者。

而另一些不愿学习传统文化的年青一代的代表是张川,张川作为华阴老腔世家的子孙后代,却不愿学习老腔文化,作为一个在场的不参与者,他是我们时代追求流行时尚的新青年代表。张川是张家的后代,是老

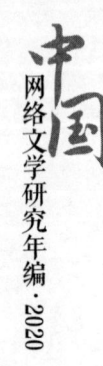

腔的继承者,但张川对老腔文化的态度从一开始就是拒绝的,他一直在这场文化拯救的现场,但又没有付诸实际行动参与其中。小说开头没有直接表达张川拒绝学习老腔的态度,而是借张禾之口来表达拒绝:"想让他唱老腔是绝对不可能的……虎沟村年轻人已经没人学老腔了。"可见,张川对于老腔的排斥态度已经人尽皆知,即使生存在老腔世家,也不愿学习这门传统艺术。而且,张禾也在这里说明,并不是张川一个人不学习老腔,虎沟村的年轻人都不学习,其实也包括张禾在内,虽然处于华阴老腔发展的第一现场,但他自己也并没有学习老腔。张川作为更年轻的一代对这门艺术的兴趣更低,虽然后面张禾不断试探张川学习老腔的态度,但每一次张川的态度都是否定的,或者说是不明确的"现在不学"。华阴老腔不断走红,张川见证了华阴老腔带来的名人效应、金钱效应后逐渐动心,"唱老腔也可以","学老腔就可以上电视了",在外界的影响下张川开始动摇不学老腔的信念,但在小说中,张川的态度从头到尾都属于口头表决心,从来没有真正地付诸行动参与到学习中,这样的"决心",谁也不知道他能坚持多久,会不会像那些在华阴老腔刚走红时前来学习的年轻人一样,坚持不了几天就放弃,再也不学。作者在这里看似刻画了一个家族内部的传统文化的传承者,但传统文化究竟能不能真正传承下去其实是值得怀疑的。如今很多传统文化濒临灭绝,社会上兴起了文化拯救活动,但真正投入到学习、传承传统文化的青年一代并不多,我们需要的不是轰轰烈烈的文化拯救活动,而是真正的文化认同。

作者在小说中安排这两个看似偶然出现的人物符号就像两条时有时无的线索,指引读者不断看到老腔的希望与绝望,通过他们映射了当下传统文化的希望与困境,反映了文化传承过程中无人欣赏的社会现实。

《一脉承腔》不仅是一部优秀的写实小说,更是一部优秀的陕西风俗小说。作者通过自然朴实的笔墨书写了一幅民风淳朴、令人向往的关中图景，这样独特的社会风貌才塑造了虎沟村那群可爱的人。作者在小说叙述中适当地使用了陕西方言，既不会让读者有阅读障碍，又给读者带来一种接地气的真实感。小说开头写张禾的叔爷下葬，陕西的关中民俗就开始向读者呈现，院子里搭起来的棚子，围坐在一起的乡亲们，洋瓷碗里的手擀面，整齐有序的下葬仪式，作者用简单的笔墨就勾勒出陕西农村葬礼的独特场面。还有，关于陕西美食的描写，水盆羊肉和羊肉泡馍的不同以及坨坨馍和月牙饼的不同，字里行间都流露出作者对于陕西美食的了解之深，那一碗羊肉泡馍、那一勺油泼辣子都是陕西特有的美食文化，这样的叙述使得整个故事更加立体真实。

除了独特的陕西文化元素，更令人动容的是生长在这片土地上的人民，现实主义作品是对现实社会的高度提炼，虎沟村村民的一举一动其实就是陕西底层人民的一个缩影，作者在这部小说中集中展现了虎沟村村民的三个特点。第一，对知识分子的尊重。在华阴老腔的发展过程中，积极推广传统文化的都是小说中为数不多的知识分子，为什么一群年龄大的长辈愿意配合年轻一辈张禾和刘兴武的计划，都是因为张禾和刘兴武是大学生，有知识有文化。尤其是张禾，在小一辈张川眼里是值得崇拜的强者，因为只有张禾上了大学，在城里自己开工厂，是大老板。而在堂嫂眼里，张禾给堂哥张星点烟都是不合理的，一个农民怎么好意思让人家大学生点烟，大学生在城里工作，其视野宽度与认知深度恐是要超越年龄、辈分的，可见他们对知识分子的尊重程度。第二，强烈的集体意识。小说从故事开头葬礼的场面就开始展示虎沟村村民的集体生活，张德海去世，全村人一起帮忙安置下葬，申遗的时候，镇长卢长东甚至亲自给他们送来排练场地的钥匙，支持他们的申遗活动，申遗成功后，全村人都参与到这

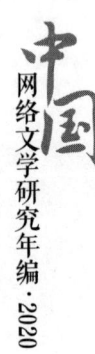

场胜利的狂欢中,村民们给张德林家送去各种礼物,镇长卢长东也去放鞭炮庆贺,等到华阴老腔登上春晚舞台,全村人又围坐在电视机前观看张德林的演出。这样的集体感是虎沟村村民生活的常态,他们的一举一动都让我们感受到底层群众间的相互关照与关爱。第三,朴实的劳动者形象。我们日常所能看到的明星在成名后总是高高在上的,但在这部小说中,这些老腔艺人们在成名之后依旧保持着往日的农民形象,张德林的成名带给他的仅仅是华阴老腔的成功,他们的心境都没有任何改变,他们还坚持白天种地、晚上唱老腔,他们还当自己是一个土生土长的农民,面对突如其来的走红,他们守住了自己的本真,保留了最朴实的一面。在他们身上我们看到了最原始、最朴实的底层劳动者的形象,他们没有文化,但他们尊重知识分子,有强烈的集体意识,并且一直坚守朴实的品性。《一脉承腔》向读者还原了华阴老腔艺术的自我拯救历程,为其他非物质文化遗产的发展提供借鉴意义,而且,它向读者展示了一个真实又现实的关中图景。

网络文学现实题材创作方兴未艾,现实生活需要持久而深入的关怀。我们期待年轻的作者再创佳绩,更期待网络文学现实题材小说给我们带来更多惊喜。

钢铁是这样炼成的

——红雨《铁骨金魂》读札

徐舒桐

中国文学传统中,有辛弃疾的"男儿到死心如铁",也有毛泽东的"雄关漫道真如铁"之将"铁"这一意象与在艰辛中前进的 20 世纪中国革命历史结合起来。身处今日,如何回望、展现这段波澜壮阔的历史,如何通过对读者内心的打动建构起历史和当下的关联,进而让"铁"的道德品格及其能量熔铸进现实,是摆在文学创作者面前的挑战。杨凤山、邓伟、彭红以英模人物朱彦夫的人生为素材,用笔名"红雨"于 2019 年发表于时空小说网的传记体长篇网络小说《铁骨金魂》,正以从抗日战争至当下的漫长历史跨度、宏大时代背景描绘了一位百折不挠、忠于祖国、心系人民的战斗英雄的成长史、奋斗史、奉献史,为国人优秀代表"初心"的再现和"铁骨"的传承提供了一个范本。

从新闻报道到网络文学

杨凤山开始讲述朱彦夫的故事,起初并非以文学创作的形式。如小说后记中提及:"早在 1997 年,杨凤山与他人合作的长篇通讯《今生无悔》就覆盖了中央和省市各大报纸,朱彦夫的事迹已引起了社会的广泛关注。"在走近朱彦夫的 22 年间,杨凤山及其团队还出版了《当代保尔朱彦夫》《时代楷模朱彦夫》等系列作品。朱彦夫的传奇经历贯穿了新中国历史的若干阶段,且涉及诸多重大的历史事件,想要详尽、准确、恰如其分地表现,不经调查研究绝不可能完成。

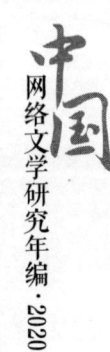

与通讯体裁相比,传记体小说不仅要求细节的可信度,更要求艺术的感染力。耗时如此之长的打磨,正体现着作者的执着、严谨与匠心。毫无疑问,在这一系列作品中,《铁骨金魂》是在史料上更为可靠且在艺术手法上更为成熟的一部。值得一提的是,伴随几十年间社会发展、科技进步、文学与传媒关系的新变,杨凤山及其团队也在进行着朱彦夫故事传播媒介的更新,首次涉足网络小说创作便是一例。借由这种对于老作家来说并不熟悉的形式,朱彦夫的经历及精神得以走进更多年轻读者的内心。尽管尚存在着一些局限,但仍是一次填补我国网络小说题材空白的颇为可贵的创作尝试。

作为传记体小说,《铁骨金魂》叙事最突出的特点即是对历史细节的还原。在叙述兖州一役的重要性、抗美援朝战争爆发的背景及合作化运动展开的过程中,作者将大段历史资料植入行文之中,不仅体现了对史实的尊重,更使所有彰显人物形象的细节得以在足够可信的背景下被凸显出来。文章中,作者并没有让"史"的可信性盖过"文"的可读性。朱彦夫从14岁参军到朝鲜归来参与的多次战役中,只有解放战争中的兖州一役和抗美援朝战争二五〇高地一战被详写,二者分别是令朱彦夫成长并走向战斗生涯高峰的战役,从中不难看出作者剪裁的用意。两场战役的叙述重点又有不同。兖州一役凸显攻破工事的困难,高地一役则用对恶劣自然环境的描写贯穿其间。

杨凤山及其团队在处理历史素材过程中添加的文学想象,亦体现在富有人情味的细节上。如放羊姑娘送朱彦夫参军时唱的山歌"叫哥哥大步走你莫呀回头/扛钢枪打豺狼替亲人报呀报冤仇",再如朱彦夫刚刚进入部队帮连长及指导员捉虱子的带有趣味的瞬间……来自乡野深处的民间力量与艰苦生活中的温情展现,使叙事节奏疏密相间,英雄形象不至流于枯燥、平面、空洞，也暗合着朱彦夫精神与百姓生活之间的渊源，让读者对孕育"铁骨金魂"的土地有了更深入的感性了解。

"中国保尔"的"骨"与"魂"

《铁骨金魂》第十四章这样描写在高地战役中失去双手和双脚的朱彦夫在病床上尽全力阅读《钢铁是怎样炼成的》的场景："这页内容终于看完了，他用右胳膊压着书的右半部，然后用左边的断臂推动书的左半部，可是推来推去，不是一次推起好几页，就是肉头的截面在书上干滑，根本无法掀起那薄薄的一页纸来。……忽然，他想到了自己的嘴，就勾下脑袋用双唇覆在书角上，两唇轻轻一和，很轻松地将书纸夹在唇间，再拧着脖子配合双臂，终于将页面翻了过来，就在他大喜之余，一件意想不到的事情发生了，他把所有的精力集中到翻书上，竟然将戴在眼睛上的眼镜给掉在了地上，没有眼镜，翻开的书也无法看清，气得他挥起双臂直打自己的头，这一打不打紧，臂下的书又合上了。"

这一颇具代表性的细节，浓缩着遭遇残疾后一度想要轻生的朱彦夫重新寻找自我的过程，而"阅读"这一动作正是肉身（"骨"）与精神（"魂"）的双重历练。与此同时，"阅读"的过程也意味着正在成长的"英模"朱彦夫和业已成为典范的"英模"保尔的精神遇合。在此之后，在反复出现的各种困难面前，正是保尔给予了朱彦夫鼓舞与支持。

杨凤山团队此前的作品曾以"中国保尔"为朱彦夫的传奇人生命名，的确，读者可以从两部小说的情节中找到诸多相似之处。就连朱彦夫的初恋姜小燕身上，也能找到冬妮娅的影子：她们有相似的商人家庭出身，与主人公同样因"英雄救美"而相识，甚至同样因个人情感与革命需要冲突而分开。远隔万里、前后逾数十年的巧合正说明着变革时代人物命运

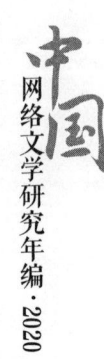

的普遍性。小说告诉人们,是历史的呼唤使人物不得不走向相似的道路,"保尔"的精神乃至经历皆无国界,更非创作者的虚构。

在"保尔"二字前冠以"中国",并非仅是地域差异的标识。朱彦夫诞生又最终回归的沂源县张家庄,并不是保尔·柯察金的舍佩托夫卡,"中国保尔"的生命跨度也超过了保尔的两倍。"中国保尔"需要面对的历史处境、承担的历史使命也与柯察金根本不同。与姜小燕的爱情短暂地发生在大都市的象征——上海,而朱彦夫更多的生命则投入到了沂蒙山区农村的建设之中,这也让《铁骨金魂》因主人公的丰富经历而兼具了"革命历史小说"和"农村题材小说"的特质。前文已经论及,朱彦夫的"骨"与"魂"脱胎于民间独具的"乡野精神",而"乡野精神"与现代秩序的整合则是由诸多班长、政委形象的引领才可完成:来自土地的蛮劲化为满足革命或建设需要的力量与智慧,才是"铁骨金魂"的完成形态。值得注意的问题是:如何让朱彦夫饱经磨炼而具备的现代品格重新传回孕育他的"乡野"?对这一问题的回答,是小说对朱彦夫重回张家庄之后之行动刻画的核心立意所在,也注定了这位"保尔"身上不可替代的"中国性"。

20世纪50年代起直至新时期来临,从战斗英雄化身村委书记的朱彦夫的经历,正是曲折探索时期尽职尽责、为民众奉献的基层领导生命经历之缩影,他取得的成绩亦是农村面貌变迁的历史见证。《铁骨金魂》着眼于乡村建设不同于硝烟弥漫的战场的特殊性,将描摹深入到朱彦夫工作的方方面面:力排众议、从零学起建图书室、开夜校,拖残躯实地考察修水利、植树林。一度受村民误解的朱彦夫的每一个作为,都记载着现代知识与技术向中国广袤腹地传播、惠及大众的艰辛过程。叙及个别瞒报、虚报产量及摆官僚架子的地方官员时,小说并未回避,而是直接地予以暴露。每次紧张的冲突都衬托出朱彦夫坚守底线、敢做敢言的品质,无不使蕴含在"中国保尔"的"骨"与"魂"之中的启示意义更加丰富与深刻。

在历史与未来之间

"让历史告诉未来"是《铁骨金魂》第三部的标题,这也集中显现了杨凤山及其团队创作这部小说时进入历史的姿态。书写历史的动机直接关系到历史叙事的方方面面,在历史面前若失去了作者自己应有的"身位",则将拉远自身与历史的距离,甚至导致历史的"景观化"甚至"虚无化"。正由于对"未来"召唤的感知,小说才能够将历史的叙述化为改变"当下"的动力、化为时间长河上的桥梁。在充满激情的笔触的渲染下,朱彦夫的一幕幕经历不仅是被复刻了的过去,更展现了其作为起点的意义。真正的"铁骨金魂"之传递,需要作家数十年的努力,亦有赖于全体读者的努力。

小说结尾,退休以后的朱彦夫用卧床写作回忆录的方式继续着前行的脚步,到老不改"倔脾气"的他将"书写"视为一种"燃烧"。"书写"和"作战""建设"一样,构成了"铁骨金魂"走出部队、走出张家庄,面向更多人发挥其力量的方式。而杨凤山及其团队对朱彦夫事迹的每一次"再书写",都是与小说文本的相互映衬,也让朱彦夫的影响在更为广阔的空间内得以延续。《当代保尔朱彦夫》一书问世时,现代文学研究专家牛运清曾致信杨凤山,称赞这本"朴实感人"的书兼具"现实意义和审美价值","令人聆听峥嵘岁月的壮美回声"。这一评价显然也适用于《铁骨金魂》。中国面临的社会转型尚在进行,朱彦夫曾经面临的具体环境、处理的具体任务或许已经改变,但其生命历程中每个节点所面临的精神抉择与挑战仍在许许多多的个体身上重演。经由艺术加工,过去与当下的差异不再是阅读的障碍,而成了魅力的源泉。小说的收获使人相信英模人

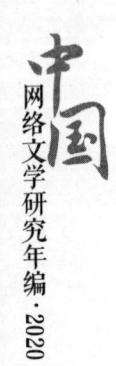

物的题材仍待开采,对每一位革命历史中以其人格及贡献被铭记的"朱彦夫们"的书写必将继续。个人与集体利益的冲突,意志在现实面前经受的考验,文学永恒主题的旋律在《铁骨金魂》中奏响,"书写"过程展现的是来源于历史而超越历史的价值力量。

新世纪已过去了 20 年,长篇小说创作数量的增长与质量上的普遍提升并不相称,这已成为不少评论家的共识。在网络小说这一产出庞大的新领域,偏重幻想的题材占据了相当大的部分,这或许与作家群身份构成的相对单一有关,而其中泛滥的雷同化作品不是强化了"历史"与"未来"的联系,而是让"当下"本身也变得模糊。因此,面对来自社会各阶层、各年龄段的读者群体日益增长的需求,网络文学这一园地尚未得到充分的开垦,创作亟待新的血液的输入。不可否认的是,《铁骨金魂》也存在着一些缺陷和不足,小说的文学性稍有欠缺,体现在语言有时粗糙平淡,情节设置和人物性格转变方面稍显刻意和生硬,对于次要人物的刻画有时流于脸谱化等。但瑕不掩瑜,《铁骨金魂》的诞生正标示着网络文学扎根历史、扎根现实的可能性。

想象力的突围与介入历史的新视角

——"工业党"网络文学的创作与研究述评

张泰旗

"工业党"的命名最早大约出现于 2011 年,但这一思潮却萌芽于世纪之交。在消费主义扩张的年代,"工业党"没有放弃对公共性和宏大叙事的追求。20 世纪八九十年代宏观社会的变迁现实构成了"工业党"最主要的问题意识。在当下,"工业党"的话语和观念已逐渐成为主流传媒舆论场的重要组成部分。

作为一种文化现象的"工业党"文学创作并没有一个"本质性"的定义。《历史转折中的宏大叙事:"工业党"网络思潮的政治分析》(卢南峰、吴靖)一文曾给"工业党"下过一个临时定义:其基本特征是主张用工业化程度与社会转型之间关系的知识体系,处理国家发展和社会治理问题;信奉国家至上和工业化至上的理念,以工业化和技术升级的线索翻新社会主义建设的历史叙事;以明确的民族主义立场对抗自由派网络话语,形成了规模庞大的网络粉丝社群和亚文化。复旦大学副研究员余亮将"工业党"意识视为一种"被忽视的人文精神",其核心是对于经济基础和政治社会治理当中的技术与实践加以自觉认知,并提升为上层建筑中的思想文化构造,凝炼为永恒奋斗的意识。

以网络穿越小说为主体的"工业党"文学既是"工业党"思潮形成的重要载体,也是"工业党"文化自觉的主要表现。例如,带着现代物资穿越回明末建设工业化并以此改变历史的小说《临高启明》,坚持技术体系和工业体系水准决定人类的社会形态发展的观念,在某些方面就反映了

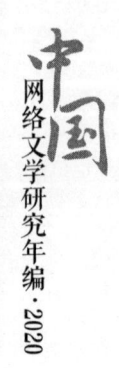
“工业党”意识的本质特征。陕西师范大学教授赵文认为,这部小说体现了在当代工业文化背景下知识青年群体中日益成为主导的某种意愿,即高度复杂地想象性重构中国社会近代史的“发展主题”,反思性地表征中国近百年现代化历程中习得的现代知识体系,并在一个既现实又虚构的历史空间内进行蒙太奇式投射,从而生成中国的民族、国家的当代自我意识的强烈意愿。陕西师范大学副教授霍炬关注的则是《临高启明》中构建的澳宋帝国“如何走向未来”。在他看来,“工业党”对政治问题的解决方案模板来自当代中国,小说中提到的幻想型设计也或明或暗地指向着当代问题:怎样维护和建设一个巨大的国家,怎样将无数人群召唤为休戚与共的人民整体。而北京师范大学的文学博士耿弘明则通过《临高启明》《工业霸主》《重生之神级学霸》这三部“工业党”小说,阐明了网络小说与现实的科技国家欲望的同构性。

除了《临高启明》,作者齐橙的其他相关作品也受到了许多读者的喜爱,并出现了一批仿作。如《大国重工》《工业霸主》《材料帝国》等,均有一个引人注目的故事结构:当下懂得高新技术的相关人员穿越回改革开放初期,创造工业和经济的辉煌。其中几部颇受赞誉的作品还将被改编为电视剧。复旦大学副研究员林凌认为,齐橙的“工业党”小说大多选择穿越回改革开放初期就意味着默认了前一个时代中国工业化的积累,而在几乎全面肯定和拥抱新中国历史选择的过程中,“工业党”们有意识或无意识地寻找到了一种最通俗的群众文学,又展现了自身与社会主义工业文学传统的亲缘性,并改造了二者。林凌认为,“工业党”的穿越小说提出了许多值得我们深思的问题,如文艺工作者应该如何面对群众文艺?任何一个“共同体”在社会层面是如何被讲述的?对于文化治理者而言,穿越文学是历史虚无主义吗?等等。

作为"仓库流"开创之作的《带着仓库到大明》,则讲述了主角方醒带着纽约港的各种仓库穿越回大明永乐年间,通过发明创造,影响大明王朝历史进程的故事。在海南大学教授乔焕江的分析中,这部小说的"工业党"意识体现为对工业技术和经济基础的倚重、对国家的高度认同和高度的民族主义等;同时,这部作品又不仅仅是对"工业党"思维的图解,更重要的是,它以"工业党"姿态完成社会实践的后设立场和政治情怀。因此,"工业党"意识不是推动叙事的根本力量,而是主体完成社会实践、实现政治抱负的有效策略。

与上述"工业党"网络文学相比,当代中国主流文学虽然在小说技巧及其他"文学性"方面更胜一筹,但在思想性和文化表达层面,网络文学却蕴涵着更多的可能。新兴的"工业党"网络文学直面当代社会的矛盾,试图以工具理性的工业化视角反思"情怀党"的历史叙事与政治构想,并搁置制度构建、文化政治等层面的冲突,而从工业化的角度论证历史的延续性,以此来"缝合"共和国的前30年与后40年。在这个意义上来看,重庆大学副教授李广益认为,"工业党"文学代表着一批"沉默的知识分子"的文化自觉。借助网络小说,一批被人文知识分子的话语所"遮蔽"的理工类知识分子表达出他们的文化想象。

当然,在肯定"工业党"文学积极意义的同时,研究者们也对其提出了诸多批评与质疑。例如,华东师范大学教授罗岗认为,"工业党"网络文学若要变成当代文学的一部分,前提条件是需要找到一套有效的言说方式。赵文则认为,"工业党"文学不像传统工业小说那样去反思生产关系,而是通过唯生产力的逻辑来虚拟生产关系。这是以物质文化逻辑来做支撑的。因此,关键的问题在于"工业党"文学如何能真正体现工业文化的创造性。而在中国艺术研究院副研究员孙佳山看来,"工业党"文学

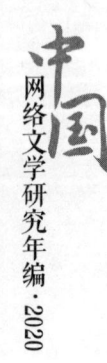

的问题还在于,它们始终在一个封闭的区间内通过科技来解决问题,而没有考虑到外在的大的历史进程。例如《临高启明》等"明穿"类"工业党"小说就没有考虑到明清小冰期这一气候变化因素等。此外,许多研究者也注意到了"工业党"文学中的"帝国感"问题。譬如,中山大学副教授陈颀就从世界殖民帝国的角度,尖锐地指出了《穿越 1630 之崛起南美》等"工业党"小说在想象世界秩序时的暗面,并提出"工业党"小说应"超克"旧有的殖民帝国体系而构想一种新的世界秩序。

尽管"工业党"网络文学的创作还存在诸多问题,但其思维模式及话语方式也有可继续讨论的空间。作为一种文学类型,"工业党"文学提供了文学表达的另一种路径,其想象在某种意义上也构成了对主流文学的突围。如果我们希望打碎"文学性"的枷锁,寻求文学发展的多种可能;如果我们不认同历史已被锚定在既定的轨道,渴望探索另一条通往未来的道路,我们就应该继续思考"工业党"网络文学的当代意义及其提供的历史方案,并从中勾勒出面向未来的某种新图景。

第三辑

创作与编谈

历史小说的新途径

蒋胜男

以中国历史为背景的故事,大一统的时期好写,诸侯割据时难写,春秋战国、南北朝、五代十国,向来被称为历史写作者的黑洞,事件多、人物多,而且人物之间亲戚关系复杂混乱,挖一个牵出十个来,再继续挖这十个,就会牵出一百个来。所以去触碰的结果,就是大部分作者被资料黑洞吞了。

因此我们过去比较习惯于这样的历史书写:以大一统王朝为背景的皇权争斗、清官反腐、改革派与保守派的权力博弈、官场的明争暗斗。这个类型出了许多精品,但我想,我是否可以走另一条道路呢? 我们能否向历史叩问,我们的前人在面临同样的问题时,是怎么处理的。我们是否想看到另一种类型的历史小说,是否想知道在某个"大变局"面前,身处其中的人会怎么想,在当时的环境下,他会怎么选择。

从《芈月传》到《燕云台》,一直有人问我,为什么是芈月? 怎么会是萧燕燕,你为什么选择这两个人物? 你是如何开始创作的?

写《芈月传》,首先是时代原因,先秦的人更自我、更自由,没有那么多的森严规矩,也没那么多的压抑和"不得已",讲究的是"君行令,臣行意",就算是君臣也一样是合则来,不合则走。他们的精神世界更张扬、更大胆、更狂放。那是一个百家争鸣的时代,没有形成规定的意识形态。所以芈月才能够以女儿身执政秦国 41 年,进而开疆拓土,问鼎天下,成为中国历史上第一个太后。这是《诗经》和《楚辞》的时代,这是百家争鸣的

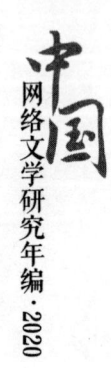

时代,这是《战国策》的时代。

但从选择这个时代,到选择这个主角,固然是纪录片的触发,也是因为这个人物本身的故事足够精彩。秦宣太后虽然本身史料极少,但那个时代的史料却是很多,多到成为黑洞,如果不被黑洞吞没,那你就拥有了足够的构建空间。

而故事怎么开始,芈月从何时入场,却是一个值得考虑的事情。

我当时有三个设想:一个是从秦武王举鼎而亡开始,季君之乱,诸公子争位,六国势力插手其中,然后是芈月带着嬴稷自燕国王者归来。这是比较热闹的写法,也是比较偏意识流的写法。好处是几十万字就能够搞定故事,坏处是很可能就这么变成一个故事,在激烈的戏剧冲突中,那种我想追求的历史感和文化感,反而会被冲淡。

另一个设想,是以芈月入秦为开始,这是大多数小说都会选择的开头,从一个女主角青春初动开始,爱情、故事都有了。但是,却容易一开始就会置身于我所不喜欢的宫斗,所以这个设想,也被放弃了。

然后,就是现在呈现的这个故事,最艰难、却最能够展示我的表达愿望,写一个人从生到死的所有经过。我要让这个人物人生的第一次呼吸,就是春秋战国时代的气息。

这个故事是芈月这一生从出生到死亡,经历了无数波折,从稚嫩到成熟,到最后执掌秦国、追求天下一统的历程。或许我更是借芈月这一生,来展示先秦那个百家争鸣的年代,来展示那些曾经在历史舞台上活跃过的,令人向往的名士风流。

写古人并不是堆砌名物、罗列器皿,而是要让他们每一个人都要"活在"那个时代。对于《芈月传》中的人物来说,礼、乐、诗浸淫于他们身心,俯拾即是,举手投足皆符合礼乐之数,见物比《诗经》,动情吟《楚辞》,一切都是这样自然而然。

因为秦最后一统天下，在此前，许多作家愿意用更多笔墨去表现秦国，更愿意站在秦国的立场角度去思考，而将其他的思想和见识有意无意地轻视和贬低。但事实上，百家争鸣不仅仅是学术论战，更是残酷的意识形态斗争，也是诸侯争霸战争的肇始。这样的斗争决定了接下来千年的历史走向。秦以法家富国强兵，最终一统天下；汉初则用黄老之术治国，及至武帝则独尊儒术。而沿着数千年历史的长河回溯，我们却可以从那些早已湮灭的国度留下的思想遗产中发掘出闪光的珍珠——这就是诸子百家的文化脉络。时至今日，在这个拥挤而略显喧闹的地球村，重新审视春秋战国那段百家争鸣的历史，则别有一番深刻意义：不同的文明、文化之间，如何相互理解、相互包容，乃至消弭硝烟于未起，值得我们深思。从整个人类文明的视角去看，这个世界上真正重要的并不是一时一地的冲突的成败得失，而是文明的多元发展与和谐共融。

《芈月传》仅翻开了战国纷争一角，而以《燕云台》为开端的宋、辽、夏系列，则是切开了三国纷争时代的一个断面。随着资料挖掘的不断深入，我发现仅仅一本小说是不够的，当我写到北宋，就必须要写到辽国，写到西夏。它们的历史脉络相互交汇，文化相互影响，从而形成了一个完整的时代。所以我就决定为宋、辽、夏各写一本书，分别以辽的眼光看宋、夏，夏的眼光看宋、辽，宋的眼光看辽、夏。理解它们共存的一个状态，对于历史的触摸，不应局限于一时一地一区域思维，应该站在大历史大视野的格局去重新看待那个时代的风起云涌。我觉得这对当下是很有意义的，也是对历史负责任的态度。

不管是春秋战国，还是宋、辽、夏时代，当那个时代最精英的人，站在历史的十字路口，以所有的力量和勇气去试错踩雷；当我们摸着石头过河

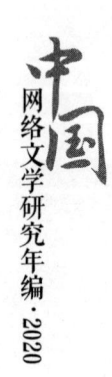
的时候,先人们在历史上的每一个十字路口所做出的选择,都是我们的路标和指示牌。历史是一面镜子,可以照见彼此,也能够透过历史的尘埃让生活在此刻的人整饬衣冠。而这面镜子,我希望它不只是冰凉的反射,更能拥有温情的光泽,亦能从各个角度反射出历史的群像。历史长河中每一个留下来的人物,都构成了历史的一部分。

萧燕燕成了这个落点,承载起那个时代转折变迁的最大故事量,成为那一艘将浩瀚的历史长河引渡到人们眼前的小船。但同时,历史的镜像不会只是她一个人的悲欢,萧燕燕的亲人和爱人,萧燕燕一生路过的君王、朝臣,甚至仅仅是惊鸿一瞥的某个小配角,他们不是彼此的敌人,而是彼此的镜子,折射当时在民族融合的十字路口,不同身份、位置的人面临的选择和他们背后的得意或失落。而澶渊之盟,是一个划时代的标记。当时宋、辽的统治者,考虑到唐末以来100多年的战乱,克制住了自己的政治欲望,120年的和平带来了宋的文化繁荣昌盛和辽的发展,也为后世提供了解决修昔底德陷阱的答案。

对于我们现在这个时刻能够面对国际风云的世界,对于这个地球村的环境,我更希望看到另一种对历史的解读。而这种解读,或许有万分之一的可能,会在将来,我们面临历史的十字路口时,能够有用。

网络文学如何实现重大题材的创作突破

阿菩

网络文学实现重大题材的创作突破至关重要。当前,网络文学的市场导向相对还较明显。包括一线作者在内,特别是许多基层作者,写作时常奔着经济效益而去。因此,未来网络文学要实现重大题材的创作突破,仍有赖于整个市场环境的日臻成熟。

从当前情况来看,影视改编是重大题材作品获得市场收益的主要方式。好的作品出来之后,被影视化的概率还是很高的。很多作者也很愿意承担这方面的工作,既可获得一定的经济效益,也可产生较良好的社会效应。对于基层的一线网络文学作者,各级作协可多鼓励、支持他们参与重大题材的创作项目,在相关网站也可以开辟专门的频道等。

当然,要实现重大题材网文创作的突破,创作监管也需进一步改良、改善。通常,重大题材的作品一般来讲应是写"现实"的,可以写革命历史,比如解放战争的历史等;也可以写一些对时代生活产生了较大影响的"大事件"。这些题材都有一个共同特点,就是题材相对较为"敏感"。要么是关涉其中的某个历史人物敏感,要么是某个具体历史事件,又或是某些地名可能比较"敏感"。而文学网站读者数量巨大,这就要求它必须注意把握网络舆论的导向,这就导致了一个悖论,一方面,我们要鼓励重大题材的创作创新;一方面,这种"鼓励"一旦落实到具体操作层面,则难免产生诸多顾忌。

在重大题材网络文学的创作方面有没有可能实现细化管理呢?比如

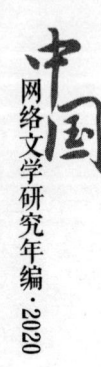

针对不同的题材或不同作者，可以出台较为具体的、可落于实处的管理措施等。这对未来促进网络文学行业的持续良性发展也是极为有益的。

紧跟时代　走出舒适区

何常在

　　尽管我们已欣喜地看到,网络文学现实题材的创作比从前已有了长足发展,不管是数量还是质量都有了质的飞跃,涌现出不少精品佳作。但我们也要冷静地看到,现实题材网络文学的发展仍存在着一些问题、困难与挑战。

　　首先是如何走出舒适区和信息茧房。这不是哪一个作家的问题,而是整个网络小说平台及图书市场共同作用的结果,当然,这也与网络作家自己多年养成的写作风格和惯性分不开。

　　就目前大多数阅读平台来看,其读者数量的增长呈稳定之势,但另一个不容忽视的现象是,稳定增长的用户群并没有带来平台活跃用户的增加,而活跃用户数量的保持不变则说明,随着新用户的不断加入,老用户也在逐渐退出。

　　一般而言,读者流失的原因有很多,而我认为其中最主要的一条是:当下网文创作的过度年轻化、消费化和快餐化,以及对于爽感和"虚幻"的过度追求。一个不费吹灰之力就可以得到"一切"的信息茧房因之诞生,令读者沉迷在追求浅阅读、快感和爽感的舒适区中无法自拔。

　　今年,一场新冠肺炎疫情让我们重新认识了世界的现实与本质。在"生死存亡"的现实世界里,没有外挂、系统和穿越,只有埋头苦干、任劳任怨,只有汗水和心血才能获得个体的生存与发展。因此,如何勇敢地直面现实,为读者创作出更真实而有力度的文学作品,是网络作家和网络文

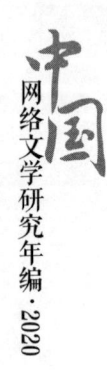

学平台义不容辞的责任。

现实题材总是依托于现实生活、扎根于时代、真实而接地气的。在充斥着异能、系统、重生等"外挂"和"作弊器"的浩繁的网络文学面前,现实题材的真实和深刻难免也会影响其收获更多的读者。因此,要让现实题材真正拥有更广泛的读者群,我认为平台发挥着重要的不可替代的作用。除推广和举办各类征文外,对现实题材类的重视以及对重点作者的扶持等也至关重要。

星星之火,可以燎原。只要火苗不灭,就能薪火相传,就会有更多的网文作者加入现实题材的创作行列,写出更多优秀的作品以飨读者。同时,现实题材网络小说的真正繁荣和提升更需要平台和作者的共同努力。从疫情发生以来的"信息战"中就可以看出,文学作品对于凝聚人心、团结群众有着不可忽视的重要作用,尤其是在当前国际形势变幻莫测的情况下,努力为广大读者呈现更优秀、更精彩的、有利于我们思考未来、把握当下,有利于弘扬爱国主义、坚定立场、引人向上的现实题材作品,既是网络文学作家的责任,亦是我们的使命担当。

好内容永远有议价的权力

匪我思存

我国是网络文学的大国,也是网络文学的强国,在世界范围内,还没有哪个国家像中国这样拥有如此众多的网络文学创作群体和读者受众。截至去年,我国网络文学读者已高达 4.5 亿人,可以说,绝大部分适龄网民都曾阅读过网络文学。基于网络诞生与传播的网络文学,体现了当下通俗文学的流行趋势和审美。网络文学的创作机制、阅读方式及其广泛的受众群体,决定了它与人民群众距离之近。正因为这种特质,作为我国文娱产业的重要组成部分,网络文学与文娱产业上下游产业链的打通,实现了网络文学与影视、动漫、游戏、短视频等多种文娱产品的交互。而这种交互中最重要也是最突出的一种现象就是网络文学的 IP 改编。

从 2015 年开始,网络文学"大 IP"的概念逐渐清晰,并在 2017 年获得了前所未有的关注。我本人就是这一概念的获益者。我的作品被改编成影视作品的时间较早,2009 年《来不及说我爱你》《佳期如梦》两部作品就被改编成同名电视剧并在一线卫视播出。到了 2016 年,我发现作者在影视改编方面可以拥有较多话语权了。于是那一年我与人一起合伙创办了双羯影业,又成为一名影视从业人员。

跨行业之后,我发现自己很矛盾,一方面作为作者,我当然觉得 IP 授权价格越高越好;另一方面,作为影视公司的老板,IP 价格越来越贵又让我很头疼。尤其是好的 IP 会有多家影视公司竞价抢购,有好几次我们看中的作品都被其他影视公司抢走了。

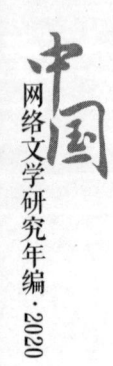

　　但世界是不断变化的。2018年下半年起,影视行业进入寒冬。文娱产业牵一发动全身,这一系列的变化也影响到网络IP的改编,一个比较明显的价格下行趋势出现,影视公司"拿IP"不那么积极主动了。

　　然而好内容还是会不断获得市场认可的。大家可以注意到一个细节,就是当下多家视频平台播出的热门电视剧绝大部分仍旧是由网络文学IP改编的。前不久,重要一线卫视也公布了明年的片单,大IP改编仍旧是一线卫视的重点剧目。

　　跨行业、多身份给我提供了不同的视角,也让我发现,好内容永远是稀缺的,好内容永远有议价的权力。从网络文学角度来说,好内容的备受推崇对于整个行业都是一种良性鼓励。大家努力创作出优质内容,市场自然会给予好的商业回报,这是一种健康的良性循环。

守望初心　传承创新

血红

创作是一件很私人的事情。每个字、每个词、每句话、每个段落都凝聚了作者的心血,灌注了他的感情和热诚。中国网络文学发展 20 年来已形成了极大的规模,有了不小的声势,但是自身的问题也在不断涌现。如何创作好网络文学作品? 我有一点个人见解和心得。

其一就是初心。最近我参加了好几次座谈和培训,外界有一些研究者动辄就说网络文学最初的动力是经济利益。对这一点,我个人是不认同的。最早的网络文学作者写作是没有经济收入、没有稿费的。网络文学诞生的初心是作者对文字的热情、对创作的激情,是一群"小众"网友因为对魔幻题材、玄幻题材故事的热爱聚集在一起创作,由此自然诞生了一种基于互联网传播的文学样式。

因此,网络文学的初心是对创作的虔诚。也唯有此虔诚,才能让无数作者写出一个又一个精彩的故事。也唯此虔诚,才能让一部分网络作者不断追求文字底蕴的逐渐雄厚,不断追求作品中人文情怀和文学价值的提升。

也正是这一部分网络文学作者,他们其实已经超越了对作品衍生的经济利益的追求,超脱了这个层次而追求作品本身更高的内在价值。

所以,对一部分网络作者而言,初心已经变成了一种情怀,他们正在不断努力尝试创作出更好的、让自己和书友更满意的作品。这是值得期待的。

第三辑　创作与编谈

255

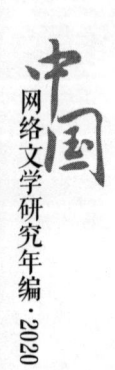

其二就是传承和创新。网络文学作品要传承什么？网文作品中的很多元素可以从中华优秀传统文化中获取。在书中我们可以尽情地讴歌从先祖那里传承下来的传统美德，如仁义礼智信，以及由此衍生、酝酿出来的我们厚重而有人情味、秩序井然的社会伦理等。这些传统美德会让我们的作品更有感染力，更有情感力量。

传承，更是要我们这些作者传承网络文学已经创造而生的一些特性。比如网文的各种类型，以及让各种故事更动人、更有吸引力的写作手法等。这些网络文学本身的好东西我们要传承下去。

而创新则要求我们所有作者、编辑及周边从业人员要警惕故步自封的倾向。我们需要创造新的类型、新的模式、新的写作手法、新的结构逻辑等，我们要抵制广被诟病的诸如套路文、千篇一律、相互"模仿"之类的创作问题，每个作者都应当力求创新、开拓，发挥自己的天赋，创作出具有独特个人风格的、让人耳目一新的作品。我们要虔诚地对待创作，传承好的基因元素，并以此为基础进行再创新。

打开自己的小世界

天蚕土豆

网络文学蓬勃发展了 20 年,作品质量却参差不齐,因此精品率的提高一直是所有从业者的迫切希望。网络文学如何多出精品?是否蕴含规律、存在捷径?我也一直在思考及探索。

作者创作与读者阅读,是作者与读者达成的"供求"关系。作者希望创作出精品佳作,读者希望阅读优质内容,在这一点上,两者的供求关系将不断靠拢,并最终达成一致。作者首先要尊重读者、引导读者,正视读者的阅读需求,尊重读者的人格精神。读者在网络文学里已经不再是被动接受的一方,他们在阅读后的讨论与反馈给予了作者写作上的肯定,甚至创作上的不错建议。读者已经成为网络文学创作的重要参与者,作者与读者应形成良好的互动关系。

网络文学在某种程度上丰富了传统文学的叙述内容和传播方式,但我们也应多学习那些具备思想深度和艺术高度的传统文学,同时贯彻党的文艺政策,遵守有关网文行业的政策方针,把握作品整体基调上的积极健康,将蕴含正能量、符合大多数人价值认同的观念和思想,以文字的形式传递给广大读者,给予读者正确的引导。

那些猎奇、媚俗、夸大社会阴暗面,宣扬欲望满足的内容,终将被淘汰。只有讲格调、讲情感、讲责任的内容才能长盛不衰。这既是传统文学留给我们的思考,也应是网络文学走精品发展之路的参考。

其次,要注意引发读者的情感共鸣。网文创作中人物和情感很重要,

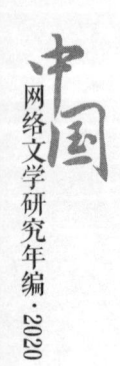

故事离不开人物，人物缺不了情感，人物之间的情感变化推动着故事的发展。我在创作中特别注意亲情、爱情、友情这三种情感的埋设与讲述。从《斗破苍穹》《武动乾坤》《大主宰》，再到现在的《元尊》，我的角色们都在守护亲情、捍卫爱情、缔结友情。所以，我个人建议，创作时要力图让读者产生共情，引发他们的情感共鸣。而情感的刻画也绝不能悬浮、空洞，要学会从现实生活中提取素材投射到作品里，写出具有真情实感的好作品。

最后，要尽量坚持"三多"：多读、多想、多写。多读就是多学习，涉猎面要广。不仅仅是网络文学某个类型、某种题材，甚至不仅仅是网络文学和传统文学，动漫、影视、游戏这些都要广泛涉猎。打开自己的小世界，汲取新鲜的能量，避免创作能力的枯竭，追赶读者的阅读口味。多想就是多思考，寻找方法论。回顾自己的作品，寻找是否有新的写作视角和创作方法；思考他人的作品，开拓崭新的思路。在积累经验的过程中，试图寻找适合自己的创作方法。多写就是多试错，态度要端正。读得再多、想得再多，还要自己亲手去写，才能有实实在在的成果出炉。要多写，不怕错，用实践去证明自己的阅读、思考以及方法论的正确。另外，写作习惯要健康，持之以恒，方得始终。

弘扬爱国主义情怀　放飞想象力

骁骑校

　　20年前刚接触网络小说的时候,那几年国际大事件频发,年轻人的爱国主义热情高涨,一些过激言论在网上时有出现。当然,中华民族历来爱好和平,就小说创作而言,即使涉及相关题材,主题还是以维护祖国统一、反对外来干涉为主。

　　至今我仍记得当年看过的几部以收复台湾为主题的小说,作者的军事知识基础深厚,对国际政治局势的把握也很准确,小说构思如同精妙的兵棋推演,堪称早期网文创作的经典。那时"网文"一般都是先发布在BBS论坛上。作者有写的欲望,读者有看的欲望,于是网络小说便出现了。

　　以网络为传播载体的网络文学,相比传统文学的出版模式,更能即时反映特定时段的大众情绪。2001年"9·11事件"发生后,国际局势发生改变,网文作者发现,我们除了能在小说中"完成"统一大业外,还能"穿越"回去拯救苍生、拯救家国,在文字的想象中将心中最感遗憾、最痛彻心扉的历史"扭转"过来。

　　于是更多的历史题材作品纷纷涌现,小说的主角开始穿越回中华民族的各种危难时刻去"力挽狂澜"。大约在2001年,我在《铁血论坛》上也发表了自己生平第一部网文"试水"之作(因工作原因,后来只写了两万字就停了下来),内容也正是此类,讲述了主人公穿越回抗战时期,与革命先烈并肩作战的故事。我清楚地记得,同一时期在论坛发表的另一

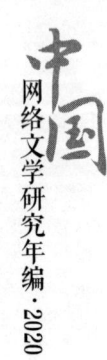

部军事幻想小说正是作者中华杨的《中华再起》。

那时网络文学的付费体系还没建立健全起来,网文作者的创作一般都没有任何经济收益,全凭一腔热血。作者写得豪迈,读者看得畅快。在那个网文恣意生长的时代,创作的主流思想还是以家国情怀、英雄主义情怀为主的。

再往后,网络小说付费体系建立起来并走上了商业运营的道路。资本的介入改变了创作的潮流与方向,随着手机终端的普及,不少创作开始进一步向描写个人成功、个人欲望满足的方向倾斜,而革命历史题材则在此时成了网文中的"小众"。因为网文的准入门槛低,只要会打字,十几岁的少年也能写革命历史、写英雄伟人。笔力够不够另说,能不能把握尺度首先就是一个很大的问题。就革命历史题材的创作而言,曾参加过延安文艺座谈会的那一代革命前辈,他们创作的革命历史小说可以说是珠玉在前,亦是我们难以跨越的高峰。首先作者就身处那个时代,自己就是"当事人",并具备访问故事原型的条件。而如今,老一辈革命工作者中健在者已寥若晨星,我们能看到的多是当年留下的档案、回忆录等二手资料,像我小时候读过的《暴风骤雨》《苦菜花》等小说,就已成为时代经典,此类题材的创作突破只能另辟蹊径。

比如我还记得,小时候课外读物少,一本《苦菜花》就翻来覆去地看了许多遍,至今很多段落仍铭刻在我脑海中,当时觉得,这简直是世界上最好看的书了,直到后来看到了另一部小说《红高粱家族》,才感觉像为我打开了一扇窗,我才知道原来还有"更好看"的小说。

《苦菜花》的作者冯德英出生于 20 世纪 30 年代,而莫言则生于 50 年代,两人年龄相差 20 岁,相当于两辈人。二人作品写的都是胶东半岛人民抗击日本侵略者的故事,为什么我会觉得后者的小说更惊艳些呢?我想是因为时代在发展,时代的审美也在发生着改变。20世纪50年代创作的小说和20世纪80年代创作的小说,所处的时代背景和当时人们的思想观念是不一样的。《苦菜花》克制深情,《红高粱家族》热辣恣肆。如今,时间又过去了30多年,今天的我们又能否以网络小说的形式再写出一样又不一样的新故事呢?

以好莱坞为例,二战题材是其永恒的主题,从二战结束一直拍到今天,是影视作品取之不尽的创作源泉,如《辛德勒的名单》《拯救大兵瑞恩》《兄弟连》等,及至最近因疫情而在网络平台上映的《灰猎犬号》等。对国人来说,革命历史题材亦是我们取之不尽的宝藏。那既然历史经典很难超越,如何写好新的革命历史题材的网络文学作品,并实现其文学性与网络性的统一呢?

首先作者应具备爱国主义情怀。当初我们靠着一腔热血创作网络小说,感到只有把情怀抒发出去才算畅快,现今网文写作的经济收益有了保障,作者再无后顾之忧了,应该写得更好才是。

其次是专业性。革命历史不是单凭着热血和情怀就能写好的。历史已离我们远去,如何让历史的真实不变形、不变味,就很考验作者的功底了。写历史,首先应尊重历史、不歪曲历史。重大革命历史事件的主体不能虚构,但具体人物可以有创造,细节也可合理虚构。"食不厌精,脍不厌细",看考据细致的小说本身就是一种享受。一部对历史把握精准、对细节描述到位的小说,如能辅以网文的叙事方式,完全可以吸引在网络时代成长起来的"后浪"们。

反常规操作、穿越、金手指,不要小瞧这些网文创作的"套路",它们也正是网文吸引人的地方。试想,一个21世纪的青年的历史"穿越",在对历史的讲述上代入感定会更强。比如网络小说《我和爷爷是战友》,就

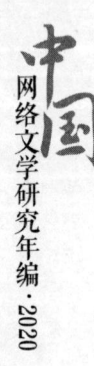

虚构了一个中学生穿越回抗战时期参加新四军的故事,可见,"穿越"并非"洪水猛兽",只是换了一个讲故事的方式而已。

最后我想说,20 年过去了,今天我们的世界局势风云变幻,当此特殊历史时期,我们更加需要优秀的革命历史题材小说的涌现与精神引领,而我们网络作家不应缺席。

现实题材创作如何把握好时代精神

夜神翼

纵观中华上下五千年文明,即使在战乱频仍的年代,历史遭遇了很多粉碎与重塑,文字与文化的传承却从未因此而断绝过。作为中华文化、中华文明新一代的继承者、传承者,我们首先应全身心投入对历史与文化传统的学习,继而贡献出精斟细酌的认真书写。

从新中国成立到改革开放,再到今天的新时代,神州大地上已发生了日新月异的巨大变化,悠久的文学传统和文化资源为当今的网络文学创作提供了丰厚土壤。中国经济的强势崛起、综合国力的不断增强以及开放而稳定的社会环境,更是中国网络文学快速崛起的最大时代背景。

众多年轻的文学爱好者们在向外学习、兼容并蓄。借助网络传播的力量,那些年轻、富有创意、不断创新的文学创作,在论坛、贴吧、网页、微博里找到了新的读者与知音,激活了华夏大地文学热土里的种子。

这些年,加入中国网络文学创作队伍的新人正在以几何倍数逐年递增。网络文学产业发展态势良好,"新文创"生态正在形成。之前被戏称为"野蛮生长"的中国网络文学如今已成为中国当代文学现场中一道独特的风景线。这是在中国共产党的领导下,全国各族人民奋力追逐梦想的结果,也是网络文学蓬勃发展的历史环境与契机。

面对如此迅猛的发展浪潮,作为一名网络作家,我更清醒地认识到,不能空怀写作的梦想和创作热情,更需要深刻地了解并承担起网络文学应承担的社会责任。在网络文学价值重构的当下,其产业链上游的资源

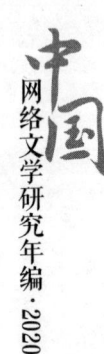

正被越来越多地用于影视节目、游戏和广播节目等,我们的作品也开始走出国门,在海外市场热销。

随着中国与世界日益加深的融合,作为网络作家,我们更需把社会价值、社会效益放在首位,站在新时代的潮头,既学习继承前辈们的文学精神,又要坚持创新、开拓未来,写出阳光健康的好作品。

我是2007年开始进入网络文学这个领域的,可以说个人的成长是跟随着网络文学事业的成长,一步一个脚印走到今天的。时代在飞速发展,人们的生活方式也在发生着翻天覆地的变化,从以前的纸质阅读到现在的电子阅读,从十几年前只能通过电脑PC端上网,到现在手机几乎就能"搞定"一切……作为网络作家,我们正在亲历并见证着这个时代的发展与社会的转型,我们要继承前辈们的敬业精神,将中华优秀传统文化发扬光大,同时要努力创新,写出更多创意新颖的文学作品。就像习近平总书记在文艺工作座谈会上指出的,"大凡伟大的作家艺术家,都有一个渐进、渐悟、渐成的过程"。大浪淘沙,优胜劣汰,网络文学在经历了20年的打磨之后,也将渐渐成长为中国当代文学森林里的一棵参天大树。

文学创作的世界是广阔的,也是自由的。千年之前,古人用文字记录历史文化,千年之后,网络文学作家们也在用文字记录着新的时代变迁,我们的创作不仅要服务于人民,也需要服务于历史,为历史而创作,为时代留下流传后世的经典。

我手写我心　现实藏真情

舞清影

提起《明月度关山》，就不得不提起 2017 年。

那年的 9 月金秋，我从河南赶赴北京，幸运地成为鲁迅文学院第十一届网络文学作家高级研修班的学员。鲁迅文学院作为当代文学的殿堂、作家心中的文学圣地，我一直对之充满了向往和期待。入学第一天，站在鲁迅先生的铜像前，我暗自许愿，希望自己能够在这里打开文学新世界的大门。

事实证明，我真的是个幸运儿。

在这个闹中取静的雅致院落里，我像个懵懂而又兴奋的追星少女，近距离接触到许多过往只能在报纸杂志、新闻媒体上见到的国内知名学者和网络文学知名作者，从他们精心准备的课程中、从面对面的文学交流中，我汲取到丰富的营养。

其中，对我触动最大的是学习习近平总书记在文艺工作座谈会上的讲话。习近平总书记指出，人民是文艺创作的源头活水，一旦离开人民，文艺就会变成无根的浮萍、无病的呻吟、无魂的躯壳。能不能搞出优秀作品，最根本的因素是能否为人民抒写、为人民抒情、为人民抒怀。要始终把人民的冷暖、人民的幸福放在心中，把人民的喜怒哀乐倾注在自己的笔端，讴歌奋斗人生，刻画最美人物，坚定人们对美好生活的憧憬和信心。

中国作协主席铁凝曾谈到作家的良知与责任，她说："我们的人民和我们的作家心心相印。文学从来就不仅是作家个人的事业，中华文化有

第三辑　创作与编谈

265

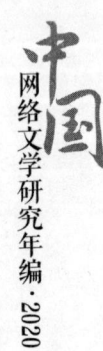

着悠久深厚的'诗教'传统,文学一向被看作是正人心、化风俗的重要途径,让人们在潜移默化中感悟人生,增强明辨是非、善恶、美丑的能力,更让人们看到光明和希望,对生活充满信心。"

这就是有温度的创作,有责任的创作。

而这一切的基础,都来源于生活。

思考之余,我不由得产生了一个大胆的设想,写一部自己一直想写却没有勇气去尝试的现实题材小说——《明月度关山》。

《明月度关山》构思于 2017 年夏季,当时电视里正在上演一部纪录片,纪录片讲述的是大山里的一位老人一人担起一所小学的感人故事。纪录片里的老人不仅是校长、老师,还是十几个留守儿童的生活家长,他每天除了繁重的教学任务之外,还要负担学生们的午饭。记者采访这些把杂烩菜吃出国宴大餐感觉的留守儿童,问他们好吃吗?他们齐齐回答说学校的午饭比家里的好吃。

纪录片播完了,我却久久不能平静。因为这部纪录片的背景就是我们市里的贫困县。而那些留守儿童稚嫩单纯的面庞、寒酸破旧的衣衫就像刻在我脑海里的印记,挥之不去。

之后,我就开始着重关注贫困县的新闻,关注那里的学校和留守儿童,恰巧那一年,我爱人帮扶的贫困户就位于这个贫困县。通过他,我更深入地了解到当地的情况。当得知贫困县出现越来越多的空巢村时,我不禁为那些从小缺乏父母关爱的留守儿童感到深深的担忧。

作为一个网络文学作家,我能为他们做些什么呢?写一部关于留守儿童的小说?

辗转几个夜晚,一个大概的故事轮廓渐渐在我脑海里成形。寂静落后的秦巴深山,年轻的支教女教师、坚守大山的通信兵、无私奉献的老校长，还有一群质朴可爱的留守儿童，为这个故事注入了灵魂。

可短暂的冲动过后，我又不免陷入忐忑。在如今网络文学碎片化的阅读方式下，这种"土味"十足的小说会有人看吗？一部几乎可以预见结果的小说，有必要去写吗？这些问题成了我缩手缩脚的借口和理由。于是，《明月度关山》在2017年夏天被我绾了一个结，锁进了心里。

以为这就是结束，可让我没想到的是，在金秋十月的北京，在鲁迅文学院，在学习了习近平总书记的讲话、听取了国内知名学者的授课后，我的心锁被神奇般地开启了。一种强烈的创作欲望使我兴奋得睡不着觉，仅仅用了两天就在宿舍的电脑上完成了《明月度关山》的大纲。

我怀着忐忑不安的心情连夜把大纲发给网站责编们，请他们为我的小说把把关。他们看后大为支持。我精修大纲，把自己代入书中，让书中的人物立起来，使之成为活生生的人。其中值得一提的是女主人公明月的人设，我并没有把她写成一个完美无缺的人。在进山支教之前，她打定主意干满两年就回城，刚到学校时，她甚至因为受不了当地恶劣的自然条件而崩溃大哭，她不喜欢山里的孩子，认为他们粗野、没礼貌，在外人看来，这个娇滴滴的城里姑娘在山里根本就待不住。可随着后续情节的发展，明月这个人物形象渐渐立了起来，在老校长和士兵关山的影响下，她渐渐融入大山，喜欢上这里的山山水水，喜欢上这里单纯可爱的孩子们，并且最终收获了爱情，和关山留守大山，为乡村脱贫和教育事业贡献了自己的一份力量。

这样的人物设定比一开始就把人物捧得高高的效果要好，这样的明月才接地气，才是你我身边普通人的模样。经过几夜创作，在高研班结业前，《明月度关山》正式在小说阅读网连载。

后来我回到家乡，为了能够更好地完成这部小说，我曾数次去贫困县

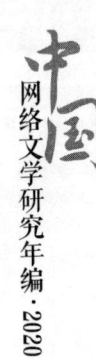

采访,搜集写作素材。

回首过去,从来没有哪一部小说让我倾注这么多的心血,也从没有哪一部小说让我心甘情愿守住寂寞,每天按时更新,甚至是加更。

这在以往的创作过程中,是从未有过的经历。而促使我一直保持旺盛的创作欲望的原动力正是曾经被我当作退缩不前的理由。

土味十足的《明月度关山》不仅有人看,而且大家都爱看。究其原因,我总结了一条,那就是我用真心、用作家的良知和责任感赋予了《明月度关山》文学的生命,反之,《明月度关山》又用它独有的文学力量反哺我、影响我,使我从一个胆小怯懦的人成长为一个用心写故事的作者。

我手写我心。不忘初心,方得始终。

我是幸运的。有幸生在这个时代,可以亲眼见证蓬勃发展、百花齐放的文学盛景。也期望自己能够始终保持创作《明月度关山》时的热情,在未来创作出更多有筋骨、有道德、有温度的作品。

网文写作，如何"咫尺"见"匠心"

陈酿

早在学生时代，我读到唐代诗人张祜的一首诗："精华在笔端，咫尺匠心难。日月中堂见，江湖满座看。"那时候对这首不为世人所熟悉的诗作并没有太在意，但是，随着这些年小说创作越来越深入，对它也有了更深层的理解。

我觉得一个作家需要具备写作最基础的品质，除了洞察、判断、梳理、剪裁、逻辑安排等文学创作的基本功外，还有几点很重要：眼中有江湖、心中有悲悯；能仰望星空，也能尝人间烟火。而这一切都需要积累。如何积累？一是多读书，二是多走路，三是多观人，四是多记录。万物皆我师，我们可以从茫茫书海、芸芸众生、山川湖海、植物动物、百工物作等等上面，观察到、学习到很多东西。

看起来我的几部长篇小说在短短时间就取得一些成绩，当然首先是缘于许多外部因素，其实自己也积累了很长一段时间，才能厚积薄发。当记者的 20 多年、人生的几十年阅历，一直在积累。当积累到一定程度，自然而然，水到渠成。

但是，人生积累很多，个人的积累也几乎是良莠并存，写作中，需要将这些"积累"去伪存真。其实每一个人都有一颗匠心，只是看自己把它用在哪里而已。所谓"匠心"，其实是"心性"的修为。我们写作就像匠人们一样，难在"坚韧"。一生心有所属、心有所定，心无旁骛地倾注自己的耐心和毅力，投注一片苦心而造就出的匠心精神，总是令人印象深刻并且一

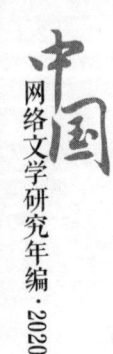

定有所收获。

我写《传国功匠》之前，是先采访、接触了许多普通工匠，在惊叹于他们伟大技艺的同时，被感动、有冲动：下决心有朝一日，一定将温州工匠的伟大匠心和绝世匠艺写出来。

11年前，我还供职于《温州晚报》，考虑到温州自古就是一个"百工之乡"，千百年来，民间有各行各业的能工巧匠。特别是新中国成立后，工匠们用自己勤劳的双手不仅创造了自己的新生活，在艺术上也创作了许多讴歌新时代的伟大作品。于是我就策划了一个"温州非遗"的专题专栏，献礼祖国华诞60周年。

我在做那个专题的时候，接触、采访了许多温州极具匠心、身怀绝技的民间工匠，搜集了大量的民间非遗资料。我被他们的匠艺所折服，被他们坚守的精神所感动，也为家乡有这么多民间高手而震惊。但是，在世人眼里，他们就是平常的手艺人，人们并没有挖掘这些匠艺背后巨大的文化价值、艺术价值和历史价值。

"非遗"于普通人来说也许就是一门手艺。但是于我，我觉得除了景仰和敬重传承人，还应当尽力宣传、传播"非遗"，让更多的人认识、保护、传承它们！

那么我想，如何破解写作上的"咫尺匠心难"？无外乎"走出去""收回来"和"去表达"：走出去选题、了解、研究。然后"收回来"选择、剪裁、构思，最后以合适的文学艺术形式去表达——我选择了用"网络小说"去表达。通过网络文学这个无穷大的平台，所谓"日月中堂见，江湖满座看"。让"宅家"之人能见日月风雨，静坐"书房"也能观江湖波澜。

我是用一颗匠心写了这本书。

《传国功匠》是一部以工匠为主人公的长篇小说。但是从未有过以如此虚实结合的文学样式,跨时空、跨民族、跨信仰地将瓯越大地传承了千年的非凡匠艺和迷人瑰丽的地方风情向世界呈现,引领读者去寻找人类共同的艺术、精神财富。我用我的精华积累,向"匠心"致敬!

古人云:"文不按古,匠心独妙。"匠心,首先是传承,但是,"匠心"的生命力不是泥古,而是不断的探索和创新。

我写《传国功匠》,核心内容是"非遗",它们是"一批巧夺天工的世界非遗传世珍宝",但是,不能一写"非遗"就写老匠人、写老古董,写老工匠怎么将传统技艺传承给年轻人可又后继乏人。我不这么写,《传国功匠》的主人公是有精湛技艺的匠人,但是他们又是一批新时代的年轻人,我把"一纸跨时空跨民族跨信仰的70年盟约、一段扑朔迷离的家国情仇、一场一唱三叹的人间悲欢、一幅风情浓郁的生活长卷"放在一个"制宝、寻宝、护宝、夺宝的传奇故事"里去写。

"寻宝"题材是全世界年轻人特别感兴趣的,《传国功匠》就以"寻宝"故事,曲折动人又瑰丽奇幻地去展现中国独具地方特色的工匠技艺和民族民间的艺术瑰宝,通过对中国东南极具代表性的六大"非遗"匠艺和匠器的硬核描写,来展现中国千年古村落和瓯越大地市井文化的风土人情、文化内涵和生活底蕴,一曲崇善向美、尊工重技的文明赞歌不用说教,自然而然就具有潜移默化的作用了。

考虑到网络小说的特点,《传国功匠》在构思和行文上,有点小穿越,有点小玄幻,以虚实结合的角度去描写。这样,可读性会更强,读者群可以更宽泛,各个年龄层次的读者都会找到自己的喜欢点。

《传国功匠》是一部现实题材的网络小说,那么,更应该去体现它的历史使命和社会价值。我写《传国功匠》,就是希望用网络文学的表现手法,挖掘年轻一代对人生观、价值观和财富观的深刻理解和自我反省,体

271

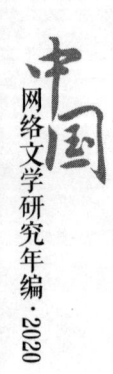

现新时代年轻人的价值追求和家国情怀。

这几年,我尽自己的努力,希望能仰望星空、脚踏实地。走出书斋、下沉生活,学习积累,打开自己、融会贯通。

千年之前,"山中宰相"陶弘景在楠溪江修炼时,曾写过一首诗:"山中何所有,岭上多白云。只可自怡悦,不堪持赠君。"我的文字也许更是"不堪持赠君"。但是,我还是深深感谢喜欢《传国功匠》的各位,且用我这"半世一箱字,换你平生一腔情"吧!

弘扬优秀传统文化是网络作家的责任

关中老人

"军校,备马,抬刀伺候。将令一声震山川,人披衣甲马上鞍……"这是华阴老腔《将令一声震山川》中的开场词,我犹记得第一次在电影《白鹿原》里看到的那个震撼场面:夕阳西下,大戏楼子,一群上了年纪的老爷子们拿着家伙用方言尽情嘶吼,周围蹲坐着十多个傍晚干完活回来吃饭的乡亲们,老爷子们唱得酣畅淋漓,乡亲们也听得如痴如醉。

这一幕让我久久不能忘怀,这一幕又如此的熟悉,因为我也是一个陕西人,这都是我小时候的记忆。那个时候每当有唱戏的,我就会跟着爷爷跑过去凑热闹,只是那时候的我听不懂而已,等到我能听懂,却很多年都再也没听到过了。老爷子们的乡音让我感觉很亲切,我本以为他们所唱的是秦腔,对于陕西人来说,秦腔是再熟悉不过的戏曲了。由于被这一幕所震撼,闲来无事的我随便上网查了查,查完以后我才知道老爷子们唱的并不是秦腔,而是华阴老腔,更让我意外的是,华阴老腔是我老家的一种传统曲艺剧种,而我却根本不知道,我想很多人也对其较为陌生。

那个时候我已经开始写网文了,从 2009 年开始一直写到现在,我从来没想过自己会成为一名网络作家,只是以前喜欢看网文而已,初中、高中的时候更是没日没夜地看。可是人生就是这么有趣,你永远不知道后面会发生什么。我很感谢这段旅途,因为写书让我遇见了更好的自己。你所遇到的人,读过的书,走过的路,看过的风景,经历的事情,最终都会成为你的文字,让你遇到更好的自己。

第三辑 创作与编谈

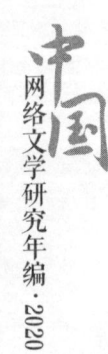

只是我从来没想过会写华阴老腔,似乎这些东西和网文根本不搭边,最多也就是在作品里面出现而已,直到近两年现实题材创作火热,我才终于有了这样的机会。今年,编辑海边一粒沙找我,说让我尝试写写现实题材的作品,正好有个现实题材的征文活动,我想那就试试吧。我有些激动也有些担心,害怕自己功力不够,写不出令人满意的文字。

刚开始我选了几个题材,因为题材不够新颖或者比较有局限性,都被编辑否决了。后来我又努力想了想,突然就想到了华阴老腔,它是非物质文化遗产,而且这些年在电影、电视剧、话剧等各个艺术门类中崭露头角,甚至在综艺春晚等节目中也有精彩亮相,已有很多人领略过它的魅力。可是华阴老腔到底是什么样的剧种?这个地方性的剧种又是怎样从无人知晓走到了今天?于是,我告诉编辑自己要写华阴老腔的决定,没想到这次编辑听完后同意了,于是就有了《一脉承腔》。

《一脉承腔》的创作过程并不顺利,虽然这是我老家的传统曲艺剧种,我这些年也一直很关注,就算是在网上查不到的资料,我也可以询问相关朋友或者亲自去拜访华阴老腔的传承人们。这是我第一次创作现实题材,怎么将这些大量的资料、人物、事件糅合在一起,让它们变得生动有趣,让读者能够坚持读下去,这对我确实是一种考验,它毕竟没有网文那些桥段,没有网文那种爽感。所以,我尝试了很多写法,开篇和中间改了许多次,也删减了不少人物情节,总算逐渐找到了一种节奏,最终将这本书创作完成。

《一脉承腔》这个书名也是和编辑商量出来的,承载着大家能够传承华阴老腔、传承中华优秀传统文化的希望。

《一脉承腔》创作完几个月后,某日编辑突然告诉我《一脉承腔》获奖了,而且还是国家新闻出版署和中国作家协会组织的"庆祝新中国成立

70 周年"主题网络文学作品暨 2019 年优秀网络文学原创作品,这让我喜出望外,因为我根本没想到这本书能获奖,毕竟这是我第一次尝试现实题材。这是对我创作的肯定,让我找到了一个新的创作方向,不再局限于传统网文题材,特别是在传统文化的挖掘方面,真的应该多着些笔墨在老祖宗留给我们的宝藏上。

习近平总书记在文艺工作座谈会上指出,中华优秀传统文化是中华民族的精神命脉,是涵养社会主义核心价值观的重要源泉,也是我们在世界文化激荡中站稳脚跟的坚实根基。要结合新的时代条件传承和弘扬中华优秀传统文化,传承和弘扬中华美学精神。

网文正是一种新的传承方式。网络作家要有社会责任感,优秀传统文化是前辈留给子孙后代的无尽财富,如今很多优秀传统文化在逐渐消失,我们应该用自己的实际行动去传承优秀传统文化。我今后会继续沉淀和提升自己,努力创作出更多弘扬优秀传统文化的作品。

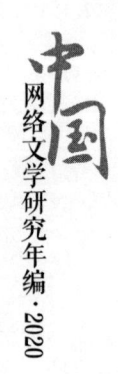
书写青春和梦想　致敬和平年代的英雄情怀

郑景丹

人到中年的我,很幸运第一部小说《青春绽放在军营》入选了由国家新闻出版署、中国作家协会举办的"庆祝新中国成立 70 周年"主题网络文学作品评选暨 2019 年优秀网络文学原创作品推荐活动入选作品,这对于一名热爱文学、喜爱写作的业余写作者来说,是莫大的鼓舞和肯定。

《青春绽放在军营》是以我自己曾经的军营生活为基础创作出的具有半自传体色彩的 12 万字小说。小说以 20 世纪 90 年代为历史背景,讲述了以凤凰为代表的一群风华正茂、英姿勃发的青春女兵在军营里历练成长的故事。那些军营里女兵与男兵、青春与梦想、泪水与汗水、成功和喜悦交织的美好故事,让人向往和感动。

我为什么要写军人,为什么要写女兵的生活?这源于我个人成长的经历和骨子里的英雄主义情结。

我在 20 世纪 80 年代出生于河南大别山革命老区信阳,成长于军人家庭,父亲曾是空军某部队飞行员。我是在空军部队大院里长大的孩子,从小听惯了军营里嘹亮的军号声,看惯了部队在操场上训练的情景。小时候,我经常和大院里的孩子跑到部队的飞机场去玩耍。远远地望见那些很帅气的空军飞行员们提着军用飞行包整齐划一地走向飞行跑道,登上飞机,进行飞行训练⋯⋯

作为军人子弟,真正让我对军人这个崇高职业有所理解和触动的是在我上小学六年级时,我的小伙伴的父亲在部队一次本场飞行训练中,由于飞机突然出现故障,她的父亲作为机长带领机组人员为了挽救当地百姓的生命和财产安全而牺牲,整个机组人员全部遇难,被部队追认为烈士。这是发生在我身边真真切切的英雄事迹,让我明白了在和平年代里依然有牺牲,有奉献,我们仍然需要英雄,更需要军人来保家卫国。

英雄主义情结一直在我心中不断滋长,所以高中毕业后,我入伍参军,成为一名女通信兵,开始了3年紧张而又充实的军营生活。就像小说中女主人公凤凰一样,崇拜英雄,内心笃定毅然参军,报效祖国,将美好的青春奉献给绿色的军营。

多年后,已告别军营的我曾经多少次午夜梦回,那些军营里的青春岁月和光荣梦想依然清晰可见,在我短暂的军旅生涯中,我遇到过的每一位战友都是那么真切鲜活,她们的音容笑貌以及生活的点滴依然历历在目。往事不停在心底堆积,战友们指引着我,让我有一种特别想创作的冲动,想把我心中对军人的奉献与牺牲,对军营的怀念与不舍,对英雄的崇拜与向往,用最真挚的感情表达出来。最终,我拿起了笔,开始书写我的军旅梦。

天方国古有神鸟名"菲尼克司",满500岁后,集香木自焚,复从死灰中更生,鲜美异常,不再死。此鸟即中国远古神话传说中的所谓凤凰,是鸟类中最美丽的鸟。"凤凰涅槃,死而后生",我把女主人公命名为"凤凰",并引用辛弃疾《破阵子》的"醉里挑灯看剑,梦回吹角连营。八百里分麾下炙,五十弦翻塞外声,沙场秋点兵"作为基调。故事就从1996年新兵连一次突然的紧急集合开始写起……1997年的香港回归祖国、1998年抗击洪水、1999年庆祝新中国成立50周年大阅兵这些历史性瞬间皆在其中,我也融入作品中,串联起那些时代的点滴印记。我想把新时代军人特别是青年人的责任担当与奉献精神表现出来,所以才有了倔强内秀的

277

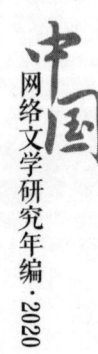

凤凰、桀骜不驯的玲珑、能力强会带兵的苏晴、富有牺牲精神的雪峰、沉稳干练的木沙等一个个鲜活的军人形象。我还把自己的故乡也写了进去。位于河南南部的小城信阳素有"北国江南、江南北国"之称，它不仅是一座山水城市，而且是一座红色之城。信阳的何家冲村曾经是中国工农红军豫鄂皖革命根据地的重要组成部分，也是中国工农红军红二十五军当年长征的出发地。"革命老区、红色摇篮、长征出发地"的信阳曾经见证了战争的激荡年代，是英雄辈出的地方，从这里走出了许世友、李德生、郑维山等93位将军。而现在和平年代里的英雄精神，依然在这大别山革命老区红色的土地上绵延，并将会一直传承下去。

写作的过程是不易的，尤其是作为业余写作者，平时没有整块充裕的写作时间，只有利用晚间和休息时间创作。写作时，我喜欢听着舒缓的音乐，去回忆构思故事。灵感来时，写到兴奋时，常常欲罢不能，但卡文时又冥思苦想，夜不能眠。为了心中的英雄梦，为了致敬和平年代的英雄情怀，我克服困难坚持写作，期间也由于各种原因停笔很长时间，又经过几番修改，终于完稿，完成了我心中这个关于红色青春、绿色方阵、平凡英雄的小说。我沉浸于写作中，完稿后内心洋溢着一种幸福感，写作以来的艰辛已不复存在，这就是整个写作过程带给我的意想不到的震撼。

2018年，我有幸参加了大佳网举办的第四届海峡两岸网络原创文学大赛，《青春绽放在军营》获得了优秀奖。我发现，虽然我尽全力去完成小说创作，但首次写作毕竟笔力有限，仍感觉小说中一些情节处理得不够好，特别是结尾处，总觉得有些仓促了。

虽然我已走过了青葱年少的岁月，但不忘初心、方得始终，因为梦想依然还在，英雄的情怀还在。

生命给我留了足够的时间去写作和挖掘

洛明月

2020 年 1 月 27 日，我再一次来到位于海南省的水稻育种基地，此时，距离创作《粮战》已过去一年之久，但很显然，粮食新品种创制的工作依旧在祖国大地积极开展着。突如其来的疫情放慢了生活的画面，一大批粮食育种工作者因此停滞在海南岛之外，无法入岛，地里的试验材料还等着他们调查，研究 10 余年的稳定品系还等着收获再利用。

然而，这一切不得不以另一种方式进行。

舍弃，从未在育种家头脑里出现过。

我很幸运，入岛的时候，疫情之下的气氛刚刚开始紧张。作为新一代的科研工作者，我的职责便是代表整个研究所负责全部材料的调查、取样和收获。因为一周之后，同事被相继告知，已不能顺利登岛。

我知道，剩下的事只能靠自己了。

"一手出品种，一手出论文"，这句话是对同行业一位泰斗的评价，无论是造福百姓的品种还是推动理论的科技成果，都必须从大地开始撰写，这便是一位实实在在的农业工作者的梦想初衷。

简单的 10 个字，写照的却是一人一生。这些伟大、平凡、朴素的老育种家，默默无闻地度过了一生，他们的故事和精神，就像他们手指上裹满的灰尘一样，不曾被人铭记和赞颂。

他们可是为了"吃饱饭"奋斗一生的耕耘者，治学从严，言传身教，不辞劳苦。他们更期望将毕生所学所悟默默相传下去。匠人精神，必定容

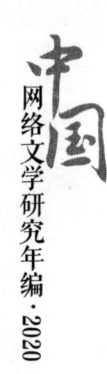

不得半点瑕疵,粮食安全保障是国民安保的根基,随着老一辈育种家的退隐,后起之秀便踏着市场经济的大浪来了,从传承的角度讲,中青年一代职责很重。改革开放40多年的成果,放眼整个行业,优质粮食的份额在市场的占有率却寥寥无几,我们现在的目标和正在做的事便是将"吃好饭"这张优惠券发到每一个公民手中。

育种行业作为粮食供给链上的第一环节,其担当和作为能力决定了这张优惠券的发放期限。

创作《粮战》的初衷,一是很诚恳地交代了我国优质米市场现存的巨大空白,很直白地将问题抛给当代育种家,在面临两难的抉择时,正直的一面方能胜任。我于2010年大三阶段开始接触育种,至今已10年,无私,无私,无私,这是成为一个优秀育种家的前提,也是造福民生的前提。

故事中的崔挽明被赋予了这样一种担当,他的精神和品质原型源于我十分敬重的一位同行,他比我年长8岁,却做到了真正意义上的无私。他带着这样一种品质,在故事中扮演了一位执意让百姓吃上便宜优质大米的育种家形象。《粮战》只想说明一件事:中国粮食,中国饭碗,从吃饱饭到吃好饭绝非一代人的事,也绝非一代人能完成的,这其中必有牺牲和汗水的交融,必有斗争和智慧的较量。

创作初衷之二便是简单的对育种家的赞美,他们太需要被人了解和认识了。我到达海南基地的时候,正值单位财务处的同志被迫留在基地避疫,一位吃了40多年大米饭的女同志居然连水稻和小麦都分不清,我理解不了,但还是硬着头皮跟她解释。这便是实情,想必这样的同志还有很多,这些同志可能一辈子都不知道水稻长什么样子,当然,这不是他们的错,他们也无须知道。但我相信,几乎每一位农民百姓都不会浪费粮食,都懂得粮食的来之不易。我的师者长辈是一个朴素阔达的人,他时常对我们说的一句话便是:浪费粮食是有罪的。

为什么有罪?不是每个读过"汗滴禾下土,粒粒皆辛苦"的人都能做到真正理解其中含义。一个水稻品种的获得,最少需要 10 年时间,对一个育种家来说,恐怕没几个 10 年。要育成《粮战》里的优质大米,又需要多少代人的多少个 10 年?所以,我不得不为他们点赞,不得不将他们隆重地介绍给公众。

当然,促使我不得不创作《粮战》的缘由是我对工作本身的情怀,我不是行业的佼佼者,却被同行所感动和震撼,我可能成为不了故事的主角,却能分享自己的力量。

我深知口粮问题的重要性,深知我国优质米市场在国际上占有量不高,深知老百姓的饭碗还没能彻底得到改善,这是爱,是我对故事主人公给予的厚望,是对现实育种家的一种呼唤和呐喊。我也看到行业云雾缭绕的纷争,看到一出出丑态杂糅的戏剧人生,看到不必要的牺牲和未尝不可的改革,这是宣泄,是现实赋予我们的关注点和努力方向,这对我们的行动来说是种积极的推动信号,它让我们清楚地懂得,民生质量的提高需要一代又一代的人来付出,漫长的黑暗必将迎来最终的黎明。

不知为何,似乎写完《粮战》之后,我便再无更好的情怀了,在海南岛的两个多月,已然无心创作,我被困在基地的高墙之内,感受的不是平静,而是外面的沉浮和呻吟。直到现在,这种恍惚感还在。

惊蛰过后,马上就要播种,又是新的一年,回单位的半个月里,堆积如山的育种材料等着汇编下地,似乎南繁的工作刚结束,这里的工作便又开始了。

显然,我连恍惚和感受"无心创作"的时间都不见得有了,国储粮虽能解一时之需,但整个粮食行业若都如我一样恍惚,一旦延误播种季节,

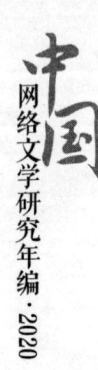

又将是场灾难。所以我庆幸自己及时从沉浮和呻吟中醒了过来,而这个时候,我看到全国同胞们都醒了,他们积极、恰当、适宜地投入社会角色中,重新推动了这盘巨大的齿轮。

而《粮战》过后,我也定会在另一番情怀里成长起来。

成年以后，网络文学前程远大

林庭锋

于我而言，2020 年是一个特殊的年份，起点中文网成立 18 周年了。这个由我发起创建的网站及它所参与、见证的中国网络文学事业，也已成年。

作为一个创新的文学内容发行与运营方式，中国网络文学用短短不到 20 年的时间创造了一个奇迹：4 亿多用户、上千万作者、数千万作品、全产业运营……这些，在中国文学史、出版史、传播史上都前所未有。作为一种新的文化形态，中国网络文学也正在赢得越来越多国外读者的认可与热爱。

回顾网络文学的发展，作为坚守者，我深感荣幸和自豪。

回顾 20 年：网络文学在飞速成长

"文学上网"与网络文学的萌芽　2000 年底，我在广东老家的车管所工作。与此同时，我还有另外一个身份：网络作者。

20 年前，在网络上写小说的国人寥寥无几。多数情况下，互联网文学还主要是把线下出版的内容搬运上网，或把线下没有办法、渠道出版的内容发布上网，与传统文学出版相比，更多的只是发表渠道的一次变更。因此，对于这个阶段的互联网文学，我们更习惯称之为"文学上网"。

与此同时，继承传统大众通俗文学内涵、融合当代文化元素、以网络为渠道首发连载的一种新内容的长篇小说形式也正在萌芽，而这些就是

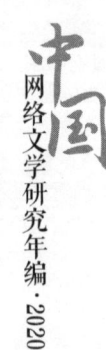
后来的网络文学的真正源头。在当时,老猪、意者、罗森、流浪的蛤蟆等几位作者,包括我在内,主要创作的就是这个类型。当时我们并没有想过这些作品可以受到读者的欢迎,但随着读者反应越来越好,出版商开始找到我们并要求出版时,我们才真正意识到这些内容的价值。

2001年5月,出于"给喜欢写玄幻的伙伴建立一个独立平台"的简单想法,我把刚拿到的稿费拿出来,成立了CMFU(玄幻文学协会)。虽然CMFU并不是第一个互联网文学网站,但我认为,如果追溯网络文学的肇端,CMFU的成立无疑是标志性的。这个管理员全部都是作者的网站当时做出了两个影响行业发展的决定。第一,在当时版权意识还没有形成的环境下,我们首次明确提出了"只发布授权内容"的作品收录原则。为了获得一部作品的转载授权,我曾花了3个月来寻找作家,而找到他的时候,他还很惊讶——以前从来没有一家转载网站找他要过授权。可以说,正是这个原则决定了网络文学这个依赖于知识产权、依赖于创作者的事业。第二,我们提出了百花齐放、"作品交由读者决定"的内容原则。实际上,CMFU的成立很大程度上就是因为我们与此前所在网站对待"玄幻"的观念有差异的结果。因此,我们坚持认为,内容的好坏不应由管理员或编辑的个人喜好决定,而应坚持"文学为读者而作"的初衷,把评判权交给读者。客观地说,这个原则从根本上保障了网络文学开放的活力,后来起点中文网坚持的内容多元化原则也正是源自于此。

在这两大原则的影响下,大量网络作家加入了我们的行列,CMFU因此快速发展。很快,原来的论坛模式已无法承载大量的阅读,为此我们开始筹划建立一个真正的网络文学网站。2002年,起点中文网这个已经成为网络文学符号的网站正式上线。

数字阅读时代与网络文学的生长 2003年,起点中文网已经成为全国十大个人网站之一,但我和我们的管理员团队却充满焦虑。

原因在于,当时的网络文学看似蓬勃发展,但背后却已开始陷入一个恶性循环:作家基本上都是凭兴趣进行写作,难以长期坚持,大量作品半途而废,读者甚至都很难找到一本真正完结的作品。现在大家耳熟能详的"太监""烂尾"等词就是当时读者对那些创作中断或草草完结作品的谑称。这种情况下,读者根本无法形成阅读期待,影响力的扩大也就无从谈起。

为此,我们必须找到网络文学发展的持续动力,其核心抓手就在于推动作家的写作。我们开始考虑网络文学商业化,但仅是做出这个决定我们就用了整整 6 个月。因为从当时的社会情况来看,这几乎是不可能成功的选择。

首先,当时的互联网还没有形成版权意识和付费习惯,阅读在多数人眼里就是免费的,在网上花钱看书几乎是一个不能理解的逻辑。第二,因为普遍担心读者流失,作家并不支持商业探索,我们面临无人支持的窘境。第三,在网络支付还不发达的时代,作为个人网站,我们也没有能力建设或者接入主流付费渠道。更现实的是,此前已经有一些线上阅读网站尝试过包月付费业务,惨败在前。

也正是因为这些原因,当听说起点要做付费,很多人来劝阻我们,但在 2003 年底,我还是坚持推出了首创的 VIP 微支付制度。这个决定源自我们对内容的信心:这些作品是读者喜爱且网络唯一的。

事实证明,作为行业的核心商业模式,VIP 制度成功了。这个模式不仅培养了规模前所未有的作家群,保障了内容生产的巨大活力,也实现了我们当时"让作家不再清贫"的理想——仅 2018 年,阅文集团就发放了近 20 亿稿酬。从一定程度上讲,可以说 VIP 制度成就了网络文学。当

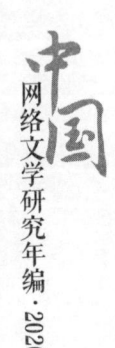
然,起点中文网也因此实现了后续的持续领先,网络文学由此开启了数字阅读时代。读者付费阅读、作家享受分成的运行机制持续至今。

此后,在作家端我们又先后首创了以扶持和激励作家创作为主的作家福利,以建立作家品牌为主的白金大神作家品牌等制度和举措;在读者端,推出了月票、打赏、粉丝体系等一系列阅读与互动功能。同时,随着内容的持续发展,我们也在不断建设和完善内容的分类、编辑的工作制度、内容安全审读体系等,这些制度很多都成了行业标准。

在全体同人的不断努力下,围绕数字阅读,网络文学的生态日益完善,并迅速成为网络内容的核心产品之一,并一步步成长到如今4亿多用户的超级文化产品。

全产业时代与网络文学的成熟 早在2005年,起点中文网就率先开始探索网络文学的多元实现形式,推出了首款网络文学改编游戏《小兵传奇》,并开启了IP授权业务。但客观地说,因为行业与文化产业发展程度尚未成熟,网络文学的产业化发展在相当长时间内并未取得明显突破。

以2013年4G商用为标志,移动互联网时代的来临真正开始推动网络文学从数字阅读向产业化发展迈进,网络文学基于文本、超越文本开始成为常态。

首先,移动互联网实现了网络文学用户基数的大幅增长,网络文学用户数在很短时间内就实现了翻倍,影响力空前。网络文学的各项纪录迅速被打破,原来难以企及的亿次订阅几乎已经成为超人气作品的常态。

与此同时,在移动互联网浪潮的推动下,整个网络文化产业都取得了快速发展,视频、游戏、动漫、音频等行业都取得了巨大突破,对于内容、IP的需求变得越来越大。而网络文学不仅仅影响力巨大,同时也是市场检验程度最高的网络原生内容,市场没有意外地加大了对网络文学的关注力度。

这两点的结合,让网络文学的内容开发迅速进入了快车道。《琅琊榜》《鬼吹灯》《斗破苍穹》等作品引发了社会性的热潮,网络文学 IP 的概念逐渐深入人心,反过来也带动了网络文学的快速成长。基于对产业化的认识,我们在 2014 年通过腾讯文学平台以及后续的阅文集团,率先开启了 IP 一体化改编、IP 共营合伙人等一系列探索,首次开始尝试从文学平台向外延伸,主导或参与投资出品影视、动漫、游戏等一系列产品并取得了巨大突破。

聚焦当下:网络文学在实现跨越

目前,网络文学的阅读生态已经非常完善,基本的开发模式已经形成,一个成熟的文化样式和产业形态已经确立。

内容与创作提升明显。从内容角度上看,网络文学作品导向正确、储备丰富、生活化、个性化趋势明显,作家创作水准和投入程度也越来越高。

第一,经过多年的发展和规范,网络文学正规平台基本都已形成了以正能量为核心的正确内容导向。家国情怀、奋斗成长、理想追求、情感认同等成为网络文学最核心的内容主题,大凡成功的作品莫不如此。可以说,网络文学再一次证明了主流大众文化产品与社会、时代的高度契合。

第二,网络文学内容储备已经空前丰富,并依旧保持有效开拓。海量用户的不同审美诉求加速了网络文学的多元化进程。这一点对于最早布局多元内容的我们来说,体会最为明显:2018 年以来,榜单构成越来越多元,比如出现了排名前 10 作品分属 7 个分类的丰富构成,连续多年都有 10 个以上品类创下新高。近年来还诞生了传统文化、学霸、科技、工业、轻小说等一系列深受欢迎的题材类型。

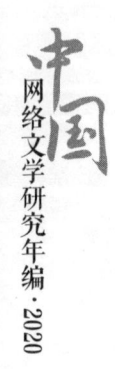

第三,网络文学生活化趋势越来越明显,日益贴近时代。近年来,网络文学现实主义内容的增速达到了历史最高水平,仅我们举办的现实题材征文活动征集的作品就超过4万部,覆盖了从时代变迁到个人奋斗、生活情感等方方面面。除了传统的现实题材,生活化也成了幻想类小说的核心趋势,作品与读者基于现实的情感共鸣、认知共鸣越来越高。

第四,网络文学个性化特征越来越突出,无论是题材还是风格都是如此。题材上,专业题材快速崛起,以2019年为例,风云榜前10作品中两部都是深受专业群体认可的医疗职业小说,这是前所未有的。同样,《大国重工》《复兴之路》《朝阳警事》等获奖作品不仅具备深厚的生活沉淀,也更聚焦专业领域。而从风格上来说,较之网络文学初期以热血奋斗为主的风格特色,现在的网络文学中没有自我风格的作品已很难成功。这是读者审美和精神诉求不断提高的必然结果。

第五,在读者要求越来越高、差异化越来越明显的当下,网络文学作家的创作素养也在不断提升。就我个人感觉,其中最为可喜的是深入生活和资料学习已经成为很多作家的创作习惯。我们很多作家写作前要阅读百万字的资料、做大量的调研,其中一些专业程度比较高的作品,作者还专门去医院、基层、扶贫点体验生活……这些工作就是网络文学职业小说、现实题材越来越被认可的根本原因,相信也会是未来网络文学诞生新的精品、经典的创作基础。

产业发展与国际传播实现跨越。从产业上来说,目前以网络文学IP为核心的产业生态已经基本确立,对于网络文学的运用已不只是以传统改编为主的二次创作,对于IP整体开发、运营模式的探索也在有序展开。以《全职高手》为例,其整体运营可以说已经真正实现了IP跨界,虚拟角色的影响力丝毫不逊于现实明星,可以代言产品,可以实现文旅结合等。

同样,随着有实力的网络文学平台逐渐向下游发展,像《庆余年》这样的网文企业深入参与的成功改编作品也会越来越多。2019年,阅文动漫作品的总播放量已突破100亿。从国际传播角度来看,网络文学已初步实现了出海立足,并开始从最初的作品译介向文化生态落地升级。以起点国际为例,目前我们翻译的作品已经超过15亿字,覆盖10余种语言,在多个国家和地区成为网络阅读的领先者;4万余位国外作家创作了超过7万部作品,这些作品很大程度上深受中国网络文学影响。接下来,这样的传播只会越来越深入。

展望未来:网络文学的未来才刚刚开启

经过近20年的发展,已经成年的网络文学正迈向一个全新的未来。如果说前20年网络文学实现了从无到有、从有到强的过程,那么接下来,寻求深度将成为网络文学的发展必然。

从内容上来说,深度的表现就是出现更多精品。事实告诉我们,精品是影响最多人、创造最大社会和经济效益的核心,是网络文学IP产业的基础,也是真正热爱网络文学的从业者的基本追求。随着读者要求、作家素养、编辑引导的不断提升,在网络文学领域诞生更多精品应该是一种必然。从产业上来说,深度的表现很可能在于IP粉丝文化的突破。我觉得大致可以分为三个层面。第一个是粉丝生态,我们可以看到,近年来粉丝共读、IP共创的趋势在不断加强。在2017年,我们还没有一部作品原生评论过百万,现在已经有数十部作品达到这一规模。以往读者只在书评区、书友群讨论作品,现在一天的周边产出就可以超过过去一个月。除了阅读,粉丝们还在用更多方式表达自己的热爱,而这个生态,也是未来IP产业开发的基础。

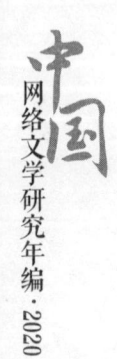

从传播上来说,"更深"一方面意味着我们需要更多关注个性化需求,发掘、扶持出更多优质的、个性化的作品回馈读者。另一方面,我们还需要更深度地走向世界,无论是市场深度还是 IP 文化的传播深度都是如此。从空间来说,网络文学发展的未来在于深度跨界。毫无疑问,在 AI、AR、5G 等技术发展和网络社群发展的背景下,社会对于内容的诉求只会越来越强。网络文学不仅在线上诸如视频、互动游戏等各种领域发展前景巨大,也完全有可能更大规模地跨界线下。

因此,作为一个有着近 20 年工作经历的网络文学编辑,我一直觉得,网络文学成年以后才是它"人生"的真正开始。和所有大众文艺样式一样,网络文学的"人生发展"究竟如何,永远取决于它的内容,取决于内容的导向、社会效益、质量以及对读者的敬畏等,这一切就是编辑工作的意义所在。我相信,好的编辑永远是保证网络文学前程远大的基础。

我也热切希望,自己可以作为编辑一直坚守下去,也希望更多人才选择网络文学,选择成为网络文学编辑。

以人为本　共创精品

童之磊

中国网络文学已经走过 20 年,而今年也恰逢"中文在线"网站成立 20 周年。可以说,我们见证了新世纪以来中国网络文学的繁荣发展,也以自身努力推动着行业变革。

今年 6 月,国家新闻出版署下发了《关于进一步加强网络文学出版管理的通知》,为规范网络文学行业秩序进行了战略性引领,以实现网络文学从盲目自我生长向合理有序的良性发展迈进。

中国作协网络文学中心一直致力于推动网络文学的繁荣健康发展,为从业者提供一个可以发声和展示的平台。中国网络文学排行榜的推出,也旨在强化对网络文学创作的引导,弘扬社会主义核心价值观,为全社会提供更多高质量的精神文化产品。

多年来,中文在线坚持"内容为王"的策略,拥有数字内容资源 460 万种,驻站作者 390 万人,以 17K 小说网、汤圆创作、四月天小说网三大原创平台为核心,搭建了完善的作者服务体系和激励制度,风御九秋、善良的蜜蜂、小鱼大心等旗下 10 余位原创作家加入了中国作协,《沉鱼策》《参天》《冰上无双》等不少作品已获中国作协、国家新闻出版署的扶持和推介。

根据《2019 中国网络文学发展报告》的统计数据,2019 年中国网络文学作者数量已从 2017 年的 1400 万增至 1936 万,教育部认定大学生毕业选择从事"作者、自由撰稿人"职业也属于就业。20 年里,网络文学事

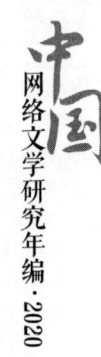

业的发展遇到了很多竞争对手,如视频、游戏、动漫等,但它为什么没有式微,反而茁壮成长,它的吸引力到底有哪些? 网络文学创作如何多出精品? 这些都是我们一直在思考的议题。

中文在线致力于构建以作家为核心的成长生态,围绕内容生产全面赋能作者,为作者提供内容创作工具、作家培养体系、内容全渠道分发、IP一体化衍生开发、作品维权等一站式服务。

一、提供专业化培训指导,主动求新求变。2013 年,中文在线在中国作协的指导下成立了网络文学大学。学科课程设置最基本的出发点就是要解决作者创作中"恒定不变"的问题,据此制定教学规划,帮助网络文学作者了解网文特征、挖掘自身潜能、掌握写作技巧,从而帮助其在自己擅长的类型里成长为具有品牌影响力的作家。目前,我们已开设 70 期培训班,公开课播放量超过 200 万次,不但深受广大网文作者欢迎,还培养出不少明星学员。

未来我们希望中国作协能继续支持网络文学大学的办学发展,统筹联动更多网文原创平台、知名作家及相关学者、专家,对课程打磨给予更多指导,将其纳入作协作家培养体系,为考核通过的作者颁发认证,使更多网文作者可以通过网络文学大学获益。

另一方面,我们力图通过组织学习研讨和培训,不断提升网络文学编辑的专业能力。在题材类型方面,通过现实题材征文活动等,扶持创新,主动求新求变,坚决抵制模式化、同质化倾向。编辑深度参与作品创作,如给出题材选择建议、开篇精修、全程跟读等,真正参与到作者的创作过程中来。

此外,我们还与作协保持着密切沟通,积极推荐优秀作者加入各级作协,参与奖项评选,进入鲁迅文学院学习深造等,激励网文作者创作精品。

二、建立让作者安心创作的机制,解决作者的后顾之忧。中文在线旗下的17K小说网、四月天小说网今年联合推出了全新的福利体系,除了上架保障、全勤保障,还设置了多维度的奖励金制度。在作者签约方面,推出"一键直签"模式,让作者享有更大的选择权。在保护正版、打击盗版方面,中文在线组建了一支业内一流的专业维权服务团队帮助作者维权、解决相关难题。此外,还推出了"作家健康计划",为优秀作家购买商业保险等,作者生活有保障,才能安心创作。

三、汇聚产业链的力量打造超级IP,为作者解决商业化难题。中文在线依托内容优势,与移动阅读平台、三大运营商、音频平台、传统媒体等进行广泛合作;与爱奇艺、字节跳动,蜻蜓FM等头部文娱企业形成深入的业务或资本层面合作,为作品IP的多元开发、提升版权价值和作者收益等奠定了行业基础。

中国网络文学20年取得的成绩有目共睹。我相信,作为文娱行业的IP源头和核心力量,中国网络文学会实现高质量发展,必将以更多精品力作的多元开发为抓手,进一步激活国内大市场。

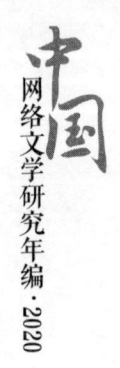
网络文学 IP 的市场判断与风口机遇

侯小强

随着网络文学的发展壮大,网络文学已经成为当下文创行业重要的内容源头。就 IP 市场的观察而言,网络文学领先剧集市场两三年。因此,想要看到两年后电视剧的模样,可以了解一下今天网络文学的创作现状和存量构成。

当前剧集市场整体的低迷和不确定性,并不影响头部 IP。头部 IP 的稀缺,仍然是剧集市场的主要矛盾之一。所谓的头部 IP,既指故事的稀缺、人设的极致,也指用户基础的广大。将一个好的 IP 打造成头部 IP,有辨识度的好故事,是最基本的要求,但最重要的,还是它与当下受众的共情能力,其次是典型人物的塑造——所有新的故事,都是新瓶装旧酒。故事模型不变,外壳是能够与当下社会心理最广阔的共情能力。因此,从接受效果来说,好的头部 IP,应该是情绪优先于人设,人设优先于故事,即情绪 > 人设 > 故事。

但判断 IP 是不是头部 IP,不仅是就 IP 内容构成和结构要素做文章,最终仍要交由市场来检验。成功的头部 IP,永远是内容构成与市场口味的最佳博弈结果。因此,成功的头部 IP,既有理性设计的部分,也有非理性的部分。而很有意思的一个现象是,我们看到,很多时候非理性的因素,对识别一个 IP 是否是头部 IP 往往有更重要的参考作用。相比较而言,那些有广博阅读量、新审美的人的判断力,或许显得更重要一些。

就 IP 本身的内容和结构而言,头部 IP 并不是在所有要素方面的平均或全部领先，很有可能是部分关键要素的大距离领先，甚至在某些要素构成上可能还存在一些缺陷。换句话说，要实现从头部 IP 到超级剧集的跨越，首先在于找到头部 IP 广受欢迎的核心要素，并努力放大、准确还原。

头部 IP 都具有很好的成长性，生长周期比较长，而并非基于当下的一日之功。审美是有舒适区的，同所有领域的成长一样，审美也需要放下成见，走出舒适区。换句话说，那些能迎合大众审美一时口味的，并不见得就能做到一劳永逸，一招通吃——审美样式的重复，即意味着审美效果的疲劳。只有不断提供崭新的，不一样的，甚至有难度的文本，才有可能是下一个风潮所在。

就市场开发潜力而言，年轻的受众，永远是头部 IP 的发力目标，因此，陪伴 05 后成长 15 年，这应该是所有有志于深耕 IP 和剧集领域的人的共识。所以，当我们说 IP 大数据的时候，并不是指存量市场里的画像，而是由社会、文化、心理等诸多领域变化进程中发出的弱信号，或者说是在 IP 成长过程中遭遇的那些充满不确定的变量部分。

从目前的性向类别前景和成熟度来看，女性向网络文学已经超越了过去叙事模式中的"情感＋"模式，成为"类型化＋"模式，这是女性审美的觉醒、提升。整体而言，女性向网络小说在对剧集的影响上比男性向的有着天然的优势。

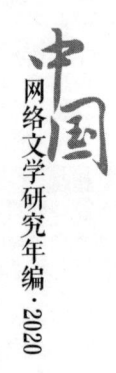

网络小说的本质

邪月

我曾拜读过包括邵燕君老师在内的不少教授对于网络文学的研究论文,这些论文或多或少都有关于文学本质的讨论。其中有一个说法我比较喜欢,即美国当代文艺学家 M. H. 艾布拉姆斯在《镜与灯:浪漫主义文论及批评传统》一书中提出的文学四要素的著名观点。他认为文学作为一种活动,总是由作品、作家、世界、读者四个要素组成的。关于文学的本质,他认为:文学作为一种人类的文化样式,是具有社会审美意识形态性质的(世界的角度)、凝聚着个体体验的(作家的角度)、沟通着人际情感交流的(读者的角度)语言艺术(作品的角度)。

这个观点从宏观的角度说明了文学作品的本质。具体到网络文学上,我又细细拆分了网络文学的范畴。今天我们所讨论的网络文学,我个人更喜欢用"网络小说"来代称。原因是文学有很多种类型,小说、诗歌、散文等,包括今天的网络文学 IP 榜,其实都只针对小说特别是网络小说这个独特类型在做。当然网络文学里也不乏好的诗歌作品,国内有一个很大的诗歌社区 APP,日活跃用户数量达 10 万以上,是写诗读诗的爱好者群体,只是相对于网络小说的受众少了很多。

从世界的角度或者说世界观的角度来看,网络文学创作者总是不自觉地带有当时中国社会的大众化审美,我们得承认这其中是有少部分例外的,但总体的创作无疑是贴合社会变化的。可以简单举个例子,在最早期的网络文学作品里,比如说军事小说,因为当时中国外部环境较差,诸多军事小说作者满脑子想的都是中国如此落后,如果打起仗了怎么办,同时也因为深信中国人民的英雄主义情结,因此大部分作品都是在讲装备落后的情况下主人公如何通过个人的英雄行为力挽狂澜。军事小说被认为是"愤青小说",反映了中国社会当时的主流审美价值观。

在这种价值观的影响下,网络作家们根据自己的人生阅历,运用个人想象创作出了很多之前没有出现过的小说内容。现在看可能司空见惯了,但在当时无疑让人感到惊讶。可以说现在每一个网络小说分类的代表作,都是从无到有被创造出来的,甚至大家可以从专门的网络文学研究里看到一些相关的名词解释。比如说"修真"这个词以及相关的筑基、金丹、元婴体系,斗罗带来的斗魂体系等。

作者通过创意打造了体系后,就开始构造一个符合这个体系的世界,或者说在作家创作的过程里,这个幻想世界是在不断完善的。读者在阅读时,通过一个个故事情节沉醉其中,他们会幻想自己是主角的话会有多爽,这些故事主题往往逃不开"努力必有收获""主角要酷云淡风轻"等,而且为了让读者能够相信这些世界是逻辑自洽的,以上的主题会被轮流使用。这些故事情节结合整个幻想世界,让读者醉心其中也很正常。

回到网络小说这个主题上,我认为网络小说的本质是根植于中国独特的社会阶层,带有大众化审美意识形态,凝聚了作家个人阅历带来的想象力,通过构造一个幻想世界让读者感受到阅读快乐的艺术作品。这四个要素跟文学作品的四要素是一致的,但同时也带有网络小说自身的独特之处。

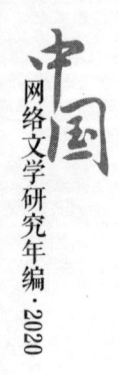

我与网络文学的二十年

黄艳明

网络文学发展到当下的"IP时代",不过是近几年的事情。2015年前后,随着《花千骨》《美人心计》《步步惊心》等电视剧的热播,这些作品的IP源头,"晋江文学城"(以下简称"晋江")开始进入更多影视公司的视野,而整个网络文学界也迎来了它的IP时代。

IP时代的网络文学是个既小又大的行业:说"小",是指其直接影响力,算起来整个付费阅读市场的收入可能还没有一家视频网站的收入高;而说它"大",是因为文字仍然是高效的记录和创作方式,它为精品音视频节目提供了创作脚本,一旦作品IP改编成功,影响力会一下子扩大许多。

近些年,根据网络文学作品改编的影视剧有不少都与晋江有关,有的是作者在晋江上创作发布的,有的则通过这个平台实现售卖。越来越多源自晋江的作品与观众见面,如《知否知否应是绿肥红瘦》《少年的你》(原著名为《少年的你,如此美丽》)等。而时光回溯至20年前,那时的晋江是断不会料到会有今天这样的发展局面的。

1999年,国内互联网站尚处于第一个热火朝天的建设阶段时,全国各地电信局积极开办了不少"××信息港"之类的网站。在内容相对匮乏的时代,文学故事成了填充网站栏目的重要选择。晋江文学城正是在此背景下,由福建省晋江市电信局创办的"晋江万维信息网"的一个版块,而初代站长sunrain则是网站代码的编写人和栏目内容的维护人。

2001 年,随着 sunrain 的辞职离开,晋江文学城停止更新,成了"弃婴"。所幸,"文学城"版块下的论坛仍可以发言交流,于是在网站停更半年后,文学城的资深读者洁普莉儿发布了一个名为"拯救晋江计划"的帖子,号召大家想办法帮文学城恢复生机。

彼时的我大学毕业刚半年,工作悠闲,作为一名在"文学城"读书已一年多,又会一点网页制作技术和网站建设的人,我便积极地参与到这个拯救计划中来。在众多网友的努力下,晋江逐渐恢复了生机,2003 年 1 月甚至还拥有了自己的独立服务器,而我与网络文学的真正结缘也由此开始。

2003 年 8 月,"晋江原创网"成立,新成立的网站主要收录网友的原创文学作品,给同好们提供一个可以写作、阅读和交流的平台,这个网站就是如今"晋江文学城"的前身。而这一时期,网络文学行业的发展也正处于萌芽阶段。彼时的网文作者主要为一群文学爱好者。他们把文学作品发表到网络上并不是为了什么经济目的,而是因为传统文学报刊投稿难、图书出版难,所以想更多地通过这种方式实现自己的文学梦想。以当时比较流行的言情类读物为例,那时此类作品仍以台湾地区出版的图书为主,大陆许多网友在多年阅读之后也有了创作冲动,于是一些模仿之作开始发在包括晋江文学城在内的网络文学网站上,供广大网友免费阅读。当时尚没有明确的"男频""女频"概念,网络文学也缺少变现能力,只是在每个平台聚集了一群爱好写作的人。大家的创作以追求自己内心的真实表达为主,因此,我们称这一阶段为"自由时代"。

自由时代的网络文学作品由于更多是出于个人喜好的表达,因此内容题材丰富,创作上也更精雕细琢,涌现出一些优秀作品,被出版商看中后以纸书方式出版发行,网络文学因此进入到了可获得经济效益的"出

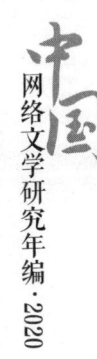

版时代"。当时实体化出版主要有两个潮流：一个是在大陆出版言情类作品，如《泡沫之夏》《何以笙箫默》《梦回大清》等；一个是在台湾地区出版玄幻奇幻类作品，如《飘渺之旅》《小兵传奇》等。那时的晋江有越来越多的女性作者和女性读者聚集并取得了一些成绩，并因此吸引了更多喜欢这类作品的读者，之后便慢慢地被广大同好定义为"女性向"文学作品聚集地，也逐渐形成了现在晋江的创作风格。

那时，出版商圈子里也流传着一些财富故事。如某出版商获得了某网络作品的版权，出版发行后几个月，办公室就从合租变成了单租的超大办公室，还有的人干脆不再租办公室而是直接买了新房子。那几年还有个有趣现象，即大陆与台湾的作品交流方向发生了变化。以前琼瑶、席绢、左晴雯等台湾作者的作品在内地风靡，如网络小说历史上第一部畅销小说《第一次的亲密接触》的作者痞子蔡就是一位台湾作家。然而，随着晋江原创网的成立及发展，找晋江洽谈出版作品的台湾出版商越来越多，每年晋江获实体出版的作品有 400 余种，输出台湾的部分约占其中三分之一。有网友提及，现在去台湾的书店转转，每个店里都能看到晋江的作品。虽然如此，实体出版仍是很难适应海量的网络文学作品创作现实的，更多的网文需要找到更好的出路以实现价值变现。

2003 年之后几年，随着电脑和网络的普及，网络文学的发展如虎添翼，开始不断有网站实施付费阅读策略，我把这一阶段称为网络文学的"电脑时代"。2008 年，基于生存压力，晋江也被迫走上了付费阅读的道路。不知当时其他文学网站经营者的心情如何，但我们最开始实施收费制度时心情是忐忑的，因为之前反对的声浪太大，以至于我们很怀疑改革能否取得成功。第一个月过去后，有从其他网站跳槽过来的主编告诉我，晋江的收入比她之前所在的网站强很多，而她说的那个网站当时在业内排行也是靠前的。那一刻,我们的心才算踏实了。这意味着晋江的作品价值被认可了,网站的生存有了希望。回顾 10 年坎坷中的数次"拯救",在一个免费的文学网站上,网友和网站的相濡以沫相信也是很多网站在"田园时代"都曾拥有过的。

随着网络文学行业中各个网站走向商业化,平台经营者、作者、读者也都有了较大改变,整个行业变得更加专业化起来。作者方面,在付费阅读制度下,文字价值变现的速度远远超过实体出版,作品发表当天即可获得收益;文章是不是受欢迎,"卖"得好不好等,都有了最真实、直接的数据反馈。这时期的作者和读者之间,互动性得到空前加强,甚至出现了"打赏""催更"等直接用金钱来反映对作品喜爱程度的方式。

由于变现的即时性,网文作品的更新字数更直接地影响着网文作者的月收入。这一阶段,网络文学的更新字数开始呈爆发式增长,三五个月精雕细琢 20 万字的时代一去不复返。比如一个普通的全职网络作者,平均收入水平若按千字 30 元来算的话,每天需保持 6000 字的更新量才能保证月收入超过 5000 元。因此,全职作者的更新压力非常大。同样,网络文学网站的整体更新字数与收入的相关度也非常高,因此网站在推荐作品时会更倾向千字收入高以及更新速度快的文章。要提高千字收入,相当于要提高作者的写作水平,而这并非一夕之功,因此更多时候网站推荐的重点就会落在更新字数上。

由于更新量大,这一阶段的网络文学作品呈现出字数长、更新快、故事性强,但文字却不洗练的现象,俗称"注水"。"注水"虽然会影响读者的阅读体验,但由于作品是连载,相较内容精练但好几天才更新一次的文章,读者宁可选择内容"注水"但每天都能大量更新的作品以缓解对获知故事后续发展的焦急感及阅读渴望。因此,在作者、网站、读者三方的共

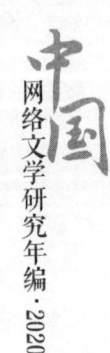

同影响下,精彩程度相当的作品中,更新快的要比更新慢的更受欢迎,这也成了这一时期网文传播的特点之一。

文学水平虽有所下降,这一时期网文作品的内容创新却特别出彩。由于电脑屏幕大、操作简单,一个文学网站首页、内页上的各种推荐榜单加起来,一次就可推荐约 5000 篇文章,再加上按类型定制的搜索和排序功能等,几乎所有文章都有可能被人找到、看到,这大大增强了网络文学的"长尾效应"。这让更多作者可以大胆尝试新的类型和题材而不害怕找不到读者。在这个网络文学创新的黄金时代,许多别具创意的流派或令人耳目一新的桥段、概念纷纷诞生,如无限流、随身空间、种田文、重生、盗墓等。

然而,随着智能手机的流行和无线网络的普及,这一黄金时代开始逐渐远去。当手机开始占据人们生活中越来越多的碎片时间,原先网络文学的读者也越来越多地开始借助手机进行网文阅读。从积极方面看,手机阅读令读者的总体阅读量有所提高,相应的作品收入也会提高。但另一方面,相较电脑,手机的屏幕小,手机的点触操作不如鼠标精细,因此,手机上的文学网站无法像电脑上一样,提供足够多的推荐位和更多的搜索排序方式,以至于长尾效应不断减弱,而强者愈强、弱者愈弱的"马太效应"则越来越显著。

这一时期,高回报开始向更少的作品集中。为了能成为成功者中的一员,作者们不可避免地开始跟风创作,大量题材雷同的作品淹没了少数作者的创新创作,也使安心全职写作的作者减少。从网站经营层面来看,由于推荐位的变少,为了让读者可以更方便地选择适合自己的阅读内容,网站会根据读者的不同性别、爱好对网站进行定位并不断强化自身在细分市场的优势,如男频、女频等概念的抛出就是佐证。

从市场的反应看,绝大多数女性和绝大多数男性爱读的作品,无论从题材、风格,还是行文重点、作品篇幅等方面,差异的确很大。因此现在很多平台的阅读APP在手机上安装后的第一次运行,都会让用户自己选择是要阅读"男频"还是"女频",从而据此为不同用户呈现个性化的推荐列表。就版权运营而言,"女频"和"男频"作品本身存在的差别也会使版权运营上产生一些差异。比如晋江网站和以男频作品为主的其他网站相比,多数作品就相对篇幅较短,题材也多以言情为主;从市场反馈来看,也更适合进行影视化改编。因此,"男频""女频"的区分从一定程度上,也为衍生版权开发团队可以更高效、准确地找到更适合的作品,以制作更多为更广大受众群体所喜爱的优秀作品提供了方便。

当然,不断强化的性别标签虽可让读者更快地找到心仪的作品,促进衍生版权的开发,但不得不说,这也容易把读者引向愈行愈远的两端,使很多精彩内容被错失,而男性、女性读者之间的阅读分界也会被强化。站在从业者的角度,我认为好的作品应不分性别,在市场选择的结果下,优质的网文作品固然会脱颖而出,但当下我们更应做的当是促进两性阅读内容的不断交流,给那些尝试跨界的作品更多生存空间,而非刻意去强化分类。只有不断地交流才能丰富创作题材,碰撞出更多灵感。而文学网站要做的就是坚守初心,把好作品质量关。

现在有不少网站都打出了"打造大IP"的旗帜,但我一直以来的理念都是:IP可以培育,但很难"打造"。先研究市场,再针对性地鼓励某种题材或某部作品并集中资源去捧——这种事儿晋江不会做。因为我们不认为自己在文学创作上比作者更聪明。作为平台的管理者,越是在管理上有很大权力,越应防范自己对作者创作的深度干预,我们应时刻告诫自己,不要试图胁迫作者、充当"写作导师",而应把更多精力放在基础服

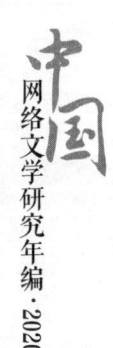

务上。

正是基于此理念,我们对晋江的管理一直是把主要精力放在保持作品的"生物多样性"方面,尽量对每种题材都能做到公平对待,不歧视也不热捧,不推波助澜也不强求作者追逐热点,让每种类型的作品都有生存的空间,并尽量提供便利的搜索方式和智能推荐方式,让小众口味的读者也能找到自己期待的冷门作品。我们相信,当更多灵感可以落地生根、各种题材都能蓬勃生长、不同类型的作品能互相融合并发生裂变的时候,新物种就会诞生,好作品也会自然而然地涌现出来。同时,我们还需要将这些好作品交给更专业的人,以更适合的方式进行改编,让一部优秀网文作品的读者拓展到纸书阅读者、电影电视观众、游戏玩家等更广阔的受众群体,跳出纯网文读者这一范畴,变成一部"全民作品"。

另一方面,IP热不仅可以给资本市场带来巨大的商业价值,其社会和文化传播价值同样不可小觑。以"花千骨"和"知否"为例,其书籍不仅在东南亚地区发行后广受好评,泰国、日本的电视机构也在商洽购片。在"文化走出去"的号召下,网络文学的出海成功也是我国软实力的体现。从前我们也尝试过不少文化内容的输出,却常听有人说,"很难让外国人理解中国文化"。这一说法其实过于刻意地强调中国文化、中国符号,本身即是一种故步自封。当下的中国是一个现代化的国家,并且正积极地迈向国际化,向外国人展示我们同其他现代化国家一样的现代化生活与思维、思想方式,才是海外输出的正确姿态。把中国特色、中国符号当卖点只能满足一小部分外国人的猎奇思维并造成对我国"文化输出"的误解;相反,"润物细无声"才更能够切实地实现文化输出的目标。在这方面,我对中国的网络文学满怀期待。

为什么中国的网络文学风景独好?早在十年前就有人在讨论研究这

个问题了。一个有一定共识的结论是:互联网的出现给了海量写作爱好者一个非常高效且门槛较低的展示作品的机会,给不少作者提供了想象力疯狂释放的空间,各种奇思妙想之作也迅速吸引了大批读者,实现了一次文学阅读人口的媒介大迁移。而对比海外阅读市场可以发现,相对宽松的出版制度使大量写作爱好者缺少从生产机制角度来推进阅读媒介迁移的动力,创作者因此也缺乏以低成本试错的方式去探索开发文学的各种创新尝试。由此,中国的网络文学在互联网时代迅速地实现了弯道超车,而晋江则幸运地搭上了这班车。

在国际通俗文学的竞争中,原本"中国制造"是很难对抗"好莱坞梦工厂"式的现代化生产的,但网络文学热潮的到来给了我们一次机遇。"梦工厂"的成功得益于百年来不断积累、试错形成的一套极高效、模板化的生产复制方式,无论是从认知还是从人才储备方面,这种积累都令我们很难赶超;但网络文学的海量生产、低成本试错、海量质检员(读者)的全新生产机制,却使我们拥有了更低成本、更高效率的生产模式,只要把握机遇、保持优势特色,就有机会"沙里淘金"出精品,在创意源头超越对方。

当下,和所有网络文学网站一样,晋江也面临着新的困难与挑战。随着网络文学的影响越来越大,各方面的重视与监管也都随之加强,网络文学的成本及生产效率也受到影响。如何能在保质保量又兼顾导向正确的同时,继续维持高效率低成本的运作方式,是摆在当前所有网络文学从业者面前最大的难题。目前我们也在不断尝试,积极利用人工智能、大数据分析等手段艰难地探索着。

在 IP 当道的网络文学领域还有一个越来越明显的趋势,即随着 IP 改编的增多和影响力的增强,网络文学越来越娱乐圈化。作者明星化和

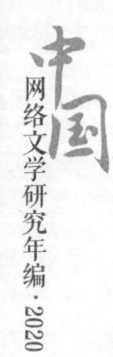
用户粉丝化等现象出现,用户对作者的情感依赖有时会过大,这种趋向会让普通读者易被情绪化左右,或被作者的粉丝所裹挟。一部作品写得好或不好的正常评论,慢慢地可能会被"保护我方大大"的"控评"淹没,这对网络文学的未来发展究竟有哪些影响,我们也还在观察和思考中。有些同行利用这种新形势搞了很多竞争类的排行榜项目,以此来鼓励粉丝之间与粉丝群之间的比拼。比如"粉丝值"榜单就是同一个作者的不同读者,通过"消费"来竞争自己在粉丝群中的地位;又如"打赏""月票"等榜单,则是通过不同作者的粉丝群消费能力的比拼来竞争作者的地位。这些现象究竟是利大还是弊大? 我们还需要时间来认真思考。

回顾往昔,网络文学已陪伴了我二十年。或许有一天,"网络文学"也会和我们一样"变老",但我希望到那一天,我们这些"老兵"还能有一个可以同游、交流的文学港湾。

我与网络文学的十八年

苏小苏

十八年前的 2003 年,一场席卷全国的非典型肺炎疫情让北京各大高校紧急封校,封校前一天,我鬼使神差般地回了通州的家,于是在那段居家隔离的时光里,我的人生因缘际会地发生了改变,从此和网络文学紧密相连。2010 年,我曾写过一篇名为《三年又三年》的网文回忆录,后来因该文所涉人和事太多而没有写完,从那时起,我在总结自己的网文写作之路时,往往都习惯性地将 3 年当成一个阶段。本文中我也将继续如此,把自 2003 年起到现在我所经历的十八年分为 6 个阶段进行回顾:

第一阶段:网络文学付费阅读的萌芽期和商业化的滥觞。在我的记忆中,网文付费阅读模式早在 2003 年之前便有人尝试过。第一家做付费阅读的个人网站是"明扬中文网"。中华杨试图用自己的"大热书"《中华再起》来撑起付费阅读模式,但最终还是黯然收场。与之相对的是读写网"点击换钱"的变相付费模式,这种台湾网站常用的手法后来因各种原因也失败了。所以当 2003 年起点中文网开始尝试付费阅读时,起初并没多少人看好。为了尝试付费阅读模式,"起点"原本准备了 30 本最受欢迎的作品,不料在作品上架前夕,却被编辑"杀情"带走了其中约百分之九十。团队分道扬镳的理由在此不作赘述,能在此关键时刻拉走这么多作品,也从侧面反映出当时杀情同作者之间更加亲密的关系。当然,起点最后仍旧开启了付费阅读模式,流浪的蛤蟆一本《天鹏纵横》成了现行付费阅读模式的滥觞,自那时起,整个网络文学行业的"小作坊"时代进入了最后的倒计

307

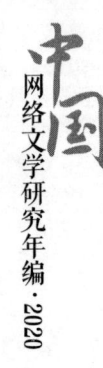

时,由于成功实现了内容变现,资本的触角开始触及这个新兴行业。

2004 年,第一个尝试吃螃蟹的人出现了。如日中天的"盛大"开始涉足网络文学领域,先是建立了自己的网站"PT 书城",随后开始接触"幻剑书盟",试图收购这家当时原创网络文学网站的龙头。不过由于幻剑书盟"狮子大开口",陈天桥最后还是选择了上海本地的起点中文网。在资本介入后,靠着盛大游戏的点卡渠道和推广渠道,起点中文网在很短时间内就超越幻剑联盟成了新的行业第一,各种纪录在 2005 年中被屡次打破。血红靠着《升龙道》和《邪风曲》"封神","写网文年入百万"的噱头让大量新作者开始涌入这个新兴行业,"月票榜"的冠军单月就能拿下 7 万多元的奖金,这让起点不得不开始改变原有的奖励规则。同时,各种均订、高订的数据纪录也在被不断刷新。这一切都预示着,网络文学将进入第一个高速发展期。在 2005 年的第二次起点年会上,静官凭奇幻小说《兽血沸腾》拿下年度大奖,标志着整个网络文学行业开始从萌芽阶段进入了成熟期。

第二阶段:付费阅读成熟期与商业群雄并起。2006 年 3 月,网络文学界发生了一次"地震"。以潘勇为首的起点中文网 10 人团队集体出走"中文在线",并建立了"17K 文学网",大量优秀作者随之而去。彼时作为起点中文网二组主编的我也带着整个编辑二组一并离开。

在那个网络文学已开始走向商业化的时代,试图白手起家建立一个新站并超越前辈,此间的难度是个人小作坊时代的百倍千倍。争取作者不能再像早年那样靠"江湖义气",为已经能靠网文为生的作者们提供基本的收入保障是必须的。为此我们开启了"买断模式"。跟之前付费阅读的"分成模式"不同,"买断"是以预估作品的成绩为前提,开出让作者满意的买断金额,对买断作品的所有内容,包括其中未上架销售的公众版章节等在内一起进行提前付费。这种模式其实并非17K文学网首创,起点中文网也曾有过类似的模式,但不同在于,他们的买断一般是在作品的繁体版出版敲定之后才跟作者签约,而我们的买断模式风险更高,同时也意味着可能会获得更多的收益。

在此模式的帮助下,我们带走了当时起点收藏榜上约七成的作者,一时间风头无两,论坛上也烽烟四起。然而没有创业经验的我们却犯了不少错误。其中最"致命"的莫过于团队中竟没有一个技术人员;还有,我们也犯了经验主义的错误。彼时中文在线的副总裁王秋虎曾提出过直接收购"小说阅读网"做底盘,"无须从零开始建站"的想法,但我们却以该网站是做盗版起家为由拒绝了。没想到后来,17K文学网上线仅3天,网站流量就已冲至全球排名第309位,紧随而来的就是服务器的崩溃,以及之后无限的崩溃、修复、再崩溃与再修复。究其原因,与中文在线的技术团队只有建设企业内网的经验不无关系,而一个有着大批知名作者"加成"的网络文学门户网站的流量是当时的我们无法想象的。直到2007年年底,在找到更富经验的技术团队后我们才明白,此时除非重建网站,否则就根本无法彻底解决问题,这一度让我们感到十分绝望。技术实力的欠缺,让17K文学网一开始的浩大声势没能一直延续。后来我们曾想过很多办法来改善网站情况,比如做了"网编模式",又率先推出了打赏模式等。而此时,起点中文网却已重新修订了跟作者的合同,并以种种举措逐渐稳住了其行业第一的地位。2008年,由完美世界投资的纵横中文网悄然诞生,几位创始人曾来17K文学网找我取过经,遗憾的是,后来他们也一个不落地犯了我们曾经犯过的错误。

第三阶段:付费阅读瓶颈期和渠道的爆发。2009年至2011年是网络文学发展的第二个高峰期,之所以又称此阶段为"付费阅读的瓶颈

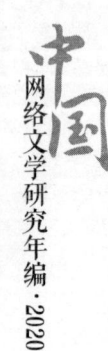

期",是因为传统的付费阅读模式撞上了"天花板",盗版问题让付费阅读陷入了停滞。我们曾悲观地认为,终点可能已经到来,因为直到2009年年初,我所熟悉的一些文学网站还都是亏损的。

转机来自17K文学网,或说是中文在线。在启动17K文学网项目的同时,颇具战略眼光的中文在线其实已开始在无线端布局,牵头无线端付费阅读,只是被各种原因耽搁了两年才最终成型,而在此期间,17K文学网的资金链已发生了断裂。2009年,中国移动的手机阅读基地开始试运营,2011年,天蚕土豆的《斗破苍穹》便已创下了月收入破百万的纪录,标志着无线时代也即渠道时代就此开始,网络文学产业新的重要支柱出现。渠道的"输血"为行业续了命,这个阶段移动阅读基地几乎一家独大。但其他渠道并未因此而低迷,他们看中了因智能手机的诞生而出现的数字阅读蓝海,并摩拳擦掌地想要竞相闯入。

第四阶段:渠道巅峰期和"IP"的萌芽。在2012至2014年这个发展阶段,"第三方销售授权"成了一个新名词。掌阅、QQ阅读等开始动摇着移动阅读基地行业顶尖的地位。2014年,掌阅终于超越移动阅读基地成为"渠道向"行业的第一,各大传统网络文学网站也通过向各家渠道授权线上销售而逐渐扭亏为盈。然而,就在一切看起来都欣欣向荣、蒸蒸日上之时,却连续发生了两件足可影响整个行业未来发展的事件。

一是2013年"盛大文学"的原"起点中文网"创始人团队集体出走腾讯,建立了"创世中文网"。28人团队的出走让整个盛大文学几近崩溃,作者与作者之间,出走的编辑与留守编辑间的"战争"也甚器尘上。整个2013年,起点中文网和创世中文网的价格战让整个行业叫苦不迭,其中受损最大的是恰巧于当年被百度收购的"纵横中文网"(当时其更名为"百度文学")。在2013年至2014年两年间,"高端作者"的身价几乎翻了两倍,这让伺机而动准备"捡漏"的纵横中文网并没有得到多少预期中的"顶级作者"资源,直到最终腾讯收购了盛大文学,并在2015年由原起点中文网创始人团队主导成立了阅文集团,才最终了结了此事。即便如此,互相高价"挖角"带来的恶果也让阅文集团花了将近3年时间才终于"消化"。

二是2014年的"净网行动"。一夜之间,新浪读书被查处,整个网络文学行业风声鹤唳。近年来,内容管控一直是个重要问题。一般而言,无线端推送的作品除正规网站授权的以外,还有相当数量的内容来自中小CP(内容提供商),渠道对这部分内容的审核机制远不如正规网站严格,各种"擦边"路数屡见不鲜,相当一部分作品频频"过界"。"净网行动"这桶"冷水"让行业清醒了头脑,靠擦边内容大赚快钱的行为得到整治,这结果虽是正规从业者们喜闻乐见的,但对渠道商们来说,收入的暴跌也是不可回避的事实。

与此同时,"IP"改编也进入了萌芽时代——实际上这个说法并不太准确,因为一直以来业界都认为,萧鼎创作于2003年至2007年的《诛仙》是网文IP改编的"始祖",还有人曾戏言,2008年纵横中文网的成立也是因为完美世界在"诛仙"上尝到了太多甜头(此言可不必当真)——随着2011年电影《失恋三十三天》的票房大卖,以及2011年、2012年电视剧《步步惊心》和《甄嬛传》的热播,网文IP的热度开始被炒起来,这也成为此后数年间网文作者身价大幅上涨的主要原因之一。IP改编授权的火爆成为网络文学发展至新阶段的又一显著表现。

第五阶段:渠道瓶颈期和"IP"泡沫时代。2014年之后"净网行动"变成了每年一次的惯例。从管控角度上来说这是好事儿,但另一方面,渠道的收入增长也开始逐渐停滞,其中以移动阅读基地的衰落最为明显,其在2014年被掌阅超过之后,又逐渐被QQ阅读和书旗阅读超越,再也不复当

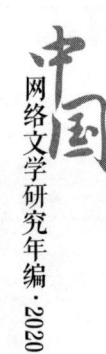

年行业"扛把子"的风光。

这三年同样是 IP 概念疯狂发酵的三年。随着《花千骨》《琅琊榜》等改编剧的热播,成熟 IP 的价格在翻番地往上滚,一个"顶级作者"的 IP 没有几千万根本"拿不下来"。这其中,一个新的问题也开始出现,即热播的 IP 改编作品中除部分属探险悬疑类外,几乎都是"女性向"的作品;同时,《青云志》改编后受到的骂声和《择天记》改编成绩的不愠不火也让"男性向"大 IP 改编的前景蒙上了一层阴影。尽管如此,在这一阶段,IP 改编的收入仍然让从业者充满信心。以纵横中文网为例,其 2017 年因改编获得的收入就已超过了向渠道授权所获收入,在其当年整体业务业绩中排名第一。与此同时,热播改编剧的海外输出也启发着内容提供方开始进行海外内容输出,其中以东南亚和北美市场为目标,阅文集团便率先开启了海外站的建设,文化输出成为网文行业发展至下一阶段的主要目标。

第六阶段:"免费乱战"期和变革时代。这个阶段的第一个关键词是"变革"。自 2018 年以来,一些标志性事件纷纷出现。首先是影视行业的整顿让整个 IP 改编市场在 2018 年迅速冷却下来。2017 年,"男性向"大 IP 改编的失败更是让该类作品在改编市场中的处境更加尴尬。《莽荒纪》的失败加剧了这种势头,"男性向"网络文学头部作品的授权价格迅速下跌,一直到 2018 年,有着不错口碑的《将夜》以及 2019 年《庆余年》的持续热播才改变了这种颓势,加之《全职高手》的动漫改编也获得了较佳口碑,从业者不禁开始思考:什么样的改编才是受欢迎的改编?《庆余年》的编剧王倦在接受采访时给出了他的看法:态度决定结果,改编成功与否在于改编团队本身。

这一阶段的第二个关键词是"免费"。从 2017 年底至 2019 年,各大免费阅读平台爆发了"烧钱"之战,对传统付费阅读领域造成了强大冲击,使 2018 年、2019 年连续两年,"渠道向"的收入下跌愈演愈烈。其实,免费的策略并不新鲜,在 2008 年至 2011 年间,纵横中文网就一直实行着名义上的付费而实质上的免费,其后来自有的头部作者几乎都是在那个时期靠作品"买断"但不强制上架销售而培养起读者群的。在已相对稳定的格局中,这是"新入场"的成员打破僵局进行突围的一个可行办法。而目前,"免费阅读"着力培养的读者群体就是当前付费阅读已覆盖群体之外的一片新的蓝海。培养新的读者和新的阅读习惯是需要花费时间和成本的,不管免费阅读可能会带来多少负面影响,我们都不缺乏等待的耐心。当下,免费阅读平台的乱战中,资本投入的规模已是从前付费阅读时代的十倍百倍,想必未来三两年内,免费阅读平台必将决出胜负,那时便是制定新的行业规则的时候,作为拥有足够原创内容的平台本身,此时此刻需要的只是一点耐心。

此阶段的最后一个关键词是"海外"。与先行者阅文集团一样,更多的从业者和平台都已将目光放至了真正的蓝海,即文化的输出。而这已不仅仅是出于商业层面的考量。文化输出是中华崛起的必由之路,日渐成熟的网络文学亦责无旁贷。作为内容生产者的我们,在把握时代潮流的同时,更要不忘初心,真正承担起文化建设以及向世界传播璀璨中华文化的重任。

"世事漫随流水,算来一梦浮生。"自 2003 年我正式踏进网络文学领域至今,倏忽已十八年。2020 年的春天,一场新冠肺炎疫情席卷全国,在自我隔离、关注疫情的同时,我也借此重新回顾了这十八年来的历程。战疫形势严峻,但我相信,很快我们就能取得胜利,同样我也猜想,在居家战疫的人群中,恐怕也会就此出现一些踏上网文创作之路的后辈吧。愿天佑华夏,让我们一起,满怀希望前行。

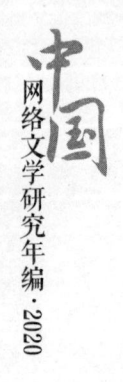

做网络文学的追风者

刘英

入行，来去之间寻本心

现在回想起十六年前为何会做一名网络文学编辑，不可避免地会对记忆进行美化，但真实的缘由其实想想也觉得颇"凶险"。如今互联网已成为生活必不可少的部分，人人都有手机，个个都会上网；而时间若倒回至十六年前却非如此，"贸然"进入被认为是"朝阳"的互联网行业，任谁都会觉得前途未卜。

2005 年我从武汉大学法学院毕业后，进入被盛大公司收购的起点中文网成为一名网络文学编辑，因为此前我曾在这家网站当过一年多的兼职编辑，算是有过"工作经验"。然而，做兼职和以此作为奋斗终生的事业毕竟有所不同。俗话说"男怕入错行"，我内心里其实也一直很忐忑。彼时并不觉得网络文学乃至互联网行业会有多远大的前程，但若说当时就能预料到网络文学今日的发展规模，那肯定是痴人说梦。

那当初我为何要进入这一行，成为一名网文编辑呢？原因有几个：一是出于对网络文学的真心喜爱。我一直喜欢看小说，喜欢和作者打交道，也喜欢评书论文，所以哪怕收入不高，也曾坚持兼职。二是感受到了网络文学的活力。互联网就像个大社会，嘈杂且热闹，读者、作者、编辑都充斥其间，谈"钱"时有，但更多的是"嘤其鸣矣，求其友声"，这充分纾解了我长期难以排遣的"孤独感"，我确定自己想和这些人"在一起"。三是我从前比较任性,而父母却能一直包容。当年在他们心里,觉得将来我是应该从事法律相关工作的,然而当我怀着忐忑的心情和他们说起偷偷去面试网文编辑一事时,得到的却是他们的大力支持。所以时至今日我都认为,父母对我的支持远比我在工作上取得的成绩重要。

千思万想地做选择,可一旦做了决定、坚定了方向,网络文学就成了我毕生的梦想,从此便矢志不渝地,从一名"追风"少年一直步入了中年。

趋势,"生死"之间做判断

2006 年 3 月,我离开起点中文网加入中文在线,参与了 17K 小说网的创建,并担任了签约组的主编,这在我的职业生涯中具有转折性意义。2000 年成立于清华大学的中文在线,曾是我国数字出版业的开创者之一,也是全球最大的中文数字出版机构之一,2015 年 1 月在深交所创业板上市,旗下拥有 17K 小说网、四月天女生网、汤圆创作 APP 等网络文学平台。

当年我加入中文在线并创建新文学网站的主要原因是想获得更大的自主权,并使自己关于网络文学内容发展的诸多设想可以得到实现。2006 年 5 月 5 日,17K 小说网发布内测版,我代表编辑部在"龙的天空"论坛发表了开站帖,表示"我们只做精品",我们想让网络文学走出一条不同以往的发展之路。

作为彼时的主要竞争对手,17K 小说网和起点中文网之间的"战争"在当时愈演愈烈。为获得更多的优质版权,17K 编辑部推出了大规模数字版权的"买断"模式,并建立了网络文学编辑训练营以培训网文编辑,从而更好地服务作者,但网站较差的阅读体验和处处被掣肘的商业化发展,却将这个新生文学网站逼到了窘境。我们曾尝试过 VIP 收费、广告销售、纸书出版、游戏联运、道具打赏等多种变现模式却均难以为继,高额的

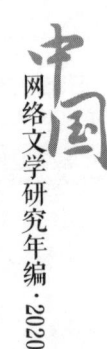
稿酬等运营成本也让网站入不敷出。不得已,17K 小说网在 2008 年底开始压缩成本,原有的近百人团队最终只剩不到 20 人,稿费支出不足网站"巅峰"时期的两成。作者四散而去,网站陷入低谷,第一次创业就此失败了。

此后,作为 17K 小说网的母公司,中文在线对旗下的互联网业务进行了重组。2009 年 3 月,我"临危受命"担任总编辑,开始与新组建的运营团队一起为网站寻找出路。初涉运营工作,我两眼一抹黑,感觉脑子里全是自己和自己在打架,编辑和运营的两种不同思维在相互搏斗。

第一次创业时,我作为签约组主编曾策划、打造过一批精品好书,推出了酒徒、阿菩、骁骑校等一批知名网络作家,但这并没有挽救网站逐渐衰落的命运。编辑个人的成功并不能带来网站的整体成功,要让 17K 小说网"复活",必须要从根本上解决"经营"方面的问题。于是,我们将原本独家签约的版权开始对外分销,靠之前亏损时期积累的大量作品和对成本的严格控制,终于在 2009 年底使网站止损成功,虽然只剩一口气,但毕竟网站生存了下来。

生存问题解决后,发展的问题却依然严峻。举目望去,似乎只有正在建设中的中国移动手机阅读基地具有令网络文学大规模变现的可能性。

为抢占先机,17K 网站的内容转型刻不容缓。2010 年起,我们已实行多年的"精品书策略"被弱化了,研究移动互联网的用户喜好成了编辑部的主要工作。这是一场与未来的博弈,"赌"的是网络文学的流行趋势会发生改变。基于这个大判断,我们采取了一些行之有效的策略,比如开设 17K 女生网(后与中文在线收购的四月天小说网合并为现在的四月天女生网)。

说起这个网站的创办,与我本人的经历也有些关系。17K 小说网的言情频道开设后,我曾做过该频道的第一个文学编辑,因此对女性作者与读者群体有了一个基本认知。我认为,在移动互联网上,女性群体必将占据很大比重,于是在言情频道的基础上我们又加码开设了 17K 女生网。果不其然,这一策略的成功后来在中国移动手机阅读基地得到了验证。

2010 年 5 月 3 日,中国移动手机阅读基地的正式商用彻底改变了中国网络文学行业的命运。大批网站因此重获"新生",这其中也包括已做好准备的 17K 小说网。除了在男性向的玄幻、都市等类型小说方面持续发力外,我和 17K 女生网的编辑们也"偷偷"准备了一批言情小说,利用那一年春节前的空档期上传至中国移动阅读基地。春节假期过后,其中的两部小说已表现突出,在持续的推广支持下,作品《小魔妃》一跃冲进了总榜前十,这也是总榜"Top10"里的第一部"女生作品"。不知是否与此有关,之后手机阅读基地也开始了分类运营,"女生作品"开始有了单独的总榜。

销售渠道的全面打开使 17K 小说网彻底活了过来。我们喊出了"二次创业"的口号,在中文在线的全力支持下,网站的发展一日千里,至2013 年,网站的流量、收入、作者规模和影响力都达到了前所未有的高度,位居行业排行前二,我也终于可以"功成身退",毕竟经营管理非我长项,勉力为之已颇不易。

求索,新旧之间问前程

2013 年,我重新思考了网络文学的内容发展趋势,认为网络文学很长时间里会朝"轻"与"重"两个方向发展,而人的精力有限,不可能两面"开工",所以必须做出选择。

所谓"轻",就是移动化。在互联网、手机 WAP 站之后,占据主流的

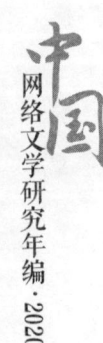

是基于智能手机技术支持的移动互联网。行业的革新首先是技术进步带来的渠道变更,而渠道变更又会带来内容的变更。这一点我们在做中国移动手机阅读基地的业务时已有体会。

所谓"重",则指"IP化"。网络文学经过十余年的大发展,纸书出版、海外授权、影视、游戏、动漫、有声书的改编等,已经证明了行业的自身实力,以单部作品为核心的持续开发模式是可以行得通的。恰逢其时,美国的漫威公司以其自身的"漫威宇宙"开始进军全球电影市场,IP开发一时也成为全社会的热门话题。

2014年5月,我卸任17K小说网的职务,作为总编辑参与创建了汤圆创作APP,并用一年左右的时间将其打造成为当时最大的移动写作社区。次年底,我调入中文在线集团版权中心,统合了集团旗下各平台网站的优质版权资源,开始做IP销售与开发,设计了IP评估办法并建立IP策划团队,与万达、华策克顿等知名公司合作,推动了《橙红年代》《烽烟尽处》等影视项目的进一步开发。

2020年5月,根据中文在线集团的战略发展需要及我个人的意愿,我的工作重心开始转向了网络文学大学的教学工作。

成立于2013年10月的网络文学大学,是由中国作协指导、中文在线发起成立并由业内多家文学网站共建的公益性大学,由诺贝尔文学奖得主莫言老师担任名誉校长,现在我则由长期兼任的常务副校长转为了专职负责。

盘点我在网络文学教育方面的工作经历,2018年我曾在中央财经大学教授过整学期的网络编辑课,也曾担任过北京印刷学院等多家高校的兼职教学工作。业界与学界的复合经历为我未来在教学方面进行更新的探索奠定了基础。探索的初衷仍是为了给网络文学找出路、降风险、做保障。网络文学行业面对的未来是具有不确定性的,这种不确定性很可能会给行业带来伤害和损失。早年的创业者们筚路蓝缕,而今的"后浪们"也未必轻松,让大多数人找到更明确的出路应该是几代人的共识。

对上千万的网络文学写作者来说,市场的竞争是激烈的也是残酷的,且是非线性的。即使按部就班地学习技能,也未必能达到很高的创作水平。以百分制作比,写作者的技能达到 60 到 80 分是相对容易的,这可以通过后天系统的学习和写作锻炼达到,但 80 分以上却是需要"天资"的,很多非常努力的作者,写了十余年却一直"沉于下僚",这是否也是一种"绝望"? 如何破除这种"绝望",是我们这些"前浪们"肩负的职责。

网络文学发展的速度很快,但相应的经验积累和传承目前却仍显不足,我想,未来的很多年,也会有更多人跟我一样,选择走这一条"教书育人"的道路。

平衡,里外之间任平生

对网络文学而言,追求商业发展对行业的未来是有促进作用的,但若不加约束的话也会带来急功近利等各种问题,这就需要网络文学从业者从中平衡把握,不带偏颇。

回顾十六年来我的网络文学从业历程,不管是做编辑、做运营、做销售、做策划还是做培训,我几乎辗转经历了这个行业里除技术开发外的所有工种,但不论做什么工作,保障作者的长期利益都是我们始终坚持的核心目标与不变初衷。

带领 17K 小说网进行二次创业的时候,无论母公司中文在线的 KPI 考核(关键绩效指标考核)是什么,我都力争自己先"扛住"。每年,我给作者的承诺都是一样的:100% 的分成稿费增长。这个承诺从 2009 年到

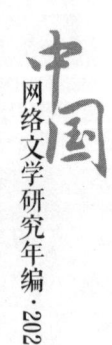

2013 年都成功完成了。一是因为网站之前的稿费基数低,二是因为有中国移动手机阅读基地可以倚靠,三是由于我们见识过作者的穷困潦倒,一致认为,不解决作者的吃饭问题,奢谈创作就是"谋财害命"。所以这些年来,我个人虽不喜言利,但为了作者常不惮在各方的夹缝里辗转腾挪、竭尽所能地为他们争取利益。接任 17K 小说网总编辑后我就曾提出,网站需要为作者做两方面的保障:一是商业化,这是解决吃饭问题,解决了作者的吃饭问题也就解决了网站的生存问题;二是主流化,这是解决作者的面子问题,我们不但要让作者赚钱,还要让他们赚得光明正大,赚得受人尊重。只有让作者有"里"有"面",网络文学这个行当才能真的有远大前途。当然,商业化与主流化也需取得平衡,不能偏废一面,否则网络文学的未来还会遇到新的危机。

这些年我还曾向作协的有关领导提过一个情况,即早先由于社会上很多人对网络作家有偏见,网络作家对此也很有情绪,不愿意申请成为作协会员的问题,他们有的担心申请通不过"丢人",有的怕通过后又被排斥。这些年,通过"网络文学十年盘点"等活动,我接触到不少有关人士和评论家,他们都对网络文学作家非常看好。现在全国又成立了很多网络作协,每年都会吸纳不少优秀网络作家加入,10 多年前的艰辛小道现在已成为坦途,各级作协已成为网络作家的娘家,其中一些"大咖"还成了人大代表、政协委员,网络文学的主流化已成为了现实,网络文学作家们也创作出了越来越多的精品小说,为全民阅读做出了自己应有的贡献。

在解决好商业化和主流化问题后,我觉得网络文学的未来一定会发展得更好。无论从调查数据还是从媒体、行业的反馈来看都是如此。当然,任何行业的发展都会经风历雨,我相信在政府监管部门、行业作协、市场参与者等多种力量的支持下,网络文学行业的未来一定会前途光明。

在变化中拥抱新的未来

谢思鹏

网络文学自诞生起就非常好地契合了网友的阅读需求,其发展必然会因传播方式、主流用户群体、商业模式等因素的变化而变化。令人高兴的是,中国的网络文学在历经的一次次转变中已不断发展壮大,成为当下新中国文学事业的重要组成部分。

我开始接触网文是在 2002 年。2005 年写书,2006 年入行做编辑,转眼已过去十五年。期间我辗转 6 家网站,在传统原创网站、门户读书频道、移动阅读平台、免费阅读平台都有过历练,虽没能在哪一家有所成就,却也幸运地经历了网络文学事业发展的几个重要阶段,见证了中国网络文学从最初的"小众文学"逐渐形成燎原之势。20 多年来,数以千万的作者辛勤创作,作品受众覆盖几亿,由网络文学作品改编的纸质图书、有声作品、动漫、影视剧、游戏等影响了一代代中国网民。网络作家也因此进入文学殿堂,成为文坛不可忽视的新势力。作为一名普通的从业者,我也感到与有荣焉。

记忆中,2006 年的网络文学还是老牌原创文学网站的天下。当时各家网站虽营收规模不大,却已具风起云涌之态。率先成功推出 VIP 付费商业模式的是起点中文网,凭借盛大集团的充值渠道优势以及诸多优质的作品,它快速拉开了同其他网站的距离,成了行业的领跑者。

这年春天,"幻剑书盟"被"Tom 在线"收购,迎来了短暂的第二春。同年 11 月,我成了幻剑书盟编辑部的一员,后来目睹了它由盛而衰的一

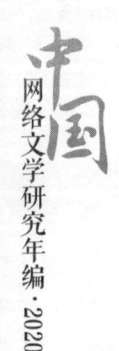

步步历程。如今,这家曾经推出过《诛仙》《新宋》《和空姐同居的日子》等影响较大的畅销书的老牌文学网站,早已退出时代舞台,消失在了读者的视线里。2006年,逐浪网也归入了大众书局旗下。虽然资方换了好几家,却一直活跃在网络文学行业的前沿,其管理层人才转战他处后也是成绩斐然,像红薯中文网、有乐中文网以及酷匠网等,掌舵的都是原逐浪网高管。而要说这一年网文界最轰动的事件,还得是中文在线创建17K小说网了。那一年,从起点中文网出走的编辑团队带着如日中天的血红、云天空等顶级"大神"作者集体跳槽,一时间引起行业震动。

今天再回首我们会发现,一直到2010年中国移动阅读基地(咪咕前身)正式收费运营之前,可以说中国网络文学的成长虽然迅猛,但无论其整体市场规模还是影响力,其实都不大,除起点中文网一路高歌外,其他文学网站的日子过得并不太滋润。然而就是在这样的市场环境下,网络文学作家们却并不拘泥于套路,所创作品中新类型和新风向层出不穷,大量耳熟能详的经典网文作品在此时诞生。如《诛仙》《回到明朝当王爷》《和空姐同居的日子》《悟空传》《斗罗大陆》《缥缈之旅》《步步惊心》《大江东去》等,都是这一时期的作品。这些作品不但在当年引领了网文阅读风潮,其中不少作品后来还被搬上影视屏幕,也都成绩亮眼。

与原创文学网站诞生、发展同时,在网络世界更大的舞台上,门户网站自2002年起相继开辟了读书频道,以"新浪读书"为首的门户读书频道起初并没有引起网络文学界的太多关注,后来却走出了一条不一般的道路。

与起点中文网、幻剑书盟、17K小说网、逐浪网等原创文学网站不同,门户网站用户大多都是来看新闻的。他们对玄幻、奇幻等幻想文学接受程度并不高,而更喜欢阅读偏现实题材的文学作品,因此大量描写都市生活、职场、婚恋、历史、言情的网文作品被催生。但这并不意味着,原创文学网站没有这类型的作品,而是门户网站的读书频道更注重现实题材的作品,并且相比之下,其同类作品的内容更加贴近现实生活,更加注重作品的故事性。

基于这样的用户群和内容基因,门户网站培育出来的网络文学作品与正式出版的图书在内容取向上更加接近,这些作品在纸质图书的出版和影视剧的改编上也有着更多的优势。以新浪读书频道为例,倚仗其媒体平台和阅读平台的双重优势,从2004年开始,新浪举办了近10届原创文学大赛,莫言、金庸、余光中、贾平凹、余华、张抗抗、刘震云、海岩、王海鸰、白烨等国内知名作家、评论家先后担任过大赛评委。《雪豹》的编剧景旭枫凭借《青芒之越狱》《天眼》两部作品连续两届获大赛金奖;《驻京办主任》的作者王晓方凭作品《心灵庄园》获得过优秀长篇小说奖;大赛还诞生了首部获得我国出版领域最高奖——中国出版政府奖的网络文学作品《遍地狼烟》,这部作品后来也先后被搬上了电影银幕和电视荧屏。

当时在新浪读书频道主办的原创文学大赛上,只要是获奖作品,无论几等奖,80%以上都能出版纸质图书;而在网站连载的签约作品,只要跻身畅销榜前列,50%以上也都能出版纸书,这是其他原创文学网站很难做到的。当年,《天眼》《草样年华》《遍地狼烟》《藏地密码》等畅销书在出版前都曾在新浪读书连载,不少后来的知名作家,如景旭枫、王晓方、六六、孙睿、今何在、何马、王强、孔二狗、人海中、桩桩、月斜影清等,彼时也都在"新浪读书"留下过各自浓墨重彩的一笔。网络文学在门户读书频道培育出了另一片姹紫嫣红的大花园。读者群的差异以及由此带来的网络文学创作内容和方向的不同,形成了早期网络文学作品的两大阵营,但遗憾的是,由于对频道内容的监管不力,门户网站的网络文学阵地在

2014 年后开始逐渐走向衰退,最终退出了网络文学的中心舞台。

从网络文学诞生到 2010 年这一时期,不论是起点中文网、幻剑书盟等原创文学网站,还是以新浪读书为代表的门户读书频道,网络文学的创作和阅读都是在电脑屏幕前完成的,可以说,这是网络文学的 PC 时代。而 2010 年中国移动阅读基地正式收费运营后,网络文学作家们开始将在电脑上的创作搬到手机上。借助移动的渠道和用户优势,网络文学作品的市场规模迅速扩大,网站和作者们开始尝到了移动互联网时代的第一口蛋糕。

阅读屏幕的变化以及用户几何倍数的增加也对网络文学的创作提出了新的要求,文学创作更需兼顾手机小屏幕阅读的特性。新的要求同时也带来了新的机遇:更简洁的文字、更简短的段落、更快的节奏、更简明的描写、更直接的对白等,使许多更适合手机阅读的作品大受欢迎。传播方式和读者群体的变化给网络文学创作带来了第一次冲击。但这种影响在当时还不太显著。随着时间的推移,网络文学创作开始大踏步地从大屏幕向小屏幕迈进,一批专注于移动互联网网络文学创作的平台也因之兴起,而塔读文学就是这一时期的典型代表。

彼时,中国移动阅读基地、掌阅 iReader 等公司都还是单纯的移动阅读平台,它们把各内容生产方提供的内容聚合到自己的平台,而自己并不生产内容;但塔读文学从 2010 年成立之初,就把对自有内容的培育放在了首位。塔读将网络文学的生产模式从电脑端"平移"到了手机端,开始培育大批更适合手机阅读的网络文学作品,妖夜、青狐妖、心在流浪等知名"大神"都在此时声名鹊起。

如果把塔读文学看作先锋,那么 2015 年掌阅、书旗(阿里文学)这些移动阅读头部平台向内容生产领域的大举进军,则可视作网络文学创作在内容特性上已完成从电脑端到手机端转移的标志。无论是带着移动互联网基因的新入局者,还是起点中文网、17K 小说网等传统原创网络文学网站,都逐步实现了经营重心的转移。

同样是在 2015 年,网络文学十多年的内容积累迎来了一次集中的爆发。由网络文学 IP 改编的影视、游戏等大获成功。《琅琊榜》《花千骨》成为当年影视剧的"超级爆款",厚积薄发的原创网络文学网站"晋江文学城"成为最大赢家。2014 年底,在全国院线上映的影片《匆匆那年》票房破 5 亿,一年后上映的《寻龙诀》票房高达 16.82 亿。整个行业都看到了网络文学除线上阅读外的更大的价值所在,而 IP 热潮的到来也给网络文学的创作带来了又一次变化,大批作者在创作之初就开始注重作品 IP 改编的可能性。

多渠道、多版权的变现,似乎让各种题材和特性的作品都能找到合适的收益方式了。"让合适的作者创作其擅长的故事"——从最初的美好愿景变成了现实。以掌阅文学的"白金作家"月关为例,仅 2017 年,他就有 13 部作品涉及"影视化"。而专注培养内容生态、在移动阅读时代早期并不拔尖的晋江文学城,一时也跃升为网络文学行业最具影响力的"女频"影视 IP 输出方。

一边是更加快节奏、直白、简洁的"通俗性",一边是更注重人物、情节、情感的"文学性",看似不相同的两个创作方向,在网络文学作品身上出现了微妙的化学反应,就这么巧妙地结合在了一起。这其中有市场因素、有主管部门的扶持引导、也有网络文学网站自身在内容生产方面的规划和规范作用,同时,读者审美品位的提高反过来也对作者和作品提出了更高的要求。

从 2015 年到 2019 年,网络文学的内容生产日益健康有序,作品品类

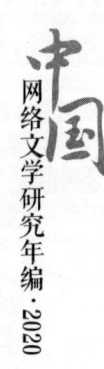

日渐丰富,内容风格更加个性化,出现了一大批具有创新性的网文作品。阅文集团、掌阅文学、纵横文学等行业头部公司发展迅速,大批在内容生产方面各具特色的网络文学网站也同时诞生。它们的规模或大或小,但都为网络文学的多样性贡献了一己之力。幻想题材虽然还占据着相对较大的市场份额,但现实题材创作"整体性崛起",涌现出《大国重工》《浩荡》《观音泥》《老妈有喜》等一大批优秀作品。更可喜的是,这些作品以现实生活为题材,真实反映了人民群众生活的方方面面,并且其思想性、艺术性等也都得到了普遍认可。

2019 年还有一个必须提及的现象,即免费阅读模式(免费阅读 + 广告)的崛起。短短一年多时间,以七猫小说、米读小说、番茄小说为代表的免费阅读 APP 发展迅猛。在起点中文网建立 VIP 付费制度的 16 年后,网络文学作品的免费阅读再次进入行业视野——早在 VIP 付费制度出现之前,通过广告变现就曾是网络文学网站的营利模式之一。如今,互联网广告的变现模式已非常成熟,免费阅读促进了网文阅读用户规模的极大拓展。继手机阅读、IP 热潮之后,免费阅读模式可能会形成网络文学第三次发展的契机。付费和免费两种模式也可能会长期共存,成为推动网络文学行业向前发展的两股动力。

阅读模式的变化和传播渠道、主流读者群体的变化一样,必然会对网络文学的内容产生反作用。正如前文所述,免费阅读也会给网络作者的创作带来新的挑战与新的机遇。我们有理由相信,22 岁的中国网络文学现下已日趋成熟,正待扬帆开始新的航程,我们也期待,未来能有更多喜爱网络文学的朋友加入进来,与我们携手前行。

网络文学的未来，是星辰大海

张大年

从诞生到现在，曾经属于新兴事物的网络文学已走过了二十年，如今已名副其实地进入了自己的壮年时代。

在这个领域，目前已经有了数家上市公司，整个行业覆盖的用户数达4亿，占据了网民总体的一半。

这是一个伟大的成就与了不起的文化现象。无数出身普通的人，因网络文学而改变了人生，成为全民明星，我为自己能够身处这样的行业而感到骄傲。

网络文学最大的优势就是创作者众多，创意丰富。这些年来，无数新的题材、新的故事从网络文学之中诞生。正是靠着这样的优势，才让无数读者对网络文学欲罢不能。

更为惊喜的是，以作协为主，行业主管部门有针对性地出台了细则规范，针对网络文学发展做出重点部署和具体指导，更让网络文学得到了主流社会的认可，可以说，现在是网络文学最好的时代。

于我而言，网络文学几乎是我人生的全部。

从上小学开始，我便沉迷于各种课外书，尤其是初中三年，把我们市图书馆的藏书几乎都看完了，直到高一那年，我开始接触网络文学。

2004年，正在读高三的我在因缘巧合之下，开始利用业余时间尝试创作，没想到第一本书便在台湾出版了，至此我便正式进入网文行业，转眼间已过去了十六年。

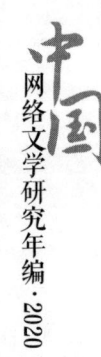

这十六年,占据了我人生的一半时间。十六年里,我见证了网络文学从萌芽走到成熟的历程,也见证了无数优秀的作者通过网络平台实现了自我价值。正是万千网络文学从业者的辛苦努力,才让网络文学事业如日中天。

今天在这里,我不想再去书写网络文学的光辉过往,也无须再回忆过去十几年里我经历的一些琐事,我只想和大家认真地说一句,行业发展得越好,越不要放松警惕。

这些年来,随着网络文学事业的发展,也有一些不太好的现象逐渐出现。其中最大的问题之一就是创新的停滞,不论是新入行的创作者,还是有一定创作经验的老作者,甚至是一些已经在行业内有了不错知名度的名家,都开始陷入套路化创作之中。

不光创作者主动模仿这种写作套路,甚至很多网络文学编辑也会主动"教导"创作者进行模仿。这种写法固然降低了写作难度,但也一定程度地禁锢了作者的创新思维。一直到现在,很多创作者写新书的时候还是习惯于依赖固定的模式和套路。

当然,我说这些并不是想说明借鉴、模仿完全不可取。借鉴、模仿自然有它们的意义,但对创作者来说,最重要的并不是将一种套路写得多么纯熟,而是永不停止地观察市场,分析作品、受众,不断在作品中添加新的元素,这样才能保持长久的市场欢迎度,才能一直成为受读者群体认可的名家。

近几年来,能够在网络文学行业崛起的新人作家,很多都是以创新的题材、新颖的元素或者创新的写作方式而实现的。而很多依然停滞在原有写作套路和思维之中的"老牌"名家,其新书成绩反而一塌糊涂。

网络文学经过二十年的发展,目前在整个社会中已成为了一种不可忽视的文化现象,受到了全社会的关注。但在这种时候,不论是网文从业者,还是网文创作者,都应该保持更高的警惕心。

社会是不断发展进步的,也是飞速变化的。多少曾经让人趋之若鹜的行业,后来都无奈衰落,甚至消失。网络文学的将来如何?会不会有一天也面临衰退?

如今我国的基础设施建设发展得越来越好,网络越来越发达,人民的娱乐方式也越来越多样化。几年来,同样作为阅读形态的漫画开始强势崛起,用户数过亿的漫画平台也涌现出好几个,而且数据显示,漫画用户群体更加年轻,主要是"90后""00后"。

将来在阅读领域,网络漫画又是否会成长为一个与网络文学并肩甚至超越的内容形态呢?网络文学从诞生之初,就经历过无数人都不看好而最终却成功逆袭之路,将来是否有同样的情况发生在别的事物之上?真的无法断言。

除了漫画外,现在还有越来越方便的视频。这些年来,网络大电影、网络剧发展得也极为迅速,成了一个十分庞大的市场。或许大家会觉得,小说和影视覆盖的用户群体是不一样的。但据我了解,网络小说和网络影视的受众群体契合度非常之高。而且即便娱乐方式不一样,但只要用户在某一种娱乐形式上花费了过多时间,就必然会挤压在其他娱乐形式上投入的时间。网络影视可能不是网络文学的直接竞争对手,但同样是一种争夺用户时间的娱乐形态。

像这样直接或间接成为网络文学对手的,还有抖音、快手这样的短视频平台,喜马拉雅这样的有声阅读平台等。

泛娱乐时代同样会是泛竞争时代。网络文学最好的时代,也是其最危机四伏的时代。所以我衷心希望,在如今内容多元化的背景之下,创作

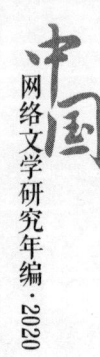

者们能够保持足够的敬畏之心，能够充分关注漫画、有声、影视等其他相关领域，努力补充自己的知识量，发掘好创意，探索新写法，只有这样，才能够拥有充分的竞争能力，才能在多元内容平台和内容形态的冲击之下保持长盛不衰！

网络文学是我们所有从业者的立身之本。所有担忧的语言不是为了"唱衰"，而是希望网络文学能发展得更好、更强。

我坚信，网络文学的未来是星辰大海，大有可为。作为一个网络文学界的老兵，我发自内心地祝福，也会坚定不移地与网络文学一同进步，一同成长。

我相信，网络文学未来可以不断满足人民群众日益增长的精神文化需求，推进国家文化软实力和中华文化影响力的提升。

网络文学，让生活更美好。

网络文学:新问题与新挑战

黄志强

受新冠肺炎疫情等因素影响,在今年的两会上,"就业"成了政府工作报告里的高频词。与此同时,有关数据显示,我国网络文学的相关企业注册量从2013年的133家增加到了2019年的2253家。目前约8000家的网络文学企业中在业和存续的就有近7000家。这意味着,当下全国有近10万的网络文学从业人员。作为兴起于世纪之交的一种新的文学样式,网络文学行业已成为很多人的就业选择。

还记得1998年第一部网络小说《第一次的亲密接触》开始流行时,我还在老家开诊所,是一名普通的医生。因为喜爱这部小说,我从网上将这部作品下载并打印成册,翻阅过无数遍。没想到的是,跟网络文学的这"第一次的亲密接触"也彻底改变了此后我的人生轨迹。

回顾我的"触网"历程,从电脑游戏、光盘看书,到加入西陆论坛,在"翠微居"网站上传文章,于起点中文网、幻剑书盟、鲜网发书;从出版网络小说,到兼职培训网文作者的主编,加入百度的"熊猫看书",到最后自己组建了"云阅文学"……作为网络文学界的一个"老兵",我从单纯的网文读者变成作者、编辑,再到成为平台经营者,不同身份的转换一定程度上也反映了网络文学行业二十多年来的发展变迁。

读书改变命运。网络文学的二十年改变了我以及无数从业者的命运。"笔下出奇迹"的网络文学行业给无数有梦的年轻人一个"触手可及"的机会,让他们可以通过努力创作故事,从而改变自己的人生命运,

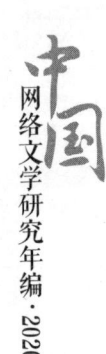

通过键盘践行文学理想,让自己的未来因此而不同。

网络文学的时代变迁

根据阅读方式的不同,我对网络文学的发展历程曾做过一个自己的大致划分,将其分为 3 个时代:1998—2003 年的实体书分享时代,这是以分享和尝试创作为特征的前"线上"阅读时代;2003—2008 年,是作者自主创作并可通过读者订阅获得盈利的时代,是以 VIP 收费制度的运行为特征的后"线上"阅读时代;2008—2016 年,移动互联网兴起后,便利的手机阅读又带来了新的移动阅读时代。

我是于 1998 年开始"上网"的。那时在网络上可以看到很多已出版的由读者整理成 TXT 格式并在网上传播的小说,如黄易的《大唐双龙传》等。那时我也开始在"西陆 BBS"等社区"混迹",但并未开始网文创作。2004 年,读写网等网站开始尝试"付费阅读",我在读写网后台看到很多读者在付费看书,虽然网络小说看一章只需三五分钱,但这对我的激励却非常大,从此我也开始了自己的小说创作之路。

我的第一部网络文学作品《灵幻奇侠》发表在读写网,总收入不多,只有几十块钱。当时我把《灵幻奇侠》也发在了中国台湾的上砚文学网,在那里接触到了专门做网络文学在台湾出版的中介编辑方圆,他帮我把小说推送给了台湾的出版社。2004 年底,台湾鲜鲜文化出版了我的第二部网络小说《梦灵》,作品当月即在台湾地区热销。后来,尽管我更多转向了网络文学网站的经营管理工作,却一直没有放弃网络文学的创作。2009 年,我开始受朋友邀请给网络文学写作者讲课,并进行网络文学创作的培训,总共做过 100 多堂线上讲座,后来还将我的网络文学创作经验谈整理出版,书名为《别说你懂写网文》。

作为一个由科技进步、阅读方式转变而促生的新事物，网络文学因作品发布方式的便捷，读者阅读及沟通交流方式的直接等特点，在新世纪得到了飞速发展。原本以原创文学网站的小流量获取稿酬的作者，在其作品接入三大运营商的手机阅读基地及各大小说阅读 APP 后，流量收入大幅增长，读者的阅读界面也从"大屏"转为"小屏"。2012 年，网络文学进入移动阅读时代，而我也于彼时成了一名网络文学编辑。

在我看来，网络文学的发展进程中阅读方式的转变共经历过 3 次较大变革，分别为电脑 PC 端的"宽屏阅读"、阅读器的"窄屏阅读"以及智能手机的"小屏阅读"。阅读方式的改变对网络文学的行文方式及内容选题可以产生巨大影响，那种一个段落成百上千字的行文节奏迅速被网络时代所"淘汰"，短句、短段成为一种新的主流，而这种行文方式在某种程度上也影响了不少传统作家通过网络发布作品的热情。

随着"新媒体文"的流行、网络文学的"出海"、免费阅读的兴起和付费阅读的衰退，移动阅读时代的网络文学也发生着变迁：2012 年至今的变革可称之为渠道、流量为王的流量变现时代。在这个时期，网络文学二十多年来积累的作品以自媒体推广的方式进行了多渠道的流量变现，大量精品网络文学作品经翻译传播至世界各地；与此同时，免费阅读则直接拉低了用户门槛，激活了"四五线"城市及广大乡镇农村里的新用户，扩大了网络文学的读者群体。网络文学用二十年从免费走向付费，建立了一套令影视、音乐、动漫产业都"眼馋"的付费生态体系，然而这些年，随着资本的大量入驻，这个体系再度被重新兴起的免费阅读所打破。

在这段时间，我自己也实现了职业生涯的再度转折。2015 年我创立云阅文学，成为一名网络文学平台经营者。在这个单部网络作品就能吸引千万用户关注的时代，平台能持续不断地挖掘出好的内容，我也算

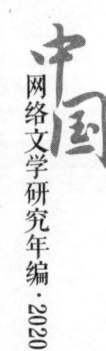

"吃"到了这个时代的红利。

流量变现的可观利润同样也吸引着许多新玩家的入场。他们中有做公众号的,有做站群流量的,还有做 APP 分发的,甚至一些做"灰色"广告的也都一拥而上。网络文学行业因此出现了一些新问题、新现象,一些充满了暧昧、色情与暴力描写的低俗作品开始在自由的互联网环境下滋生并传播开来,不少普通读者乃至一些上级监管部门也因此误认为,这就是网络文学。问题是,此类作品的内容提供商并非那些早已被纳入政府部门管理的正规网络文学平台,而多是一些打一枪换个地方的"游击队",因此很难从根本上解决相关的监管问题。

新问题与新现象

流量变现时代虽然使很多优质的网络文学作品得到了更多变现机会,但相比内容的优劣,平台更看重的却是作品单个章节的用户留存率、作品"上架"章节的付费转化率等等。以新媒体渠道为例,按常规,流量方如微信公众号主、群主等拥有流量的人可拿走约 90% 的收入分成,平台和内容方均分剩下的 10%;而免费阅读渠道则是通过免费模式吸引用户,内容方靠平台展示的广告费用获取收益。

对于免费阅读,我个人还是比较看好的,因为网络文学现有的版权、广告、流量等已足可支撑免费模式的延续了。免费阅读获取"下沉"用户,可使网络文学的用户群体急剧增长;同时,网络文学二十多年来积累的足够多的"完本"作品,也为免费阅读提供了海量选择,使网文行业获得了新的效益增长点。网文阅读用户经长期阅读的熏染,品位提升,对精品内容的需求亦会提升。这些都是好事。

其实,网络文学的免费模式并非新生事物,当初并未获得成功的主要原因在于那时的广告效益差,其收入远低于付费时代所能获得的变现收益。然而,免费阅读模式对网络文学的冲击也的确存在并已开始显现。如,从内容角度看,大量"跟风"作品因转化"效率"高,更"适应"系统的算法规则,从而更易占据相关榜单,也更易出现"规模化"生产。比如一些以广告营利的免费阅读平台上,其排行榜上的作品往往类型单一,常可见大量成熟的"套路文"及抄袭文。

在免费阅读的冲击下,曾被认为是主流的付费阅读模式已元气大伤,除了提质扩容、加速蜕变外,平台也并无太多良策。那些粗制滥造的创作,那些单纯为字数而"灌水"的内容,是很难在免费大潮中生存下去的,曾经以"量"取胜的网络文学已度过了最初的成长爆发期而进入了沉淀期。未来的网络文学原创作品不会再单一片面地追求数量、产量和点击量,而走精品化、短篇化、个性化、高端化之路则将成为大势所趋。

危机同样也意味着转机。免费阅读也为海量的优质内容增加了充分展示的平台。网络文学作者在适应了免费阅读的规则后,将吸引更多的潜在用户,并获得比付费阅读稿酬更高的其他收入。免费阅读快速获取用户的时代即将结束,随着其自身"进化"需求的越发强烈,有着千万级、亿级用户量的免费阅读平台有望为网络文学行业带来更多新的机会。

可以预见的是,在加强正面引导、坚持创新创作、传承中华文化、追求精益求精的前提下,免费阅读定将促生更多的精品佳作。随着网络文学的"出海"传播,中国的网络文学已成为中国文化输出的一个重要方式,优秀的网络文学作品能让世界更好地了解崛起中的中国,而这些精品佳作亦将成就网络文学的明天。

附录

中国网络文学发展盘点与综述·2019

2019 中国网络文学蓝皮书

中国作协网络文学中心

前　言

2019 年,中国网络文学以习近平新时代中国特色社会主义思想为指导,围绕新中国成立 70 周年,加强现实题材创作,遏制不良创作倾向,传播正能量,弘扬社会主义核心价值观,向主流化方向发展的趋势更加明确。网络作家的担当精神和使命意识进一步加强,坚持以人民为中心的创作导向,努力提高作品质量,讴歌党、讴歌祖国、讴歌人民、讴歌英雄的作品显著增多,质量明显提高,在中国特色社会主义文化建设中发挥出更大的作用。

2019 年,网络文学现实题材创作的数量和质量进一步提升;新生力量不断涌现,进一步壮大了创作队伍;研究评论更受重视,理论方法更趋自觉;传统收费阅读模式受到免费阅读模式冲击,产业开始升级转型;"网文出海"规模进一步扩大,从内容输出向模式输出转变,成为中华文化海外传播的新亮点。

一、创作

2019 年,网络文学传播正能量、弘扬社会主义核心价值观的主流化趋势更加明确;现实题材创作数量持续增长,质量不断提高,社会影响进一步扩大;幻想类创作影响力有所下降,但依然是网络文学的重要类型,

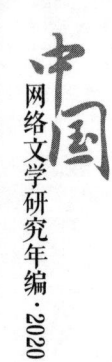

读者群庞大;历史题材创作继续活跃,穿越架空类作品占比降低,正面书写历史的作品持续增长;革命历史题材创作取得重要突破,涌现出一批新作佳作。

1.现实题材创作

2019年网络文学现实题材创作势头强劲。全年各级各类现实题材征文大赛参与作者过万人,参赛作品超过万部。很多知名网络作家转向现实题材创作。庆祝新中国成立70周年是2019年网络文学现实题材创作的重要主题。

——现实题材创作自觉与时代同步伐,全方位记录中华民族砥砺前行的历程和伟大成就,揭示新中国沧桑巨变的内在原因。一批反映创新创业、社区管理、精准扶贫、物流快递、山村支教、大学生村干部等领域的现实题材作品脱颖而出,涵盖社会生活各个方面。《浩荡》《深圳故事》《扬帆1980》等全面表现改革开放,《核医荣耀》《制造为王》《旷世烟火》《无字江山》《油菜花开幸福来》等作品从不同角度表现了新中国的发展变化。

——以人民为中心,讴歌党、讴歌祖国、讴歌人民、讴歌英雄成为作家的自觉追求,作品基调积极、底色明亮、风格明快。不少作品重点表现小人物的现实生活和奋斗精神,努力发掘他们身上的真善美,集聚向上向善的正能量。《朝阳警事》《运河人家》《商途》《消防英雄》《青春绽放在军营》等都是表现突出的作品。

——努力表现新时代的火热现实,自觉塑造"时代新人"形象。《网络英雄传》写出了网络时代才能出现的"新的世界"与"新的人物";《宠物天王》《我开动物园那些年》等,不仅成为网络小说新兴潮流的"新锐主

340

角"，也为当代文学贡献了一系列文学新人。

——现实主义精神不断增强，现实题材作品的文学品位大大提升，成为网络文学主流化、精品化的重要标志。一些作品在创作手法上积极探索，以更好地反映社会生活，如《上海繁华》《他从暖风来》《全科医生》《传国功匠》《一脉承腔》等。《第十二秒》《长夜难明》《默读》《罪恶调查局》等则将笔触探进现实的社会矛盾中，批判意识显著提高。

——探索符合网络文学特点的表达方式，争取可读性和文学性的统一。《大美时代》《百年复兴》《大国航空》《浪潮》《忽如一夜春风来》《大国小匠》《医路芳华》《姜县人家》等，将严肃的人生思考纳入具有鲜明网络文学表现特点的"爽文"之中，表达"大我与小我""时代与世界""传统与变革""理想与真实"等基本命题。

——同质化、"三俗"问题仍然存在，作品表现手段不够丰富。经过整顿治理，网络文学总体格调更加健康，但在经济利益的驱使下，同质化及低俗、庸俗、媚俗等问题还难以杜绝。特别是随着免费阅读模式的兴起，"豪婿文""战神文"等泛滥一时。现实题材创作越来越与传统写作趋同，体现网络文学特征的除了"金手指""赋能"外，缺乏更多有效的新手段。

2. 幻想类创作

奇幻、玄幻、仙侠等幻想类作品继续保持在网络文学总体格局中的数量优势，读者众多。玄幻作品进一步融合东方神话等文化元素，仙侠文迎来一波新的爆发；以西方文化为背景的奇幻作品再度走热；科幻元素融入多种作品类型；与现实生活结合的幻想类作品受到读者热捧。

——以东方文化为背景的玄幻类作品仍受到广泛关注，类型进一步

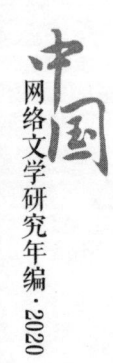

细分。《大道朝天》《剑来》《平天策》等重点表现庙堂与江湖谋略;《牧神记》将传统武侠小说的网络特征和叙事手法植入现代价值体系,增强了玄幻小说的表现力;《天道图书馆》则以新奇的架构和独特的设定受到读者的喜爱;仙侠文迎来新一轮爆发,《烂柯棋缘》《大道争锋》《玄浑道章》《鹿妖逐鹿》《问道峨眉》等古典仙侠文以及洪荒文《我师兄实在太稳健了》等努力重建仙侠世界伦理秩序,极大调动了读者的兴趣。

——以西方文化为背景的奇幻作品掀起一波新的热潮。受《诡秘之主》爆款的影响,克苏鲁神话、蒸汽朋克等风格元素的作品纷纷走红,甚至出现了主打西幻的垂直类原创网站。奇幻与其他题材融合,出现了一批口碑较好的作品,如种田文《大龙挂了》,现代魔法文《天启预报》,历史文《我乃路易十四》,诡秘文《炼金手记》《马林之诗》,巫师文《格兰自然科学院》《无光主宰》,克苏鲁文《马恩的日常》《玩家超正义》《瘟疫医生》,同人文《骑砍风云录》《恐怖堡的女儿》,游戏异界小说《超神机械师》等。《魔力工业时代》将工业文明的科技进步与奇幻叙事的传奇巧妙融合,成为海外传播的典型案例。

——科幻创作持续增长,科幻元素融入玄幻等类型,提高了幻想类创作的整体水平。《地球纪元》创设幻想世界和未来时代,表现了人类在应对重大危机时的责任意识、科学精神和理想情怀。《星域四万年》将科幻与修真结合,以富有想象力的构思和正能量的人物设定,受到好评。

——幻想类创作与平凡人的现实生活相结合的作品持续增长。《凡人修仙之仙界篇》《离天大圣》《剑徒之路》《我是仙凡》等都将描写重点转向凡人的生活。《修真门派掌门路》将凡人修仙和门派种田相结合,《仙道长青》《修真家族平凡路》将凡人修仙和家族种田相衔接。《鹿妖逐鹿》描写的是妖修世界,却给人极强的现实感,受到读者喜爱。

——吐槽欢脱风盛行。《大王饶命》《牧神记》的走红，进一步加剧了幻想类小说轻松、搞笑、幽默的欢脱风。《明日之劫》《诸天剧透群》《我师兄实在太稳健了》《恐怖修仙世界》《精灵掌门人》《我的一天有48小时》等都属此类作品。

——幻想类创作尚未很好地解决娱乐性与思想性相统一的问题。幻想类作品张扬丛林法则、崇尚强者为王、描写血腥暴力的情况有所改观，总体向传播正能量的方向转变。但在如何更好地弘扬中华优秀传统文化，体现中国精神、中国价值、中国力量等方面，还存在着不足。

3. 历史及其他题材创作

历史类网络小说热度稳中有升，正面书写历史的作品持续增长，专业意识和文化趣味增强。穿越、架空仍然占比较大，表现闲适生活的"穿越种田文"盛行。轻松搞笑的历史文受到年轻读者的喜爱。军事、悬疑类作品也有很好的表现。

——革命历史题材创作成绩突出，涌现出一批新作佳作。《秋江梦忆》《宛平城下》《一寸山河》《战长城》《太行血》等讲述英雄热血故事，《永不解密》《血火流觞》《谍影风云》《雷霆突击》等描写谍战、特战，彰显家国大义，激发爱国豪情，是积极的正能量佳作。

——正面描写历史的作品数量增长显著，质量明显提升。历史题材作品涉及各个历史时期，如描写秦代的《秦吏》，两汉三国类的《汉阙》《覆汉》《举汉》，两晋隋唐的《勒胡马》《汉祚高门》，宋代的《宰执天下》《绍宋》《燕云台》，明代的《铁血残明》，晚清民国的《十三行》《中华女子银行》等。这些作品有些也使用了"穿越"手段，但总体对历史都进行了尊重史实的正面描写，能科学反映历史发展的客观规律，正确处理人民群众

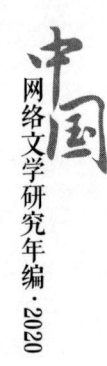
在历史发展中的作用,也更加注重对人物形象的塑造。

——历史穿越小说转向回到历史中过日常生活,风格更为轻松活泼。如《唐朝好男人》《极品家丁》《平凡的清穿日子》《枭臣》《大明春色》等。《唐砖》《贞观大闲人》《唐朝工科生》《明朝败家子》《小阁老》等则是轻松生活流、欢乐吐槽风的代表。

——架空类作品热度不减。由架空类历史小说《庆余年》改编的同名网剧热播,进一步带动了架空类小说写作,《谋断九州》《赘婿》《长宁帝军》等是其中表现突出的作品。

——"大运河"成为 2019 年表现突出的题材。《隔河千里 秦川知夏》《漕运天下》《运河造船记》《京杭之恋》《北洋秘闻》等展现了各个历史时期的大运河,讲述了一个个精彩纷呈的运河故事。

——悬疑推理、同人、二次元等类型广受年轻读者欢迎。融刑侦知识、世相描绘于一体的悬疑推理类小说,深受大众喜爱。《破局事务所》《红色通缉令》《对决》《我有一座冒险屋》《瘟疫医生》等悬疑推理小说,故事新奇,别具特色。同人文、游戏文、二次元网文等作为重要类型,保证了网络文学多元化的生态格局。

——准确揭示历史发展规律,自觉抵制历史虚无主义是网络历史题材创作需要长期重视的课题。穿越、架空依然是网络历史小说写作常用的手段,除此之外,正面描写历史的网络小说出现回归传统写作的趋势。探索符合网络特点的表达手段,更好地揭示历史发展规律,表现人民群众在历史发展中的作用,对网络历史小说写作来说,依然任重道远。

二、评论研究

2019 年,网络文学评论研究更受重视,评论队伍继续壮大,研究阵地持续扩充,构建网络文学评论评价体系的自觉性增强,文本解读更加深入,思潮现象剖析和创作趋势把握进入有序的学理轨道,海外传播研究成为新的热点。

——网络文学评论研究得到切实重视。中国作协网络文学中心组织实施网络文学理论评论支持计划,与《文艺报》合作开办"网络文学专刊"。北京大学、安徽大学等高校纷纷成立网络文学研究中心,国家社会科学研究基金、教育部等将重点课题给予网络文学研究项目,有4位博士、30余位硕士将网络文学作为自己的研究方向并完成了学位论文。网络作家、网站等对加强网络文学评论研究的呼声也更加强烈,希望尽快建立适应网络文学文本特征、审美特征的评论评价体系。

——注重研判网络文学发展趋势,明确价值导向。《守正创新,高质量发展网络文学》《网络文学的时代选择与旨归》《提质换挡期网络文学的进阶之路》等文章认为,中国网络文学20年的繁荣发展是广大网络作家转变观念、创新开拓的结果,新时代中国网络文学必须以提高质量为生命线,有序健康发展。《我国网络文学区域化、差异化发展路径探析》《武汉网络文学行业现状及对策研究》《表现新时代、书写新生活,推动江苏网络文学发展迈上新台阶》《扩大网络文学的"江苏声音"》等文章分别考察了网络文学的区域化发展态势。

——网络文学研究在理论方法上继续探索,个案评论研究成绩显著。《网络文学研究与学科建设探讨》对网络文学的定义由来、发展态势进行了系统梳理。《网络文学评价体系的三大痼疾及相关建议》从理论工具、批评内容、批评体制三个方面总结了当前网络文学评价体系的问题。《网络文学崛起对文学研究的影响》《网络文学研究的理论设定与审美转向》《建立网络文学的艺术—文化学评价体系》对网络文学评论评价体系

345

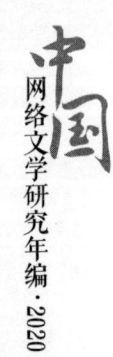

的建立做了深入思考。《网络文学:新媒介现实主义的崛起》认为网络文学表现了新媒介现实主义的崛起。《网络小说三要素变迁及其现实主义反思》在理论的维度上对网络文学的现实性、现实题材与现实主义写作进行了辨析。《网络文学的中国表述:从"九州"玄幻世界开创说起》《传奇传统的新阵地——从文学传统走进网络小说》着重考察了传统资源在网络文学中的化用。《网络小说的数据法与类型论——以 2018 年的 749部中国网络小说为考察对象》则借助软件工具,将定量分析和定性研究进行了有效结合。此外,多篇个案解读论文,在网络文学作品经典化上作了有益尝试。

——现实题材创作研究向纵深发展。《网络文学新趋势》对网络文学现实题材创作的必要性、意义进行了系统论述。《网络文学的现实主义写作》全面介绍了网络文学现实题材创作的状况、特征。《网络文学现实题材写作与读者接受反应的有效性问题》《网络文学的现实主义形态》《网络文学现实转向的迷与悟》《网络文学:现实题材的探索》等文章分别对网络文学现实题材创作不同的问题进行了理论阐释。中国作协网络文学中心与《文艺报》合办的"网络文学专刊",全年共推介 20 余部有影响的现实题材作品。

——对网络文学产业发展的研究更加深入。2019 年网络文学 IP 降温,研究者从产业及文化角度给出了建议和思考。《试论中国网络文学产业化发展》认为网络文学 IP 的影响力已全方位渗透娱乐产业。《二次元文化与网络文学》《从青年网络文学阅读看青年亚文化的主流化转向》《数字文化生产者的劳动境遇考察》《文化理论视域中的网络文学征候》《论作为一种大众文化形态的网络文学》则从文化角度辨析了网络文学斑斓的文化图景。

——网络文学海外传播研究成新的热点。《网络文学海外传播的思考》《"起点国际"模式与"wuxiaworld"模式》对中国网络文学海外传播的模式方法进行了深入观察思考。《中国网络文学的译介与传播：现状与思考》《我国网络文学出版"走出去"研究》《中国网络文学海外传播："全球圈粉"亦可成文化战略》《中国网络文学在英语世界的译介：内涵、路径与影响》《网络文学"走出去"的机遇与挑战》《中国网络文学对外传播研究：现状与前瞻》分别从文本翻译、作品出版、传播路径等不同角度深入思考中国网络文学海外传播面临的问题并提出了相应的对策。

——网络文学评论评价体系的建立依然任重道远。评论研究界建立适应网络文学特点的评论评价体系的自觉性越来越高，并进行了积极尝试，但研究仍主要借助媒介传播理论、文本细读方法及传统文学审美、社会学批评等手段，适应网络文学文本、传播、阅读等特点的评论评价体系远未有效建立。

三、队伍及引导

2019 年，在有关部门的正确引导下，主流化成为网络作家的自觉追求，"全国网络文学一盘棋"的工作格局得到巩固。创作队伍进一步年轻化。网络作家的使命意识、责任意识普遍增强，社会地位和影响力进一步提升，组织化程度和集体归属感大幅提高。

——网络作家责任意识显著增强。中国作协网络文学中心及各级作协等单位和部门，组织网络文学界认真学习贯彻习近平新时代中国特色社会主义思想，各种研讨、评论、培训、扶持等活动和工作，始终突出意识形态导向，注意推出传播正能量的优秀现实题材作品，发挥引导作用，网络作家使命感和责任感普遍增强。

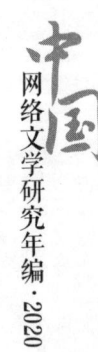
——多种形式庆祝新中国成立 70 周年。中国作协网络文学中心组织了多次主题采风活动,约 600 名网络作家参加,亲身感受新中国取得的巨大成就,引导和鼓励广大网络作家继续投身于讴歌时代、讴歌人民的现实题材创作之中。中国作协与国家新闻出版署合作开展了网络文学优秀原创作品推介活动,中国作协网络文学中心举办了"歌唱祖国——全国网络文学优秀作品联展"。

——全国重点网络文学网站联席机制运转良好。全国网络文学重点园地工作联席会议组织学习贯彻习近平总书记致中国文联、中国作协成立 70 周年的贺信,党的十九届四中全会精神等,及时传达中央有关精神,通报行业发展中出现的问题,研究部署抵制历史虚无主义等不良创作倾向问题,进一步提高了网络文学界的思想认识。在"净网 2019"专项行动中,联席会议部署各网站认真自查,举一反三,摸排整改,建立长效机制。

——网络作家队伍组织建设得到加强。目前全国共有各级网络文学组织 115 个,其中 2019 年成立 26 个,海南、湖北、甘肃等省成立了网络作家协会,全国各省市区除新疆、西藏外,都有了省级网络文学组织。中国作协网络文学中心通过组织召开全国网络文学工作会议,支持指导浙江、上海、江苏、广东、重庆、四川等重点地区探索工作模式,带动全国网络文学引导工作的开展。

——分级分类培训体系逐步完善。中国作协网络文学中心全年组织了 6 个培训班,共培训网络作家 486 人次;指导各级作协培训网络作家 1372 人次,联席会议成员单位培训网络作家 667 人次。

——文学网站党建工作得到加强。阅文集团党支部升级为党总支,党建工作迈上新台阶;点众科技党支部党建工作创出科技文化融合企业的特色;连尚文学逐浪网党支部探索"党建 + 网络文学"模式。随着党建工作的加强,各网站更加注重履行社会责任,开展了大量社会公益活动。

——更多年轻人进入网络文学创作队伍。爱潜水的乌贼、囧囧有妖、会说话的肘子、宅猪等行业影响力持续上升。越来越多的"95后"以至"00后"开始从事网络文学创作,并取得了不俗的实绩。到2019年,网络文学注册作者达1755万人,签约作者超过100万人,其中活跃的签约作者超过60万人。

——加强重点作品扶持和推介评奖,发挥引导作用。中国作协网络文学重点作品扶持工作得到加强,2019年共扶持39部作品。上海、江苏、浙江、河南等省市也以不同方式扶持网络文学创作。各类扶持中,现实题材和革命历史题材作品占大多数,有效地发挥了导向作用。中国作协与国家新闻出版署联合举办的全国网络文学原创优秀作品推介活动,中国作协网络文学委员会主办的中国网络小说排行榜,在推介优秀网络文学作品方面发挥了积极作用。一些省市进一步做好网络文学评奖工作,浙江的"网络文学双年奖"、江苏的网络文学"金键盘奖"、上海的网络文学"天马奖"等,都受到了广泛关注。

——发挥品牌性网络文学活动的示范效应。2019年5月10日至15日,以"守正道 创新局 出精品"为主题的第二届中国网络文学周在杭州成功举办,并增设了网络文学博览会,产生了良好的社会影响。9月在四川成都成功举办的第五届中国网络文学论坛,对新时代如何做好网络文学工作进行了重点探讨。此外,"中国网络文学+"大会等也都办出了特色,促进了网络文学的健康发展。

四、产业发展

2019年,中国网络文学继续发挥整个文娱产业的源头和核心作用,

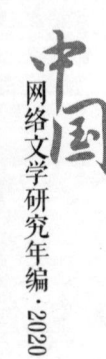
带动影视、游戏、动漫、漫画等行业的发展,形成新文创生态。同时,奠定中国网络文学发展基础的付费阅读模式增长停滞,免费阅读模式迅速发展,对网络文学行业产生巨大冲击,网络文学行业开始产业模式的调整转型。

——网络文学行业在调整中优化。"净网 2019"专项行动对一些重点网站进行了处罚,网络文学的监管力度进一步加大。中国作协网络文学中心积极引导各网站自查自纠,积极配合整改,各文学网站反对"三俗"、抵制"历史虚无主义"的意识明显提高。前两年网络文学 IP 过热和去年的影视行业整顿,使 2019 年的网络文学 IP 转化处于低谷,网站和网络作家的收益下降明显。但整顿推动了调整,使不良创作倾向得到遏制,正能量优秀作品受到重视,网络文学更加主流化,整体生态得到优化。

——以 IP 为核心的全文创生态进一步发育。IP 开发更加注重对改编作品的精打细磨和全产业链运营,《庆余年》《陈情令》《知否知否应是绿肥红瘦》《长安十二时辰》《鹤唳华亭》等现象级 IP 的出现,意味着网络文学的影视改编有能力产出价值观积极正向、制作精良、技术纯熟的高质量大众文化产品。现实题材 IP 集中发力,《都挺好》《亲爱的,热爱的》《小欢喜》《少年的你》等现实题材改编剧激发了对相关社会话题的热烈讨论。二次元网络文学 IP 的影视改编进一步推动题材的多元化和风格的多样化,《从前有座灵剑山》《少年江湖物语》等受到"95 后""00 后"追捧。粉丝经济与社区生态的培育使 IP 辐射到下游产业,带动 IP 运营成为行业发展的新增长极。游戏、动漫、漫画改编与网络文学的结合更加紧密,有声书用户快速增长。

——阅读平台收入下滑,免费阅读快速推进,网络文学行业发展模式面临转型。收费阅读模式触及发展天花板,收入增长停滞。以流量换收益的免费阅读模式发展迅速,迫使各网站纷纷跟进,支撑中国网络文学发展的付费阅读商业模式受到挑战。

——网络文学治理能力和管理水平有待提高。网站管理人才缺失问题较为突出,编辑队伍人员不足且素质偏低。管理部门和网站的内容把关过度依赖关键词检索屏蔽,使正常创作和阅读受到影响。对盗版、抄袭等侵权行为打击不力,使网络作家和网站的利益受到侵害。

五、海外传播

中国网络文学成为中华文化海外传播的新亮点,受关注程度显著提高,输出方式从出版授权到建立线上互动阅读平台,再到开启海外原创,对外传播不仅实现了规模化,而且完成了从文本输出到模式输出、文化输出的转变,传播区域也从以东南亚、北美为核心的地区向北美、欧洲、日韩、东南亚、非洲等全球各地扩展。

——对外输出规模持续扩大。中国网络文学的海外传播包括对外授权出版、自办外文网站发表翻译作品、发表原创外文作品、通过阅读 APP 发布作品、网络文学 IP 授权输出等多种形式。仅阅文、掌阅、中文在线、纵横、咪咕、晋江等几家主要文字网站,对外授权作品已有 3000 多部,上线翻译作品近千部,网站订阅和阅读 APP 用户上亿人,覆盖世界大部分国家和地区。

——海外线上阅读平台发展迅速,中国网络文学发展模式输出到海外。阅文集团在海外上线的"起点国际",累计访问用户超过 4000 万。起点国际实现网络小说中英文双语版在海内外同时发布、同步连载,缩短了中外读者的"阅读时差",让网络文学成为国际化的文学创作和阅读范式。起点国际海外原创作者超过 45000 人,共审核上线原创英文作品

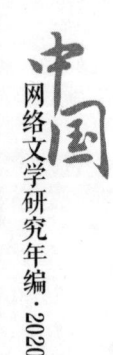

72000 余部,大部分作品世界观架构深受中国网文的影响,蕴含众多中国文化元素。平台建立了基于中国文化的粉丝社区,每天产生 6 万多条评论。

——移动阅读平台用户高速增长,覆盖广泛。掌阅的"iReader"数字阅读国际版本,支持十几种语言,海外用户超 2000 万,读者覆盖全球 150 多个国家和地区。中文在线的"视觉小说平台"(Chapters)跃居全球第一,注册用户超过 1500 万。纵横文学成立美国子公司 Tapread,服务于 180 个国家及地区,共有 100 多部小说和漫画的翻译作品,累计用户超过百万;熊猫看书(pandareader)英文版覆盖 50 余个国家和地区的读者。阅文集团与韩国原创网络文学平台 Munpia、非洲电信及智能阅读企业传音控股、新加坡电信集团等建立战略合作关系,共同开发亚洲、澳大利亚与非洲市场。

——中国网络文学海外传播成为研讨热点。乌镇世界互联网大会期间,中国作协与浙江省人民政府以"中国网络文学的海外传播"为主题举行了圆桌会议。11 月,中国作协网络文学中心与海南省作协共同举办了"自贸港背景下的网络文学出海论坛",成为首届海南国际图书博览会的一大亮点。

寻找"新的边界""新的人物"与"新的世界"

——2019 年现实题材网络小说创作综述

闫海田

新的文学要创造"新的世界、新的人物"

"现实题材"无疑是 2019 年网络文学界谈论最多最热的话题。但"现实题材"何以能够突然成为"网络小说"的重要"问题",却并非是一个偶然的现象。事实上,在中国当代文学史的不同阶段,"题材问题"始终都是超越"题材"之上的一个十分重大的"根本问题"。早在延安文艺整风时,毛泽东即在《在延安文艺座谈会上的讲话》中提出"革命文学"在"题材"上必须转移到对"新的世界,新的人物"的理论。毛泽东有关"新的文学形态"一定要有"新的世界,新的人物"的理论,在当下的网络文学时代,依然具有深刻的理论指导价值。最近,学界已敏锐地感到重新讨论这一问题的必要性。例如《文学报》自 2019 年 1 月起,便新开"文学'新人'的意义"笔谈专栏,针对"当幻想与现实已模糊了边界,如何在文学中生成有意义的'新人'形象"问题展开了深度的讨论。

"新的主题"与"新的人物"的重提,正是对当下时代的"现实世界"的自觉与深刻的"指认"。而从这个意义上说,郭羽、刘波的"《网络英雄传》系列"的诞生,则正是对这一时代大势的及时呼应。本质上,"《网络英雄传》系列"所开创的"新的主题"与创造出的"新的人物",正是当下网络文学对这个网络时代下社会现实正面强攻的直接结果。因此,《网络英雄传Ⅱ·引力场》能够从参选的几十万册图书中脱颖而出,于 2019

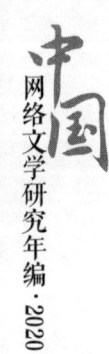

年荣获"2018中国好书"的殊荣,可说是中国当代文学对网络文学所贡献出的"新的世界,新的人物"的最高认可。而从这个层面上说,各种直播流、系统文中的"无限空间主神""随身老爷爷""脑内绑定"等等"新人形象",也未尝不可被认为是网络时代才能出现的"新的世界"与"新的人物"。例如皆破的《宠物天王》、拉棉花糖的兔子的《我开动物园那些年》等,不仅成为网络小说新兴潮流的"新锐主角",也可以说是为中国当代文学开创出了一系列前所未有的"文学新人"。而Sunness的《第十二秒》、紫金陈的《长夜难明》、priest的《默读》、骁骑校的《罪恶调查局》等作品,难能可贵地突破了网络文学缺少现实主义批判精神的不足,而将笔触探进了当下十分尖锐和深广的社会问题与矛盾之中,显示出网络文学现实主义品质的极大提升。

理论上,代表中国网络文学未来的全新的"中国网络文学",必须要有"新的主题,新的人物"。毛泽东有关"题材问题"的理论,在当下新出现的网络文学创作的种种复杂问题之中,既可以得到印证,也可以得到进一步的发展。从根本上看,网络文学的"虚拟性"特征,正是来自它最初"题材选取"的"非现实性"。"修仙""灵异""玄幻""二次元"的"非现实性"题材,无疑是网络时代"宅居"在"游戏想象"的"新的世界"中的"新的人物"题材选取的"产物"。这自然决定了此类网络文学的"性质"。因此,最近的"现实题材"转向与崛起,也正昭示着"新质"的中国网络文学之"新的世界,新的人物"诞生的可能。

整体上看,当下多数现实题材网络小说在大的方向上,正在疏离"二次元""金手指""超文本""玛丽苏"等"网感"强烈的网文属性,而显示出与传统当代文学类型的界限渐趋模糊化的倾向。尤其是国家层面对网络文学"现实题材"中"重大题材"的强调,则更直接指向有意将网络文学中的"日常性"叙事与"宏大叙事"相区分的态度,这催生了数量众多的表现"共和国 70 年""改革开放 40 年"等宏大主题的现实题材作品,并借之而创造出了一系列区别于以往网络小说的"新的人物"与"新的世界"。

诸如《大江东去》《繁花》《浩荡》《宛平城下》《传国功匠》等 25 部现实题材作品,便以接近传统文学的史诗品质,而获得由国家新闻出版署和中国作家协会联合举办的"庆祝新中国成立 70 周年"优秀网络文学原创作品推介活动的推介。这些入选作品从不同的角度与层次,全方位地展示了"新中国成立 70 年"伟大而光辉的成就与宝贵的经验,很大程度上代表了网络文学在现实题材创作上取得的丰硕成果。而网络作家何常在的创作理念变化,则代表了一大部分现实题材网络小说作者的心声。他表示,网络文学 20 年来,幻想的多,现实的少;飞天的多,落地的少。而在有限的现实主义题材网络文学中,要么穿越重生,要么加了异能,总是和真正的现实有一种剥离感。而他之所以萌发了要创作一部记录时代的网络小说,也是为了证明网络作家其实也是一个有时代责任感有担当的作家群体。

在这一点上,大地风车的《上海繁华》、王鹏骄的《核医荣耀》、资深农民工的《制造为王》、陈酿的《旷世烟火》、小神的《无字江山》、淮上文歌的《油菜花开幸福来》、创里有作的《扬帆 1980》等,也都以恢宏的气概、传统文学无法企及的篇幅长度,表现出睥睨传统文学经典的野心。这些作品均将写作重心放在轰轰烈烈的中国改革开放伟大历史进程的细节呈现上。同时,他们因来自不同职业与行业的身份背景,而对中国各个行业的发展历史有着传统文学作者难以匹敌的专业知识与深度的行业实践经验,他们凭借对中国改革开放具体历史细节的熟悉程度,与对各行各业技术上的专业性,而使作品具备了用无数扎实得接近"精密机器部件组合

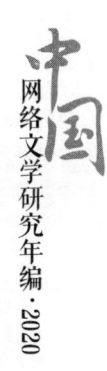

式"的细节连接成的浩瀚、严谨而辉煌的史诗品质。

比如,小神的《无字江山》已经修改到第七个版本,仅仅是废稿就已经累积了40余万字。而《上海繁华》甚至还表现出了网络小说"先锋性"写作的可能。说《上海繁华》有可能突破当下网络小说从未触及的"先锋性"边界,是指《上海繁华》的叙事样式有可能"接引"与"贯通"了网络小说"金手指""爽点"与百年中国现实主义精神间的"断裂"。《上海繁华》虽然是大地风车的第一部作品,在技术、语言上还有些粗糙,但这并不影响其在写作样式上的"先锋性"。可以说,《上海繁华》的叙事样式既与王安忆《长恨歌》式的当代传统都市书写不同,也与当下"商战职场""都市言情"等各种类型化的都市题材网络小说相异。《上海繁华》以"扑面而来的生活事件""无数描写生动的细节"这样的特征,与以往注重"故事性"与"虚拟性"的网络类型小说拉开了距离。即使仅从《上海繁华》在创作倾向上所表现出的"对时代经验有更全面、更深刻、更准确的把握"的"宏大野心"来看,便已经超越了以往现实题材网络小说更注重"情节""爽点"等"商业化品质"的"类型化特征"。而其在叙事样式上所表现出的"空间化叙事"的先锋性实践,以及其对"新上海人"等文学史人物群像的贡献,则更对网络文学创造"新的世界"与"新的人物"有新的突破。

现实题材的边界突破与现实主义的网络形式

"现实题材"问题虽不是一个新话题,在中国当代文学史上曾多次出现,但当下的"现实题材"问题却因与"网络时代"的相遇,而展现出一种新的复杂性。可以预言,在技术革新与媒介革命不断"迭代"的"后网络时代","全新的现实"将会把以往的"现实观"完全打破。对"后网络时代"的"现实题材"的"边界"的界定将会使未来的"现实题材"越来越陌生。因此,"迭代论"单纯强调"二次元""5G 带宽""梗文"写作的先锋性,而无视"5G"时代的"现实"本质,是一种自我封闭的思维,不利于中国网络文学的健康发展。而过度强调"现实题材"的传统品质,则会对网络时代新产生的"世界经验"与"主体生命"的表达与呈现造成压抑。而最有意义的探索,自然还是破除二者之间的壁垒,即探寻"后网络时代"的现实题材之真正的"网络形式"。

要解决这一问题,需要深入讨论并厘清"现实题材"与"现实主义"这两个既有关联又极其不同的关键词。如前所述,什么是"现实题材",尤其是在进入网络时代的当下,怎样界定与理解这一术语的内涵与外延,变得十分迫切与关键。显然,进入网络时代后,这一术语所包含的原有含义已经发生变化,即当下的世界,哪些部分可以被归入所谓的"现实"已经不是一眼就能分辨的复杂问题。会写诗的"微软小冰",能虚构小说的"人工智能",可以和人结婚的虚拟少女"初音未来",这样的"二次元"世界算不算当下的一种"现实"?这显然对网络文学构成了新的挑战。而"现实主义"作为一种创作手法,能否将这些还会源源不断出现的"新的现实"纳入自己的表现对象,作为一种适应新的网络世界的"现实主义",能否将自己的"广阔的道路"延伸到"虚拟"的"网络世界"中去,这显然也是一个极其复杂的新问题。

非常明显,"现实题材"并非是"现实主义",书写"现实题材",既可以采用"现实主义"的创作手法,也可以采用"超现实"的创作手法。但当下的现实题材网络小说,多数都混淆了这二者间的界限,往往是将"现实题材"理解成"现实主义"。这种误解导致了将"网络文学"关注"现实世界"的倡导,引向了只是简单而消极地将当代文学传统中既有的现实主义观念不加任何发展与改变地直接"植入"网络文学创作之中。事实上,

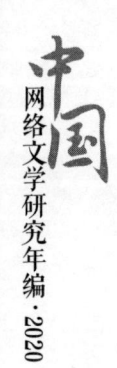

这种"懒惰"与"庸俗"的做法,已经影响到了现实题材网络小说的真正发展。

纵观 2019 年各大文学网站点击率排行榜相对靠前的"现实题材"作品,多数都显露出上述问题。诸如安思源《洛丽马丝玫瑰》、阿咪阿咪红《理财大师》、红九《服不服》、沐清雨《渔火已归》、莲沐初光《你一笑桃花荡漾》、蒋离子《听见你沉默》、耳东兔子《三分野》、翘摇《降落我心上》、时镜《我的印钞机女友》、蓬莱客《我的蓝桥》、三千大梦叙平生《余生给你,糖也给你》、荔箫《三万行情书》、潇湘碧影《叫我设计师》、木诺然《你得桃李,我得你》、夏箩酒《霍先生,许你时光初绽》、拆多多《恋似海风吹》、木羯酱《她有七分甜》、桑妮《套路微微甜》、麦苏《刺猬小姐向前冲》、朵朵麻《荣光不会晚》、仇若涵《新养老时代》、凌晨《第二次初婚》、狐小妹《我的人生焕然一新》、北倾《星辉落进风沙里》、胡说《山根》、就为活着《俗艺大师》、玉珊瑚《浮生戏》、白学究《大河峥嵘》、雨甜《人生的战争》、布衣法曹《清莲》、舞清影《明月度关山》、宋骄阳《最遥远的微光》、罗晓《大山里的青春》等,均沿袭"校园""职场""商战""创业""支教""军旅""司法""救援""都市女性""家庭矛盾""非遗传承"加"都市言情"的套路。而"情节琐碎""叙事苍白""简单复制现实"这样的"消极写实"特征,显然不是现实题材网络小说真正发展、壮大的理想状态。无疑,简单的"挪移",并非是真正解决问题的有效途径。对于有担当的网络文学作者,中国网络文学的未来必须寻找到能有效呈现"新的世界"与"新的人物"的全新"网络形式"。

而从这个层面来看,中秋月明《大美时代》、大江东《百年复兴》、恒传录《中国铁路人》、华东之雄《大国航空》、胡说《浪潮》、巧嫣然《忽如一夜春风来》、半岁音书《大国小匠》、乱步非鱼《医路芳华》、娃的妈妈《姜县人家》等,对现实题材网络小说"新形式"的探索,具有一定的价值。上述作品都较好地解决了"网络形式"与"现实题材"的结合问题,作者将严肃的人生思考纳进"各种苏"与"金手指"交织的爽文之中,表达的却还是"大我与小我""时代与世界""传统与变革""理想与真实""欲望与纯真"这些基本的人类命题。这些作品在思考中国发展的具体问题,以及中国经验的"当代性"与"世界性"上,都超越了以往类型小说的层面,而进入到较高的对人生与世界的哲学与美学层面的探寻,甚至借之而赋予了网络小说各种"开挂""金手指""玛丽苏"等手法以特殊的"时代性",将网络小说的"形式"与"哲学意味"发挥到新的高度。

无疑,现实题材网络小说的真正发展,既需要解决"现实题材"的"边界"问题,也要解决"现实主义"的"网络形式"问题。"现实主义:广阔的道路"预示着"现实主义"会有无限的"形式",只要人类向前发展,"现实主义"的未来就会出现相应的"形式"。也许,当下的"AI写作""5G带宽""黑科技系统""二次元"等都应该算作当下"现实主义"的具体"网络形式",但似乎又离真正的"网络形式"还十分遥远。因此,寻找"现实主义"的"网络形式",便成为当下网络文学,或者是将来的中国当代文学一个长期而持久的任务。

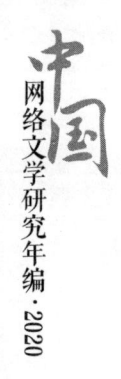

让历史闪耀现实主义光芒

——2019 年度历史类网络小说综述

肖惊鸿　孙凯亮

2019 年的历史类网络小说热度稳中有升,穿越、架空仍占主流,专注于攀爬科技树或者表现温馨闲适生活的"穿越种田文"盛行,思想精深的架空之作频出。正面书写历史的作品持续增长,专业意识和文化趣味增强,更好地讲述中国故事,传扬中华文化。轻松搞笑的"日常向"历史文异军突起,受到年轻读者的喜爱和欢迎。历史军事类小说收获颇丰。总体上看,历史类网文的专业知识性、逻辑合理性和文化趣味性增强。对于历史类小说中可能存在的历史虚无主义倾向,仍然需要旗帜鲜明地反对,在意识形态导向上明确站位,多加引导。历史类网络小说的艺术多元化、思想精深化不仅提升了此类网络小说的内在品质,在网络文学多类型并存的发展格局中也占据重要地位,与其他网络小说类型创作共同塑造了网络文学多元化繁荣发展的文化形态。

拓宽题材表现

本年度,以现实主义态度从正面强攻历史的"严肃向"历史文数量显著增长,质量明显提升。上古先秦、两汉三国、两晋隋唐、两宋元明、清代民国等各个历史时段,均得到正面书写和表现。《秦吏》《战国野心家》《沉鱼策》等历史文佳作的出现,带火了上古先秦文这一冷门题材领域。两汉三国类题材也涌现出《汉阙》《覆汉》《举汉》等一批好作品。两晋隋唐类,《勒胡马》《汉祚高门》《大唐键侠》《冠冕唐皇》等历史文均有亮点。

两宋元明类小说表现最为突出,《宰执天下》《绍宋》《燕云台》等皆是口碑之作。特别是 2019 年初完结的《宰执天下》,被读者评论为"全面超越《新宋》的神作"。明穿文中,《铁血残明》《大明春色》《明末不求生》等作品各具特色。清代民国类小说中,《十三行》《韩四当官》《中华女子银行》等,考据扎实,情节严谨,注重创作手法,风格特色鲜明。

这些正面书写历史的网络小说细节翔实,功底深厚,在展示历史的丰富性和发展的多元性方面颇有新意,在历史内涵的表达上颇具深度,体现了可贵的现实主义观照,闪耀着历史唯物主义精神的光芒。

近年来,轻松生活流、欢乐吐槽风的"轻松向"历史文,因其轻松幽默的行文风格颇受青年读者欢迎。从类型上看,这些小说属于着意表现温馨日常的"穿越种田文"的范畴。故事生活化、人物温情化、风格轻松化的《唐砖》带火了这一历史文类,并奠定了这一类型的写作风格。

这一类型的唐穿文,如《贞观大闲人》《唐朝工科生》玩梗娴熟,吐槽犀利,在一个个生活化的小故事中,展现唐代风华与人间温情。《明朝败家子》《承包大明》《小阁老》等明穿文,也属故事诙谐、行文俏皮的此类型作品。

丰富创作手法

从创作题材看,"大运河"题材的书写在 2019 年表现亮眼。网络作家唐家三少创作了《隔河千里 秦川知夏》这样的超人气之作,其他网络作家也写作了不少可圈可点的好作品。《漕运天下》《运河造船记》《京杭之恋》《北洋秘闻》等从政治、经济、文化等不同角度,展现了各个历史时期的大运河,讲述了一个个精彩纷呈的运河故事。

2019 年的穿越佳作中,《秦吏》有"秦穿第一文"之称,《覆汉》则是

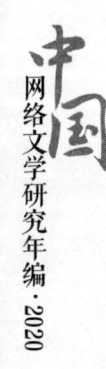

"三国文"中的年度现象之作。两部历史小说相映成趣,一时瑜亮。《秦吏》的主角是穿越到古代的现代人,《覆汉》的主角则是生活在古代的东汉人。主人公身份设定上的不同,构成了两部小说在写作手法上的关键区别。《秦吏》是现代穿越者直面并改写历史的穿越者创业史,考据翔实,逻辑严谨。《覆汉》则是摹写历史大势、塑造人物群像的历史演义,格局宏大,想象丰富。

早年间,历史类小说主要是回到过去并通过政治改革、军事斗争改写中国历史的"穿越争霸文",在历史时段上多集中于两宋、明清和民国。代表性作品如《窃明》《篡清》《回到明朝当王爷》等。此类小说在历史文创作中始终占有重要位置。本年度的《东汉末年枭雄志》《大明之五好青年》《明末不求生》即属于这类"穿越争霸文"。近10年来,历史穿越小说的主流转变为"回到历史中过日常生活"的"穿越种田文",代表性作品如《唐朝好男人》《极品家丁》《平凡的清穿日子》等。《勒胡马》《枭臣》《大明春色》等也属于这一类作品。

遵循历史逻辑

"架空文"指的是,主角穿越到一个与历史上存在过的真实世界类而不同的异世界中去的历史小说。架空文与穿越文较为接近,区别仅在于架空小说的历史背景是虚拟的。如《庆余年》中的"庆国",就是一个有着武功、秘术并能够以一己之力对抗整支军队的"大宗师"的架空世界。

本年度较为出色的架空之作,有冰临神下《谋断九州》、愤怒的香蕉《赘婿》以及知白《长宁帝军》等。《谋断九州》是冰临神下继《孺子帝》《大明妖孽》之后创作的一部"论说天下大势"的"谋士小说",精于技法,贵在艺术创新;《赘婿》是历史类网文的集大成之作,虽创作已久,但历久弥新;"现象级"网剧《庆余年》去年年底播出以后,掀起了一股阅读原著小说的热潮。

近年来,军事文仍以抗战、谍战和特战小说为主。这类小说分别从历史和现实两个维度构筑起自身的战争想象,讲述着或悲壮或热血的革命历史故事,塑造出不同时代的英雄形象,砥砺中华儿女"不忘初心,继续前进"。《秋江梦忆》《宛平城下》和《青春绽放在军营》以青年视角讲述抗战爱国故事,构思绵密,格调高昂;《一寸山河》《战长城》《八四医院》等讲述英雄热血故事,视角独特,场景宏阔;《永不解密》《血火流觞》《谍影风云》《雷霆突击》等谍战、特战小说,在生死一线的惊险情节之中融入家国大义,激发爱国豪情。

加强责任意识

近年来,在政府管理部门和协会的大力提倡和引领下,能够科学反映历史发展客观规律、正确处理人民群众在历史发展中的作用的历史类网络小说量多质优,双效显著。

然而,网络小说中的历史虚无主义倾向仍须警惕。此外,我们应该看到,一些网络作家的思想认识仍存在一定偏差。不少网络作家在想象和塑造历史的过程中,过于依赖穿越、重生、架空、系统等金手指,缺乏对历史素材的收集和掌握,也缺乏对历史事件的考证和遵循,在价值观方面也存在认识上的误区,稍有不慎,就有陷入历史虚无主义泥淖的风险。

引导网络作家自觉抵制历史虚无主义,树立马克思主义的唯物史观和群众史观,为时代写作,为人民写作,并在写作过程中对这一历史观念加以艺术表达,是历史类网文在创作实践中需要高度关注和持续探索的重要课题。

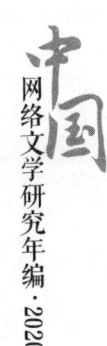

　　网络文学一路走来,付费阅读的商业模式驱动了网络文学快速发展,深刻塑造了网络文学超长篇类型小说的文本形态,同时不可避免地给网络文学蒙上诸如同质化、娱乐化、"三俗"等阴影。尤其是近年,伴随微博、微信、移动客户端和短视频的普及,自媒体逐渐成为"三俗"作品和色情内容的新传播渠道,造成了极其恶劣的社会影响。这种良莠不齐、鱼龙混杂、甚至劣币驱逐良币的现象,必须加以扭转和清除。这不仅需要管理部门重视并进一步加强监管,更需要广大网络作家努力提高自身修养,讲品位、讲格调、讲责任,还网络文学一片晴朗的天空,在历史类型网络文学创作中,让历史闪耀现实主义光芒,努力创作出无愧于时代、无愧于人民、无愧于民族的优秀作品。

江湖世界的伦理重建

——2019 年玄幻与仙侠类网络小说述评

刘奎

玄幻和仙侠类小说长期占据着网络小说的核心位置,一度甚至是网络小说的代名词,更衍生出异界大陆、古典仙侠、东方玄幻、历史架空、洪荒流、神魔争霸、无限流、凡人流、都市修仙等诸多类型。较之往年,2019年的玄幻和仙侠小说缺少大的话题,但依然有较多值得关注的现象和作品。

就现象而言,玄幻与仙侠进一步打破次元壁。这主要包括两个方面,一是二次元向作品的兴起,二是被影视改编的作品大量增加。

无论是早期动漫同人作品,还是快穿文中的动漫影视世界,动漫等二次元文化作品都是网络小说创作的重要素材和参照形式。近些年的情况略有不同,二次元文化试图摆脱网络文学的挟持,以期获得相对的独立性,这表现在以下几个方面:一是专门经营二次元向作品的网站相继兴起,如不可能的世界、刺猬猫等。二是各大网络文学网站专门开辟"二次元"或"轻小说"部类。三是二次元向作品在风格、主题、美学等方面对既有玄幻、仙侠的"背叛":传统玄幻、仙侠往往一本正经,二次元作品多轻松幽默;传统玄幻、仙侠的爽点主要在于打怪升级,二次元作品注重萌、苏、宠等风格或特定的梗;传统玄幻、仙侠多保留宏大叙事或拟宏大叙事的结构,二次元作品多微观叙事,重在人物形象、情节或场面的描写,可以说前者重叙事后者重描写。网络文学由此进入日本学者东浩纪所说的数据库写作的时代。二次元向的兴起带来了网络小说的新变革,邵燕君也

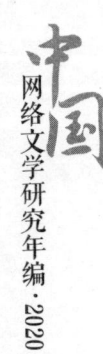

将其作为为网络文学写断代史的依据。

二次元向网文打破不同次元之间的壁垒,既挑战了我们固化的次元观念,让人重新理解生活世界的诸面向,带来了新的阅读体验和文化经验,同时,这种文化现象也是生活的表征,对于新世代青少年而言,他们生活的时代,是一个宏大叙事消退,宅文化、小叙事兴起的时代。于"御宅族"而言,二次元世界的意义并不亚于三次元世界。值得注意的是,不同次元构筑的新的世界关系,并不是深度模式,而是扁平化的状态。借用曼海姆"世界假定"(Weltwollungen)概念,可以说这种新型世界构想是新世代的世界假定,是其价值观和历史境遇的文学表达。

影视化改编让玄幻和仙侠从文字世界走向可视化的图像世界。自2015年"IP元年"起,网络小说的影视改编逐渐受到关注,近两年由网络小说改编而成的影视剧逐渐成为荧幕上的主力。即以仙侠、玄幻而言,2019年便有《将夜》《庆余年》等影视剧的热播,此外还有《剑王朝》《九州缥缈录》等。除影视改编外,动漫改编也不可忽略,如《斗破苍穹》《魔道祖师》等都颇为成功。玄幻、仙侠的动漫改编,对"国漫"的重新崛起不无助力。

影视剧改编之外,音频化也是近年网络小说的新趋势,人们对网络小说的阅读,正逐渐从传统的一次元向视频和音频等其他次元拓展,人们可以通过影视剧全方位体验网络小说的世界,通过音频随时收听小说的最新章节。网络小说自身的形式在改变,也在重新塑造我们的阅读习惯和生活习惯。

除了这些颇具话题性的现象之外,玄幻和仙侠作为网络文学的特定类型,作品质量才是立身之本。2019年玄幻和仙侠类作品依然层出不穷,口碑较好的作品有《玄浑道章》《我的一天有48小时》《怪物被杀就会死》《恐怖修仙世界》《饲养邪神的调查员》《我师兄实在太稳健了》《玩家超正义》《精灵掌门人》《位面晋升游戏》《我在东京当和尚》《穹顶之上》《大国战隼》《我乃路易十四》《变成血族是什么体验》等。值得关注的问题则有西式玄幻的变革与中兴、工业写作的兴起、东方玄幻的深化、仙侠世界的再造等。

就市场反响而言,爱潜水的乌贼的《诡秘之主》是该年度获得市场与口碑双丰收的作品。爱潜水的乌贼是网络作家中不可多得的敢于不断挑战自我的作家,其《诡秘之主》将东方元素融入西幻之中,讲述从当代中国穿越到异域的主角克莱恩,通过融入当地超凡者的世界,接触巫术的隐秘,并利用金手指建构自己的诡秘之地。在玄幻和奇幻小说兴起的早期,西方文化中的精灵、魔法、鬼怪等是创作的主要题材,近年来,纯西幻的作品数量有所减少,代之而起的是融合东方文化背景的作品,如二目刚完结的《放开那个女巫》即是如此。《诡秘之主》则融合克苏鲁(Cthulhu)神话、侦探、巫术、穿越、种田等诸多爽文模式于一炉。不过,小说的世界很新奇,但从创新性上较之乌贼的《奥术神座》有所不足。此外,甲鱼不是龟的《迈向克里玛莎》、核动力战列舰的《归向》、齐佩甲的《超神机械师》等西方玄幻也值得关注。

颇有意思的是,今年在江苏兴化揭晓的、由中国小说学会主办的2019 年度小说排行榜,增设了网络小说排行榜,其中,仙侠、玄幻类占了一半。这包括《魔力工业时代》(二目)、《天道图书馆》(横扫天涯)、《牧神记》(宅猪)、《昆仑侠》(骁骑校)、《谋断九州》(冰临神下)。其中,《魔力工业时代》应该就是《放开那个女巫》,作品改名的过程隐藏着这两年网络文学的一个新现象,即,工业类题材大量出现。这类作品中颇具代表性的是齐橙的《大国重工》《何日请长缨》。工业改革类作品引发读者乃

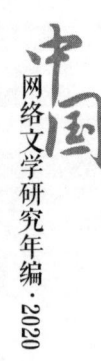

至社会关注，与时下的工匠精神、大国工匠等主流话语相契合。"工业党"由来已久，除了《位面小蝴蝶》这类异界工业文之外，穿越文在选择改变历史的方式上，尤其青睐工业文明。无论是秦穿、宋穿还是明清穿，都不乏以提前发展工业文明改变历史的尝试。如早期的《新宋》、新出的《丝路大亨》等均是。这类作品的出现，很大程度上是基于我们近代以来"落后就要挨打"的历史教训，是"大国复兴"这一集体无意识的表征。近来最受关注的莫过于《临高启明》。这部小说是群穿，一群现代人利用虫洞，集体穿越到古代，他们选定海南临高作为基地，从无到有地发展工业。这部集体创作的作品，除迎合大国复兴的集体无意识之外，还试图探讨以技术文明为基础的乌托邦的可能性。

东方玄幻近年受到越来越多的关注。猫腻、烽火戏诸侯和无罪等东方玄幻的探索者都在继续开拓。猫腻的《大道朝天》放弃此前《将夜》《择天记》等政教之争的写法，而主写江湖事，不过，却将庙堂的谋算带入江湖之中。烽火戏诸侯的《剑来》也是如此，谋略不从庙堂出，而自江湖内部而生。这表明烽火和猫腻在开辟玄幻世界时，世界的内在结构更为严密了，但另一方面，江湖本身的庙堂化也不难让人看出凡人流的影响。无罪的《平天策》则走向另一边，江湖事成了庙堂事。烽火、猫腻和无罪作为东方玄幻的三位开拓者，如何为东方玄幻赋予更为丰富的内涵，还需更多的经营。值得关注的东方玄幻新作还有《临渊行》《玄浑道章》等。

上述东方玄幻主要是指西式奇幻、魔幻小说的东方化，还有另一类传承自传统神魔小说的东方本土玄幻。中国本土玄幻，主要有志怪和搜神两类。写本土玄幻较有代表性的作家有徐公子胜治、树下野狐、梦入神机、说梦者等。徐公子胜治的《方外:消失的八门》写一个方外秘境与现实世界相交错的世界，既延续他此前《太上章》等小说的设定，也对都市修仙文有所拓展。不少小说汲取《西游记》《封神演义》等神魔小说的文化结构或元素进行再创作，像早已完结的《封仙》、刚断更的《大圣传》即是。尚在连载的《众圣之门》(虾米 XL)也借鉴《封神演义》的神话体系，写周王朝遭遇危机时，农家少年趁势崛起的故事。小说的创新处在于，小说对上古农业文明或者说农家的思想做了探索，将与农业有关的诸元素，作为主角领悟世界法则的基础，也作为主角为生民立命的修炼动力。可以说，小说在借鉴封神的神话体系的基础上，开拓出了独特的神话空间和理念。月关《南宋异闻录》借鉴民间的白蛇传说，赋予古事以新意。

古典侠仙曾经是网络小说的主要部类，有不少颇具经典潜力的作品，但自《凡人修仙传》出，仙侠世界完全沦为江湖社会，伦理法则从以前的道法自然转向丛林法则，古典仙侠也由此走向式微。在仙侠毫无仙气、江湖毫无江湖气的时代，2019 年出现的《烂柯棋缘》《迈向克里玛莎》《问道峨眉》等作品，难免让人感到有些意外。真费事的《烂柯棋缘》是近于古典仙侠的作品，它之所以引起关注，原因正如很多网友所评价的"有仙气"。有仙气主要指几个方面：一是小说将高来高去的修仙与安乐的日常生活结合起来，有返璞归真之感。二是小说主角为天下弈棋人，其一言一行，虽并不刻意，冥冥之中却牵动着天下大势，契合仙侠的神秘感和超验性。三是语言古朴典雅，节奏不急不缓，与常见的打怪升级流截然相反，有举重若轻之感。在修仙小说的江湖世界已沦为名利场的时代，《烂柯棋缘》可称修仙界的清流。不同于凡人流写修行者之间的相互征伐，十里渔舟的《问道峨眉》强调因果、机缘。机缘留待有缘之人，这让小说的世界具有神秘色彩，可说是给修仙世界复魅。《青梅仙道》《剑叩天门》《匹夫仗剑大河东去》《仙道剑阁》《修真家族平凡路》等，在写有情的修仙方面，与《问道峨眉》有相似之处。

369

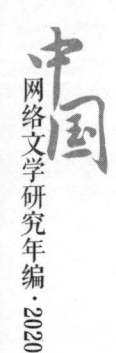

就江湖世界的伦理重建而言,甲鱼不是龟的《迈向克里玛莎》是2019年难以回避的作品。该小说虽是西方玄幻类,却以独特的方式回应了江湖世界伦理崩溃与重建的问题。该小说的主要情节是巫妖格雷从地下的巫妖世界来到地面,立志做一个骑士。他的做法是史无前例的,因为巫妖本来是骑士追杀的对象,且为教宗所不容。但格雷选择做骑士,不是为了躲避追杀,而是为骑士精神所感动,他要严格按照骑士的誓言行事。他严格按照宣誓誓言和教义的信条行事,为此不仅与世俗王权利益冲突,也与教廷的利益相矛盾。小说最引人注意的地方在于,格雷本来是为正道所不容的巫妖,却因他对骑士精神和宗教教义的无比虔敬,反而得到天使的保护,进而得到圣灵的认可。小说使用佯谬的手法,用巫妖毫无世俗经验的双眼,发现人间正义的不正义本质,揭露世俗世界信仰体系的虚伪,这不仅具有表达上的喜剧效果,更从伦理体系的角度,与既有的伦理和价值体系构成冲突。巫妖严格按照教义行事,却成了异端,这是极具讽刺性的现象。借助这个伪装成骑士的巫妖,小说追问目的正义与程序正义之间的关系,并试图通过巫妖的努力重建一个公平、正义的世界。虽然巫妖的很多做法不无争议,但他重建乌托邦的努力颇值得肯定,这或许是2019年网络小说最值得讨论的话题之一。

2019年网络小说整体上显得有些疲弱,这与资本市场的紧缩密切相关,现在网络小说正逐渐成为资本的游戏。同时这也与网络小说自身的困境相关,即,网络小说在经历二十余年的发展之后,尤其是在经历前些年的高歌猛进之后,正从量的积累转向质、量兼重。实际上,2019年有关"融梗"问题的讨论,对网络文学也不无警策性。融梗是指作品融合其他作品的情节、语言包袱等创意,虽然不构成抄袭,但从本质上来说属于创意抄袭,并不值得提倡。网络文学早期因版权意识不强,融梗现象较为普遍,即便现在也并不鲜见,因而,加强原创性和创新性是网络文学应努力的方向。不过,二次元向小说的融梗略有不同,对于二次元向作品而言,某些独特的梗更像是一种文化密码,是识别同类人的准入机制,既是小说的爽点,也是文化区隔符号,这与抄袭创意有所不同,更像是圈内人共享的文化象征符号,是同人可以分享的数据库。

2019 年的网络小说缺少具有行业引领性的变革或引发广泛讨论的现象,但这种沉淀是必要的,各文类也确实有不少深耕之作出现,这是网络文学继续前行的底蕴所在。

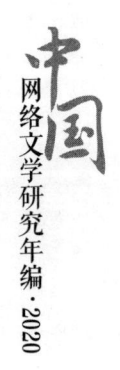

幻想与现实的双重变奏

——2019 年女频玄幻小说阅读札记

邵海伦

网络小说一度以其驳杂性被喻为文学"异托邦",成为资本碾压下大众心理建设的疗伤机制。而作为"爽文"频出的玄幻题材,通过描写主人公一路打怪升级的晋升之道,自然成为逃避、颠倒、扭转现实社会秩序所构造出的绝佳虚拟空间,在这里,如何激进的伦理革命都显得稀松平常,如何前卫的性别美梦也能拥有"一纸之地",更不必说世俗世界原本便汲汲营营的物欲横流:美女美男,天下终归我有。但是无论大众如何造梦,终究只能在一次次手机屏幕的刷新中认清,幻想因现实而生,玄幻小说终究不能真正成为福柯念兹在兹的异托邦,当前现代的帝王梦和后现代的末世一齐到来,悬置的文学空间逼迫现实世界的零余者们直视避风港中的凶险。2019 年,女频玄幻小说所描绘的已不再是异域安稳,而是在新老作家自我突破的试探里,显示出幻想世界被现实渗透的危机,当然,正如邵燕君所期许的,"如果不能改造世界,就让我们先改造世界观吧",我们或许可以更乐观一点,谁说现实的渗透不是网络文学的另一种契机?

2019 年,一眼扫去,网络女频的玄幻世界依旧天马行空,东方奇幻热度不减。非天夜翔、priest、怀愫、扶华等文坛老手纷纷推出新作,继续打造玄幻悬疑相互合奏的奇异世界。作为"女频网文界公认的'男神'",非天夜翔在新作《定海浮生录》中延续了以往的大气文风,将故事设定在秦晋相争、五胡入关的乱世。既为乱世,必定妖魔肆虐、民不聊生,也必然会出现拯救众生的英雄好汉。驱魔人陈星便是非天夜翔选定的拯救苍生之人。然而与光复人间的驱魔大业相较，少年陈星显得如此单薄，他非但没有高超的能力，甚至岁星入命，命不久矣，唯一所拥只是一盏微茫心灯和一份守卫人间太平的心念。小说伊始，陈星的驱魔之路便显得格外坎坷，除却途中的魑魅魍魉，他更要与命运为敌，也与自己偶尔闪现的脆弱为敌。大概，非天夜翔想表明的是：逆天改命者，既要肩负挽救苍生的使命，更要完成对一己私心的超越。

另一边，继小说《镇魂》改编同名网剧热播后，作者 priest 于 2019 年推出的新作《烈火浇愁》也深受网友好评。小说因袭《镇魂》中的基本设定：现代社会的异控局网罗现世异能人，借助他们的特异功能守卫普通民众的生活，并以异控局人员的遭遇为线索带动情节发展，开启玄幻世界的入口。小说由双线结构展开，一面借男一带出现实生活中突发的各种灵异事件，通过层出不穷的灵异事件展现现代社会官僚腐败、资本腐蚀的纠葛乱象；另一方面，受千人活牲所成的阴沉祭文召唤出前世人皇，巫人族长、高山王、妖王……魑魅魍魉相继登场，三千年前群魔纷争的乱象图景徐徐展开。通过现代与来自古代的两位男主人公的交锋互动，凭借描写二人关系水火不容——相互信任——交心同战的升华过程，两段来自不同时空的记忆交错，读者这才恍然发现相隔千年的异世时空之间居然有千丝万缕的联系，故事人物的命运遭际也可谓是今世果，前世因。最终，三千年前的私欲野心在今生清算，那源于种族歧视间隙的乱世纷争，也在人族、异能人、巫人等种族的互相尊重中复归清明。正如作者 priest 一直坚持的，"众生，凡有灵，皆有立足之地"，《烈火浇愁》宣告唯有摒弃种族成见，方能了结仇恨，和平共存。与非天夜翔、priest 新作相近的还有怀愫的《惊蛰》，惊蛰时节，师父失踪，谢玄和小小就此踏上寻师之旅。就在他俩凭一身道术替人化煞、作法、超度、抓鬼的过程中，迷离真相水落石出，

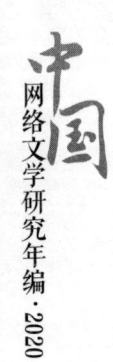

陈年往事也展露眼前。谢玄与小小通过层层历练最终成长的故事,也使本文颇具成长小说意涵。

除却东方玄幻令人眼花缭乱,西方玄幻也不甘其后,白日上楼贡献的新作《我成了灰姑娘的恶毒继姐》可以说是西幻小说中的另类。至笔者动笔总结阅读札记之时,这部小说还在连载,尚未完结。但在已刊载出的部分,在这略显恶俗的文名背后,却显露出作者不俗的世界观架构。小说借用了近几年来大热的"穿书"模式,女主人公柳余穿越进了一部写好的西幻小说,意外成为原本小说主人公灰姑娘的继姐。面对已经写就的命运,和这个唯神为尊的异世界,从来相信"我命由我不由天"的异教徒柳余在生存忧患之余,必须要不断追问自己,究竟是放弃理性、舍弃自尊换得生存机会,还是不断反叛,坚守人的主体性。同时,女主的反叛行为也一次次冲击着异世界的人们,逼他们重新考量神明与真理之间的关联。有心或无意,《我成了灰姑娘的恶毒继姐》呼唤着手机彼端的读者追忆中世纪理性之光点燃的不易,从此出发,柳余反倒成了网络世界里的启蒙者。在以上新作之外,酒矣的星际穿越文《我不做人了》穿越时空,成为虫族首领,仿若一部后人类启示录;风流书呆所写的《灵媒》集异能、悬疑与侦探等因素为一体……2019 年,异界幻想依旧风生水起。

需要注意的是,2019 年度的玄幻网文在构建异托邦之余,现实因素亦无可避免地渗透其间,援举一例便可感知。与女主立志改命的《我成了灰姑娘的恶毒继姐》迥然不同的是扶华新作《向师祖献上咸鱼》,小说女主廖停雁穿越到修仙世界后,被送到师祖身前侍奉。身为修仙界"小白"的女主非但没有费尽心思、使出浑身解数争奇斗艳,反而对师祖避之不及,毫无"进取之心",最后竟出乎意料地凭借着自己的"咸鱼"特质和吐槽能力,斩获师祖芳心,也斩获了现实读者的喜爱。与《向师祖献上咸鱼》相近的设定还有醉饮长歌的《非人类街道办》，后者的日常向属性和主人公的"佛系"态度也令读者直呼"可爱"而甘之若饴。此类"佛系"玄幻文的走红或是近年"996"文化高压下低欲望社会"佛系"文化心理症候的产物。伴随社会资本的代际传递性逐渐增强，阶层上升渠道愈加狭窄，当代社会青年逐渐形成了"不消费、不结婚、不生育"的"佛系"文化与"丧系"文化，在衍生出"葛优躺""废柴"等自我调侃、舒缓压力的符号戏谑的文化环境中，通过"咸鱼"特质便能走上成功之道的奋斗模式与明明在"街道办"工作，却依旧温馨轻松的《非人类街道办》自然成为大众青睐的对象。佛系玄幻文的走红不是个例的偶然，而是资本挤压后青年亚文化所面临的必然现实。

值得注意的是，当"佛系"模式继"爽文"模式开辟玄幻小说的另一避风港，网络小说中闪现的现实倾向，已不再停留于对于现实社会心理需求的回应，现实题材也成为玄幻小说出奇制胜、吸引读者的一大法宝。正如读者推崇备至的小说《烈火浇愁》，倘若不曾涉及现实世界里的权力寻租与市场化扩展，后续的情节必然无法展开，其小说立意也未必如此发人深省。这种对去政治化娱乐性质的"逆写"方式其实并不新鲜，在侦探小说以及官场小说中都有先例。但是应当注意的是，对于传统玄幻小说，无论是修真文还是仙侠文，现实倾向并不是其所长，也不是其重心所在。玄幻小说的这一突破建立在侦探小说、悬疑小说、种田文等多种网络文类交杂的基础之上，可以说，正是跨文类的杂糅性才使玄幻小说创作的现实转向成为可能，文体的突破带来意义的跨越。

可以看出，2019 年，女频玄幻文学是幻想与现实的双重变奏。作为持续性和全面性的去政治化、加大市场化的文化产业，缺少现实指向性和文学审美性一度成为网络文学为人诟病之处。但另一方面，如果不问此

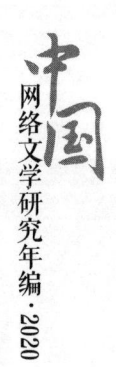

类去政治化娱乐性质的生产机制如何生成,而一味以文学性审美性为贬损根据,这种质询又是否公允?当同为异质文类的科幻文学登上大雅之堂,成为当代文学的又一旗帜,同领风气之先的网络文学反被剥夺了文学史正统地位的发声权。所幸,在各色榜单与IP齐飞的网络世界,我们始终可以看见一种在虚构与现实之间游移的力量,也许将之称为现实转向为时过早,但作为文学批评者的我们,是否可以期待一种新的文学契机出现?毕竟,青山遮不住,历史的书写者永远站在大地上。

新趋势·新机遇·新挑战

——2019 年文学网站发展综述

程天翔

文学网站对网络文学繁荣发展起到至关重要的助推作用。在"流量为王"的时代,文学网站以精品内容吸引着亿万读者,日益成为重要的文学阵地。然而,2019 年网络文学从业者提及最多的一个词却是"寒冬",究其成因可能来自多方面:一是 2019 年以来,针对网络文学领域存在的不良创作导向,国家有关部门开展专项整治行动,网络文学内容监管持续收紧。二是受影视行业影响,网络文学 IP 热有所降温,网站和作者无法获得版权转让收益。三是部分网络文学同质化现象严重,无法满足广大读者精神文化需求,导致"掉粉"。四是部分文学网站对创作引导不够,编辑队伍自身素质有待提高。中国作家协会主管的全国网络文学重点园地联席会议有 40 多家文学网站成员单位,占全国网络文学 95% 以上的市场份额,从业人员总数为 4872 人,文学编辑只有 974 人,相对网络文学作者和作品的巨大体量,网站编辑人数明显偏少。五是网络文学盗版现象屡禁不止,一些不正规、不合法的新媒体网文"小作坊"大行其道,缺乏有效监管。非法平台发布的低俗内容根本不是网络文学,却让网络文学作者背了锅。此外诸如部分网站推行"免费阅读",出版社书号收紧,抖音、快手、手游对流量的分化,都或多或少加剧着"寒冬"的形成。这昭示着网络文学单纯依靠人口红利发展的模式已触摸到了天花板,在新的历史时期,网络文学如何顺应大势实现转型,是摆在每一位从业者面前的大课题。

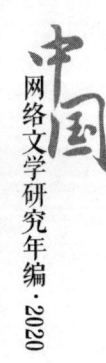
内外兼修做好"三个建设"

作为文化类企业,文学网站要持续稳定运营并实现赢利离不开三方面建设,即精品内容建设、作家队伍建设和企业自身建设。特别是在行业进入瓶颈时期,勤修内外功,做好"三个建设",是确保企业平稳向好发展的基石。

在精品内容建设方面,各文学网站现实题材作品所占比重越来越高,网络文学逐渐从幻想类、历史类占绝大多数向现实题材拓展。2019 年,为庆祝新中国成立 70 周年,以网络文学精品向祖国献礼,中国作协网络文学中心组织 40 家重点文学网站举办"歌唱祖国——全国网络文学优秀作品联展"活动,共展出 346 部网络文学作品,其中现实题材作品 231 部,革命历史题材作品 65 部,其他题材作品 50 部。网络文学的现实题材"转向",是自身精品化、主流化的必然趋势。截至 2019 年 6 月,阅文集团作者总数突破 780 万,作品突破 1170 万,作品订阅、粉丝数等纪录纷纷刷新,旗下作者吉祥夜创作的《写给鼹鼠先生的情书》首次以网络文学作品入选"2018 年度中国好书"。掌阅文学和红薯中文网注重网络文学新人培养,举办多期现实题材征文大赛,催生出《全科医生》《粮战》《雷霆突击》《长干行》等精品力作。阿里文学、翻阅小说网、网易文学、铁血网、大佳网、长江中文网、火星小说、点众科技、书海小说网、爱读文学网也都立足打造现实题材作品的平台理念,通过举办写作大赛、主题征文、IP 定制、定向约稿等举措,推出《浩荡》《山根》《全职妈妈向前冲》《成浩宇的幸福生活》《大山里的青春》《糖婚·人间漫步》《北京背影》《你好,审计官》《致平凡美丽的你》《警徽闪耀》等一批兼具经济效益和社会效益的佳作。

根据中国作协调查,网络文学作者的年龄普遍在 18 岁到 40 岁之间,创作队伍年轻化是网络文学与生俱来的特征,一部部脑洞大开、精彩纷呈的作品往往出自足不出户的"宅男宅女"之手。网络作者主要以体制外身份为主,生活交际圈有限,学习培训、外出采风等需求日益迫切。2019年,各文学网站重视作家队伍建设,组织网络作者参加全国各类作家培训班数千人次,较往年有明显提高。此外,为援助生活困难的网络作者,掌阅文学联合 20 多家网文平台与月关、蒋胜男、天蚕土豆等多位知名网络作家共同发起"文学心源"计划,累计捐款超过 40 万元。爱奇艺文学推出产学研一体化的"AI 特色文学院",打造"明星作家团"。趣阅科技的"趣阅作家俱乐部"定期组织游学、公益等活动,帮助作者提高专业知识和社会融入。网易文学举办 2 期"好故事训练营",吸引着越来越多青年网络作者加入。

　　从企业自身建设来说,文学网站的首要任务是提高政治站位,严守红线底线,为广大读者输送高质量的网络文学作品。2019 年 3 月以来,各文学网站就"官场亚文化""历史虚无主义"等不良创作导向开展清理整顿,加强不符合社会主义核心价值观作品的设防和审读,对净化网络空间、督促各文学网站完善编校审核机制发挥了积极作用。此外,越来越多文学网站重视党建工作,陆续成立了党支部,通过开展社会公益履行企业社会责任。连尚文学逐浪网党支部探索"党建 + 网络文学"模式,组织部分作者党员、团员代表扎实开展第二批"不忘初心、牢记使命"主题教育。阅文集团党支部 2019 年升级为党总支,提出"阅文党建工作的核心在作家",党建工作由此迈上新台阶。点众科技党支部组织全体党员重温了入党誓词,未来将以党建工作为引领,发挥党员的先锋模范作用,创建科技文化融合企业的党建特色。掌阅文学发起了"全民阅读　文化筑梦"

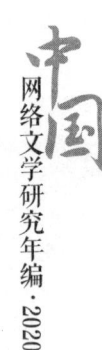

公益项目,拟在 3 年内向基层捐赠 100 间图书阅览室。汉王书城引进一大批中外名著,持续开发、升级旗下电子书产品,为中小学生阅读保驾护航。

泛滥与节制:网文 IP 新局

近年来,随着阅文集团、中文在线、掌阅科技等大型网络文学企业上市,网络文学产业链日渐成熟,市场规模突破百亿。网络文学作为产业链的内容源头,其 IP 价值得以确立并一度掀起 IP 改编热潮,实现向影视、游戏、动漫、有声等领域的价值变现,受到各大文学网站争相追逐。5 年来,有 2000 多部网络文学作品被改编成电影、电视剧、网络剧、网络游戏和漫画,线下出版实体书超过 5000 个品种。随着"寒冬"降临,IP 开发重量而不重质的弊端逐步显现,《孤芳不自赏》《莽荒纪》《凤囚凰》等一批改编自网络文学的影视剧因"粗制滥造"而饱受诟病。2019 年,各文学网站逐渐从纷乱浮躁转向冷静沉淀,以精细化运作与内容高质量重耕作为当垆卖酒的必备"武器"。《陈情令》《长安十二时辰》《庆余年》《诛仙 1》的热播可谓多点开花,为网络文学 IP 开发进入"下半场"铺平道路。

阅文集团提出"IP 全链服务"战略,力求建立科学高效的 IP 开发体系,采取自制、联合出品等方式拓展 IP 改编业务,动画点击量破百亿,《庆余年》《从前有座灵剑山》长期位居猫眼网播热度榜前列,自制漫画《修真聊天群》人气突破 150 亿,动画电影《全职高手之巅峰荣耀》获得第 16 届中国动漫金龙奖最佳动画长片奖铜奖和第 4 届中加国际电影节"最佳动画奖"。晋江文学城旗下作品版权开发超 5000 部,改编形式近 20 种。爱奇艺文学持续扩大网络文学影视转化,《大周小冰人》《我的白鲸男友》《半城明媚半城雨》陆续上线,网站全年授权作品 126 部。火星小说旗下

20部小说与影视公司达成合作,近百部作品投入有声、漫画、游戏等开发。网易文学自制有声作品近300部,总录制时长超过3万小时,粉丝数200万人,播放量超过6亿。不可能的世界小说组建了专业影视团队、编剧团队和漫画团队,自行改编旗下《彗星来的那一夜》《时光与你都很甜》《元芳来了》等作品。云阅文学有声版权售出115部,自制有声小说《青本佳人》《恋上你的唇》等在懒人听书及喜马拉雅上架。大佳网借助中版集团传统出版优势,孵化网络文学优秀作品,包括获得中国出版政府奖提名奖的《星星亮晶晶》《邓家铺子》在内的十余部大赛获奖作品由中版集团旗下出版社出版,阿里文学、天下书盟小说网推动网络文学出版上市的成果也可圈可点。

“网文出海”彰显文化自信

网络文学是中国当代文学新的增长点,其在海外的传播数量、读者规模及影响力可圈可点。近年来,“网文出海”从最早出版授权,到建立线上互动阅读平台,规模化对中国网文进行翻译输出,再到开启海外原创,将中国网络文学的成长和运营模式带到海外,培育更多海外原创作品,实现了从内容输出到模式输出、文化输出的转变。目前,网络文学的海外传播包括对外授权出版、自办外文网站发表翻译作品、发表原创外文作品、通过阅读APP发布作品、网络文学IP授权输出等多种形式。

2019年,仅阅文集团、掌阅文学、中文在线、纵横文学、咪咕阅读、晋江文学城等文学网站对外授权作品已有3000多部,上线翻译作品近千部,发表英文原创作品7万多部,网站订阅和阅读APP用户上亿人,覆盖世界大部分国家和地区。

阅文集团是网络文学海外传播的领军企业,目前在海外上线有“起

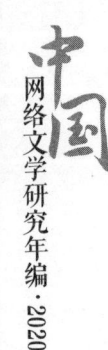

点国际"（Webnovel），作品翻译多达十余个语种，累计访问用户达4000万，作品翻译字数超过15亿字，海外原创作家45000多人，作品超过7万部。起点国际开创性地推出网络小说中英文双语版在海内外同时发布、同步连载，大大缩短了中外读者的"阅读时差"。平台还建立了基于中国文化的粉丝社区，每天产生6万多条评论，读者通过在社区里评论、追更了解中国文化。掌阅科技旗下的"iReader"面向全球60多个地区和国家开放，累计上线超过5万部作品，海外用户超过2000万人。晋江文学城海外版权输出作品超过300部，业务面涉及俄罗斯、马来西亚、德国、新加坡、日本等多个国家，电视剧《知否知否应是绿肥红瘦》《陈情令》登陆韩国等地，电影《少年的你》在澳大利亚、新西兰、英国等国家上映。中文在线在美国推出了全球第三、中国最大的"视觉小说平台"（Chapters），目前注册用户1200万人，并与全球知名互联网娱乐平台Netflix合作，联合打造网络文学IP精品。纵横文学在美国成立子公司Tapread，服务于180个国家及地区，上线至今累计用户超过百万；纵横旗下熊猫看书英文版（pandareader）目前也已上线。连尚文学逐浪网投资海外科技平台推文科技（Funstory. ai），通过AI智能翻译，作品翻译效率提高了3600倍，成本降低至原来的1%。云阅文学与深圳星创公司合作，在越南翻译并传播旗下原创网络文学作品。

"网文出海"面对的是海外市场的一片蓝海，就其本身而言目前仍处于起步阶段。未来，各文学网站应不断加强国际交流与对话，完善作品翻译机制，深度推广优秀作家和优秀作品的海外品牌，使之成为真正能与美国好莱坞大片、日本动漫、韩国电视剧并列的"中国文化奇观"。

老问题与新挑战

一是抵制盗版侵权。目前网络文学依旧是侵权盗版的重灾区。除了常见的盗版形式,近年来网上还出现一批专业"手打团",能在几秒到几十秒之内将正规文学网站刚刚发布的作品章节复制出来,继而在盗版网站发布。"融梗""洗稿"等新的侵权方式也加剧着对原创作者的伤害,"笔趣阁"甚至成为盗版知名品牌。据统计,2018年网络文学的盗版损失占到了同期市场规模的58.3%,远高于数字音乐的5.9%和网络视频的14.3%。有机构预测,如果网络文学盗版问题能够有效解决,整个行业规模可以再翻一倍。

二是警惕过度商业化。商业性是网络文学的先天基因,但过度商业化可能会使网络文学剥离文学质地,作品意义构建出现价值缺席,文学应有的艺术、人文和社会承担严重缺位,也隔断了文学与现实生活的依存性关系。同质化、媚俗化是文学内容建设的大敌,其根源在于创作者创新性匮乏。现在,某类小说题材火起来立刻会出现一大批跟风、雷同之作,文学网站相当于变相鼓励作者的模仿、抄袭,限制了作者的独立创作和想象力。此外,网络文学现实题材创作也有待建立符合自身创作规律的创作方法,而非一味依赖"穿越""金手指""赋能"等手段,空有现实之"壳"而无现实主义之"魂"。

三是谨慎内容审核"一刀切"。网络文学体量巨大,各文学网站每日文字更新数以亿计,单纯靠人工审核是不可能完成的。"关键词屏蔽"技术虽有效降低了编辑人员的工作强度,但这种"一刀切"的方法也导致许多正常词句无法正常使用,给网络文学创作造成了一定的负面影响。

四是应对非法网站及自媒体乱象。在文学网站依法经营的发展路上,还存在不少鱼目混珠的非法文学网站及扰乱行业秩序的自媒体平台。这些非法平台长期游走在屡禁不止、屡禁不绝的黑色、灰色地带,受经济利益驱动大肆盗版侵权、发布内容低劣的作品,严重败坏了网络文学的声

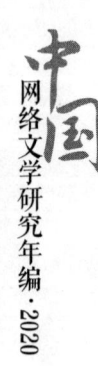

誉,误导了社会对网络文学的认知,让合法正规的文学网站和网络作家蒙受损失。

五是严防作品导向风险。国家高度重视意识形态工作,文学网站有义务向亿万读者输送健康向上的正能量作品。文学网站一是要加强内容和渠道审核,弱化各类榜单、点击量影响,落实编辑责任制;二是倡导健康阅读,坚决抵制问题作品;三是引导作者树立精品创作意识,严守红线底线;四是加速网络文学经典化和主流化,努力打造不负人民期待的优秀文化企业,推动网络文学持续健康发展。

2019 年网络文学 IP 影视改编的特征、成绩及趋势

王玉玊　　孙佳山

2019 年我国网络文学 IP 影视改编的特征、成绩及趋势

随着我国文化产业链的完善,网络文学的版权运营有了更丰富的可能性,除占比最大的影视、游戏改编外,漫画、动画、广播剧等改编形式也产生了不少优秀的作品。网络文学作为文化产业链重要的创意源头,不仅源源不断地为各个类别的文化产业提供着有开发价值的IP,更是在 20 年的发展过程中,为文化产业全行业积累了具有良好消费习惯和网络传播能力的文化娱乐消费核心用户。相对完善且运转良好的网络文学创作—阅读—全版权运营—深度消费链条的建立,既是网络文学 IP 改编中的经济事实,也为提升网络文学及其 IP 改编作品的艺术水准提供了良性环境。

2019 年,电视剧《大江大河》(根据阿耐所著小说《大江东去》改编)、网络剧《庆余年》(根据猫腻同名小说改编)、《陈情令》(根据墨香铜臭所著小说《无羁》改编)、电影《少年的你》(根据玖月晞所著小说《少年的你,如此美丽》改编)等现象级网络文学 IP 影视改编作品的出现,意味着网络文学 IP 的影视改编已经有能力产出价值观积极正向、制作精良、水准出众的高质量大众文化产品。而如《陈情令》这样远销国外、在整个亚洲地区取得广泛影响力的作品,更是成为以网络文学、网络剧等文艺形态

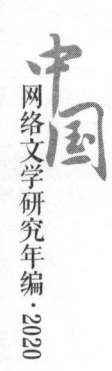

讲好中国故事、推动中国文化走出去的生动个案和有益尝试。

影视改编日趋成熟

2019 年,我国网络文学的 IP 影视改编,出现了几部口碑、收视均表现良好的优质作品。

女频(主要由女性创作和阅读的网络文学作品)方面,最具代表性的是网络剧《陈情令》。《陈情令》的原著小说《无羁》高居晋江文学城销量榜首,是 2017 年最具现象级意义的网络文学作品之一,改编为网络剧后仅上线两天网络播放量就已过亿,微博话题阅读量高达 7 亿,一时成为热门话题。更为难得的是,《无羁》在整个亚洲地区都颇具人气,甚至征服了处于文化输出相对具有优势地位的日本、韩国观众,一度登顶韩国 Twitter 热搜榜。《陈情令》具有仙侠剧等"90 后""00 后"喜爱的形式,又包裹着中华传统文化符号,讲述了关于仁与爱、公平与正义的正能量故事。作品中的两位主要角色:蓝忘机是典型的儒家君子,魏无羡则带有魏晋风流与潇洒侠气,不仅中华传统文化中的风骨、气节被融于人物之中,作品还匹配了"二次元"的审美范式,因此在新的时代气象中激活了传统文化的正能量。

男频(主要由男性创作和阅读的网络文学作品)方面,2019 年末播出的网络剧《庆余年》则取得了压倒性的成绩。猫腻的小说《庆余年》以多线叙事设置了大开大合的故事架构,勾勒出既宏大又丰富的架空世界,范闲、陈萍萍等一众人物形象生动丰满、各具风骨,对于"人应该怎样活着"这一问题的思考贯穿始终。网络剧《庆余年》的成功,除一批优秀演员的精心演绎外,更离不开编剧王倦出色的剧本改编。剧版《庆余年》采用了王倦擅长的正剧加多重反转加喜剧元素的创作风格,以快节奏和高信息密度的情节穿插以及生意盎然的喜剧段落,高度匹配当代观众的观剧趣味和节奏。正是王倦和猫腻在精神理念上的相通性,充分保障了网络剧《庆余年》以最吻合影视媒介特质的方式呈现了原作的精神内核。

事实上,相比于体量小、更符合影视剧本要求的女频网络文学 IP,世界观宏大的男频超长篇网络小说 IP 一直面临着影视改编上的现实困境。近两年男频网络小说 IP 改编的影视作品,如《剑王朝》《斗破苍穹》《将夜》《择天记》等,均没能取得预期的反响,往往不同程度地存在情节拖沓、人物平庸、制作粗糙等问题。《庆余年》的剧本创作或有一定启示,剧本在相当程度上稀释了网络文学领域一般男频 IP 的“爽文”色彩,同时保留了原作最具情怀的精神内核,并充分考量到性别审美的平衡,避免了男频 IP 的局限性。

除这两部作品外,2019 年,关心则乱的同名小说改编的电视剧《知否知否应是绿肥红瘦》、马伯庸同名小说改编的网络剧《长安十二时辰》、雪满梁园同名小说改编的网络剧《鹤唳华亭》、墨宝非宝小说《蜜汁炖鱿鱼》改编的电视剧《亲爱的,热爱的》也都获得了不错的口碑。尽管在网络文学 IP 的影视改编中仍存在粗制滥造的现象,但 2019 年一系列优秀网络文学 IP 影视改编作品的集中出现,还是反映出整个行业向好发展的良好态势。

现实题材转向初具规模

2019 年也是现实题材网络文学集中发力的一年。在有关部门的大力引导和扶持下,出现了一批优秀的现实题材网络文学作品。在网络文学 IP 影视改编方面,电影《少年的你》、电视剧《大江大河》和《都挺好》从不同侧面呈现了当代中国的社会现实,积极关注现实问题,凭借现实主义

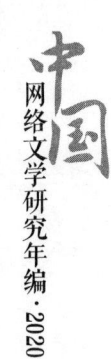

的品格赢得了广大观众的认可。

电影《少年的你》聚焦校园霸凌这一敏感主题,从家庭、学校、社会等层面呈现校园霸凌问题的复杂性与危害性,超越了既往国产青春题材电影常见的空洞造作的青春伤痛主题,将主人公的生活与外部世界紧密联系起来。2019 年,阿耐的长篇小说《大江东去》相继入选"新中国 70 年 70 部长篇小说典藏"和"庆祝新中国成立 70 周年"主题网络文学作品暨 2019 年优秀网络文学原创作品,这部小说改编的电视剧《大江大河》则于 2018 年底开始在东方卫视、北京卫视播出。《大江大河》的故事发生于 1978 到 1988 年间,在改革开放的大背景下,宋运辉、雷东宝、杨巡等改革的先行者,在时代变革的浪潮中不断探索、突围。那份"不想辜负这个时代"的壮志豪情,那种对于亲手创造自己未来的强烈向往,生动地呈现了改革开放初期生机勃勃的大时代底色。对于宋运辉这个角色,观众给出的最多的评价就是"真实"。该剧在场景、道具等方面也颇具匠心,力求通过细节还原 20 世纪七八十年代的风貌、质感,展现出了时代剧应有的考究与细致。

尽管现实题材网络文学改编影视作品在 2019 年有着令人瞩目的成就,但从总体来看,玄幻、仙侠、武侠、言情等幻想类题材作品及网络文学 IP、影视改编仍占多数。幻想类题材作品与现实题材作品的比例失调,确实是一个值得关注的时代症候,面向现实情境的长期失语、呈现复杂社会生活的能力缺失,是包括网络文学在内的一切当代文艺创作所必须警惕的严肃问题。特别是对于日新月异的当下中国社会而言,继续扶持网络文学深化发展,鼓励其影视改编的现实题材转向,具有更加重要的现实意义。因为移动互联网的媒介杠杆效应,一步步将我国广阔的县级市和农村地区的乡镇居民、农民,拉升到主流文化视域内的各个平台、舞台之后,我们将必须直面这一整个人类历史上都未曾处理过的文化经验。在这一意义上,我国网络文学行业,也必须在三四线城市"包围"一二线城市,通俗类型文学"包围"传统纯文学的基础之上,进一步调整自身的题材结构,突破城乡二元格局,深入我国文化经验的腹地,探索"新时代"的文化纵深。

网台融合、互补态势进一步深化

网络剧和电视剧之间的互补,不仅仅表现在播放渠道的多样化,还体现在作品风格的多元化。相较于必须始终面向大众的电视剧,网络剧可以小成本、短周期,制作相对小众、面向某一特定观众群体的作品,并以较低的试错成本去尝试一些新的题材和呈现方式。由于"90后""00后"是网络剧最重要的目标受众,所以网络剧通常呈现年轻化的特点,作品风格轻松幽默,剧情紧凑、节奏快、人物形象朝气蓬勃、想象力天马行空,发展出了一套不同于传统电视剧的风格鲜明的视听语言,成功地实现了对相对新近的"二次元网络文学"的影视化 IP 改编。

2019 年网络文学 IP 改编的网络剧《从前有座灵剑山》《少年江湖物语》,以及前文提及的《陈情令》等,都鲜明体现出这样的特点,凸显了我国影视行业网台深度融合、互补的发展态势。

在人物关系上,这些网络剧抛弃了既往偶像剧以男女主人公之间的爱情关系为绝对主线的单一模板,为更丰富的人物关系的呈现探索了新的路径。《陈情令》以魏无羡、蓝忘机的深厚友谊为核心人物关系,《从前有座灵剑山》则侧重突出王舞、王陆间的师徒之情,《少年江湖物语》将季川、赵青峰的兄弟亲情表现得温馨且诙谐。

在情节设置与台词风格上,网络文学 IP 改编的网络剧常常注重将吐

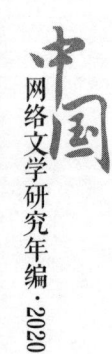

槽、"玩梗"融入情节和对话之中,增加作品的趣味性,而观众若能准确识别出作品中的"梗典"出处,便能在收获快乐的同时,产生更为广泛的共鸣。《从前有座灵剑山》的同名原著小说,便出自素有"网络文学第一吐槽大师"之称的作者国王陛下之手。网络剧版《从前有座灵剑山》虽大幅调整了情节线索,仍出色地保留了原著小说风趣幽默的吐槽风格,纯粹温暖的少年情怀与卖萌耍宝的欢乐吐槽相得益彰,有效弥补了略显粗糙的情节短板,提供了颇具"网感"的良好观看体验。

纵观 2019 年网络文学 IP 的影视改编情况,我们可以清晰地看到,作品本身的艺术水准而非单纯的粉丝基数,正日益成为其商业价值最重要的衡量标准,这也有效促进了网络文学 IP 影视改编整体水准的提高,催生出了像《庆余年》等剧本出色、制作精良、演绎精彩、价值正向的优秀作品。与此同时,网络剧制作模式的成熟,又加强了网络文学 IP 影视改编中的"网络性"这一维度,凸显了在全球流行文艺交互影响下,我国网络文学所具有的鲜活而独特的生命力。由电视台播出的电视剧则更多吸收了网络文学现实题材转向的优秀成果,网台融合、互补的行业发展态势还在进一步演进、深化。以 2019 年我国网络文学 IP 的影视改编为切口,上述因素叠加的行业意义已不言而喻,对于我们展望新一代乃至下一代的文艺形态和文化产业样貌,营造清朗网络空间,都将具有继往开来的启迪意义。

2019 年网络文学产业与海外传播

薛静

突显网络性　搭建生态圈

2019 年,中国网络文学在自身继续繁荣发展的同时,多行业的联动力、跨文化的影响力进一步加强。在产业发展上,网络文学作为潜力巨大的原创源泉,一方面发挥"文学性",与文艺领域联动,形成超级 IP 的文学、影视、游戏协同开发,延及同人创作和周边生产,同时促使其他文艺形式的生产机制也逐步发生革新;另一方面又发挥"网络性",与科技领域联动,以自身海量受众带来的高影响、强需求和大数据,使前沿科技服务于网络文学。在海外传播上,网络文学进入网文出海的 3.0 时代,经过内容输出、平台搭建的前两阶段,网络文学海外原创内容逐渐增多、领域分工更加细化,网络文学的海外传播正逐渐实现从内容到模式、从区域到全球、从消遣到价值的转变,并成为中国文化走出去、提升国家软实力的重要组成部分。

IP 开发促进传统产业调整

网络文学的 IP 全产业链开发,为一些相对小众、薄弱的文艺形式,提供了试错的空间和发展的机会。以蝴蝶蓝所著《全职高手》为例,作为网络文学中的国民级作品,自 2011 年在起点中文网上发布,以其富有时代气息的电竞题材、血肉丰满的群像人物、追求梦想与荣耀的热血精神,吸

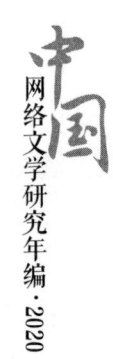

引了数以万计的粉丝。《全职高手》作为超级 IP，官方于 2015 年推出漫画版，2017 年推出动画版，2018 年推出舞台剧，2019 年推出电视剧。这些艺术形式中，舞台剧在国内的受众群体较小；漫画、动画虽然受众范围广，但制作水平仍然不算太强；电视剧相对成熟，但独家网播的形式也带来了新的挑战。受惠于《全职高手》这一 IP 的巨大能量，官方授权的改编往往可以吸引丰厚的资金支持、大量的创作人才，促使小众的艺术形式融汇资源、提升水平。《全职高手》的舞台剧版在粉丝支持下成功实现全国巡演，动漫版不但有超高点击率，动画还获得了第十四届中国动漫金龙奖的最佳动漫改编奖，超级 IP 网剧独播的方式也以 30 亿点击量试水成功，并且成为美国 Netflix 最受欢迎外语剧之一。

IP 全产业链开发正逐步从早期的"以不同形式抽血赚钱"转变为"向不同形式输血造血"，网络文学这一文艺形式的发展，并未一家独大，而是形成了文艺领域的保护伞生态圈，避免强者愈强、弱者愈弱的马太效应，以自身发展、产业开发，促使多种文艺形式得到资源、提升水平、共同发展。

网络文学的 IP 全产业链开发，将上游的内容输出，变为全域的交流互动。传统文学的影视改编，文学往往只提供内容，作者和编剧话语权很低。而网络文学提供的则不仅仅是内容，而是以内容为核心的 IP 体系，这其中也包括了大量具有能动作用的粉丝。2019 年上映的两部网文改编剧《知否知否应是绿肥红瘦》与《庆余年》，自立项以来就备受关注，书粉从演员形象、导演风格、改编容量、制作班底等各个方面详细分析，拍摄过程中更是通过路透"云监督"。上映之后，两部作品在豆瓣、微博等网站得到的长评反馈，数量和质量都高于同档作品。《知否知否应是绿肥红瘦》的评论反思了正午阳光团队在女性向网文改编中故事全但慢、画面美但暗的普遍问题，《庆余年》则让人们重新认识到优秀编剧在网文影视化中的重要作用,圈内知名编剧王倦也因此为大众所认识。书粉基于对原著的深入理解,站在全局角度分析视觉语言是否承担起了叙事功能,改编删节是否同时保证了张弛节奏与人物塑造,这些堪称专业的评论,对网络文学的影视改编都起到了积极的作用。

网络文学所凝聚的书粉,让原著作者是否认可变得尤为重要,将编剧地位提升到了新的高度,在影视行业流量中心制、资本中心制的环境下,让基于文学的 IP 成为超越流量和资本的存在,成为流量和资本所依附的根本。

网络文学的 IP 全产业链开发,促进了影视产业进入媒介革命阶段,加速了各个产业的网络化趋势。2019 年呈现的另一显著现象,是各种规模的网络文学影视改编,都逐渐转移为以网络播放为中心、卫视播放为延伸的新的格局。网文 IP 改编早期,船小好调头的中小 IP 率先试水成本低、类型多、相对宽松的网剧,到了 2019 年,《东宫》《从前有座灵剑山》等已经可以精准定位目标群体、以小成本获高热度。而超级 IP 以往常常依赖于卫视首播加网络联播的形式,以卫视产生影响、以广告获得收益。但近年来,随着网络文娱产业链的完善,从上游的网文版权、制作资金,到下游的宣传播放、广告分发,都逐渐集中到几家互联网巨头手中,对传统卫视的依赖程度大大下降。2019 年,《魔道祖师》改编剧《陈情令》采用腾讯视频网络独播的形式,其热度不但远超卫视剧,还让腾讯巩固了付费会员制度、试水了付费超前点播,探索网剧网播的更多盈利模式。网络首播的《庆余年》,后续在卫视进行二轮播出,彻底颠覆了以往卫视为主、网络为辅的播放格局。

网络文学培养的作品付费、移动观看等消费习惯,大大促进了其他产业的网络化转型。这不仅是指作品的首发平台从线下移到线上,更使作

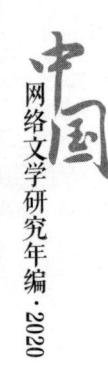
品制作、宣传发行、广告设计等全流程开始以网络用户为对象进行。生产与盈利的网络化将文艺作品的评价机制同样逐渐网络化,而这一结果优劣如何,还需要审慎对待。

网络特性促进多种产业整合

网络文学向"网络性"延伸,参与互联网产业版图搭建。2019 年的第六届乌镇世界互联网大会上,网络文学板块首次亮相。在"中国网络文学海外传播"圆桌会议上,网络文学衍生的各种新型互联网内容平台引发讨论。除了基于文字的网络文学网站,中文在线在美国市场推出的"视觉小说平台"Chapters 开拓了新的天地。该平台将文字作品转化为图文并茂的多媒体形式,打破了传统文学阅读中的单向模式,读者不但可以阅读小说,而且可以参与到剧情之中进行互动,将中国网络文学的通俗性、可读性,与欧美网络文学的实验性、先锋性相结合,从技术的角度介入文学的内容创作。中文在线将 Chapters 定位为视觉小说平台、内容培育平台、作家聚合平台、粉丝互动平台,并在"手游产品"的门类中,两度成为中国软件海外市场收入 30 强。这一跨类型、新业态的尝试值得持续关注。

在网络文学发展早期,是网络不断影响、改变着文学,促使文学卷入媒介革命之中。而随着网络文学扎根成长,文学促使互联网中的多种类型产品相互融合,为互联网的产业发展提供了新的想象空间。

网络文学向"网络性"延伸,促进人工智能技术落地。网络文学的海外传播已经具有一定影响力,潜在市场规模预计超过 300 亿元,但其中不可回避的关键问题就是翻译,特别是能够与网络文学日更、长篇所匹配的快速翻译。AI 翻译是人工智能领域的重要实践场景,而网络文学的迫切需求,为 AI 翻译提供了大规模商业化的可见前景,多家科技公司都正在进行基于网络文学的 AI 翻译开发。于 2019 年获得千万级融资的推文科技,其自主研发的网络文学 AI 翻译生产系统,翻译速度可达到 1 秒千字,相较于人工翻译提升了 3600 倍,成本则降低到人工的 1% 。旗下 funstory平台实现机器流程全自动化,不需要人工审校,内容质量即可达到出版标准,并可一键分发至 Kindle、Googlebooks、Applebooks 等全球近 50 家海外主流数字出版平台。目前,连尚文学、掌阅科技、纵横文学、磨铁阅读、咪咕阅读等近 20 家网文主流企业已经入驻 funstory 网文出海内容开放平台,聚合网络文学网站的网络文学翻译平台已经初具雏形。

翻译之外,AI 技术还被应用到 IP 开发领域。2019 年 9 月,阅文集团与微软(亚洲)互联网工程院合作,开启 AI 赋能网络文学的"IP 唤醒计划"。AI 产品"微软小冰"将通过对 100 部网络小说的学习,完善这些作品的世界观、搭建相应 IP 宇宙,模拟作品主人公与读者展开互动,未来将从文字拓展到语音、AR 等形式,网文 IP 将更加深入地进入人们的生活。

先进科技纷纷拥抱网络文学,尝试从中挖掘商业化的可能,说明作为产业的网络文学已经不仅仅生产内容原料,更提供了大量商业需求、数据资源,其"网络性"的一面愈加凸显。未来,网络文学将不仅是网络时代的一种形式,更是科技发展的一种方向。

网络文学向"网络性"延伸,研究领域的数字人文转向也值得期待。网络文学研究在文本细读、类型研究、生产机制之外,近年来也出现了数字人文这一新的领域。网络文学依托网文网站创作和分发,网站的评价机制、分发逻辑与传统纸质出版体系完全不同,它更加类似于内容聚合网站的信息分发模式,最终将要形成的不是一面对千人的超市,而是千人得千面的电商。谷臻故事工场的走走,作为从《收获》杂志走出的研究者与创业者,尝试从数字的角度分析网络文学流行作品的情节线索。一批青

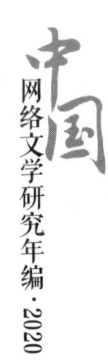

年学者亦开始从算法逻辑的角度,解析网文网站的推文机制,这些研究方向都颇具新意。

当"筛选"的主体从人变为机器,其背后的算法与逻辑就值得观察,网络文学研究的数字人文转向,看似是离开文学、关注网络,其实恰恰是在这个网络时代,研究程序如何拆解文学,以完成对文学"不可拆解"价值的认识与保护。

海外传播步入全新出海征程

网络文学海外传播,输出作品更输出生态。近年来,网文出海渐成风潮,不但在网络文学内部,越来越多作品有了海外版和外国粉,和其他文艺形式相比,网文的传播影响也脱颖而出。据14届中国北京国际文化创意产业博览会发布的《成就新时代的中国文化符号:2018—2019年度文化IP评价报告》,在年度中国IP海外评价前20的作品中,网络文学占据半壁江山,远远超过影视、动漫、游戏等其他门类。就我国现状而言,文化内容资源和文化产业水平仍存在一定失衡,相比其他文艺形式对制作能力的较高要求,以内容取胜的网络文学在海外传播上的确具有优势。以网文出海打好头阵、培育受众、争取时间,继而通过IP联动逐渐输出成熟的影视、游戏等作品,将成为中国文化海外传播的可行之道。

伴随着作品出海,网文网站除了搭建自身的海外网文平台,还积极与海外本土渠道、粉丝翻译网站合作,将自身的正版内容与优质翻译分发渠道对接。从作品落地到平台发展,不仅可以逐步使版权问题阳光化,而且促进了海外粉丝社群的形成壮大。海外平台在作品阅读外,提供了大量互动讨论空间,海外读者、译者、作者在此积极交流,形成社交空间,继续扩大影响。

网络文学海外传播,不同企业探索不同路径。国内网络文学网站的格局大致已经形成,但海外网络文学仍是一片蓝海,在海外传播的探索之中,各路企业也发挥自身优势,在良性竞争中实现发展。阅文集团依靠自身强大的国内网文内容资源优势、网文网站运营经验,一方面上线大量翻译作品,另一方面也推动海外作者进行非中文的网文创作,截至2019年底,起点国际已有原创作品39000余部,海外原创网文正在试水。掌阅科技则深耕海外华语市场,首先满足海外华人的阅读需求,逐渐覆盖大中华文化圈,在东北亚、东南亚地区输出作品。在出海作品选择上,也重点选择具有中国特色、适合华人文化的作品,走精品、精准、精细的路线。中文在线战略参投 wuxia world,后者作为海外中国网文翻译网站,拥有大量译者与粉丝,两者的合作,直接将内容对接到受众,同时促进了海外中文翻译生态的发展。这些企业在网文出海上的积极实践,也将成为中国文化海外传播的宝贵经验。

　　网络文学海外传播,响应"一带一路"、讲好中国故事。网络文学作为具有中国特色的网络时代文艺形式,一直以来都受惠于国家文化产业发展政策,也积极配合国家海外合作战略部署。在"一带一路"背景下,实施网文出海的企业既是推广者、也是受惠者。2019年,阅文集团与新加坡电信建立战略合作关系、投资泰国网络内容平台 Ockbee U,还多次举办海外线下活动,以文化为依托,促进中外读者交流。同时,在国家政策支持下,国内网文网站还有能力预先布局非洲等发展中国家,阅文集团与传音控股合作,利用传音在非洲市场智能终端、移动互联上的优势,开发非洲读者的阅读需求,让他们更了解中国打动人心的作品。网络文学作为中国当代文化的代表,正沿着"一带一路",向越来越多的国家与地区,讲述血肉丰满的中国好故事,搭建携手并进的命运共同体。

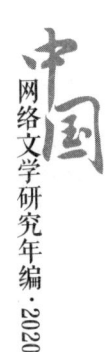

2019 年网络文学评论研究的探索与建构

唐伟

2019 年,网络文学评论研究"内外兼修","多管齐下",依据新的创作现象和趋势,在理论探寻中建构方法,在经典建构中继续向前探寻新的可能性。这一年,我们看到,网络文学评论研究的理论方法日趋自觉,文本解读渐成型格,思潮现象剖析和创作趋势把握越发进入有序的学理轨道。尤其值得一提的是,海外传播研究成为 2019 年网络文学外部研究新的热点。在中国作协及相关高等院校的有力推动下,网络文学的评论队伍继续壮大,研究阵地持续扩充,《文艺报》网络文学专刊、《网络文学评论》等网络文学评论研究的主流平台日渐显现其传播正能量、弘扬新风尚的聚集效应。

网络文学发展趋势研判日渐清晰,价值导向有了明确共识。《守正创新,高质量发展网络文学》一文认为,中国网络文学 20 年的繁荣发展是广大网络作家转变观念、创新开拓的结果。新时代,中国网络文学必须改变以往良莠不齐的自然生长状态,从以量取胜向以质取胜发展,做到高质量发展。《网络文学的时代选择与旨归》《提质换挡期网络文学的进阶之路》也表达了类似观点。《我国网络文学区域化、差异化发展路径探析》《武汉网络文学行业现状及对策研究》《表现新时代、书写新生活,推动江苏网络文学发展迈上新台阶》《扩大网络文学的"江苏声音"》则以城市为个案,分别考察了网络文学的区域化发展态势。

2019 年,网络文学研究界在理论方法上继续探索尝试,或借外来理论,或化用传统方法,或在经验现实的基础上总结发现,试图自成一格。网络文学作品研究进一步深化,文本细读、个案评论有不俗斩获。《网络文学:新媒介现实主义的崛起》认为,网络文学表现了新媒介现实主义的崛起。《网络文学的"界碑"与"症候"》则认为,网络文学是讨论中国文化政治的现状与未来无法忽视的症候。《网络小说三要素变迁及其现实主义反思》在理论的维度上对网络文学的现实性、现实题材与现实主义写作进行了辨析。《网络文学的中国表述:从"九州"玄幻世界开创说起》《传奇传统的新阵地——从文学传统走进网络小说》着重考察了传统资源在网络文学中的化用。《网络小说的数据法与类型论——以 2018 年的749 部中国网络小说为考察对象》则借助谷臻故事工场所研发的"一叶·故事荟"软件工具,对 2018 年的 749 部网络小说进行全样本考察和分析,将定量分析和定性研究进行了有效结合。此外,《妖孽其人,妖孽其文——评冰临神下〈大明妖孽〉》《网络文学的"半部名著"——评愤怒的香蕉〈赘婿〉》《我吃西红柿与〈吞噬星空〉》《时代青年的建构与叙事伦理的调试——评骷髅精灵的〈星战风暴〉》等个案解读,在网络文学作品经典化上做了有益尝试。

网络文学现实题材研究向纵深发展,多元多样的研究视角,不同类型的评论对象,构成现实题材研究多维丰富的别样光景。《网络文学新趋势》认为,现实题材的创作迎来了极好的发展契机。《网络文学的现实主义写作》则从管理者角度出发,简要介绍了网络文学现实题材的发展状况、特征。《网络文学现实题材写作与读者接受反应的有效性问题》《网络文学的现实主义形态》《网络文学现实转向的迷与悟》《网络文学:现实题材的探索》等试图在理论上廓清现实题材研究的迷思。

特别值得一提的是,为推介现实题材作品,中国作协网络文学中心与

399

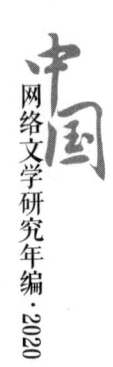

《文艺报》合办的网络文学专刊,全年共推介 20 余部有影响力的现实题材作品。《在枫树下讲中国故事——评姞文新作〈新街口〉》《子部的复活:盛世中国的文化征象——评齐橙的〈大国重工〉》《"爱情",或一个网络作家的诞生》《真实与虚构间的工业梦书写——评齐橙的〈大国重工〉》《浩荡春风:网络文学新类型日益成熟——评网络长篇小说〈浩荡〉》《〈浩荡〉:以网络文学的方式讲述中国故事》《被稀释的青春——评辛夷坞的〈我们〉》《抵达更真实的境地——评〈写给鼹鼠先生的情书〉》《〈黑客诀〉与网络文学创作的"'网英'现象"》《大历史、小人物、正能量——评华东之雄的〈大国航空〉》《〈旷世烟火〉:"反传统"与"续传统"的谐奏》《紧紧抓住属于自己的时代——评工业题材小说〈铁骨铮铮〉》《讲述基层故事 弘扬主流价值观——评〈朝阳警事〉》《"现实感"的营造与"真实"的缺失——评丁墨的〈挚野〉》等,让网络文学的现实题材作品评论,在 2019 年实现了第一次井喷。

2019 年与现实题材评论同频共振的,还有关于网络文学评价体系建设与研究现状反思的讨论。《网络文学研究与学科建设探讨》对网络文学的定义由来、发展态势进行了系统梳理。《网络文学评价体系的三大痼疾及相关建议》从理论工具、批评内容、批评体制三个方面总结了当前网络文学评价体系的三大问题。《网络文学崛起对文学研究的影响》《网络文学研究的理论设定与审美转向》《建立网络文学的艺术—文化学评价体系》也做了有益思考。

2019 年网络文学 IP 降温,很多论者从产业以及文化角度给出了他们的建议和思考。《试论中国网络文学产业化发展》认为,网络文学 IP 的影响力已全方位渗透娱乐产业。《二次元文化与网络文学》《从青年网络文学阅读看青年亚文化的主流化转向》《数字文化生产者的劳动境遇考察》

《文化理论视域中的网络文学征候》《论作为一种大众文化形态的网络文学》则从文化角度辨析了网络文学斑斓的文化图景。

2019 年网络文学海外传播研究成为新的热点,反思性和前瞻性并举,构成本年度海外传播研究最突出的两大特征。《网络文学海外传播的思考》表示,当代网络文学要想成规模有规范地走出去,且在海外市场站稳脚跟,还有很长的路要走。《"起点国际"模式与"wuxiaworld"模式》指出了中国网络文学海外传播现存的两条道路。《中国网络文学的译介与传播:现状与思考》《我国网络文学出版"走出去"研究》《中国网络文学海外传播:"全球圈粉"亦可成文化战略》《中国网络文学在英语世界的译介:内涵、路径与影响》《网络文学"走出去"的机遇与挑战》《中国网络文学对外传播研究:现状与前瞻》也对网络文学的海外传播进行了深入思考。

2019 年网络文学研究的学院化程度进一步加深,本年度以网络文学为选题的硕博论文明显增多。《编码新世界:游戏化向度的网络文学》《中国网络小说经典化》《虚拟时空的浪漫传承——中国网络小说中的传奇叙事》《中国网络文学发展研究》4 部博士论文或以网络文学的短暂发展史为题,或以某一网络文学类型,以及某一独到方法视角下的考察为线索,均显示出研究者的勃勃雄心。此外,《玄幻类网络小说论》等 30 余部硕士论文,既有网络文学的宏观现象研究,也有作家作品的个案解读,从不同侧面展示了网络文学评论研究新兴力量的不俗实绩。

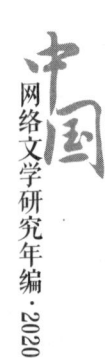

中国网络文学排行榜(2019 年度)上榜作品述评

孙凯亮

2019 年中国网络文学排行榜,在原"中国网络小说排行榜"的基础上,增设 IP 影响排行榜和海外传播排行榜。这凸显的是十多年来,中国网络文学在影视、动漫、游戏等文娱产业中的枢纽作用,以及在中国文化海外传播方面所取得的显著成效。

中国网络小说排行榜的上榜作品题材多元,既有现实题材、历史题材,也有科幻、玄幻、仙侠、二次元等题材类型。

习近平总书记指出,"文艺创作方法有一百条、一千条,但最根本、最关键、最牢靠的办法是扎根人民、扎根生活"。这就要求广大网络作家勇于跳出自我的小世界,深入生活,扎根人民,努力创作出书写时代、讴歌人民的精品之作。

从中国网络小说排行榜来看,《浩荡》《朝阳警事》《传国功匠》《星辉落进风沙里》《天下网安:缚苍龙》都是这类坚持人民主体地位,表现时代,书写生活的现实题材精品,占上榜作品的半数之多。

《浩荡》通过三个大学毕业生分别成长为互联网、房地产和金融领域的行业翘楚的青春励志故事,重述世纪之交第一代深圳人的创业传奇,再现改革开放的历史画卷。作品场景宏阔,节奏鲜明,思想性与可读性兼具,是"网络文学现实题材的力作"。《朝阳警事》在传奇化的情节中直白地描写基层民警生活,叙事节奏明快,故事接地气,语言生活化,被誉为"网络文学现实题材创作的成功探索"。《天下网安:缚苍龙》以扣人心弦的情节、个性化的人物、浅白流畅的文笔,讲述了一个正邪对战的网络安全领域的侦探悬疑故事,并成功塑造出了一个信息技术行业的"网络英雄"形象。小说专业性强,故事富于时代感,知识性和趣味性兼备,是一部塑造新英雄,表现新时代都市的现实题材佳作。《传国功匠》借一个年轻瓯匠寻宝、夺宝的现代传奇,颂扬瓯越百工的工匠精神和家国情怀,弘扬中华传统文化。作品谱写了近百年来"温州百姓的生活和心灵史",展示了瓯越文化的深厚底蕴,传扬了中华文化薪尽火传、文脉绵延的不灭信念。《星辉落进风沙里》融冒险与悬疑于一体,在一个户外探险、公益救援的故事里,讲述着新时代女性的精神成长史,以及守望相助式的现代爱情,兼具时代感和"大漠风情"。这些现实题材作品从不同维度展示了我们的时代生活,彰显了主流价值,弘扬了时代精神。

《宰执天下》《关河未冷》都是历史类作品,结构严谨,视野开阔。《关河未冷》谱写了一曲青年学生抗日救国的青春之歌,结构谨严,叙事大气,被誉为"一部向英雄致敬的革命历史题材佳作"。作为一部连载了9年的历史类作品,《宰执天下》讲述的是魂穿北宋的小人物借助现代科技和知识,大力发展科技和工商业,在革故鼎新中登上宰相之位,并改变天下大势的寒门奋斗故事。小说逻辑严谨,想象开阔,堪称前继《新宋》又有所超越的历史穿越集大成之作。

《我在火星上》《天道图书馆》《书灵记》皆属幻想类作品,想象宏大,构思新奇。融合了科幻等多种类型的跨界网文《我在火星上》创设未来时代和末日世界,表现"最后的人类"在浩瀚宇宙中面对生存危机时的荒凉感、孤独感与"向死而生"的人文精神。小说的英译版还上线了起点国际,总点击数超百万。《书灵记》融仙侠题材与二次元风格于一体,将《唐诗三百首》《山海经》《心经》等古籍幻化出的仙灵作为小说的主要人设,

403

于轻松欢快的情节和无厘头式的吐槽之中,展现传统文化的现代价值,是仙侠文与二次元小说的优秀代表。《天道图书馆》写的是主角穿越到异世大陆当老师,在神秘系统"天道图书馆"的帮助下培育超级强者,带领学生们在异世界追逐梦想的励志故事。小说脑洞新奇,设定别致,情节流畅,是年度现象之作。

从小说排行榜的幻想类作品以及后文 IP 影响排行榜的动漫、游戏改编作品中,我们可以看出,目前,网络文学创作的主力呈现出从"80 后"向"90 后"转变的趋势。作为从小就生活在互联网环境下,并伴随着国内互联网的发展而成长起来的"网生代","90 后"与欧美的"Z 世代"在社交方式和语言文化方面声息相通。他们在"部落式"的趣缘社群和二次元风格的网络亚文化内部形成了共同的情感羁绊。

2019 年,网络文学 IP 改编成绩斐然。《2019 中国网络文学蓝皮书》指出,2019 年,中国网络文学继续发挥整个文娱产业的源头和核心作用,带动影视、游戏、动漫等行业的发展,形成新文创生态。推出网络文学 IP 影响排行榜,有利于进一步增强网络文学对时代的牵引力,促进网络文学跨界传播。

IP 影响排行榜中,影视剧改编表现亮眼,佳作频出。电影改编有仙侠片《诛仙 I》,电视剧改编有古装剧《知否知否应是绿肥红瘦》,网络剧改编则有去年大火的历史剧《庆余年》。

《诛仙》在古典仙侠的背景设定下演绎亲情、爱情等人间真情,人物性格鲜明,情感描写细腻。作品开创性地以言情写仙侠,在仙侠类网文发展史上具有里程碑意义。作为网络文学早期的"超级 IP",《诛仙》拥有坚实的粉丝基础和强大的粉丝影响力,小说改编的同名电影《诛仙 I》也成为仙侠电影中的年度现象之作。《知否知否应是绿肥红瘦》是一部在晋江文学城连载的历史种田文。作品以女性成长和爱情故事为明线,以家族宅斗为暗线,展现女性在古代家族纷争和嫡庶倾轧中的奋斗传奇。小说改编的同名网台联播剧以考究的细节诠释大宋风华和家风文化,场景华美,演技过硬。《人民日报》海外版盛赞此剧为"一堂生动的中国传统文化普及课"。《庆余年》被业界视为近年来影视改编表现最为出色的网络文学 IP。原著采用双线结构,明暗线交叉,借三代人的命运沉浮和情感纷争勾连起庆国数十年的历史风云,结构宏阔。小说"以爽文写情怀",成功地塑造出了范闲、叶轻眉、陈萍萍等一系列个性鲜明的人物形象。同名影视改编剧则以对原著"故事核"的精准把握成了一部"有电影质感"的跨年热剧,导向正能量,剧本出色,表演精湛,为男频 IP 的影视化改编提供了标杆。

上榜作品中,动漫和游戏改编方面也涌现出了一批 IP 佳作。动画改编有动画电影《全职高手番外之巅峰荣耀》,漫画改编有续写《盗墓笔记》故事的《藏海花》,游戏改编则有网页游戏《斗罗大陆》,形式多样。

《全职高手之巅峰荣耀》以动画电影的形式呈现游戏世界的新奇和丰富,为游戏叙事提供了新的跨媒介表现空间。该作还荣获了第四届中加国际电影节"最佳动画片奖"。《藏海花》是南派三叔续写的有关"闷油瓶"身世之谜的人物外传,延续了"盗墓笔记"系列一贯的悬疑探险风格。同名改编漫画具象化能力强,带有鲜明的"藏地风格",是近年来"国漫"中的精品之作。《斗罗大陆》是唐家三少的成名作,小说开拓了网络文学创作的新模式,在网络文学发展史上影响深远。《斗罗大陆》还是网络文学 IP 运营的标杆性作品,改编的同名网页游戏深受市场欢迎。

此次入选海外传播排行榜的既有最佳海外推广项目 Webnovel,也有最佳海外影响作品《天道图书馆》,还有最佳外语翻译作品《修罗武神》,

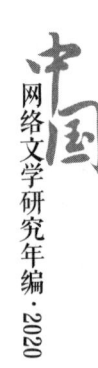

各具特色。

外语平台在海外传播中发挥了重要作用。作为唯一上榜的网络文学海外平台，Webnovel 实现了网络小说中英文双语版在海内外同步连载，并引领中国网络文学进军海外原创市场，成为海外影响力巨大的翻译和原创平台，在推动中国网络文学的生产机制和发展模式落地海外方面做出了卓越贡献，是"中国网络文学最大的外语传播平台"。

《天道图书馆》等两部上榜作品展示了中国网络文学在外语翻译和文化传播方面的实绩。《天道图书馆》英文版在 Webnovel 上取得了海外人气榜、推荐榜双榜第一的优异成绩，小说情节新奇有趣，风格轻松诙谐，在欧美和东南亚广受欢迎。《修罗武神》讲述了作为"家族弃子"的主人公自强不息，一步步成长为上界仙人的玄幻故事。小说主线明晰，节奏明快，叙事流畅。英文版还上线知名海外平台 wuxiaworld 并取得了点击量第一的佳绩，成为"年度外语翻译的代表作"。

中国网络文学正日益成为展现中华文化魅力、塑造中国国家形象的文化窗口。推动中国网络文学"走出去"，助力网络文学的全球传播，有利于讲好中国故事，传播中国声音，提升中华文化软实力。

（本文参考了2019年中国网络文学排行榜的上榜作品推介语）

后　记

　　中国网络文学走过了 20 多年的发展历程,取得的成就引人注目,问题同样不容忽视。网络文学目前正从"有没有"向"好不好"转变,从"多不多"向"精不精"转变,必须改变良莠不齐的野蛮生长状态,走向高质量发展的新阶段。全面建设社会主义现代化强国的新征程已经起步,网络文学理应承担起自己的历史使命,改变对娱乐性、消遣性的过分追求,努力传递时代精神,塑造新人形象,回答时代课题,以精品奉献人民,在文化强国建设中发挥重要作用。

　　引导网络文学高质量健康发展,网络文学评论可发挥积极的作用。目前社会上不少人对网络文学存在着简单化的认识,认为网络文学只是发表渠道从纸媒转移到了网络上而已,与传统文学在本质上并没有什么区别。作为文学,网络文学和传统文学当然有着共同的本质属性,但创作方式、传播方式、阅读方式的巨大变化,必然带来审美趣味的变化。网络文学一过性的阅读和传统文学品味把玩性的阅读,对文本的要求肯定有着很大的不同。对此,我们应该有清醒的认识。同时由于网络文学相对来说篇幅巨大,使过去建立在文本细读基础上的评论方式遇到挑战。当前,如何建立适应网络文学特点的有效批评,引导网络文学创作出反映时代和现实的精品力作,已经成为摆在我们面前的一个重要课题。

　　为加强网络文学评论研究阵地建设,2019 年起,中国作协网络文学中心与《文艺报》合作推出"网络文学专刊",每月 1 期,每期 4 版,重点推介优秀现实题材作品,及时关注网络文学行业发展动态及创作现象,促进

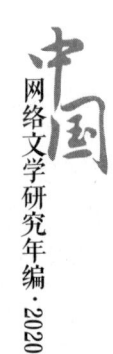

网络文学评论研究多出成果、多出人才，壮大网络文学评论队伍，推动网络文学高质量发展。安徽文艺出版社高度重视网络文学理论评论，希望编辑出版全面反映中国网络文学发展情况的理论评论文章，每年一册，并不断积累，形成史的规模。

收录在《中国网络文学研究年编·2020》里的文章以"网络文学专刊"2020年发表的作品为基础，涵盖了2020年度中国网络文学理论评论各方面的文章。从作者构成来看，可谓名家新秀荟萃，老中青三代齐亮相，既有国内的资深专家，也有海外的新锐学者。文章的选择方面，我们从网络文学评论的现场和实际出发，兼顾学院派和网生代不同的行文风格，各种不同类型的文章相得益彰。

依照文章体例，《中国网络文学研究年编·2020》分为三辑。第一辑"现象与趋势"围绕"讲好中国故事""现实题材创作"等热点议题，辑录了政策引导、学院观察的代表性成果，旨在廓清网络文学的使命担当与发展路径；第二辑"作品与评论"以年度现象级的网络文学作品及IP改编为中心，展示作者精到的文本细读工夫；第三辑"创作与编谈"注重网络文学的现场感和现实感，以知名网络作家的创作经验和网络文学领军人物的行业反思及展望为蓝本，展现网络文学内部元气淋漓的勃勃生机；附录所辑的年度盘点，是一些研究者从个人视角出发，为网络文学年度发展提供的观察报告。

本书由梁鸿鹰、何弘确定编选的指导思想和总体框架，审定入选篇目；唐伟同志负责具体的文章编选等工作。安徽文艺出版社，特别是宋潇婧同志，为选题策划和编选体例的确定等，做了大量工作，在此表示衷心的感谢！

编者

2021 年 6 月 15 日